Ren Dhark®
Weg ins Weltall
Band 1

Eiswelt Terra

Herausgegeben von
HAJO F. BREUER

Unitall

Lieferbare Ren Dhark-Bücher

Ren Dhark Classic-Zyklus
Die Heftserie
je 352 Seiten, € 15,90
Bände 1-3 Paperback (Lizenzausgabe),
Bände 4-6 Hardcover (Lizenzausgabe),
Bände 7-16 Hardcover, HJB-Ausgabe

Ren Dhark Drakhon-Zyklus
Die Fortführung der Heftserie bei HJB
Buchausgabe, 352 Seiten, € 15,90
Bände 1-24

Ren Dhark Platinum
Luxusausgabe, 160 Seiten, € 39,90
(1) »Legende der Nogk«

Ren Dhark Spezial
Nachdruck der alten Taschenbücher
Buchausgabe, 304 Seiten
Band 1: € 11,90; Bände 2/3/5 € 14,90
Band 1 »Sternen-Saga/
Dursttod über Terra«
Band 2 »Zwischen gestern u. morgen/
Echo aus dem Weltall«
Band 3 »Als die Sterne weinten/
Sterbende Zukunft«
Band 5 »Lexikon«

Forschungsraumer CHARR
Paperback, 96 Seiten, € 6,-
Bände 1-6

Ren Dhark Sternendschungel Galaxis
Paperback, 96 Seiten,
Band 1: € 3,-; ab Band 2: € 6,-
Zuletzt erschienen:
Band 7 »In der Falle«
Band 8 »Raumfahrt verboten«
Band 9 »UFO aus dem All«
Band 10 »Projekt Downfall«
Band 11 »In der Gewalt der USA«
Band 12 »Klone greifen an«

Der Mysterious
Paperback, 96 Seiten, € 6,-
Bände 1-6

Ren Dhark Bitwar-Zyklus
Buchausgabe, 352 Seiten, € 15,90
Band 1 »Großangriff auf Grah«
Band 2 »Nach dem Inferno«
Band 3 »Die Spur des Tel«
Band 4 »Die Sonne stirbt«
Band 5 »Die goldene Hölle«
Band 6 »Das Judas-Komplott«
Band 7 »Proxima Centauri«
Band 8 »Erwachende Welt«
Band 9 »Rettet die Salter!«
Band 10 »Freunde in der Not«
Band 11 »Vorstoß in den Hyperraum«
Band 12 »Dimensionsfalle«

Ren Dhark – Weg ins Weltall
Das aktuelle Abenteuer
Buchausgabe, 352 Seiten, € 15,90
Band 1 »Eiswelt Terra«

Ren Dhark-Sonderbände
Neugeschriebene Einzelbände
Hardcover, 192 Seiten, € 10,50
Lieferbar ab Band 2.
Zuletzt erschienen:
(24) »Gisol – Der Schlächter«
(25) »Jagd nach dem ›Time‹-Effekt«
(26) »Wächter und Mensch«
(27) »Nogk in Gefahr«
(28) »Sternenkreisel«

Unitall-Reihe
Neue, abgeschlossene Einzelromane
Hardcover, 192 Seiten, € 10,50
Band 1 »Jenseits aller Zeit«
Band 2 »Das Kugelschalen-
universum«

Ren Dhark-Hörbücher
Boxen mit je 6 CD, Laufzeit
ca. 7 Stunden, € 19,90
Box 1 »Sternendschungel Galaxis«
(limitierte Edition mit 2 Bonus-CD)
Box 2 »Ruf aus der Vergangenheit«
(lim. Edition mit RD-Metallfigur)
Box 3 »Das Rätsel des Ringraumers«
Box 4 »Im Brennpunkt der Gewalten«
Box 5 »Zielpunkt Terra«
Boxen 1-5 im Paket: € 79,90

Eiswelt Terra

von

ACHIM MEHNERT
(Kapitel 1 bis 5)

UWE HELMUT GRAVE
(Kapitel 6 bis 11)

CONRAD SHEPHERD
(Kapitel 12 bis 16)

JO ZYBELL
(Kapitel 17 bis 20)

und

HAJO F. BREUER
(Exposé)

1. Auflage

Unitall Verlag GmbH
8268 Salenstein
Schweiz

Vertrieb durch:
HJB Verlag & Shop KG
Schützenstr. 24
78315 Radolfzell
Bestellungen und Abonnements:
Tel.: 0 77 32 – 94 55 30
Fax: 0 77 32 – 94 55 315
www.ren-dhark.de

Herausgeber: Hajo F. Breuer
Titelbild: Ralph Voltz
Druck und Bindung:
CPI Moravia Books
Printed in EU

Vorwort

Mit WEG INS WELTALL beginnt eine neue Ära für REN DHARK: Der Unitall-Verlag setzt mit dieser Reihe die rasante Biographie des Sternenabenteurers Ren Dhark nahtlos fort. Freuen Sie sich auf spannende Abenteuer in einer Zukunft voller Rätsel, Geheimnisse und Gefahren!

Die größte Neuerung ist der Verzicht auf Zyklen: WEG INS WELTALL wird eine Dauerserie sein, deren Numerierung von 1 bis unendlich geht. Trotz der neuen Möglichkeiten halte ich nichts davon, Geschichten kaugummiartig in die Länge zu ziehen. Deswegen wird ein Themenkomplex wie schon bisher nach zwölf Büchern abgeschlossen. Zwölf Bücher entsprechen 48 Heftromanen – dieser Umfang für ein Abenteuer hat sich bewährt.

Bewährt hat sich auch die REN DHARK-Homepage: Unter www.Ren-Dhark.de finden Sie jede Menge Wissenswertes, Amüsantes und Interessantes rund um unseren Weltraumhelden. Und wie der eine oder andere von Ihnen vielleicht schon bemerkt hat, ist seit einigen Wochen deutlich mehr »los« auf der Seite als bisher: Es gibt alle paar Tage neue Beiträge, so daß sich ein regelmäßiges Reinklicken sicher lohnt.

Beim großen REN DHARK-Forumstreffen Ende Mai im realen Restaurant Los Morenos, das das Vorbild zu unserem Treffpunkt im RD-Universum lieferte, hatten die Autoren Alfred Bekker, Uwe Helmut Grave und Achim Mehnert Gelegenheit, Juan und José Moreno leibhaftig zu erleben. Entsprechend lebendig ist die Schilderung der spanischen Brüder in diesem Buch ausgefallen.

Zum REN DHARK-Forum kommen Sie übrigens einfach, wenn Sie den Links auf der Homepage folgen. Nun aber genug der Vorrede: Blättern Sie um und folgen Sie Ren Dhark in die Tiefen des Alls. Allerdings beginnt seine neue Reise ins Ungewisse in heimatlichen und doch so fremdgewordenen Gefilden: auf der *Eiswelt Terra*…

Giesenkirchen, im Juli 2006
Hajo F. Breuer

Prolog

Im März des Jahres 2065 steht die Menschheit vor einer Zerreißprobe: Die Bewohner Terras sind nach Babylon evakuiert, wo Henner Trawisheim, der amtierende Commander der Planeten, die Zentrale des neuen Terra schaffen will. Nur noch 20 Millionen Menschen sind auf der mittlerweile völlig vereisten Erde zurückgeblieben.

Doch es ist Ren Dhark und seinen Mitstreitern gelungen, den Abfluß der Materie von unserer Sonne zu stoppen, indem die die Hyperraumstation zerstörten, die kontinuierlich Masse aus der Sonne abzog und nach Proxima Centauri transferierte.

Als darüberhinaus die Synties, tropfenförmige Energiewesen aus dem All, sich aus alter Freundschaft zur Menschheit und vor allem zu Ren Dhark bereit erklären, die verlorengegangene Masse der Sonne durch neuen interstellaren Wasserstoff zu ergänzen und sie wieder so stark zu machen wie zuvor, scheint der glückliche Ausgang der Katastrophe gewiß.

Trotzdem läßt Henner Trawisheim die Evakuierungsaktion fortsetzen. Traut er den Synties nicht, oder verfolgt er eigene geheime Ziele? Die Frage wird bald überflüssig, als eine unbekannte Kraft die Synties aus dem Sonnensystem absaugt: Ohne die spurlos verschwundenen Helfer ist die Erde nicht mehr zu retten!

Resigniert beteiligt sich Ren Dhark mit seiner POINT OF an der weiteren Evakuierungsaktion. Doch nach ihrem Abschluß will er die Synties suchen, auch wenn er nicht den allerkleinsten Hinweis auf ihren Verbleib hat. Langsam faßt er wieder Mut -- als eine bisher unbekannte Spezies aus den Tiefen des Alls auf-

taucht und die Erde zu ihrer neuen Heimat erklärt! Und dieses Volk scheint wie geschaffen für ein Leben in arktischer Kälte…

1.

»Eisläufer-Angriff!«

Die Warnung ging durch die Reihen der Aufrechten, die in einem Eisloch am Rande von Alamo Gordo lagen. Die kleine Gruppe von Kämpfern war in Thermoanzüge gehüllt, die den Mittagstemperaturen von 39 Grad unter Null standhielten. Ohne sie war längst kein Überleben im Freien mehr möglich.

I.D. Vandekamp spähte über das weite Feld aus Eis und Schnee, das im Sonnenlicht funkelte. Wo einst die Route 54 von El Paso nach Tularosa und dann in nordöstlicher Richtung quer durch Neu-Mexiko bis nach Santa Rosa geführt hatte, erstreckte sich eine endlose winterliche Märchenlandschaft. Leider haftete ihr nichts Romantisches an. So sah die Welt im März 2065 aus, in der sich die auf Terra zurückgebliebenen Aufrechten tagtäglich behaupten mußten. Vandekamp stieß einen Seufzer aus. Trotz der widrigen Umstände hatte es im zurückliegenden halben Jahr keinen Tag gegeben, an dem er seinen Entschluß, hierzubleiben, bereut hatte. Die Erde war seine Heimat, die durch nichts zu ersetzen war. Mit Babylon hingegen hatte er, wie er sich selbst ausdrückte, nichts am Hut.

»José, Juan, da drüben kommen noch mehr«, lenkte er die Aufmerksamkeit der Moreno-Brüder in eine andere Richtung.

»Mierda!*« fluchte Juan. Wie sein Bruder war er groß und kräftig und erweckte eher den Anschein eines Kämpfers denn

---

* Spanischer Fluch, den zu übersetzen die Höflichkeit des Herausgebers verbietet.

den eines Restaurantbesitzers. Wie die anderen Mitglieder des verschworenen Haufens hatten die Umstände ihn in diese neue Rolle gezwungen. Keiner von ihnen war bereit gewesen, die Erde bei der Evakuierung zu verlassen, die alle für nichts weiter als eine großangelegte Verschwörung der Regierung hielten. Damals hatte keiner von ihnen damit gerechnet, daß fremde Invasoren bereits auf dem Weg zur Erde waren.

Und nun bewegte sich eine unüberschaubare Horde der Eisläufer auf Vandekamps sechsköpfige Gruppe zu.

»Die können wir nicht lange aufhalten«, prophezeite José. »Die Eisläufer haben begriffen, daß sie sich in kleinen Gruppen blutige Nasen holen. Denen haben wir gehörigen Respekt beigebracht.«

»Eine zweifelhafte Ehre«, unkte Roger, der jüngere der beiden Vandekamp-Söhne. »Von der haben wir nämlich gar nichts mehr, wenn die Riiin uns mit ihrer schieren Masse überrennen. Seht euch das an. Sie sind alle bewaffnet.«

Riiin, so nannten sich die Invasoren selbst, und diesmal kamen sie zu Hunderten. Es war ein grotesker Anblick, wie die etwa 1,70 Meter großen dünnen Wesen mit der silbrigen Schuppenhaut auf die Stellung der Aufrechten zugestürmt kamen. Denn sie waren lediglich mit dünnen Hosen und bunten Westen bekleidet, in denen jeder Mensch längst erfroren wäre. Den dünngliedrigen Fremden machte die für Menschen extreme Kälte nicht nur nichts aus, sie fühlten sich richtig wohl in ihr. Aus der Ferne wirkten sie wie Striche in der Landschaft, die sich bei dem gleißenden Licht nur undeutlich erkennen ließen. Doch längst war ihr Aussehen bekannt. Sie hatten Fischköpfe mit Glupschaugen, die unabhängig voneinander bewegt werden konnten, und stammten vermutlich von Fischen ab. Sie besaßen weder sichtbare Ohren noch Nasen, sondern nur entsprechende Öffnungen. Ihr Fischmaul verfügte über zwei Reihen scharfer Zähne, die sich im Nahkampf als tödliche Waffen erweisen konnten. Ihre normale Körpertemperatur betrug –95 Grad Celsius, bei –75 Grad Außentemperatur fühlten sie sich am wohlsten, mochten aber auch extrem tiefe Temperaturen bis –150 Grad. Man hatte herausgefunden, daß sie bei Temperaturen über dem Gefrierpunkt starben, weil unter ihrer Schuppenhaut eine isolierende Eisschicht integriert war, die dann auftaute und sie tötete.

»Wir warten auch nicht mit leeren Händen«, murrte José, wobei er seine Waffe fester faßte. »Das sind Zivilisten, keine Soldaten. Offenbar aggressive Siedler. In der schreiend bunten Kleidung, die die Kerle bevorzugen, geben sie hervorragende Zielscheiben ab.«

»Zeigen wir denen mal, wozu wir fähig sind«, pflichtete Juan ihm bei und machte sich an einem modifizierten Pressorgeschütz zu schaffen. Es war eine von den Gäa-Jüngern verbesserte und erheblich verkleinerte Version der ursprünglichen Schwerkraftwaffe der Giants. »Hiermit holen wir die Kerle von den Beinen.«

»Aber längst nicht alle. Wir verzetteln nur unsere Kräfte, wenn sie sich weiter aufteilen und uns einkesseln.«

»Was willst du sonst machen? Sollen wir uns etwa zurückziehen?«

»Du kennst mich doch, Brüderchen«, knurrte José mit angespannter Miene. »Wenn die in Richtung des Los Morenos wollen, müssen sie erst an mir vorbei.«

»Was wir tunlichst vermeiden wollen. Deshalb noch nicht schießen«, gab I.D. Vandekamp die Parole aus. »Juan hat recht. Bei der Menge können wir uns keine Fehlschüsse leisten. Köpfe unten halten und auf meine Befehle warten.«

Er führte das Kommando über die Gruppe, deshalb gab es keinen Widerspruch. Ohnehin sahen alle ein, daß es keine Alternative gab. Sie mußten sich ihrer Haut noch früh genug erwehren. Die sechs Männer beobachteten das Vorgehen der Riiin, denen jegliche Form von Disziplin fremd zu sein schien. Lärmend stürmten sie über das Eis. Ihre Sprache bestand aus kehligen Lauten, die an das Blubbern aufgewühlten Wassers erinnerten.

»Ich frage mich, wieso die nicht ausrutschen.«

Standschwierigkeiten auf dem glatten Untergrund kannten die Eisläufer tatsächlich nicht. Zwar waren auch die Thermoanzüge der Aufrechten mit rutschfesten Gummisohlen ausgestattet, doch die Riiin bewegten sich auf dem glatten Untergrund so sicher wie auf festem Boden. Offensichtlich waren sie das aus ihrer Heimat so gewohnt.

»Corazón…« summte José leise sein Lieblingslied, von dem die anderen immer nur dieses eine Wort verstanden und das ihnen gehörig auf die Nerven ging.

»Was ist denn jetzt los?« wunderte sich Conway, der ältere Vandekamp-Sohn.

»Sieht so aus, als hätten die es sich anders überlegt«, murmelte sein Vater. Die Eisläufer änderten ihre Stoßrichtung und liefen nach Osten hinüber. »Da hinten liegt die Ringraumerwerft der Terranischen Flotte. Anscheinend ist die ihr eigentliches Ziel.«

Juan richtete sich auf und steckte den Kopf aus der Deckung. »Sie sind blind vorangestürmt. Glück gehabt, daß wir das Feuer nicht eröffnet haben, sonst hätten wir uns selbst verraten. Die haben unsere Stellung noch gar nicht entdeckt.«

»Was wollen die da?« wunderte sich Roger. »In der Werft werden doch keine Schiffe mehr produziert, weil auf Babylon eine neue errichtet wird.«

»Das wissen wir, die Eisläufer aber nicht. Vermutlich erhoffen sie sich reiche Beute.«

»Trotzdem können sie eine Menge Schaden an den Einrichtungen der Werft anrichten.«

I.D. schaute zu den nicht weit entfernt liegenden Werftanlagen hinüber. Die meisten der oberirdisch errichteten Gebäude waren unter Schnee begraben, die Zugänge zu den Hallen längst vereist. Lediglich ein paar wenige Bereiche, die von der Stellung der Aufrechten aus nicht zu sehen waren, wurden von Schnee und Eis freigehalten. »Erst denken, dann reden, Con. Im Werk ist eine kleine Wachmannschaft stationiert, um dessen Geheimnisse zu schützen. Unsere Technik darf den Eisläufern nicht in die Hände fallen. Die Wachmannschaft wird schon dafür sorgen, daß die Invasoren dort nicht eindringen.«

Conway schnaufte. Er mochte die Abkürzung seines Vornamens nicht sonderlich, sah aber ein, daß der Rüffel seines Vaters berechtigt war. Gebannt verfolgten die Männer das Geschehen. Sie verschwendeten keinen Gedanken daran, daß sie dem drohenden Verhängnis gerade noch von der Schippe gesprungen waren, sondern konzentrierten sich auf die Vorgänge ein paar hundert Meter weit entfernt.

Schon flammten erste Schüsse auf, zuckten nervöse Strahlen umher. Vandekamp hielt die Taktik für unsinnig. Es gab keine konkreten Ziele, auf die die Angreifer schossen. Ihr Feuer verlor sich zwischen den eisüberzogenen Gebäuden.

»Sie sind gleich da. Warum eröffnen die Wachen kein Gegenfeuer?«

Juans Frage wurde beantwortet, als ein sanfter Schimmer sichtbar wurde. Weiträumig spannte er sich über die gesamte Werftanlage.

»Ein Intervallfeld.«

»Im letzten Moment. Das wurde auch Zeit. Dagegen kommen die Eisläufer mit ihren Handwaffen nicht an.«

Der Ansturm der Invasoren kam zum Erliegen, doch einige reagierten zu spät auf die veränderte Situation. Sie gerieten in das Feld und zerplatzten buchstäblich. Roger stieß die Luft aus, als die Überreste als gelbe Wolken zerstoben. Auch I.D. sah zum erstenmal mit eigenen Augen, wovon er bereits gehört hatte. Durch die Adern der Fremden floß kein Blut, wie Menschen es kannten, jedenfalls kein rotes, sondern eine glykolähnliche gelbe Flüssigkeit.

»Das hat sie richtig wütend gemacht. Aber wieso zerreißt sie der Kontakt mit einem Intervallfeld? Das wurde noch bei keinem anderen Lebewesen beobachtet, und sei es noch so exotisch! Was ist so anders an den Fischköppen?«

Die Riiin verstärkten ihr Feuer, ohne damit gegen das Intervallfeld anzukommen. Plötzlicher drang das Dröhnen von Explosionen zu den Aufrechten herüber. Inmitten der Angreifer entdeckte I.D. schweres Gerät, das einige von ihnen mitschleppten.

»Sie setzen Mörser ein.«

In der Höhe entstanden Lichtblitze, wo die Granaten detonierten. Tumulte entstanden unter den Angreifern, als sie erkannten, daß sie auch damit keinen Erfolg erzielten. Gleichzeitig schoß die Wachmannschaft zurück. Da keine Verteidiger zu sehen waren, hatten die Riiin womöglich nicht damit gerechnet, daß es überhaupt welche gab. Mehrere Eisläufer fielen beim ersten Gegenschlag, dann erlosch das Verteidigungsfeuer wieder.

»Die haben genug«, kommentierte Conway, als sich die Invasoren herumwarfen und von dem undurchdringlichen Feld zurückzogen. »Wenn sie abhauen, haben wir erstmal eine Weile Ruhe vor ihnen.«

I.D. Vandekamp hingegen begriff, daß sein Sohn sich zu früh freute. Denn die Riiin zogen sich nicht zurück, sondern änderten abermals ihre Stoßrichtung. Wie zu Beginn stürmten sie auf Alamo Gordo zu, und damit genau auf die Stellung der Aufrechten.

*

Von Ruhe vor dem Sturm konnte keine Rede sein. Das Lärmen der näherkommenden Invasoren brandete wie eine Woge gegen das Versteck der Menschen.

Noch hatten die Riiin sie nicht entdeckt. In breiter Front stürmten sie auf die vorgeschobenen Ausläufer von Alamo Gordo zu. Offenbar waren sie uneins, wohin genau sie sich wenden sollten, nachdem ihre Pläne zur Eroberung der Werft gescheitert waren.

Juan Moreno stieß einen Fluch auf Spanisch aus. »Wieso sind wir ausgerechnet heute zum Wachdienst eingeteilt?«

Manchmal war es nicht leicht, zu den Aufrechten zu gehören. Die Gruppe verstand sich selbst als fried- und freiheitsliebende Organisation heimatliebender Terraner. Die Aufrechten hatten der früheren Erdregierung grundsätzlich mißtraut und ihr auch den bevorstehenden Kältetod der Erde nicht abgenommen. Statt die Evakuierung nach Babylon mitzumachen, hatten die Mitglieder der Organisation rund um den Erdball geheime Depots mit Waffen, Kampfanzügen, Kommunikationsgeräten, Polarausrüstungen und sogar Fahrzeugen angelegt, um sich notfalls gegen eine Zwangsumsiedlung zur Wehr setzen zu können. Dafür waren sie bereit, sich mit der Waffe in der Hand nicht nur gegen Plünderer, sondern auch gegen Soldaten und jegliche Stellen der Regierung zu wehren, die sie aus ihrer Heimat wegbringen wollten. Dazu war es nicht gekommen, sonst wären sie nicht mehr hier. Über große Teile der einstmals gebunkerten Ausrüstung verfügten sie auch jetzt noch. Nur mußten sie sich nicht gegen Plünderer oder irdische Soldaten behaupten, sondern gegen Invasoren aus den Tiefen des Alls.

»Ich würde auch lieber im warmen Los Morenos sitzen und einen Brandy genießen«, pflichtete José ihm bei. Die Brüder brachten ein PressMod-Geschütz in Stellung und richteten es auf die Angreifer aus. Noch immer waren sie unentdeckt, doch das konnte sich jeden Moment ändern. Die vorderen Angreifer waren nur noch fünfzig Meter entfernt.

»Gleich sitzen sie uns auf dem Schoß.« Conways Stimme zitterte. »Die Eisläufer brauchen unser Loch nicht einmal zu sehen, um in ihrer blinden Angriffswut geradewegs hineinzufallen.«

Die Hoffnung, daß die Riiin sie in ihrem Versteck übersahen und umkehrten, erfüllte sich nicht. I.D. zögerte nicht länger.

»Feuer frei!« stieß er aus. »PressMod einsetzen. Wir müssen sie so lange wie möglich aufhalten.«

So lange wie möglich. Seine Forderung kam ihm lächerlich vor. Was bedeutete sie schon? Ein paar Minuten? Und dann? Es gab keinen Nachschub, keine Verstärkung. Seine Gruppe war auf sich allein gestellt. Wie mechanisch schoß er und streckte einen Angreifer nieder.

Nun gab es keinen Aufschub mehr. Die Eisläufer kannten die getarnte Stellung der Menschen und stürzten wie auf einen stummen Befehl hin darauf zu. Sie näherten sich wie eine Welle, die durch nichts aufzuhalten war. Die Aufrechten versuchten es trotzdem.

»Wir müssen versuchen, den Hauptpulk zu erwischen«, forderte Juan.

Sein Bruder nickte stumm und machte sich an den Bedienungseinrichtungen des Pressorgeschützes zu schaffen. Er hatte die Richtung der breitflächig wirkenden Waffe schon vektoriert. Als er sie auslöste, gab es keine sichtbaren Anzeichen für ihre Aktivität. Die Folgen waren dafür um so deutlicher. Die manipulierte Schwerkraft griff nach den Riiin, die in Stößen ausgesandten Druckwellen erfaßten sie und rissen sie zu Dutzenden von den Beinen. Zahlreiche dünngliedrige Gestalten wurden durch die Luft gewirbelt und davongeschleudert. Die enormen Kräfte, die selbst Flash aus ihrer Bahn reißen und zum Absturz bringen konnten, spielten mit den Invasoren wie ein Sturm mit welkem Laub. Entsetzte Schreie brandeten auf. Sekundenlang kam der Angriff zum Erliegen.

»Wie schmeckt euch das?« rief José wütend. Wie seinen mit Strahlern feuernden Kameraden war ihm klar, daß er nur einen Teilerfolg errungen hatte. Die Verwirrung der Eisläufer legte sich schneller, als ihnen lieb sein konnte.

Das reinste Strahlengewitter jagte über die Köpfe der Menschen hinweg. Noch waren sie in dem Eisloch in relativer Sicherheit. Die verringerte sich mit jeder verstreichenden Sekunde und mit jedem Meter Raum, den die Angreifer gewannen. Ihr Lärmen ebbte ab, ihr verbissenes Vordringen nicht. Die unerwartete Gegenwehr schien sie nur noch mehr anzustacheln, Alamo Gordo in Besitz zu nehmen.

»PressMod-Dauereinsatz!« trieb Vandekamp die Morenos an. »Nur so stoppen wir sie.«

Er wußte es besser.

Sie spielten auf Zeit, doch gegen die unüberschaubare Übermacht konnten sie nur verlieren. José tat, was er konnte, wie die davonwirbelnden Invasoren bewiesen. Manche überschlugen sich in der Luft, verwandelten sich rasend schnell in winzige Pünktchen, andere wurden durch die auftretenden Verwerfungseffekte des enormen Drucks komprimiert.

Zerquetscht, dachte I.D. *Im wahrsten Sinne des Wortes in der Luft zerrissen*. Trotz allem, was im vergangenen halben Jahr geschehen war, war er nicht so abgestumpft, daß ihm die volle Bedeutung der Worte nicht an die Nieren ging. Doch Gewissensbisse oder Hemmungen waren fehl am Platz. Die Eisläufer wollten nicht nur die Erde haben, sie wollten alle darauf verbliebenen Menschen tot sehen.

Die nächste Welle der Angreifer wurde von einer unsichtbaren Riesenfaust gepackt. Die zerschmetterten Körper flogen davon. Dann ertönten die Schläge von Explosionen.

»Volle Deckung!« schrie Vandekamp gegen den aufbrandenden Lärm an. »Mörsergranaten!«

Die Aufrechten duckten sich gegen die Wände des Lochs und verbargen die Köpfe unter ihren Armen. Ringsum spritze Schnee auf und wurde in Fontänen in die Luft gespritzt. Aufgerissene Eissplitter jagten wie Projektile durch die Luft.

I.D. zerbiß einen Fluch auf den Lippen. Sie hatten die besseren Waffen, doch ihr verwegenes Häuflein Aufrechter war gegen die Übermacht unterlegen. Dieser verdammte Trawisheim! Er hatte den Menschen, die ihre Heimat nicht verlassen wollten, nicht die nötigen Waffen gegen die Invasoren gelassen. Keine

Intervallfelderzeuger, keine sonstige Hochtechnologie. Der Teufel sollte ihn holen!

»Daneben, aber viel fehlt nicht mehr«, fluchte Roger. »Wenn sie ein bißchen besser zielen und eine einzige Granate in diesen verdammten Trichter plazieren, erwischen sie uns alle auf einen Schlag.«

»Dann lamentiert nicht, sondern wehrt euch.« Kaum war der Lärm der Detonationen abgeebbt, ließ José schon wieder das PressMod-Geschütz sprechen. Es war eine reine Verzweiflungstat. »So kriege ich sie nicht mehr. Sie haben sich aufgeteilt und kommen aus allen Richtungen.«

Vandekamp sah das drohende Verhängnis auf seine Männer zustürmen. Wie eine Maschine gab er einen Schuß nach dem anderen ab. Da er schon immer ein geübter Waffenliebhaber gewesen war, leistete er sich keinen Fehlschuß. Trotzdem waren seine Bemühungen wie ein Tropfen auf den heißen Stein. Nur noch ein paar Meter trennten die wütend attackierenden Riiin von ihren Opfern.

»Sie überrennen uns!« schrie Conway. »Wir müssen hier raus!«

»Bleibst du wohl hier!« I.D. warf sich auf seinen Sohn und hielt ihn fest. Jeder, der das Eisloch verließ, war auf der Stelle tot.

Das waren sie auch so. Die Eisläufer waren heran. Dünne, buntgekleidete Gestalten sprangen in sein Blickfeld. Er warf sich herum, den Strahler im Anschlag. Es waren zu viele. Er konnte sie unmöglich alle auf einmal erwischen. Beinahe fatalistisch machte er sich auf den Tod gefaßt. Neben ihm stieß Conway einen überraschten Schrei aus.

Ein dunkler Schatten schob sich über das Schlachtfeld. Ein Racheengel, mit dem keiner gerechnet hatte. Er hatte die Form eines riesigen Ringes und schimmerte unitallblau im Sonnenlicht.

Es war die POINT OF.

*

»Ren Dhark!« jubelte Roger Vandekamp. »Er läßt uns nicht im Stich.«

Nicht so wie Henner Trawisheim, der bei den Aufrechten wenig beliebte Commander der Planeten. Wie in Trance verfolgte I.D. das Geschehen. Er war nicht tot, auch keiner seiner Männer. Sie waren dem Sensenmann eben noch so von der Schippe gesprungen. Die Eisläufer, die die Stellung der Aufrechten erreicht hatten, sanken besinnungslos zu Boden. Schwachblaue Strahlen, die bei den Lichtverhältnissen mehr zu erahnen als zu sehen waren, schickten die Riiin ins Reich der Träume. Die POINT OF setzte Strich-Punkt ein.

»Das ist ja... unglaublich«, stammelte Juan Moreno mit seiner sonoren Stimme. »Das war im letzten Augenblick.«

I.D. erkannte, daß auch der jüngere der Moreno-Brüder bereits mit seinem Leben abgeschlossen hatte. Er streckte den Kopf aus dem Loch. Ringsum lagen regungslose Eisläufer. Dharks Ringraumer hatte sie mit ein paar gezielten Schüssen außer Gefecht gesetzt. Überall auf dem weiten Eisfeld sanken die anstürmenden Angreifer zu Boden, als sie großflächig mit Strich-Punkt belegt wurden. Ein paar verwegene Riiin versuchten erfolglos, dem Schiff mit ihren Handstrahlern beizukommen, bevor sie betäubt wurden. Die Mörser kamen nicht mehr zum Einsatz, doch natürlich hätten auch sie nichts gegen die Unitallhülle ausrichten können.

Ein Anflug von Ehrfurcht ergriff I.D. Die legendäre POINT OF mit seinem Bruder H.C. an Bord aus nächster Nähe in Aktion zu sehen, war ein faszinierender Anblick. Der 180 Meter durchmessende Ringraumer mit dem inneren Durchmesser von 110 Metern huschte über das weite Feld und versetzte die wenigen verbliebenen Invasoren in Angst und Schrecken. Die wuchtige Ringröhre schien sie durch ihre bloße Präsenz zu erdrücken.

Die Waffensteuerungen ließen den Eisläufern keine Chance zur Flucht. Natürlich war Ren Dhark viel zu human, um sie töten zu lassen. Da Strich-Punkt sich exakt dosieren ließ, gelang es, sie ausnahmslos zu paralysieren.

Wo eben noch die Kämpfe getobt hatten, kehrte übergangslos Ruhe ein.

»Dann wollen wir mal.« Abermals machte Conway sich daran, aus dem Eisloch zu klettern. Wieder hielt ihn sein Vater zurück, als sich die Silhouetten weiterer Schiffe am Himmel abzeichneten.

»Raumjäger der Eisläufer«, warnte er seine Kameraden. »Wir verhalten uns unauffällig, dann bemerken sie uns vielleicht nicht.« Außerdem war er sicher, daß Dhark sich nicht vor den fremden Raumern zurückzog, solange Menschen in Gefahr waren.

Die torpedoförmigen Jäger waren noch weit entfernt, doch sie wurden rasch größer. Vandekamp zählte über dreißig anfliegende Gegner.

»Wollen die uns angreifen?« fragte Conway aufgeregt. »Oder die POINT OF?«

»Das würde ihnen schlecht bekommen. Sie wähnen sich zwar wieder in der Überzahl, aber an der POINT OF beißen sie sich die Zähne aus.« I.D. zwinkerte seinem Sohn beruhigend zu. »Keine Sorge, Con. Dhark wird nicht zulassen, daß sie an uns herankommen.«

Dabei brauchten die Riiin das gar nicht. Mit ihren weitreichenden Waffen konnten die Raumjäger die Stellung der Aufrechten auch aus den unteren Atmosphäreschichten unter Feuer nehmen. I.D. drängte das Wissen beiseite. Obwohl sie nie auf der gleichen Seite gestanden hatten, vertraute er auf die Fähigkeiten des früheren Commanders der Planeten.

*

Die torpedoförmigen Raumjäger zeichneten sich in der Bildkugel ab. Von allen Seiten nahmen sie die POINT OF unter Feuer. Wirkungslos verfingen sich die Strahlen der Angreifer im Doppelintervallum. Sie waren so schwach, daß sie nur eine minimale Belastung des Intervalls bewirkten.

Stumm beobachtete Ren Dhark die Attacken der Riiin. Der 1,79 Meter große weißblonde Mann hockte mit zusammengepreßten Lippen im Kommandantensessel. Die Piloten der Jäger waren ausgemachte Narren, wenn sie wirklich glaubten, dem Ringraumer etwas anhaben zu können. Zweifellos wußten sie es besser, dennoch stürzten sie sich wie die Mücken auf einen Elefanten.

Dhark zog die POINT OF in die Höhe und trieb sie zwischen den anfliegenden Jägern hindurch. »Ein paar Warnschüsse vor den Bug«, instruierte er die Waffensteuerungen.

Jean Rochard und Bud Clifton reagierten sofort. Die Antennen des Ringraumers spuckten rosarote Nadelstrahlen. Überlichtschnell jagten sie zwischen den Jägern hindurch.

»Sonderlich beeindruckt sind die Riiin nicht.« Dan Riker schüttelte den Kopf über die fruchtlosen Warnungen. Der schwarzhaarige ehemalige Chef der TF verzog angriffslustig das Gesicht. »Ich fürchte, wir müssen etwas deutlicher werden.«

Noch zögerte Dhark. Ein massives Vorgehen gegen die schlanken Jäger hätte bedeutet, mit Kanonen auf Spatzen zu schießen. »Ich frage mich, was sie vorhaben.«

»Das ist wohl nicht zu übersehen«, spöttelte sein seit den gemeinsamen Tagen auf der Raumakademie bester Freund. »Wenn sie könnten, würden sie uns liebend gern vom Himmel holen. Wir sollten ein Zeichen setzen, bevor sie Verstärkung bekommen.«

»Ein paar Jäger setzen sich ab und stoßen zur Erdoberfläche hinab«, meldete Tino Grappa von der Ortung. Die Warnung war überflüssig, da sich die tiefergehenden Jäger deutlich in der Bildkugel abzeichneten.

»Vielleicht haben sie die Menschen da unten entdeckt.« Ren zog die POINT OF in eine enge Kurve und machte sich an die Verfolgung. »Mister Rochard, Mister Clifton, zerstören Sie die Ausreißer!« ordnete er entschlossen an. Er hatte sich lange genug zurückgehalten. Auch wenn er in vielen Belangen nicht mit den Aufrechten einer Meinung war, waren sie Terraner, die nicht von der Erde geflohen waren wie alle anderen, sondern blieben, um ihren Heimatplaneten bis zum letzten Atemzug zu verteidigen.

Hintereinander kamen die Bestätigungen aus WS-West und WS-Ost. Wieder setzten Clifton und Rochard Nadel ein, und diesmal fand jeder rosarote Strahl ein Ziel. Drei Jäger explodierten beim ersten Feuerschlag, zwei weitere wurden schwer beschädigt. Brennend stürzten sie der Erdoberfläche entgegen. In Gedanken errechnete Ren, wo die Wracks aufschlagen würden. Weit draußen in der White-Sands-Wüste in Richtung Sacramento Mountains, wo sie keine Menschen gefährdeten. Drei weitere Blitze flammten auf.

»Das waren alle«, kommentierte Riker lakonisch. »Die restlichen Jäger drehen ab.«

Dhark nickte. Der Rückzug der Riiin war ihm lieber, als sämtliche Jäger abschießen zu lassen. Die Aufrechten in ihrem Schützenloch waren außer Gefahr. Er hoffte, daß sie klug genug waren, sich in Sicherheit zu bringen. Die Eisläufer kannten diese Stellung nun und würden womöglich später erneut dort angreifen, sobald die POINT OF nicht mehr in der Nähe war.

»Zu früh gefreut«, meldete sich wieder Grappa. Der mailändische Ortungsoffizier nahm eine Einstellung an seinen Instrumenten vor und drehte sich in seinem Sitz um. »Exakttransitionen!«

Unwillkürlich zuckte Dhark zusammen. Die Exakttransitionen waren eine technische Meisterleistung der Riiin. Da konnten selbst die modernsten Ringraumer nicht mithalten.

Die taktische Darstellung in der Bildkugel präsentierte mehrere Eisläufer-Schiffe, die am oberen Rand der Atmosphäre aus dem Nichts aufgetaucht waren. Turmdicke Energiestrahlen brachten die dünne Luft zum Kochen und schlugen ins Intervall.

»Feuer frei für Waffensteuerungen!« bellte Dhark. »Beschuß nach eigenem Ermessen!«

Brutal riß er die POINT OF aus ihrem bisherigen Kurs und jagte sie vom Ort des Geschehens weg, um die Menschen am Boden nicht in Gefahr zu bringen. In der Ferne, wo die Jäger abgestürzt waren, stiegen Rauchwolken auf. Wenn sich die Piloten nicht mit Fallschirmen oder etwas Ähnlichem gerettet hatten, konnten sie nicht überlebt haben. Der Ringraumer raste himmelwärts. Dreißig Antennen verschossen Nadel und verwandelten ihn in ein feuerspeiendes Ungetüm.

In Flugrichtung entstand eine neue Sonne, bevor die Angreifer zu erkennen waren. Ein herbeitransitiertes Schiff war explodiert. Drei weitere waren übrig, und die Geschützoffiziere feuerten im Salvenmodus.

»Großkampfschiffe«, erkannte der Erste Offizier Hen Falluta. Es handelte sich um plattgewalzte Zylinder von 500 Metern Länge, 200 Metern Breite und der halben Höhe. »Sie brechen nach Süden aus.«

Die Nadelstrahlen konzentrierten sich auf das mittlere Schiff. Clifton und Rochard spielten virtuos auf der Klaviatur ihrer Waffensysteme und trieben es vor sich her. Schon zeigten sich großflächige Schäden an der Hülle des Zylinderraumers.

»Sie schießen... aber nicht auf uns!« gellte Leon Bebirs entsetzte Stimme durch die Kommandozentrale. »Sie nehmen Alamo Gordo aufs Korn!«

Dharks Magen verkrampfte sich. Bei der Giant-Invasion 2051 war World City als Regierungssitz und Hauptstadt der Erde zerstört worden. Drohte das gleiche Schicksal vierzehn Jahre später Alamo Gordo?

»Feuer mit allem, was wir haben!« wiederholte er seinen Befehl überflüssigerweise. Seine eigene Stimme kam ihm kalt und fremd vor. Draußen zerschnitten die rosaroten Strahlen das Blau des Himmels und schufen ein bizarres Muster, in dem die Zylinderraumer verwegene Ausweichmanöver flogen.

»Sie ziehen sich zurück«, verkündete Grappa mit stoischer Ruhe. »Sie transitieren. Zwei sind verschwunden… und das beschädigte Schiff ebenfalls.«

»Glück gehabt, Freunde«, zischte Riker. »Ein paar Sekunden länger und ihr hättet noch einen eurer großen Pötte verloren.«

Eine kalte Hand griff nach Rens Herz. Hoffentlich hatten sie die Angreifer nicht zu spät zurückgeschlagen. »Ich will wissen, wie es in Alamo Gordo aussieht. Sind Schäden festzustellen? Ich brauche ein paar Ausschnittvergrößerungen.«

Bevor es dazu kam, meldete sich Glenn Morris aus der Funk-Z. »Das Büro von Bruder Lambert ruft uns.«

»Der fehlt uns gerade noch.« Riker machte eine abschätzige Handbewegung.

Auch Dhark stand dem Anführer der evangelikalen Christen mit größtem Mißtrauen gegenüber. Seit ihrem ersten Zusammentreffen war der Führer der kreationistischen Gläubigen, die heute die stärkste Macht auf der Erde darstellten und alle anderen Gruppen wie Aufrechte oder Gäa-Jünger unter ihrer Führung vereinigt hatten, eine undurchsichtige Figur geblieben. Der mittelgroße, etwas zu füllige Mittvierziger mit den schütteren dunklen Haaren, der etwas zu spitzen Nase, den dunklen Augen und der ruhigen Stimme sowie dem gleichermaßen ruhigen Wesen ließ sich nicht in die Karten schauen. Diese Undurchschaubarkeit, das Geheimnisvolle, das ihm anhaftete, wurde verstärkt durch die Pigmentflecken in seinem Gesicht und am Hals. Zudem hatte er eine extreme Glaubensfestigkeit und Charisma. All das hatte dazu geführt, daß es ihm gelungen war, nach der Evakuierung der Menschheit Aufrechte, Gäa-Jünger und andere Splittergruppen zu einen. Von denen gab es einige. Bruder Lambert hatte eine unüberschaubare Gefolgschaft um sich geschart, die ihm, wie Ren fürchtete, halbwegs blind folgte. Als gleichermaßen religiöser wie weltlicher Führer besaß der Mann eine nicht zu unterschätzende Macht. De facto beherrschte er die Erde, wenn man von den Invasoren absah, die sich überall breitgemacht hatten. So etwas konnte leicht in Extremismus münden.

»Durchstellen.«

Bruder Lambert meldete sich persönlich. »Geht es Ihnen gut?« erkundigte er sich. Seine Stimme war sanft, beinahe melodisch. »Wir haben den Kampf von hier aus mitverfolgt.«

»Bei uns ist alles in Ordnung. Wie sieht es in Alamo Gordo aus? Welche Zerstörungen hat der Beschuß durch die Riiin ausgelöst?«

»Der Stadt ist nichts passiert. Die Eisläufer haben nur den Sam-Dhark-Gedächtnispark beschossen. Es gab keine Toten, nicht einmal zerstörte Gebäude. Offenbar hat es sich nur um eine Warnung gehandelt.«

Dhark nickte, hin- und hergerissen zwischen Erleichterung und Wut. Zumindest keine Toten also. Doch das konnte sich beim nächsten Mal ändern.

Außerdem war es Zufall, daß sich niemand im Gedächtnispark zu Ehren seines Vaters aufgehalten hatte. Auch wenn so etwas in diesen Zeiten selten vorkam, war es nicht ausgeschlossen. In dem Fall hätte es Tote gegeben.

»Ich danke Ihnen für Ihre Besorgnis«, verabschiedete er sich mit einem zwiespältigen Gefühl von Bruder Lambert. Er konnte sich nicht entscheiden, ob er den Mann mochte oder grundlegend ablehnte, weil er stets den Eindruck hatte, daß Lambert etwas vor ihm verbarg und mit seinem Charisma Ziele verfolgte, die er bisher geheimhielt. »Ich bin sicher, wir sprechen uns schon bald wieder.«

»Das bin ich ebenfalls.« Bruder Lambert unterbrach die Verbindung von sich aus.

»Hen, Sie übernehmen die POINT OF und bringen sie nach Alamo Gordo zurück.«

Riker stieß seinen alten Freund an. »Und warum machst du das nicht selbst? Du hast doch etwas vor, mein Lieber?«

»Die Eisläufer haben uns gewarnt. Die Erde ist immer noch unsere Heimat, nicht die ihre.« In Rens Augen funkelte es bedrohlich. »Wenn hier jemand den anderen warnt, dann wir sie und nicht umgekehrt.«

»Du willst ihnen eine Gegenwarnung zukommen lassen?«

»Wir statten ihnen einen Besuch ab. Wir fliegen mit allen 28 Flash nach Thule und zeigen ihnen, daß wir uns nicht alles gefallen lassen, mögen sie zahlenmäßig auch noch so überlegen sein.«

»Ich bin dabei«, forderte Riker kompromißlos. »Bilde dir bloß nicht ein, daß ich auch diesmal wieder an Bord bleibe und Däumchen drehe.«

»Darauf hast du wohl nur gewartet«, fuhr Anja Riker, die sich ebenfalls in der Zentrale aufhielt, ihrem Mann in die Parade. »Was soll das bringen? Wir können froh sein, daß der Zwischenfall eben so glimpflich abgelaufen ist. Fordert die Eisläufer nicht zusätzlich heraus!«

»Wir müssen etwas unternehmen«, hielt Dan ihr entgegen. »Je mehr wir die Fischköpfe gewähren lassen, desto mehr nehmen sie sich heraus. Wir müssen sie endlich in ihre Schranken weisen.«

»Unsinn«, begehrte die blonde Expertin für Worgun-Mathematik mit der hübschen Stupsnase und der die männliche Hormonproduktion anregenden Figur auf. »Dazu sind wir längst nicht mehr in der Lage. Trawisheim kümmert sich doch überhaupt nicht mehr um die Erde. Statt die Lage noch zu verschlimmern, sollten wir einen Status quo mit den Eisläufern einhalten.«

»Trawisheim hat vielleicht gar nicht so unrecht«, murmelte Riker nachdenklich.

Dhark warf ihm einen indignierten Blick zu.

Dan winkte ab. »Schon gut, vergiß es. Wir sollten zusehen,

daß wir die Flash bemannt bekommen. Und es bleibt dabei, einen davon fliege ich selbst.«

Ren war einverstanden. Für den Einsatz sämtlicher 28 Flash brauchte er alle fähigen Piloten, und Dan war neben den speziell ausgebildeten Flashpiloten einer der besten.

*

Thule auf Grönland war die nördlichste Großsiedlung der Eisläufer auf der Erde. Einst hatte die Stadt an der Küste der Baffin-Bai gelegen, doch Grönland war keine Insel mehr, die nur durch die Luft, zu Wasser oder per Transmitter zu erreichen war. Denn ringsum waren Nordpolarmeer, Grönlandsee, Baffin-Bai, Danmark- und Davis-Straße dauerhaft zugefroren. Auf Grönland selbst gab es keine eisfreien Zonen mehr. Dort fühlten die Eisläufer sich besonders wohl. Sie hatten die ehemalige terranische Stadt übernommen und weiter ausgebaut.

Die 28 Flash jagten durch den Erdboden und kamen am Rande des weitläufigen Raumhafens heraus. Grauer Himmel empfing die Piloten. Schneegestöber sorgte für erschwerte Sichtverhältnisse. Die Tageszeit ließ sich nicht einmal abschätzen.

Dharks Blick glitt über die Start- und Landefelder. Die Riiin hatten ganze Arbeit geleistet. Früher hatte das kleine Thule mit seinen ehemals weniger als tausend Einwohnern keinen Raumhafen vorweisen können. In einiger Entfernung erkannte er die Silhouetten von Gebäuden. Vom Standort der Flash aus war nicht zu entscheiden, ob es sich um terranische Häuser handelte, oder ob die Invasoren sie errichtet hatten. Es war gleichgültig, denn die Ansiedlung war nicht sein Ziel – sondern die hier geparkten Raumschiffe.

Ren wußte, daß hier stets mehrere Großkampfschiffe der Riiin lagen. Er zählte fünf der plattgewalzten Zylinder. Neben dem Hauptrumpf besaß jedes Schiff an nach unten gebogenen Armen vier Ausleger von der gleichen Form wie der Raumer selbst. Jeder dieser Ausleger war 80 Meter lang, 32 breit, 16 hoch und diente als Hangar sowie als Start- und Landerampe für die rund 200 Jäger, die jedes Zylinderschiff an Bord hatte, außerdem als Landestütze, auf der der Raumer ruhte.

»Zurückkehrende Raumjäger«, meldete Riker über Funk.

Dhark sah die torpedoförmigen Jäger ebenfalls. In dem Schneetreiben boten sie einen unwirklichen Anblick. Er vermutete, daß es diejenigen waren, die Alamo Gordo angegriffen hatten. Als sie einen offenstehenden Hangar anflogen, wählte Ren diesen Zylinder spontan für seine Demonstration aus.

»Dhark an alle«, rief er seine Piloten über Funk. »Anflug auf das Schiff, in dem die Jäger einschleusen. Unser Ziel sind die Ausleger auf der linken Seite. Flash 001 bis 014 fliegen mit eingeschaltetem Brennkreis durch den vorderen, Flash 015 bis 028 durch den hinteren Ausleger.«

Er selbst steuerte Flash 003. Die drei Meter langen Beiboote huschten mit aktivierten Intervallen dicht über dem Landefeld dahin. Dharks Blick huschte zwischen den Bordanzeigen und dem Monitor über seinem Kopf hin und her. Bisher waren sie nicht entdeckt worden, und er hatte sein Ziel schon fast erreicht. Die Eisläufer würden ihr blaues Wunder erleben. Dann war er heran. Im Pulk drangen die Kleinboote in die Ausleger ein. Die eingeschalteten Brennkreise ließen Schneisen der Zerstörung hinter sich. Beim Durchflug durch einen Hangar entdeckte Ren mehrere Riiin, die in wilder Panik flohen, als sie sich unerwartet mit der Bedrohung konfrontiert sahen. Hinter der 003 kam es zu Explosionen, wo Aggregate zerstört wurden. In Sekundenschnelle griff Feuer um sich, und Rauch breitete sich aus.

Der Flash jagte ins Freie, mehrere Schatten neben sich. Es waren Riker und die anderen. Sie rasten in alle Richtungen davon, während ein paar Feindjäger versuchten, ihren Anflug abzubrechen. Die Piloten waren viel zu konsterniert, um sich gegen die Menschen zu stellen. Plötzlich waren überall Bewegungen. Eisläufer rannten mit Handwaffen über das Landefeld. Doch damit konnten sie den Intervallen nicht beikommen.

Dhark hatte andere Probleme. Vor ihm bohrten sich zwei Jäger ineinander. In dem Durcheinander sah er sie zu spät. Mit einer gedankenschnellen Reaktion zog er den Flash in die Höhe, als sich Feuer und Rauch ausbreiteten. Trümmerteile wirbelten durch die Luft.

Das war noch nichts im Vergleich zu dem, was bei dem attakkierten Großkampfschiff geschah. Die beiden zerstörten Ausläufer waren abgeknickt. In dem Moment wurde der hintere von einer gewaltigen Explosion zerrissen. Eine Stichflamme zuckte hundert Meter in die Höhe. Feuer und Schneegestöber vermischten sich zu einer undurchdringlichen Wand. Selbst sie konnte das sich abzeichnende Drama nicht verbergen. Ein Zittern lief durch den 500 Meter langen Schiffsrumpf, der sich wie in Zeitlupe zur Seite neigte.

Gleichzeitig aktivierten die Zylinderraumer ihre Schutzschirme. Nun war kein Durchkommen mehr möglich, doch Dhark hatte schon erreicht, was er wollte.

»Rückzug!« befahl er den anderen Flashpiloten.

Hinter ihm stürzte der beschädigte Raumer endgültig um.

Plötzlich war die Luft voller Jäger. Es waren Hunderte. Kamen sie aus den Großraumern oder aus versteckten Hangars? Dhark schlug ein paar Haken, als die kleinen, wendigen Maschinen das Feuer eröffneten. Sonnenheiße Strahlenbahnen rasten durch den Schnee und ionisierten die Luft.

»Wir werden aus dem All beschossen«, meldete sich Riker alarmiert.

Schon fraßen sich meterdicke Strahlenbündel in den Untergrund. Es grenzte an ein Wunder, daß kein Flash abgeschossen wurde. Lange würden sie soviel Glück nicht haben. Ren sah nur eine Rückzugsmöglichkeit.

»Wir verschwinden auf dem Weg, auf dem wir gekommen sind«, gab er durch. »Alle Flash sofort zurück zur POINT OF.«

Er trieb die 003 bodenwärts. Für die Eisläufer mußte es so aussehen, als wollte er sein Kleinboot in das Landefeld rammen. Ein paar der dünngekleideten Gestalten schossen auf gut Glück in die Luft, während sie sich eilig in Sicherheit brachten. Augenblicke später endete die Außenbeobachtung. Auf dem Monitor über Rens Kopf war es nur noch schwarz.

Dhark aktivierte den Hyperfunk und rief die Riiin. »Das war nur eine kleine Demonstration unserer Macht. Statt eines Schiffes hätten wir alle angreifen können«, drohte er mit kalter Stimme. »Beim nächsten Mal nehmen wir keine Rücksicht mehr. Sollte Alamo Gordo noch einmal angegriffen werden, war das gerade nur der Anfang. Ich empfehle allen Eindringlingen nachdrücklich, sich von unseren noch bewohnten Städten und Einrichtungen fernzuhalten, sonst werden sie es bereuen.«

Er lauschte und schaltete die Verbindung ab, als keine Antwort kam. Dennoch war er sicher, empfangen worden zu sein. Die Eisläufer wußten nun, woran sie waren. Ob sie sich davon beeindrucken ließen und sich künftig vorsichtiger verhielten, war eine andere Frage. Er wies die Automatik an, an Bord der POINT OF zurückzukehren, und schloß die Augen. Für kurze Zeit hatte er Muße, sich an die Geschehnisse zu erinnern, die zur heutigen Situation geführt hatten.

All das hatte vor einem halben Jahr begonnen, im September 2064.

Oder war da bereits alles zu Ende gewesen?

2.

Er war allein, die Erde war beim Teufel, und es bestand keine Aussicht auf Besserung.

Ren Dhark stapfte durch den Schnee und hatte den Eindruck, über eine endlose Ebene zu schreiten. Er konnte nicht sehen, was sich daran anschloß. Bei klarem Wetter prangte im Westen die Silhouette von Alamo Gordo. Doch bei dem Unwetter, das über Cent Field tobte, schien die Hauptstadt der Erde nicht mehr zu existieren, als sei sie einfach von der Landkarte weggewischt worden.

Das einzige, was er identifizieren konnte, waren 28 Flash, die sich am Rand des Landefeldes reihten. Es waren die Beiboote der POINT OF, die auf ihre Rückkehr an Bord des Ringraumers warteten. Immerhin hatte das Schiff bei jedem seiner letzten Flüge 2000 Umsiedler transportiert. Für die Behelfsquartiere war soviel Raum wie möglich nötig gewesen. Die Menschen wurden in Hangars, leeren Räumen und teilweise in den Gängen der POINT OF untergebracht, auch in den leergeräumten Flashhangars. Auf dem Rückweg von Babylon nach dem letzten Flug hatte die Besatzung die Behelfsquartiere schon wieder abgebaut und die fliegende Herberge in ein Raumschiff zurückverwandelt. Nur die Flash fehlten noch. Der Checkmaster hatte Anweisung, sie in Kürze zu aktivieren und in ihre Hangars zu bringen.

In der Ferne glomm ein düsteres rotes Licht. Es war eine optische Warnbake, die startenden und landenden Raumschiffen neben dem elektronischen Leitstrahl als zusätzliche Orientierung dienen sollte. Bitter lachte Dhark auf. Sie hatte ihren Sinn verloren. Die vor wenigen Stunden gelandete POINT OF war vermutlich für längere Zeit das letzte Schiff, das auf Cent Field niedergehen würde. Danach blieb das pulsierende Licht nur noch ein Mahnmal an vergangene Zeiten, an eine Erde mit lebhafter Raumfahrt.

Für sehr lange Zeit, fürchtete er. Denn niemand hatte mehr Grund, die Erde anzufliegen. Sie war drauf und dran, zu einer toten, lebensfeindlichen Welt zu werden. Von solchen Planeten hielt sich fern, wer klug und nicht auf Vorkommen an Bodenschätzen aus war.

Zu einer lebensfeindlichen Welt zu *werden?* War sie das nicht schon?

Dhark orientierte sich in Richtung der Bake, die ihn wie ein gigantisches Auge magisch anzog. Mit einem knappen Blick zurück vergewisserte er sich, daß seine Fußabdrücke im Schnee zu sehen waren. Alles um ihn war so unwirklich, daß er sich nicht gewundert hätte, wenn sie nicht dagewesen wären. Ein wenig fühlte er sich wie ein Geist, der gekommen war, um noch einmal die Stätten seiner Vergangenheit zu besuchen, bevor sie endgültig unter Schnee und Eis begraben wurden und der Vergessenheit anheimfielen. Er fühlte sich müde und fragte sich, was ihn aus dem Schutz seines Ringraumers in die kalte Ödnis hinaustrieb. Mehr als je zuvor war die POINT OF zu seinem Anker geworden, an den er sich klammern konnte, während sich ringsum alles veränderte. Bisweilen hatte er ihren eigentlichen Zweck vergessen, der vornehmlich darin bestand, die Galaxis zu erkunden. Ein Jahr Evakuierungsflüge, der gleiche nervenzermürbende Trott tagein, tagaus ging auch an einem Ren Dhark nicht spurlos vorbei. Zumal ihn jeden Tag die Sorgen um die Menschheit quälten, die Sorgen um *seine* Menschheit. Und die Sorgen um *seine* Erde.

Mit Schrecken sah er den Trichter aus buntschillernder Energie vor seinem geistigen Auge, der die Synties und ihre Mutter abgesaugt hatte. Mit ihrem Verschwinden war auch jegliche Hoffnung auf eine Rückkehr zu normalen Verhältnissen für

Terra geschwunden. Gerade als dank der Synties und ihrer Wasserstofflieferungen zur Sonne alles gut zu werden schien, war das scheinbar unausweichliche, endgültige Ende für seinen Heimatplaneten gekommen.

»Nein! Nicht, solange ich etwas dagegen unternehmen kann!«

Doch was konnte er schon tun? Ihm waren mehr oder weniger die Hände gebunden.

Dharks trotziger Ausruf verwehte in dem Wind, der über das Landefeld heulte und den Schnee zum Tanzen brachte. Er war nicht bereit, die Erde aufzugeben und woanders neu anzufangen wie Trawisheim und seine Bürokraten. Jedenfalls nicht auf Dauer. Die Erde war mehr als ein Planet unter unzähligen anderen, mehr als nur irgendein Himmelskörper. Sie war Wiege und Heimat der Menschheit – sie war *seine* Heimat. Es mußte einen Weg geben, alles wieder ins rechte Lot zu rücken. Es lag an ihm, diesen Weg zu finden. Irgendwohin waren die Synties verschwunden. Doch wohin? Und wer steckte hinter ihrem Verschwinden? Zweifellos jemand, der damit einen gezielten Schlag gegen die Menschheit geführt hatte. Und wenn es sich um einen Akt der Natur handelte, den auch die Synties nicht hatten voraussehen können? Rens Gedanken drehten sich im Kreis, seit Tagen, Wochen und Monaten. Immer wieder schob er eine Befürchtung ganz weit von sich.

Die Synties sind vernichtet worden.

In dem Fall sah auch Dhark keine Möglichkeit, die Sonne jemals wieder in ihren ursprünglichen Zustand zu versetzen. Ihr Zustand hatte sich zwar stabilisiert, der Masseverlust war zum Erliegen gekommen, und sie erkaltete nicht weiter. Von allein würde sich der Prozeß aber auch nicht umkehren. Mit den vorhandenen technischen Möglichkeiten und einem nur halbwegs vertretbaren Aufwand war der Sonne in überschaubarer Zeit nicht zu alter Kraft zu verhelfen. Also blieb die Situation auf der Erde, wie sie war. An den Polen herrschten Minustemperaturen bis zu 140 Grad unter Null, am Äquator um die –20 Grad Celsius. Die Landflächen waren vereist und die Weltmeere bis auf einen schmalen Streifen am Äquator zugefroren. Lediglich die innere Erdwärme verhinderte, daß die Meere gänzlich durchfroren. Eine ähnliche Eiszeit hatte die Erde zeit ihres Bestehens nicht erlebt.

Ein einsetzender Orkan ließ Ren aufsehen. Zwei oder mehr Kilometer vor ihm erhob sich ein Gebirge aus dreieckigen Carboritflächen. Es war ein Schiff des neuen Ikosaeder-Typs, der eigens für die Evakuierung der Menschheit entwickelt worden war. Mit seinem leistungsstarken Transitionstriebwerk konnte es die Strecke bis nach Babylon in achtzehn Stunden zurücklegen. Pro Flug konnte ein solcher nur für diesen Zweck gebauter Gigant 100 000 Menschen evakuieren. Es war das endgültig letzte Transportschiff. Die Menschen, die sich nun noch auf der Erde aufhielten, hatten sich bis zuletzt standhaft geweigert, sie zu verlassen.

Dhark hielt inne. Die Luftverdrängung des aufsteigenden Ikos trieb den Schnee in seine Richtung. Ren stemmte sich gegen den entfesselten Sturm. Es hatte etwas Allegorisches an sich. Er war nicht bereit zu weichen, auch wenn es so aussah, als gäbe es keine Hoffnung mehr. Als er seinen Weg fortsetzte, wurde er schier zerrissen von der Überlegung, wessen Überleben wichtiger war. Das der Erde oder das der Menschheit? Zweifellos zweites, doch gehörten nicht beide zusammen? Verloren die Menschen mit ihrer Heimat nicht auch ihre Wurzeln, ihre Identität? Vielleicht war man nur in der Lage, das zu erkennen, wenn man sich ständig im Weltall herumtrieb. Trawisheim und seine Bürokraten dachten pragmatisch und konnten derlei Empfinden womöglich gar nicht nachvollziehen. Das mochte sich ändern, wenn die Umsiedlung nach Babylon abgeschlossen war, der dortige Neuanfang stattgefunden und die Menschheit endlich Zeit hatte, sich richtig zu besinnen. Aber wenn dann das große Heimweh ausbrach, war es zu spät. Daran konnte dann auch der Commander der Planeten nichts mehr ändern.

Sei nicht ungerecht, redete Dhark sich ein. *Trawisheim kann gar nicht anders handeln.*

Der amtierende CdP hatte sogar alles perfekt organisiert, auch wenn die Nogk ihre Hilfe bei der Evakuierung letztlich nur dank Charauas Freundschaft mit Ren Dhark gewährt hatten. Auf Trawisheim waren die besten Verbündeten der Menschen nicht besonders gut zu sprechen. Mit ihrer Hilfe hatte die Evakuierung viel schneller abgeschlossen werden können als geplant. Inzwischen waren die Nogk in ihr Heimatreich zurückgekehrt, nachdem sie sich einmal mehr als verläßliche Freunde erwiesen hatten.

Die Umrisse von mehrstöckigen Gebäuden schälten sich aus dem Schneetreiben, dazwischen ein wuchtiger Turm. Unwillkürlich hatte Dhark den Weg zum Trakt der Raumhafenkontrolle eingeschlagen. Er schüttelte den Kopf, als er begriff, daß sein Unterbewußtsein ihn hergeführt hatte. Ohne seine Schritte zu verlangsamen, näherte er sich den grauen Fassaden. Kein einziges Fenster war beleuchtet. Auch dort hielt sich niemand mehr auf. Wie ganz Cent Field waren Raumhafenkontrolle und sämtliche Abfertigungsbereiche verwaist. Die letzten Soldaten verließen die Erde mit dem Ikosaederschiff, das am dunklen Himmel verschwand und allenfalls die Ahnung an einen einstmals regen Raumhafenbetrieb zurückließ.

Die POINT OF war allein, war das letzte Raumschiff auf Terra. Die Ringraumerwerft am Rande von Alamo Gordo produzierte nicht mehr. Da sie zu groß und komplex war, um sie mit nach Babylon zu nehmen, andererseits aber zu wertvoll, um sie zu zerstören, war eine kleine Wachmannschaft dort stationiert. Gegen wen sollten die Männer die Werft schützen? Gegen mögliche Plünderer? Das war nicht auszuschließen.

Schließlich gab es dort einiges an Technik zu erbeuten.

Oder hatte Trawisheim gar an fremde Besucher aus dem All gedacht?

Dhark schüttelte den Kopf. Eine solche Befürchtung war Unfug. Niemand interessierte sich für eine trostlose Eiswüste, in der ein Überleben kaum möglich war.

Trotz des Thermoanzugs fröstelte ihn plötzlich. Er stellte sich vor, wie sein Freund Dan Riker in der Kommandozentrale des Ringraumers saß und seine Schritte an einem Bildschirm verfolgte. Ob er begriff, daß Ren einfach für ein paar Minuten allein sein mußte? Nach dem wie in Trance verlaufenen Jahr ständiger Flüge zwischen Terra und Babylon realisierte er hier draußen erst so richtig, wie weit es tatsächlich mit der Erde gekommen war.

Unverdrossen stapfte er weiter, bis er die Gebäude erreichte. Sie waren verschlossen und gegen Plünderer gesichert. Mit einem schlichten Code verschaffte Dhark sich Zugang.

Früher war er gelegentlich hiergewesen. Jetzt kamen ihm sämtliche Räume vor, als hätte er sie noch nie in seinem Leben betreten.

*

»Kannst du mir erklären, was Dhark vorhat?«

»Was soll er schon vorhaben? Er geht spazieren.«

»Spazieren. Von mir aus.« Chris Shanton schnaufte. »Du weißt genau, wovon ich rede. Stell dich nicht dümmer, als du bist, auch wenn es viel dümmer gar nicht geht. Ich rede von der Gesamtsituation. Wieso landen wir auf Cent Field? Was verspricht Dhark sich davon? Die Erde ist doch sowieso im Eimer.«

»Nicht nur die Erde.« Jimmy, der Roboterhund in Form eines Scotchterriers mit pechschwarzem Fell, dem er seinen Spitznamen *Brikett auf vier Beinen* verdankte, schielte vorwurfsvoll zu der Cognacflasche, die sein Konstrukteur und Herrchen in den riesigen Pranken drehte.

»Die Flasche ist nicht im Eimer.« Der schwergewichtige Mann mit der Halbglatze, dem Kinnbart und den an Keulen erinnernden Armen, der als Kolonist mit der GALAXIS nach Hope geflogen war und neben Arc Doorn und Robert Saam als weltbester Technikexperte galt, wuchtete seine 114 Kilogramm Lebendgewicht in die Höhe. »Sie ist schlicht und ergreifend leer.«

»Ich rede auch nicht von der Flasche, sondern von demjenigen, der den Zustand ihrer Inhaltslosigkeit herbeigeführt hat.«

»Werd' nicht unverschämt, du mißratene Töle, sonst schraube ich dich auseinander«, drohte Shanton. Er fixierte seine Schöpfung und überlegte, ob es sich bei der Anspielung um eine von Jimmys üblichen Scherzen oder um einen ernsthaften Vorwurf gehandelt hatte. Ursprünglich nur mit einem einfachen Suprasensor ausgestattet, bildeten sich in dem Kleinroboter aufgrund eines unbekannten Bauteilfehlers immer wieder Subprogramme, die den künstlichen Hund nahezu selbständig agieren ließen. Bis zu einem gewissen Grad war er sogar zur Selbstprogrammierung fähig. Nicht einmal sein Erbauer konnte sagen, ob Jimmy immer noch nur ein Roboter war oder den Turing-Sprung zu einer Künstlichen Intelligenz getan hatte.

»Ich wollte dir nur anbieten, dir eine volle Flasche zu besorgen. Andere Sorgen scheinst du zur Zeit ja nicht zu haben.«

»Habe ich auch nicht, du kleiner Wichtigtuer. Seit einem Jahr spielen wir Taxiunternehmen. Ich sehe die Wichtigkeit durchaus ein. Für die POINT OF, für Dhark, für Trawisheim, für die Menschheit. Für die ganze Welt sind unsere Chauffeurdienste wichtig, nur nicht für mich. In der ganzen Zeit sind meine Dienste nämlich nicht ein einziges Mal benötigt worden. Was mache ich überhaupt noch an Bord?«

»Teuren Cognac trinken.«

Shanton holte aus und schleuderte die leere Flasche auf Jimmy. Der Vierbeiner war viel zu schnell, um sich treffen zu lassen. Er rollte auf den in seine Pfoten eingearbeiteten Kugellagern aus der Gefahrenzone und brachte sich unter einem Stuhl in Sicherheit.

»Das ist aber nicht die feine englische Art«, plärrte er aus seiner Deckung. »Ich mache mir ernsthafte Sorgen um dich. Jeder, der dich kennt, weiß, daß du gerne und viel trinkst, doch immer nach dem Motto: Dienst ist Dienst und Schnaps ist Schnaps. Deine Arbeit hat nie darunter gelitten, weil du bei wichtigen Projekten auch monatelang abstinent bist. Oder besser: abstinent warst. Ich habe den Eindruck, das hat sich geändert.«

»Weil es keine wichtigen Projekt gibt, verstehst du das denn nicht? Ich bin überflüssig.«

»Man kann sich auch etwas einreden, wenn man die Wahrheit nicht sehen will«, beharrte Jimmy auf seinem Standpunkt. »Du säufst... Verzeihung, du trinkst nicht, weil du zuviel Zeit hast, sondern weil du dich daran gewöhnt hast. Weißt du, was du geworden bist? Ein...«

»Klappe jetzt, Töle. Es reicht.« Wutentbrannt machte Shanton einen Satz nach vorn und trat nach dem Versteck des Roboterhundes. Der Stuhl flog durch die Kabine und krachte in eine Ecke, wo er umgekippt liegenblieb.

»Das ist völlig sinnlos«, maulte Jimmy und rollte zum Ausgang, der sich automatisch vor ihm öffnete. »Mit dir kann man nicht mehr vernünftig reden, Dicker.«

Shanton schaute ihm fassungslos hinterher. *Vernünftig?* dachte er. *Als ob du das jemals gekonnt hättest.*

Er hob die Flasche auf, die dank des dämpfenden Untergrunds heil geblieben war, und betrachtete sie sinnend. Am Vorabend war sie noch voll gewesen. Als er sie gelehrt hatte und danach eingeschlafen war, hatte er die Ankunft auf der Erde gar nicht mitbekommen.

Heute hingegen hatte er noch keinen einzigen Schluck getrunken. Wieso also stellte der blöde Köter sich so an? Es gab keinen Grund dazu, denn Shanton war stocknüchtern. Nüchterner jedenfalls, als ihm lieb war, wenn er daran dachte, daß ihm auch der heutige Tag aller Voraussicht nach mehr Langeweile als sinnvolle Arbeit bescheren würde. Und überhaupt, so weit kam es noch, daß seine eigene Schöpfung ihm ernsthafte

Vorhaltungen machte, nur weil er zu besonderen Anlässen einen über den Durst trank.

Wenn wir schon auf Cent Field stehen und dem lieben Gott den Tag stehlen, dachte er, *könnte ich mir wie Dhark ein wenig die Beine vertreten.* Der *Trinkfeste Raumsoldat*, die legendäre Kneipe, in der vorwiegend Angehörige der Terra Defence Forces verkehrten, war nicht weit entfernt. Er bezweifelte, daß die Inhaber sämtliche Alkoholvorräte aus der Bar mit nach Babylon genommen hatten. Der Platz bei den Evakuierungsflügen war arg eingeschränkt, und jeder Übersiedler durfte nur ein limitiertes Kontingent an persönlichen Dingen mitnehmen. Alkohol gehörte bestimmt nicht dazu.

Shanton verließ seine Kabine und besorgte sich einen Thermoanzug.

*

Die Energieversorgung war abgeschaltet. Ein paar Notleuchten verbreiteten einen spärlichen Schein. Dhark vermutete, daß sie noch eine Weile brennen und nach Ablauf einer gewissen Frist ebenfalls ihre Tätigkeit einstellen würden. Wie er es erwartet hatte, hielt sich kein Personal mehr in den Räumlichkeiten der Raumhafenkontrolle auf. Die menschenleeren Gänge waren deprimierend. Sie erweckten den Anschein, niemals belebt gewesen zu sein. Um so gespenstischer war, daß Ren noch den Nachhall von Schritten und Stimmen zu vernehmen glaubte.

Instinktiv schaute er sich um, doch er war allein.

Es zog ihn zu einem Büro, in dem ein Bekannter von Joan Gipsy tätig gewesen war, der toten Mutter seines ebenfalls toten Sohnes. Es sah aus, als sei es Minuten zuvor erst verlassen worden, weil Feierabend war, und als käme der Sachbearbeiter am nächsten Morgen zurück. Dhark öffnete ein paar Schreibtischschubladen und schaute hinein. Er wunderte sich nicht, einige Arbeitsutensilien zu finden. Persönliche Gegenstände hingegen gab es keine. Die Angestellten und Soldaten, die in den Räumen tätig gewesen waren, waren aus dem irdischen Dasein verschwunden.

Was suchte er eigentlich hier? War es die unterbewußte Hoffnung, irgendein Stückchen Normalität zu entdecken, das darauf hindeutete, daß er sich die vergangenen anderthalb Jahre nur eingebildet hatte?

Erfolglos versuchte er einen Suprasensor in Betrieb zu nehmen. Allein die geparkte POINT OF auf einem Überwachungsmonitor zu sehen, hätte einen beruhigenden Wiedererkennungseffekt gehabt. Erwartungsgemäß blieb Ren der Erfolg verwehrt. Hier funktionierte nichts mehr. Auf einer kalten Welt wie der Erde wurde das kleinste bißchen Energie woanders benötigt, zum Beispiel von der Wachmannschaft der Ringraumerwerft.

Eine Bewegung erregte Dharks Aufmerksamkeit. So allein, wie er gedacht hatte, war er doch nicht. Eine Gestalt stand unversehens in der Tür.

»Was suchen Sie hier, Sir?« fragte sie. »Der gesamte Bereich ist gesperrt. Unbefugten ist der Zutritt untersagt.«

Überrascht betrachtete Ren den humanoiden Roboter. Eine Menge davon waren während der Evakuierung als Patrouillen gegen Plünderer eingesetzt gewesen, doch auch sie waren mittlerweile fast alle abgezogen. Anscheinend waren ein paar auf der Erde geblieben und versahen weiterhin ihren Dienst.

»Ich bin Ren Dhark«, wies er sich aus. »Ich habe einen Code, der mich zum Betreten sämtlicher Einrichtungen des Raumhafens berechtigt. Ich kann ihn dir nennen.«

»Nicht nötig, Sir«, wehrte die Maschine mit schnarrender Stimme ab. »Ich erkenne Sie. Trotzdem möchte ich Sie bitten, das Gebäude zu verlassen. Ihre Legitimation wurde wie alle anderen gelöscht. Niemand darf sich hier mehr aufhalten, bis die Regierung neue ID-Codes ausstellt.«

»Die Regierung wird gar nichts ausstellen. Die Regierung ist nämlich nicht mehr da.«

Wie die Ratten, die das sinkende Schiff verlassen, schob er in Gedanken hinterher.

»Das kann sich täglich wieder ändern, Sir. Bis es soweit ist, bin ich angewiesen, meiner Pflicht nachzukommen.«

»Du siehst es als deine Pflicht an, in diesem Bereich Kontrollgänge zu unternehmen? Wer will denn hier eindringen?«

»Plünderer, Sir. Obdachlose. Anhänger der Gäa-Jünger.«

»Und wozu?«

»Ich weiß es nicht, Sir. Darüber besitze ich keine Informationen.«

»Ist schon mal jemand eingedrungen, den du erwischt hast?«

»Bisher noch nicht«, gab der Roboter zu.

»Bringt dich das nicht zu dem Schluß, daß deine Patrouillengänge überflüssig sind?«

»Keineswegs, Sir. Sie sind hier eingedrungen und beweisen, daß meine Präsenz vonnöten ist.«

Dhark lachte humorlos auf. Die Logik des Roboters ließ sich nicht von der Hand weisen. »Hältst du mich für einen Plünderer, einen Obdachlosen oder einen Gäa-Jünger?«

»Ich habe keine Informationen über Ihre Motivation, Sir. Sie ist auch sekundär. Sie dürfen sich hier nicht aufhalten.«

»Na, prima. Damit wären wir ja wieder am Anfang.«

Dhark war nahe daran, Trawisheim zu verfluchen. Dabei hätte er an dessen Stelle wahrscheinlich nicht anders gehandelt. Der Grund und Boden befand sich in Staatsbesitz. Bei den herrschenden Verhältnissen hatten Zivilisten hier nichts verloren. Trotzdem widerstrebte es ihm, vor dem Roboter den Rückzug anzutreten. Es war eine Zurechtweisung, die auch moralisch nicht angemessen war. Ren stieß einen Seufzer aus. Was wußte diese Maschine schon von Moral? Er ersparte es sich, sich mit ihr auf eine fruchtlose Diskussion einzulassen. Dabei kam sowieso nichts heraus.

»Ich gehe«, sagte er nur. Seine Worte klangen nach Aufgabe. Es war gleichgültig, denn hier konnte er ohnehin nichts tun. Im

Nachhinein fragte er sich, was ihn überhaupt hergetrieben hatte. Wenn er sich davon eine Aufmunterung versprochen hatte, sah er sich gründlich getäuscht. Statt sinnloser Ausflüge mußte er sich um seine Mannschaft kümmern. Sie hatte eine Ansprache verdient. Er nahm sich vor, sämtlichen Besatzungsmitgliedern Landurlaub zu geben. Bevor die POINT OF zu ihrer nächsten Mission aufbrach, sollten alle Gelegenheit erhalten, persönliche Dinge aus ihren Wohnungen im Stiftungsgebäude zu holen. Niemand konnte sagen, wann sie das nächste Mal zur Erde kamen.

Denn bis dahin mußte es ihnen gelingen, ein Rätsel zu lösen, von dessen Aufklärung möglicherweise die Zukunft des Planeten abhing.

Was war aus den Synties geworden? Diese Frage zu klären war die vordringliche Aufgabe der POINT OF und ihrer Besatzung. Allein die Synties konnten dafür sorgen, daß Terra nicht erst in tausend oder mehr, sondern vielleicht schon in fünf Jahren wieder bewohnbar wurde. Er hatte diese Mission von Anfang an für wichtiger gehalten, als den Ringraumer als Transporter einzusetzen, aber er hatte sich dem Hilfeersuchen Terras nicht verschließen könnte – denn es gab nicht den geringsten Ansatzpunkt für eine Suche, nicht einmal den winzigsten Hinweis.

Er hatte keine Spur, der er folgen konnte.

Dhark verließ den Gebäudetrakt, ohne den Roboter eines Blickes zu würdigen. Draußen hatte das Schneegestöber ein wenig nachgelassen. Er bemerkte, daß die rote Warnbake nach dem Start des Ikos erloschen war, ein letztes Indiz dafür, daß Terra zu einer Welt geworden war, die das Anfliegen nicht mehr lohnte. Er fand den Rückweg auch so. Wo zuvor die Flash gestanden hatten, gab es nur noch 28 Abdrücke im Schnee, die schon wieder zugedeckt wurden.

Dhark war froh, als er wieder an Bord seines Schiffes ging. Auf dem Weg zur Zentrale traf er auf Chris Shanton.

»Ein Thermoanzug, Chris?« wunderte er sich. »Wollen Sie nach draußen?«

»Ich wollte nach Ihnen sehen, Dhark. Es weiß ja niemand, was Sie da draußen treiben.«

»Ich gehe schon nicht verloren.« Ein Lächeln huschte über Rens Gesicht. »Die Erde zeigt sich zur Zeit zwar nicht von ihrer freundlichsten Seite, aber sie ist uns auch nicht feindlich gesinnt.«

»Das könnte glatt von den Gäa-Jüngern stammen.«

Dhark hatte das Gefühl, daß Shanton schlechte Laune hatte. Er machte eine einladende Handbewegung. »Begleiten Sie mich doch in die Zentrale, Chris. Ich möchte ein paar Worte an die Mannschaft richten. Wo ist denn Jimmy?«

Shanton marschierte mit seinem Thermoanzug unterm Arm los, ohne eine Antwort zu geben.

*

»Status?«

»Die Flash sind an Bord. Das Schiff ist in gewohntem Zustand und wieder voll einsatzbereit«, empfing Dan Riker seinen Freund. »Sag mal, was hast du eigentlich da draußen getrieben?«

»Das wüßte ich auch gern«, brummte Shanton.

»Ich habe mich davon überzeugt, daß die Patrouillenroboter die Lage unter Kontrolle haben«, wich Dhark mit gequälter Miene aus.

Er wunderte sich, daß sich Jimmy immer noch nicht zu seinem Erbauer gesellt hatte. Auch wenn der Vierbeiner zuweilen allein durchs Schiff trollte, ließ er sich einen Ausflug in die Kommandozentrale selten entgehen.

Aber vielleicht hatten er und Shanton wieder einmal Streit. Jimmy akzeptierte das Technikgenie zwar weiterhin als sein Herrchen, machte aber keinen Hehl daraus, daß er sich für ein eigenständig denkendes Wesen hielt, das in der Lage war, eigene Entscheidungen zu treffen.

»Wie ist das Wetter?« fragte Amy Stewart. Der erste weibliche Cyborg setzte einen vorwurfsvollen Gesichtsausdruck auf. »Du hättest mich mitnehmen können.«

»Du bist viel zu zart für das Unwetter da draußen«, scherzte Dhark mit seiner Freundin. Natürlich war sie alles andere als zart. Die 1,75 Meter große und 66 Kilogramm schwere Frau war schlank, muskulös, durchtrainiert und kräftig, was sie mit ihrem zuweilen harten Auftreten demonstrativ unterstrich. Vor ihrer Aufnahme in das Cyborg-Programm war sie Angehörige der Armee gewesen und hatte als bisher einzige Frau eine erfolgreiche Ausbildung zur Einzelkämpferin absolviert. Wer ihren Hintergrund nicht kannte, konnte sich bei der attraktiven Frau mit den blonden Haaren und den blauen Augen leicht vertun. Das war schon so manch einem, der sie leichtfertig unterschätzt hatte, nicht bekommen.

»Immerhin hätte ich dich mit einer Hand in die Medostation tragen können, wenn du ausgerutscht wärst und dich verletzt hättest«, versetzte sie schlagfertig.

»Autsch«, entfuhr es Anja Riker. »Eins zu null für Amy.«

Dhark gab sich geschlagen. Ihm stand der Sinn nicht nach Albernheiten, auch wenn er selbst damit begonnen hatte. Shanton schien es ähnlich zu gehen. Er zog eine Grimasse, als hätte er in eine Zitrone gebissen. Den Thermoanzug hatte er achtlos zu Boden geworfen.

»Rundrufphase öffnen«, forderte der Kommandant der POINT OF. »Ich möchte, daß mich alle hören.«

»Phase ist offen, Commander«, nickte Morris. »Sie können sprechen.«

»Hier spricht Ren Dhark«, begann der weißblonde Mann. »Ich möchte mich kurz fassen, doch ein paar Worte will ich Ihnen allen sagen. In den vergangenen anderthalb Jahren ist eine Menge auf uns alle eingestürzt. Wir wurden mit Ereignissen konfrontiert, die wir – und da will ich ganz ehrlich sein – derzeit nicht beeinflussen können. Ich spreche von den klimatischen Verhältnissen auf der Erde. Ich brauche niemandem zu sagen, wie es in unserer Heimat aussieht, auch kann ich nicht voraussagen, wann sich die Verhältnisse wieder normalisieren werden – oder ob sie das überhaupt jemals tun werden. Doch eines kann ich garantieren. Wir geben nicht auf, nach einer Lösung zu suchen. In zwei Wochen starten wir, um die verschwundenen Synties doch noch zu finden. Wenn uns jemand helfen kann, die Sonne wieder in ihren normalen Zustand zu versetzen, dann sie.«

Ren machte eine Pause und sah sich in der Zentrale um. Die Brückenoffiziere – seine Freunde – lauschten ihm aufmerksam. Zweifellos sah es im ganzen Schiff so aus. Amy lächelte ihm aufmunternd zu.

»Ich will nicht auf unsere Zukunft eingehen, sondern möchte mich ausdrücklich bei jedem einzelnen von Ihnen bedanken«, fuhr Dhark fort. »Bei der Evakuierung der Menschheit haben Sie alle Übermenschliches geleistet. Ihre Familien, Freunde und Bekannten sind in Sicherheit. Das haben sie wie alle anderen Menschen neben der Regierung und unseren Freunden, den Nogk, Ihnen zu verdanken. Die Menschheit ist in Sicherheit. Wir werden alles daransetzen, daß sie eines Tages wieder auf der Erde existieren kann. Doch zunächst…«

… gibt es zwei Wochen Landurlaub für alle, wollte er schließen, aber er kam nicht mehr dazu, die Ankündigung auszusprechen.

»Eine Kolonne von zwanzig Schneemobilen kommt über das Landefeld«, meldete Tino Grappa. »Sie steuern direkt auf uns zu.«

Dhark unterbrach die Interkomverbindung. Die Außenbeobachtung bestätigte Grappas Worte.

Die Schneemobile näherten sich mit hoher Geschwindigkeit. Keine zwanzig Meter vor der POINT OF hielten sie an.

Bewaffnete Männer und Frauen in dicken Pelzen und Thermoanzügen stiegen aus und bauten sich nebeneinander auf.

»Eine nette Versammlung«, fand Riker. »Dieser Aufmarsch gefällt mir ganz und gar nicht.«

»Sie sind bewaffnet«, fügte Falluta hinzu. »Nach einem Freundschaftsbesuch sieht das nicht aus. Ich fürchte, die führen etwas im Schilde, was uns nicht gefällt. Wir sollten sie verscheuchen, bevor sie auf dumme Gedanken kommen.«

»Mit ihren Waffen können sie der POINT OF nichts anhaben«, beruhigte Dhark die Gemüter. Die unerwarteten Besucher verhielten sich abwartend. Er fragte sich, wer die Leute waren und was sie wollten. Um Antworten auf diese Fragen zu bekommen, gab es nur eine Möglichkeit. Er mußte sich mit ihnen unterhalten. Von präventiven Maßnahmen hielt er nichts, zumal die Fremden kein aggressives Verhalten zeigten. Ihre martialische Ausstattung besagte gar nichts.

»Öffnen Sie Ihr Schiff!« ertönte eine Stimme, die von den Außenmikrofonen aufgefangen und in die Zentrale übertragen wurde. »Bruder Lambert möchte mit Ren Dhark sprechen.«

Riker stieß einen Pfiff aus. »Bruder Lambert gibt sich die Ehre. Er existiert also wirklich.«

Jeder an Bord hatte schon von dem Mann gehört, der sämtliche auf der Erde zurückgebliebenen Splittergruppen geeint hatte. Gesehen hatte ihn noch niemand. Er zeigte sich nicht gern in der Öffentlichkeit. Die frühere Medienlandschaft existierte nicht mehr. Daher war es für die meisten Menschen schwierig, an verläßliche Informationen zu gelangen. Hauptsächlich erhielt man sie dieser Tage durch Mund-zu-Mund-Propaganda. Es gab sogar Stimmen, die behaupteten, daß es Bruder Lambert gar nicht gab, sondern daß um diesen Namen lediglich ein Popanz aufgebaut worden war.

»Angeblich handelt es sich bei ihm um einen bibeltreuen Christen«, wunderte sich Stewart. »Wieso kommt er dann mit der Waffe in der Hand?«

»Ohne Gegenwind ist er bestimmt nicht in die Position gekommen, die er innehat«, überlegte Dhark. »Bibeltreu hin, Christ her – ich bin sicher, er weiß sich zu verteidigen, wenn es die Umstände erfordern.«

»Wenn das so ist, sollten wir ihn schön da lassen, wo er ist«, forderte Riker. »Wir können keinen Ärger an Bord gebrauchen. Wenn wir seine Bande ignorieren, wird sie früher oder später von allein wieder abziehen.«

Ren schürzte die Lippen. Im Gegensatz zu Dan sah er in dem unerwarteten Besuch eine Chance. »Ich möchte mir anhören, was er zu sagen hat.« Er wandte sich an die Funk-Z. »Kann er mich draußen hören?«

Morris bejahte.

»Bruder Lambert, hier spricht Ren Dhark«, erhob der Kommandant die Stimme. »Ich bin bereit, Sie und vier Ihrer Leute an Bord kommen zu lassen, allerdings unbewaffnet.«

»Ich könnte an eine Falle denken.« Ein mittelgroßer, in Pelze gekleideter Mann trat vor. »Ohne unsere Waffen sind wir Ihnen wehrlos ausgeliefert.«

»Das ist doch nicht zu glauben«, raunte Shanton mit Leichenbittermiene. »Wofür hält uns der Kerl? Für schießwütige Cowboys? Hat er um eine Audienz gebeten oder wir?«

»Ich versichere Ihnen, daß Ihnen nichts geschehen wird«, gab Ren sich diplomatisch. »Und ich garantiere Ihnen freies Geleit. Mehr kann ich Ihnen nicht anbieten.«

Einige Sekunden verstrichen, dann meldete sich Bruder Lambert wieder. »Ich bin einverstanden. Ich komme mit vier meiner Gefolgsleute an Bord. Wir tragen keine Waffen. Ich vertraue auf Ihr Wort, Ren Dhark. Bitte öffnen Sie uns, damit wir eintreten können.«

»Eintreten«, echote Riker. »Macht hoch die Tür, die Tor macht weit. Hoffentlich erschlägt der uns nicht wie General Jackson mit ewigen Bibelsprüchen. Außerdem halte ich es für angebracht, den Bruder mit einer Eskorte zu empfangen.«

»Ganz meine Meinung«, stimmte Stewart zu. »Wir kennen Lambert nicht. Vielleicht ist seinem Wort zu trauen, vielleicht auch nicht. Du kennst doch mein Motto, Ren: Vertrauen ist gut, Kontrolle ist besser.«

»Deshalb wirst du ihn gemeinsam mit Dan auch persönlich empfangen und in die Zentrale bringen. Und bitte, das gilt für euch beide, verhaltet euch diplomatisch. Ich möchte auf jeden Fall vermeiden, daß wir der Auslöser eines Zwischenfalls sind. Ob es uns nun gefällt oder nicht, derzeit ist Bruder Lambert offenbar der mächtigste Mann auf der Erde.«

»So weit ist es gekommen«, murmelte Riker despektierlich, als er die Zentrale verließ.

*

Dhark rief Arc Doorn und Artus in die Zentrale. Sie sollten der Unterhaltung mit Bruder Lambert ebenfalls beiwohnen. Artus, der ehemalige Großserienroboter, der durch ungeklärte Umstände bei der Vernetzung von 24 Cyborg-Programmgehirnen mit seiner eigenen Suprasensorik zu einer Künstlichen Intelligenz geworden war, zeigte sich angetan von der Aussicht, Bruder Lambert persönlich kennenzulernen.

Auch er hatte schon viel von dem geheimnisvollen Anführer gehört.

»Niemand, den ich kenne, hat ihn jemals gesehen«, hatte er einmal zu Dhark gesagt. »Vielleicht handelt es sich um einen Roboter. Dann könnte ich mir den Intellekt erklären, der nötig ist, um so unterschiedliche Gruppierungen unter einen Hut zu bringen.« Dharks Einwand, daß es dazu eher Charismas denn Intellekts bedurfte, hatte er nicht gelten lassen.

Der kräftig gebaute Arc Doorn mit den langen roten Haaren gab sich hingegen gewohnt mürrisch. »Geistliche Führer sind nicht mein Fall«, beschwerte er sich. »Davon habe ich in meinem langen Leben zu viele getroffen. Mit den wenigsten konnte ich mich anfreunden. Warum sollte das in diesem Fall anders sein?«

»Er ist mehr als lediglich ein geistlicher Führer«, widersprach Dhark. »Ich stimme Artus zu. An dem Mann muß etwas Besonderes dran sein. Sonst wäre es ihm nicht gelungen, dermaßen unterschiedliche Gruppierungen auf friedfertigem Weg zu einen. Vielleicht handelt es sich um einen Wissenschaftler. In dem Fall werden Sie und Shanton das zuerst erkennen.«

»Ich habe Jimmy vorhin gesehen, Chris«, begrüßte Doorn seinen Freund. »Er machte einen geknickten Eindruck.«

Shanton verzog das Gesicht. »Geknickt? Woran erkennst du das bei dieser Nervensäge?«

»Wenn man ihn eine Weile kennt, kann man das beurteilen.«

»Niemand kann das«, wehrte Shanton kurz angebunden ab. »Besonders ich nicht. Soll er doch hingehen, wo der Pfeffer wächst.«

Dhark korrigierte seinen vorherigen Eindruck. Jimmys Konstrukteur hatte nicht nur schlechte Laune. Da steckte mehr dahinter. Obwohl er nicht in die Privatsphäre seiner Besatzungsmitglieder eindrang, war er drauf und dran, nach dem Grund für Shantons Verhalten zu fragen.

Bevor er dazu kam, öffnete sich das Schott zur Zentrale. Riker und Amy führten die ungewöhnlichen Gäste herein.

3.

Zwischen seinen vier Begleitern wirkte Bruder Lambert unscheinbar und verloren. Keine Sekunde zweifelte Dhark daran, daß es sich bei den muskulösen Männern um Leibwächter handelte. Riker setzte sich in einen Sessel, während Amy Stewart ihrem Gefährten einen unauffälligen Blick zuwarf, der bedeutete, daß es auf dem Weg zur Zentrale keine Schwierigkeiten gegeben hatte. Die fünfköpfige Delegation hatte sich protokollgemäß verhalten.

»Ich heiße Sie an Bord der POINT OF willkommen«, begrüßte Ren die Besucher und stellte die Anwesenden vor.

Bruder Lambert sah sich neugierig um. Seinen wachsamen Augen schien kein Detail zu entgehen. »Dies ist also der berühmte Ringraumer, den Kinder als Nachbau in ihren Zimmern hängen haben. Oder sollte ich sagen – hängen hatten? Schließlich gibt es kaum noch Kinder auf der Erde.«

»Sie wurden in Sicherheit gebracht«, erklärte Anja Riker. »Hier gibt es für sie keine Zukunft.«

»Hat man sie gefragt, ob sie deportiert werden wollen? Sicher nicht. Man hat über ihre Köpfe hinweg entschieden, was für sie das beste ist. Doch nicht alle sind dieser Meinung, die die Regierung der Menschheit aufgezwungen hat.«

Aufmerksam beobachtete Ren den Besucher.

Die mittelgroße, leicht füllige Erscheinung und die schütteren dunklen Haare zeigten einen ganz normalen Durchschnittsmenschen.

Gewisse Details verrieten jedoch noch etwas anderes. Bruder Lambert sprach mit ruhiger Stimme, in seinen dunklen Augen war eine unerschütterliche Selbstsicherheit zu erkennen. Das Charisma dieses Mannes erschloß sich erst auf den zweiten Blick.

»Die Regierung hat im Interesse aller Menschen gehandelt, Bruder Lambert.«

Lambert trat gemessenen Schrittes auf Anja Riker zu. Dan spannte sich an, um sofort eingreifen zu können. Dhark sah, daß auch Amy sprungbereit war.

Mit einem maliziösen Lächeln hob der Besucher eine Hand. Seine Leibwächter, die sich zwei Schritte hinter ihm hielten, erstarrten zur Regungslosigkeit. »Es gibt keinen Anlaß zur Besorgnis, meine Liebe. Das gilt auch für Ihre Kameraden. Sehen Sie in mir einen potentiellen Verbündeten, womöglich einen Freund.«

»Für einen Freund legen Sie einen ziemlich starken Auftritt hin«, fand Doorn. »Diese Muskelmänner wirken nicht gerade vertrauenerweckend.«

»Was haben Sie? Sie tun doch nichts. Stellen Sie sich einfach vor, sie seien gar nicht da. Ich sagte doch, daß ich komme, um zu reden.«

»Und worüber reden wir?« fragte Dhark. Er hatte vor dem Eintreffen der Besucher veranlaßt, daß die Bilder aus der Zentrale in jeden Raum im ganzen Schiff übertragen wurden. Natürlich war die Mannschaft auf den geheimnisvollen Bruder Lambert genauso gespannt wie Ren selbst.

»Über meinen Status. Ich bin der neue, frei gewählte Führer aller Terraner.«

»Frei gewählt?« Doorn zeigte sich wenig beeindruckt. »Gewählt haben doch wohl nur die Terraner, die auf der Erde geblieben sind.«

»Da sie die einzigen sind, die ich regieren werde, hat das seine Richtigkeit. Wer die Erde feige verrät und im Stich läßt, gehört nicht länger zu unserer Gemeinschaft. Wozu sollten Menschen, die sich in eine neue Heimat begeben haben, hier an

Entscheidungen partizipieren?« Bruder Lambert breitete die Hände vor der Brust aus und neigte den Kopf. »Ich bin der Kurator Terras, und mein Wort ist maßgebend.«

»Sie können sich nennen, wie Sie wollen. Es interessiert mich nicht.« Seit Rico Rocco hatte Dhark einige größenwahnsinnige Emporkömmlinge erlebt. Er seufzte. »Sie sind weder für mich noch für irgendein Mitglied meiner Besatzung eine maßgebende Instanz.«

»Es sollte Sie aber interessieren, Ren Dhark.« Lamberts Stimme blieb ruhig. Die Pigmentflecken in seinem Gesicht schienen ein Eigenleben zu besitzen und verliehen ihm etwas nicht nur Geheimnisvolles, sondern beinahe Dämonisches. »Ansonsten könnte ich nämlich auf die Idee kommen, die POINT OF von der neuen Regierung beschlagnahmen zu lassen.«

»Sie sind nicht mehr als ein dreister Wegelagerer«, platzte es aus Riker heraus.

»Nicht nur das, Sie überschätzen sich auch«, entgegnete Dhark wesentlich gelassener. »Sie verfügen weder über die Machtmittel, Ihre Drohung in die Tat umzusetzen, noch haben Sie eine gesetzliche Legitimation dazu. Daß wir Gesetze, die Sie selbst aufgestellt haben oder noch aufstellen werden, nicht ernst nehmen, brauche ich wohl nicht zu betonen.«

»Das brauchen Sie nicht, Ren Dhark.« Bruder Lambert verschränkte die Arme vor der Brust. »Ich bin weder ein Fanatiker, auch wenn Sie das annehmen mögen, noch ein weltfremder Träumer. Mir ist durchaus bewußt, daß ich derlei Handhaben nicht besitze. Andererseits gehe ich aber auch nicht davon aus, daß Sie und Ihre Leute sich zu Ausgestoßenen auf Terra machen wollen, die sich hier nicht mehr blicken lassen können, ohne verfolgt zu werden. Wir können zwar nicht mit den Machmitteln der POINT OF konkurrieren, doch ein paar Trümpfe besitzen wir auch.«

Dhark unterdrückte eine wütende Antwort. Sein Gegenüber war viel zu ruhig, um zu bluffen.

»Was willst du von uns?« fragte Artus. Wie jeden Menschen duzte er auch den selbsternannten Kurator Terras.

»Was ich will? Gar nichts, Artus. Du verkennst mich.« Lambert musterte das grüne Stirnband mit dem goldenen A, das der Roboter jederzeit trug und das zu seinem Markenzeichen geworden war. »Ich möchte nur klarstellen, daß ich Ren Dhark für einen verantwortungslosen Abenteurer halte, der nur seiner eigenen Leidenschaft nachgeht und zu seinem Privatvergnügen durch die Galaxis fliegt, statt sich um die Menschheit zu kümmern.«

»Und Sie sind für mich nur einer der üblichen Größenwahnsinnigen, dem die überraschend erlangte Macht zu Kopf gestiegen ist«, konterte der Gescholtene, ehe Artus etwas entgegnen konnte.

»Sie irren sich, Ren Dhark. Mir geht es nicht um mich, sondern um die Erde. Die ist Ihnen und diesem Bürokraten Henner Trawisheim samt seinem Gefolge doch völlig gleichgültig.«

»Ohne Ren Dhark wären die Erde und die Menschheit schon mehr als einmal untergegangen«, widersprach Artus vehement. »Außerdem kannst du Dhark nicht mit Trawisheim in einen Topf werfen. Trawisheim mag ein Bürokrat sein, Dhark hingegen war immer ein Mann, der die Dinge angepackt hat.«

»Deine Loyalität spricht für dich. Loyalität ist wichtig, weil wir ohne sie vergessen, woran wir glauben.«

»Woran glauben Sie denn?« wollte Amy wissen. »Es heißt, Sie seien ein bibeltreuer Christ, der wortgetreu an die Heilige Schrift glaubt.«

Lambert zögerte. Die Frage schien ihn zu überraschen. Schließlich huschte der Anflug eines Lächelns über sein Gesicht. »In der Tat ist es so. Ich bin ein tiefgläubiger Mensch. Leute wie Sie bezeichnen Menschen wie mich gern abschätzig als Anhänger des Kreationismus.«

»Des was?« ergriff zum erstenmal Chris Shanton das Wort.

»Kreationismus«, wiederholte Artus. »Nach meiner Geburt,

die mich zu einem intelligenten Wesen werden ließ, habe ich mich mit verschiedenen religiösen und philosophischen Konzepten beschäftigt. Die Kreationisten halten die Bibel für einen Tatsachenbericht, für eine Art Augenzeugenreport sozusagen. Sie glauben, daß sich alles, was darin niedergeschrieben steht, genauso zugetragen hat, was auch und besonders für die Schöpfung gilt. Somit hat Gott den Kosmos und die Menschheit erschaffen.«

»Und zwar vor rund 6000 Jahren«, zeigte sich Bruder Lambert erfreut, daß Artus sich mit dem Thema auskannte.

»Vor 6000 Jahren«, grübelte der Roboter. »Sie vertreten also den Glauben des Kurzzeitkreationismus.«

»Vor 6000 Jahren?« Shanton faßte sich ungläubig an den Kopf. »Was für ein Humbug! Das widerspricht doch allen wissenschaftlichen Erkenntnissen, geologischen Belegen und sämtlichen historischen Funden... von der verbrieften Geschichte der Worgun mal ganz zu schweigen.«

»Die Kreationisten erklären solche Belege mit einer großen Flut. Außerdem stellen sie die Kontinuität der Naturgesetze über historische Zeiträume in Frage. Damit kommen sie zu alternativen Datierungen geologischer oder astronomischer Ereignisse.«

»Schwachsinn!«

»Chris hat recht«, fand auch Doorn. »Man bastelt sich einfach alles so zusammen, wie man es gerade braucht.«

»Meine Herren«, versuchte Dhark die beiden Heißsporne zu beruhigen. »Jeder Mensch hat das Recht auf seinen eigenen Glauben. Niemand sollte sich anmaßen, darüber zu urteilen.«

Lambert sah ihn überrascht an. »Von Ihnen hätte ich keine Unterstützung erwartet«, wunderte er sich. »Ich bin zwar nicht hergekommen, um einen religiösen Disput zu führen. Trotzdem habe ich durch das Anschneiden dieses Themas bereits neue Erkenntnisse gewonnen, wie mir scheint. Doch es geht nicht um mich, sondern um Sie. Wozu sind Sie hergekommen, Ren Dhark? Die Evakuierung, die Sie tatkräftig unterstützt haben, ist abgeschlossen. Alles ist so geschehen, wie Sie es wollten. Was also wollen Sie noch hier?«

»Es ist keineswegs so gelaufen, wie ich es wollte. Mir wäre es lieber, die Menschheit lebte noch immer auf der Erde. Diesen Wunsch habe ich auch für die Zukunft nicht aufgegeben.« Dhark unterbrach sich. Er fühlte sich durch die Fragen seines Besuchers in die Ecke gedrängt. Dabei sah er keinen Grund, sich vor ihm zu rechtfertigen.

»Alle Menschen haben persönliche Habseligkeiten mitgenommen«, antwortete Amy Stewart an seiner Stelle. »Nur wir nicht. Da wir seit einem Jahr ununterbrochen im Einsatz waren, mußten wir alles zurücklassen, was uns lieb ist.«

»Sie wollen, daß die Menschen zur Erde zurückkehren?« ging der Kurator, an Ren gewandt, darüber hinweg. »Waren Sie es nicht, der bereits vor Jahren eine Umsiedlung nach Babylon propagierte?«

»Für einen Teil der Menschheit hegte ich diesen Wunsch, das leugne ich nicht, und dazu stehe ich auch heute noch. Dieser Plan sollte uns ein Überleben für den Fall sichern, daß wir wieder einmal aus dem Weltall angegriffen werden. Auch wenn Sie es nicht mitbekommen haben, derlei ist in der Vergangenheit mehrmals geschehen. Allerdings ist nie die Rede davon gewesen, die Erde aufzugeben. Sie ist unsere Heimat und sollte im Mittelpunkt unseres Daseins stehen.«

Bruder Lambert schürzte die Lippen. »Weise Worte, Ren Dhark.«

»Sprechen Sie nicht mit mir wie mit einem kleinen Kind.«

»Das tue ich nicht. Es ist nur so, daß Sie mich mehr und mehr überraschen. Ich habe Sie mir ganz anders vorgestellt. Ich revidiere mein Vorurteil von dem gewissenlosen Abenteurer – vorerst zumindest. Diejenigen, die die Erde retten wollen, müssen zusammenarbeiten, nicht gegeneinander.«

»Aber nach Ihren Bedingungen, wenn ich das richtig verstehe«, warf Riker ein. »Ist das der Grund, warum Sie alle auf der Erde verbliebenen Menschen um sich scharen? Damit Sie die Lage unter Kontrolle haben? Wer nicht für mich ist, der ist gegen mich? Korrigieren Sie mich, wenn ich mich irre. Wie verhalten Sie sich Menschen gegenüber, die sich Ihnen nicht anschließen?«

»Genauso wie denen, die es tun. Ich akzeptiere sie und ihre Ansichten. Allerdings erwarte ich, daß man auch meine akzeptiert.« Bruder Lambert bedachte Doorn und Shanton mit vorwurfsvollen Blicken. »Lassen Sie mich Ihnen versichern, daß Sie sich in der Tat irren, Dan Riker. Mir geht es nicht um mich. Weder bin ich in die Rolle als Kurator Terras geschlüpft, um persönliche Eitelkeiten zu befriedigen, noch hege ich Machtgelüste, wie mir Ren Dhark unterstellt. Mir geht es darum, die Menschen, die sich mir anschließen, zu schützen und vor Schaden zu bewahren. Können Sie nicht verstehen, was in denen vorgeht? Sie fühlen sich alleingelassen und von ihrer ehemaligen Regierung verraten. Für uns, die wir uns zum Bleiben entschieden haben, ist Henner Trawisheim zur persona non grata geworden. Er hat die Erde im Stich gelassen und damit jegliches Recht verwirkt, jemals wieder ihre Geschicke zu bestimmen.«

»Sie behaupten, Sie hegen keine persönlichen Ambitionen?« zweifelte Dhark.

»Wenn Sie es als persönliche Ambitionen werten, die verschiedenen Splittergruppen auf der Erde zu einem gemeinsamen Ziel zu führen und sie davon abzuhalten, sich gegeneinander zu stellen, dann hege ich sie tatsächlich. Wenn Sie es als persönliche Ambitionen werten, alles in meiner Macht stehende für die Erde zu tun, dann ebenfalls. Aber«, Bruder Lambert dehnte das Wort und musterte Dhark eindringlich, »haben Sie während Ihrer Zeit als Commander der Planeten nicht genau das gleiche getan? Tun Sie das nicht immer noch, wenn Sie heute behaupten, mit der POINT OF im Interesse Terras und der Menschheit unterwegs zu sein?«

Lamberts Argumentation hatte etwas für sich. Ren Dhark

konnte sich ihr nicht verschließen. Wenn der Mann wirklich keinen weiterführenden persönlichen Ehrgeiz hatte, sondern lediglich seine Schäfchen schützen wollte, gab es keinen Grund, ihm das vorzuwerfen.

Seine Menschenkenntnis sagte ihm, daß Bruder Lambert mit offenen Karten spielte.

Trotzdem gelang es ihm nicht, sein Mißtrauen ihm gegenüber abzulegen. Etwas stimmte nicht mit diesem Mann.

»Wenn ich Sie richtig verstehe, planen Sie nicht, auf der Erde zu bleiben. Wie sehen Ihre Pläne aus?«

Die gingen den Kurator zwar nichts an, waren aber auch nicht geheim. »Ich nehme an, Sie wissen, was geschehen ist. Während sie dabei waren, unsere Sonne wieder aufzupäppeln, sind die Synties spurlos verschwunden.«

»Sie wollen sie suchen, um die Sonne zu reparieren?«

»Reparieren«, nuschelte Doorn. »So drückt sich auch nur ein Laie aus.«

»Das habe ich vor«, ignorierte Dhark Doorns Einwurf. »Die Synties sind in der Lage, die Sonne innerhalb weniger Jahre wieder in ihren früheren Zustand zu versetzen. Niemand sonst kann das.« *Und niemand sonst unternimmt Anstrengungen in dieser Richtung*, dachte er mit einem bitteren Zusatz an Henner Trawisheims Adresse.

In dieser Hinsicht konnte er sich Lamberts Einschätzung sogar anschließen.

»Sie glauben wirklich daran, daß die Synties dazu fähig sind?«

»Das hat nichts mit dem von Ihnen vielzitierten Glauben zu tun. Der Prozeß war bereits eingeleitet und hat erste Erfolge gezeigt. Sähe ich eine Alternative, würde ich sie ergreifen.«

»In dem Fall wünsche ich Ihnen bei Ihrem Vorhaben viel Glück«, akzeptierte Bruder Lambert Dharks Pläne. »Allerdings sollten Sie nicht gleich aufbrechen, denn auch ich habe einen Plan zur Rettung der Erde.«

Bei diesen Worten fühlte sich Ren bestätigt. Sein Gast stattete ihm keinen reinen Freundschaftsbesuch ab. Endlich ließ der undurchschaubare Mann die Katze aus dem Sack.

*

»Meine Spezialisten und ich haben bereits vor geraumer Zeit einen Plan entwickelt, die Temperaturen an der Erdoberfläche zu erhöhen. Wenn wir einen künstlichen Treibhauseffekt bewirken, sehen wir gute Aussichten, daß uns das gelingt.«

»Einen künstlichen Treibhauseffekt?« Dhark hatte keine Ahnung, wovon Bruder Lambert sprach.

Shanton dafür um so mehr. »Sie sprechen von einer Manipulation des Nogk-Schirms«, sagte er, ohne seine Ablehnung zu verleugnen. »Ein Lieblingsprojekt der Kreationisten.«

»Das aber von Henner Trawisheim immer wieder blockiert wurde.«

»Mit gutem Grund. Trawisheims Experten haben bewiesen, daß sich der Schirm nicht in der von Ihnen erdachten Weise manipulieren läßt. Die Folgen sind unabsehbar. Es könnte zu einer Katastrophe kommen.«

»Nichts als Behauptungen seitens der ehemaligen Regierung«, ereiferte sich Bruder Lambert. Zum erstenmal hob er die Stimme. In seinen dunklen Augen blitzte Verärgerung auf. »Ich bin sicher, Trawisheims sogenannte Experten sind zu ganz anderen Ergebnissen gekommen, als sie veröffentlicht haben. Hätten sie nämlich die Wahrheit publik gemacht, hätten sie die Umsiedlung der Menschheit nicht mehr begründen können.«

»Das klingt paranoid«, warf Artus dem Besucher zu. »Du glaubst wirklich, der Commander der Planeten hätte wider besseres Wissen gehandelt?«

»In diesem Fall glaube ich nicht, ich weiß es.«

»Hast du Beweise für deine Vermutung?«

»Die offensichtlichen Fakten sind Beweis genug.«

»Ich sehe keine Fakten. Vielmehr bin ich der Meinung, daß du dich in etwas verrannt hast.«

Der Auffassung war Dhark ebenfalls. Was Bruder Lambert von sich gab, klang wie eine Verschwörungstheorie ähnlich denen, die nach dem Kennedy-Attentat, dem Anschlag auf das World Trade Center und zahlreichen anderen undurchsichtigen Episoden in der Menschheitsgeschichte aufgestellt worden waren. Es mochte etwas daran sein oder auch nicht. Solange es keine Beweise gab, handelte es sich um haltlose Spekulationen wie im vorliegenden Fall.

»Ich sehe die Zweifel in Ihrem Gesicht, Ren Dhark. Dabei ist der Beweis für die Richtigkeit unserer Überlegungen ganz einfach beizubringen. Wir müssen das Projekt nur auf den Weg bringen, um alle Zweifler zum Verstummen zu bringen.«

»Ich wäre dankbar, wenn mich jemand aufklären würde, wie dieses Projekt überhaupt genau aussehen soll«, beschwerte sich Riker.

»Nichts leichter als das«, antwortete Bruder Lambert. »Wie ich bereits sagte, geht es darum, einen künstlichen Treibhauseffekt zu erzeugen. Den erzielen wir, indem wir den Nogk-Schirm dahingehend manipulieren, daß er keine Erdwärme mehr ins Weltall entweichen läßt. Unseren Berechnungen zufolge würde sich die durchschnittliche Temperatur jeden Monat um etwa ein Grad erhöhen.«

»Das wäre ein langwieriger Prozeß, um wieder normale Bedingungen auf der Erde zu schaffen«, gab Anja Riker zu bedenken.

»Er würde nicht so lange dauern wie die Bemühungen der Synties – die Sie überhaupt erst einmal finden müssen. Seien wir ehrlich. Die Wahrscheinlichkeit, daß Ihnen das gelingt, ist nicht besonders groß. Selbst wenn es Ihnen gelänge, wären wir mit unserer Methode immer noch schneller.«

Dhark fehlte der wissenschaftliche Hintergrund, um entscheiden zu können, ob möglich war, was Bruder Lambert anregte.

Der globale Schutzschirm war anno 2057 als Abschirmung gegen die Schwankungen des galaktischen Magnetfeldes und gegen mögliche Angriffe der Grakos installiert worden. Beide Gefahren existierten inzwischen nicht mehr. Zudem konnten Teile des Schirms als Waffe eingesetzt werden, indem sie sogenannte Antisphären erzeugten. Auch das war heute nicht mehr nötig. Gegen welchen Gegner denn? Wieder dachte Ren schmerzhaft daran, daß sich niemand für einen Eisplaneten wie Terra interessierte. Die Freunde der Menschheit hatten die Erde verlassen, der Schutzschirm war nach der Evakuierung der Menschheit von der Regierung kontrolliert abgeschaltet worden. Natürlich ließ sich der planetenumspannende Schirm jederzeit wieder aufbauen, wenn man ihn brauchte – doch ihn manipulieren? Waren dazu, wenn überhaupt, nicht nur dessen Erbauer, die Nogk, in der Lage?

»Hätte Ihre Theorie Hand und Fuß, hätte Trawisheim alles in seiner Macht stehende getan, um Sie zu unterstützen.«

»Daran glauben Sie doch selbst nicht, Ren Dhark. Aus irgendeinem uns unbekannten Grund wollte der Commander der Planeten Terra verlassen. Es ist müßig, über seine Beweggründe zu spekulieren. Ich bin sicher, wir werden sie eines Tages erfahren, und sie werden uns ganz und gar nicht gefallen.«

Ren schüttelte den Kopf. Er hielte Bruder Lamberts Anschuldigungen für ausgemachten Unsinn. Der Cyborg auf geistiger Basis mochte ein Bürokrat sein, der, was die Erde und ihre Zukunftsaussichten betraf, mehr auf seinen überlegenen Verstand hörte als auf sein Herz. Trotzdem handelte er im Interesse der Menschheit. Doch auch Zweifel fraßen sich wie Gift in Dharks Überzeugung. Denn tat Trawisheim das wirklich? Viel an seinem Verhalten während der vergangenen Monate ließ sich nicht wirklich rational erklären.

»Arc, was halten Sie von Bruder Lamberts Idee?«

»Sie ist infantil und gefährlich«, kam Shanton seinem Freund zuvor. »Trawisheims Experten sind Koryphäen auf ihrem Gebiet. Die werden ihre Studien zu dieser Sache sehr genau betrieben haben, bevor sie mögliche Erfolgsaussichten negativ beschieden.«

»Woher wollen Sie das wissen?« hielt ihm der Kurator entgegen. »Waren Sie dabei?«

»Nein, sowenig wie Sie«, ätzte Shanton mißgelaunt. »Ich war auch nicht dabei, als Ihre Experten zu ihren Schlüssen gelangt sind. Was sind das eigentlich für Experten? Sie können ja viel erzählen, aber an die glaube ich erst, wenn ich sie mit eigenen Augen gesehen und ihnen persönlich auf den Zahn gefühlt habe.«

»Arc?« drängte Dhark.

»Ich sehe das anders. Ich halte die Idee sogar für gut, auch wenn ich mich mit Bruder Lambert und seinem Stab natürlich erst noch intensiver darüber unterhalten muß. Rein theoretisch sehe ich jedoch ziemlich gute Chancen, eine solche Idee in die Tat umzusetzen. Wenn wir verhindern, daß Erdwärme ins Weltall verloren geht, haben wir viel gewonnen. Zumindest können wir dabei nichts verlieren.«

»Wir können nur eine Katastrophe auslösen«, blaffte Shanton. »Bin ich hier denn der einzige, der noch klar denken kann? Artus, was hältst du von Lamberts Schnapsidee?«

Der Roboter schaute ihn nachdenklich an und verschränkte seine röhrenförmigen Arme vor der Brust. »Ich finde, sie ist einen Versuch wert. Es tut mir leid, Shanton, aber ich habe den Eindruck, du argumentierst nicht sachlich. Was ist nur mit dir los?«

»Was mit mir los ist? Ich gewinne immer mehr den Eindruck, von Wahnsinnigen umgeben zu sein. Zumindest dir hätte ich ein wenig mehr Verstand zugetraut.«

»Chris, nun reicht es aber!« wies Dhark den Techniker zurecht.

Artus' Frage war nicht unberechtigt. Irgend etwas stimmte nicht mit Shanton. Er war äußerst aggressiv und verhielt sich untypisch. Vielleicht hatte er eine unterbewußte Aversion gegen Lambert, von der sich auch Ren selbst nicht ganz freisprechen konnte, doch das entschuldigte noch lange keine Entgleisungen gegenüber seinen Freunden und Kameraden. Hielt sich Jimmy etwa deshalb nicht wie gewohnt in der Nähe seines Herrchens auf, weil ihm etwas Ähnliches passiert war?

»Können Sie mir ein stichhaltiges Argument gegen Bruder Lamberts Vorschlag nennen, Chris?«

»Das kann ich nicht. Dazu muß ich zunächst eigene Untersuchungen anstellen.«

Soviel Zeit hatten sie nicht. Dhark schätzte Shanton als langjährigen Begleiter, der wußte, wovon er sprach. Es war kaum einmal vorgekommen, daß er sich geirrt hatte. Allerdings hatte es nie solche Meinungsverschiedenheiten bei der Einschätzung eines Sachverhalts gegeben. Besonders er und Doorn zogen stets an einem Strang. Diesmal hingegen stand Shanton mit seiner Meinung auf verlorenem Posten.

»Sie sind damit zu uns gekommen, weil Sie unsere Unterstützung in dieser Angelegenheit erhoffen«, wandte sich Dhark an Bruder Lambert.

Der Kurator nickte. Mit keiner Regung verriet er, was er über die vorangegangene Auseinandersetzung dachte.

»Arc und Artus, ihr seid bereit, mit den Männern des Kurators zusammenzuarbeiten?«

Beide bejahten, was Ren in seiner Entscheidung bestärkte. »Sie haben unsere Unterstützung, Bruder Lambert – unter einer Bedingung. Meine Leute und ich arbeiten freiwillig mit Ihnen zusammen. Wir nehmen keine Befehle von Ihnen entgegen, denn wir unterstehen Ihnen nicht. Sollten Sie das anders sehen, müssen Sie auf uns verzichten.«

Bruder Lambert neigte den Kopf. »Es sei so, wie Sie sagen, Ren Dhark.«

Der Kommandant der POINT OF hoffte, keinen Fehler zu begehen.

Für Chris Shanton stand fest, daß Dhark genau das tat. Wütend und ohne ein weiteres Wort zu verlieren, verließ er die Zentrale. Ren sah ihm besorgt hinterher.

Nein, mit Shanton stimmte etwas nicht. Ganz und gar nicht.

4.

Im Los Morenos war es angenehm warm. Das von Juan und José geführte spanische Restaurant lag im einstigen Vergnügungsviertel von Cent Field. Vor der Evakuierung der Erde hatte es sich großer Beliebtheit erfreut und war Stammtreffpunkt verschiedener hochrangiger Politiker gewesen. Damals war das Lokal permanent ausgebucht gewesen. Ohne rechtzeitige Voranmeldung ging gar nichts. Lediglich für Ren Dhark und seine engsten Freunde wurde immer ein Tisch freigehalten. Heute kamen nicht mehr so viele Gäste wie früher. Woher auch? Wie der Rest Terras war auch Cent Field nur noch dünn besiedelt. Von ehemals 36 Milliarden lebten nur noch zwanzig Millionen Menschen auf der Heimatwelt. Das klang zwar nach viel, doch eine solche Anzahl verlief sich auf einem Planeten, besonders wenn die Menschen auf sich allein gestellt waren und sich nicht organisierten.

Insofern besaß Bruder Lambert eine Vorbildfunktion. Daß es ihm gelungen war, die Zurückgebliebenen trotz ihrer unterschiedlichen Ansichten zu einen, sprach für seine soziale Kompetenz. Besonders die militanten und zu allem entschlossenen Mitglieder der Gäa-Jünger, für die die Urmutter Erde ein lebendes Wesen mit Namen Gäa war, das sie als Ursprung allen Seins betrachteten, ließen sich nicht gängeln. Trotzdem hatten auch sie Bruder Lambert als neuen Anführer der Menschheit akzeptiert.

Oder als Anführer einer neuen Menschheit?

Dhark seufzte, als er darüber nachdachte, wie sich die Menschheit überhaupt definieren ließ. Sicher, darunter waren nicht nur die Menschen auf der Erde zu verstehen, sondern auch diejenigen, die in der Galaxis in Raumschiffen unterwegs waren oder auf anderen Planeten Kolonien gegründet hatten. Doch wie lange fühlten die sich selbst der Menschheit als zugehörig, wenn sie mit dem Wissen in eine neue Heimat umgesiedelt waren, niemals wieder auf die Erde zurückkehren zu können? Eine Generation lang oder zwei?

Als was betrachteten sie sich danach? Als Babylonier?

Und Terra?

Als eine Welt unter vielen, mit der sie bis auf ihre Wurzeln nichts mehr zu tun hatten... nichts mehr zu tun haben wollten gar?

Die Aussicht erschreckte Ren. Die Vorstellung, diesen unbedeutenden kleinen blauen Planeten im Orion-Arm der Milchstraße für immer zu verlassen, jagte ihm das blanke Entsetzen über den Rücken. Niemals würde er sich mit ihr anfreunden können.

Eine zärtliche Hand legte sich in seinen Nacken. »Du siehst aus, als würdest du dich mit sämtlichen Problemen des Universums plagen.«

»Das würde einen gehörigen Größenwahn implizieren.« Dhark sah seine Freundin an. »Was mir durch den Kopf geht, ist eine Nummer kleiner, aber immer noch mehr als genug.«

Unwillkürlich erwartete er, Amy würde ihn fragen, in welche Grübeleien er versunken war. Sie tat es nicht, weil sie sich zweifellos vorstellen konnte, was in ihm vorging. Statt dessen ermunterte sie ihn: »Wir sind hergekommen, um heute abend endlich mal wieder abzuschalten. Wir haben uns das verdient, besonders du.«

»Und wenn du schon nicht magst, dann verdirb uns wenigstens nicht den Abend.« Riker grinste ihn so entwaffnend an, daß Ren gar keine Gelegenheit zu einem Konter hatte.

»Ihr habt recht«, gab er sich geschlagen und griff nach dem Weinglas, das José Moreno serviert hatte. »Ein Toast auf alle, die nicht bei kleinen oder großen Schwierigkeiten den Schwanz einziehen, sondern sich ihnen stellen.«

»Beziehst du da auch Bruder Lambert, die Aufrechten und die Gäa-Jünger mit ein?« fragte Anja Riker.

»Keine Ausnahmen, jedenfalls heute abend nicht. Wie Amy eben so richtig sagte, wir sind hier, um abzuschalten. Da denke ich nicht über den Bruder nach.«

»Also auch ein Toast auf den Säulenheiligen«, sprach Arc Doorn einen Trinkspruch aus. Neben Dhark, Amy, den Rikers und Artus gehörte er mit seiner Frau Doris der kleinen Runde an. Außer ihnen hielten sich keine Gäste im Los Morenos auf. »Dieser feine Tropfen steht schon viel zu lange unangetastet vor unseren Nasen.«

»Apropos feiner Tropfen, wo steckt eigentlich Shanton?« Der Erbauer der Ast-Stationen war ebenfalls eingeladen, hatte sich bisher aber weder sehen lassen noch abgesagt. »Haben Sie ihn gesehen, Arc? Sie stecken doch dauernd mit ihm zusammen.«

»Dauernd?« fragte Doris lächelnd. »Allmählich verstehe ich, warum ich meinen Mann kaum noch zu Gesicht bekomme.«

»So ist das nun mal«, grinste der angebliche Sibirier, von dem nur seine engsten Freunde wußten, daß er in Wahrheit ein etwa zweieinhalbtausendjähriger Worgunmutant war. »Wahre Liebe gibt es nur unter Männern.«

Doris knuffte ihrem Mann in die Seite. »Habe ich da nicht andere Worte aus deinem Mund im Ohr?«

»Du bist ja auch etwas ganz Besonderes, meine Sternenprinzessin.«

»Du liebe Güte! Ich hatte keine Ahnung, daß unser technisches Superhirn zu einem solchen Süßholzgeraspel fähig ist.« Riker hätte sich fast an seinem Wein verschluckt. »Aber mal im Ernst. Wo steckt Shanton bloß? Ich habe ihn noch nie mit einer solchen Laune wie heute erlebt.«

»Keine Ahnung.« Doorn hob ratlos die Schultern. »Seit er vor ein paar Stunden die Zentrale verlassen hat, habe ich ihn auch nicht mehr gesehen. Er kriegt sich schon wieder ein. Wenn er wirklich so mies drauf ist, lassen wir ihn am besten in Ruhe. Wenn ihn der Hunger treibt, wird er schon aufkreuzen.«

Wie aufs Stichwort servierten die Moreno-Brüder zwei Platten mit frischem Lachs in Whiskysauce.

»Nicht zu glauben«, staunte Dan. »Wie kommt man denn an so eine erlesene Köstlichkeit?«

»Nicht ganz einfach«, gab José zu. »Nur mit Verbindungen und funktionierender Logistik. Der Lachs stammt aus einem norwegischen Fjord, der von einem Aufrechten mit Hilfe eines kleinen Atomgenerators eisfrei gehalten wird.«

»Das ist nicht ganz gerecht«, fand Artus. »Der bemitleidenswerte Bursche muß in der Kälte angeln, damit wir hier im Warmen sitzen und es uns gutgehen lassen können.«

»Du kannst ihn ja ablösen«, schlug Juan vor. »Die Kälte macht dir nichts aus, und unsere kulinarischen Köstlichkeiten munden dir auch nicht.«

»Ich brauche den Lachs nicht zu mir zu nehmen, um mich wohlzufühlen«, widersprach Artus. »Das Auge ißt bekanntlich mit. Mit meinen Optiken kann ich viel besser in jede einzelne Pore des toten Fisches eindringen, als ihr das könnt, und ihn quasi optisch zerlegen.«

»Toter Fisch«, murmelte José kopfschüttelnd und suchte das Weite. Sein Bruder folgte ihm auf dem Fuß, nicht ohne ein entsetztes »Banause« in Richtung des Roboters zu schicken.

»Habe ich etwas Falsches gesagt?« wunderte sich Artus. »Toter Fisch bleibt toter Fisch. Daran ändert auch die Wirkung auf die menschlichen Geschmacksnerven nichts. Nun denn, ich wünsche allseits einen guten Appetit. Laßt es euch schmecken.«

Das ließen sich die Versammelten nicht zweimal sagen. Es bestätigte sich, daß ein erlesenes Mahl selbst die hungrigste Meute zum Verstummen brachte. Artus wartete geduldig ab, während die Menschen sich über den Lachs und die Beilagen hermachten. Als alle mit dem Essen fertig waren, sah er endlich seine Stunde gekommen, sich ebenfalls etwas zu gönnen. Er beförderte eine dicke Zigarre ans Tageslicht, köpfte sie fachmännisch und zündete sie an.

»Aus dem Vorrat, den Terence Wallis mir hat zukommen lassen«, erklärte er paffend. »Wem darf ich zur Abrundung der Speisen eine anbieten?«

Dhark und Doorn nahmen die dargebotenen Zigarren gern an, während der Rest der Versammlung dankend ablehnte. Die Morenos servierten eine Runde feinen Brandy aufs Haus – brennend, wie es sich gehörte.

»Habt ihr Bruder Lambert auch gewählt?« erkundigte sich Artus bei den Brüdern.

»Die meisten haben das getan.«

»Obwohl er solch ein religiöser Mann ist? Ich schätze, daß nur ein geringer Teil der auf der Erde gebliebenen Menschen den Kreationisten angehört und ihren Glauben teilt. Die Gäa-Jünger denken ganz anders, und die meisten Splittergruppen haben mit Religion vermutlich gar nichts zu tun. Ich finde es seltsam, daß sie sich ausgerechnet einem extrem frommen Mann wie Bruder Lambert anschließen.«

»Es ist gerade diese Frömmigkeit, die die meisten für Bruder Lambert stimmen ließ«, erklärte Juan. »Sie gab den Ausschlag für seinen haushoch überlegenen Sieg. Bei ihm sind alle davon überzeugt, daß er niemanden übervorteilt und sich nicht zu einem kleinen Diktator aufschwingt. Es geht ihm wirklich nicht um seinen persönlichen Vorteil.«

»Das muß sich aber erst noch zeigen«, zweifelte Doorn. »Man kennt das. Macht korrumpiert, und grenzenlose Macht korrumpiert grenzenlos. Für meinen Geschmack besitzt Bruder Lambert etwas zuviel Macht ohne Gremien oder Instanzen, die ihn beaufsichtigen.«

»Seine Anhänger beaufsichtigen ihn allein dadurch, daß sie um ihn sind.«

»Ihr beide scheint eine Menge von ihm zu halten.« Doorn

paffte genüßlich an der Zigarre. »Ich pflege da lieber meine Zweifel.«

»Sind das nicht vielmehr Vorurteile?« fragte Juan, wobei er die leeren Teller abräumte.

»Erfahrungswerte«, korrigierte der Sibirier. »Davon habe ich genug gesammelt.«

Er sprach nicht weiter, doch Dhark wußte auch so, was Doorn auf der Zunge lag. Sein Wandeln unter Menschen seit dem Zeitalter Alexanders hatte ihn mehr Erfahrungen sammeln lassen, als es jemals einem Menschen möglich sein würde. Das ahnten die Morenos nicht.

»Ohne Bruder Lambert würden sich die verschiedenen Gruppierungen früher oder später zerfleischen. Zumindest würden sie ohne seine Koordination nicht überleben. Die meisten der zwanzig Millionen Nichtevakuierten waren früher krasse Außenseiter der Gesellschaft. Bruder Lambert ist der richtige Mann, um sie zu organisieren. Mein Bruder und ich teilen seinen Glauben nicht, aber wir vertrauen ihm.«

»Ich vertraue lieber auf Fakten und Ergebnisse.«

»Die erhalten wir möglicherweise morgen schon«, zeigte Doorn sich zuversichtlich. »Lambert erwartet unsere Antwort, wie es weitergehen soll.«

Der Abend war wie im Flug vergangen. Dhark war es tatsächlich gelungen, etwas Abstand zum Tagesgeschäft zu gewinnen. Nun, da das delikate Essen hinter ihm lag und Doorn ihn darauf ansprach, kehrten die Probleme zu seinem Leidwesen zurück. Auch wenn er schon lange kein Politiker mehr war, hatte er wieder eine Entscheidung zu treffen, die unabsehbare Folgen nach sich ziehen konnte. Er fühlte sich wie ein Puffer zwischen den Interessen Bruder Lamberts und denen Trawisheims. Ohne etwas dazuzutun, hatte der amtierende CdP die Verantwortung auf seinen Vorgänger abgeschoben.

»Glauben Sie wirklich, daß sich eine Manipulation des Nogk-Schirms in der von Lambert erhofften Weise auswirken kann?«

»Ganz ehrlich, Dhark, ich kann es nicht sagen. Theoretisch halte ich das für möglich. Chris' Befürchtungen teile ich jedenfalls nicht. Der Schutzschirm hat über Jahre hinweg ohne Mukken funktioniert. Als die Nogk ihn damals aufgebaut haben, standen die grundsätzlichen Parameter zwar auch vorab fest, einige Details ließen sich aber erst vor Ort durch Ausprobieren klären. Dabei ist es zu keinen Zwischenfällen gekommen. Wenn wir jetzt in der Richtung weiterexperimentieren, starten wir weder einen Neuanfang mit Teufelswerk, noch nehmen wir schlagartig elementare Änderungen vor. Wir gehen systematisch und Schritt für Schritt voran. Sobald es irgendwo hakt oder zu einem unvorhergesehenen Zwischenfall kommt, schalten wir den Schirm wieder ab.«

»Wir wären einen Schritt weiter, wenn wir ihn erst wieder eingeschaltet hätten«, bemerkte Riker lapidar.

»Kein Problem. Wir haben Zugriffsberechtigung auf sämtliche Einrichtungen der zentralen Schirmsteuerung.«

»Ein Wunder, daß Trawisheim uns die nicht durch irgendwelche Sicherheitsvorkehrungen ebenfalls aus der Hand genommen hat«, grübelte Anja. »Er hätte nur die Zugriffscodes zu ändern brauchen, um uns eine lange Nase zu drehen.«

»Daran wird ihm nicht gelegen gewesen sein«, ahnte Doorn. »Er weiß, daß wir nichts tun werden, was der Erde schadet. Vermutlich hofft er im Stillen sogar, daß wir ab und zu nach dem Rechten sehen. Der Cyborg ist ein ausgekochtes Schlitzohr. Auf gewisse Weise kann ich nachvollziehen, was Lambert in der Zentrale der POINT OF gesagt hat. Trawisheim hat der Erde den Rücken gekehrt. Wieso sollten die auf sich allein gestellten Menschen ihn weiterhin als ihr Regierungsoberhaupt akzeptieren?«

Dhark antwortete nicht. Bruder Lamberts Art und Weise der Machtergreifung war mit dem bislang geltenden Wahlrecht nicht vereinbar.

Doch da begann eine weitere Problematik.

Der eingetretene Fall war nirgendwo geregelt.

Trawisheims Regierung befand sich praktisch in einem selbstgewählten Exil. Endeten damit auch die bisher gültigen Machtverhältnisse?

Das war eine Frage für Verfassungsrichter, mit der sich zu beschäftigen ihn nur Zeit gekostet hätte, ohne daß er zu einem juristisch und verfassungsrechtlich tragbaren Ergebnis gekommen wäre. Am besten war, er kümmerte sich nicht darum, sondern handelte so, wie er es im Interesse der Erde für geboten hielt.

Das bedeutete, daß er Bruder Lambert und sein Gefolge einstweilen als Statthalter der bisherigen Regierung anerkannte. Damit gestand er ihnen nicht zwangsläufig das Recht als deren legitime Nachfolger zu.

»Du hast schon wieder den gleichen Gesichtsausdruck wie vor dem Essen«, drängte sich Amys Stimme in seine Überlegungen.

»Ja, vielleicht. Mag sein.« Dhark seufzte und wandte sich an Doorn. »Können Sie uns sagen, wie eine Manipulation des Nogk-Schirms vonstatten gehen soll?«

Der Angesprochene grinste übers ganze Gesicht. »Ich habe schon befürchtet, das würde keinen interessieren. Dabei habe ich mir vor unserem Ausflug ins Los Morenos den Kopf darüber zerbrochen. Im Grunde genommen ist alles ganz einfach.«

Als Doorn mit seinen Ausführungen begann, begriff Dhark sehr schnell, daß das geplante Vorhaben alles andere als einfach war.

*

Arc Doorn dozierte über das Frequenzspektrum des Nogk-Schirms.

»Jeder zeitlich begrenzte Schwingungsvorgang ist die Überlagerung mehrerer Frequenzen, so auch bei dem globalen Schutzschirm. Erst das Zusammenwirken zahlreicher Einzelfrequenzen ergibt den Schwingungsvorgang, der den Schirm etabliert.«

»Viele?« fragte Anja. »Millionen, wenn ich nicht irre.«

»So ist es«, bestätigte Doorn. »Die Frequenzen sind so aufgebaut, daß sie Licht und verschiedene Energieformen passieren lassen. Das ist genau der Punkt, an dem wir ansetzen müssen. Wir wollen das nicht abschaffen, sondern lediglich einschränken.«

»Du willst den Schirm also dahingehend modifizieren, daß er keine Wärmeenergie durchläßt«, grübelte Artus.

»Nur von innen nach außen nicht. Die Energie von der Sonne muß natürlich hereindringen, sonst kehren wir unser Ziel ins Gegenteil. Wir müssen daher Ober- und Unterseite des Schirms unterschiedlich gestalten. Im Prinzip spreche ich von zwei Schichten, die aber doch untrennbar miteinander verbunden sind. Die äußere ist nach innen hin durchlässig, die innere nach außen hin hingegen nicht. Es gibt theoretische Überlegungen, die auf dem zweiten Gesetz der Thermodynamik fußen.«

»Das besagt, daß thermische Energie immer von einem System mit höherer Energie in eines mit niedrigerer Energie übertragen wird«, erinnerte sich Anja.

»Diese beiden Systeme haben wir inner- und außerhalb des Schirms«, bestätigte Doorn. »Obwohl sie unmittelbar aneinandergrenzen, muß der Schirm sie völlig voneinander trennen.«

»Wie die Eingangstür vom Los Morenos, die bewirkt, daß es trotz der Eiseskälte draußen hier drin schön warm bleibt.«

»Eben nicht. Würden die Morenos die Heizung ausschalten, würde die vorhandene Wärme sich trotz dicken Wänden und Doppelverglasung in ein paar Stunden nach draußen verlieren. Die Welt da draußen ist das System mit der deutlich niedrigeren Energie.«

»Anschaulich«, fand Artus. »Also muß es uns gelingen, den zweiten Hauptsatz der Thermodynamik durch die Manipulation des Schirms auszutricksen.«

»Austricksen wird uns nicht gelingen, aber ich bin zuversichtlich, daß wir ihn umgehen können. Ich habe heute Nachmittag mit dem Checkmaster ein paar Zahlenspiele durchgeführt. Er hat sämtliche Frequenzen des Nogk-Schirms gespeichert. Ich glaube, ich bin fündig geworden, was unser Problem angeht.«

»Nun bin ich aber gespannt«, behauptete Riker und verdrehte verständnislos die Augen.

»Das kann ich mir vorstellen.« Doorn war in seinem Element. Er kritzelte ein paar Formeln und Zahlenkolonnen auf eine Papierserviette und bekam nicht einmal mit, daß sich die Morenos hinter ihn gestellt hatten und ihm ebenso ratlos wie Riker über die Schulter schauten. »Das sollte einen Anhalt geben, worauf ich hinauswill. Was sagen Sie dazu, Dhark?«

Ren zuckte mit den Achseln. »Wenn ich ehrlich bin...«

»Nicht wahr«, fiel Doorn ihm ins Wort. »Anfangs hatte ich auch meine Zweifel, doch der Checkmaster hat meine Überlegungen bestätigt. Es könnte funktionieren.« Als er von seinen Darlegungen aufblickte und die ratlosen Gesichter sah, winkte er beschwichtigend mit den Händen. »Schon gut, nicht soviel Applaus auf einmal. Ich sagte ja bereits, daß ich nicht weiß, ob die Manipulation tatsächlich den gewünschten Effekt nach sich zieht.«

»Ich bin bereit, nach jedem Strohhalm zu greifen«, erklärte Dhark. Es wäre fahrlässig gewesen, den Versuch nicht zu unternehmen, wenn sich sowohl Lamberts Spezialisten als auch Doorn und Artus etwas davon versprachen. Die Suche nach den verschollenen Synties war eine höchst unsichere Angelegenheit. Schließlich hatte man keine Ahnung, wo man mit der Suche nach ihnen beginnen sollte. Unter Umständen konnte sie sich jahrelang hinziehen, ohne daß man jemals fündig wurde. Da kam es auf einen oder zwei Tage nicht an. »Hauptsache, wir behalten die Lage unter Kontrolle und können das Experiment jederzeit abbrechen.«

»Dafür garantiere ich.«

»Es ist spät geworden«, wisperte Amy Ren ins Ohr. »Wir sollten schlafen gehen.«

»Ganz meine Meinung«, schloß sich Anja an.

Dhark nickte. Er war müde. Es war ein langer Tag gewesen, und der morgige würde möglicherweise noch länger werden. Schließlich war entschieden, daß die Arbeiten morgen beginnen sollten. Die Gesellschaft verabschiedete sich von den Morenos und flog zu den Gebäuden der Stiftung. Es schneite wieder, doch dort war es angenehm warm. Solange die POINT OF und ihre Besatzung sich auf der Erde aufhielten, wurden die Räumlichkeiten geheizt. Nach einer kurzen Verabschiedung begaben sich alle in ihre Wohnungen.

*

»Du scheinst dir deiner Sache ziemlich sicher zu sein. Jedenfalls muß Ren Dhark das jetzt glauben.« Doris Doorn sah ihren Mann nachdenklich an. »Mich kannst du nicht so einfach täuschen. Du hast durchaus deine Zweifel.«

»Das ist immer so, bevor man einen wissenschaftlichen Versuch unternimmt«, bestätigte der Sibirier. »Hätte man keine Zweifel, würde man zu Leichtsinn tendieren. Das liegt mir nicht, wie du weißt.«

»Trotzdem hättest du dem Commander etwas davon sagen können.«

Doorns Gesicht wurde ernst. »Ich habe mit Absicht darauf verzichtet. Hast du nicht gemerkt, unter welchem Druck er steht? Er fühlt sich immer noch verantwortlich für die Erde und die Menschheit, dabei wäre das eigentlich Henner Trawisheims Aufgabe. Nur hat der Cyborg den bequemen Weg vorgezogen. Dhark stellt sich Problemen, der Cyborg läuft vor ihnen davon. Ich wollte ihn nicht zusätzlich belasten.«

»Du klingst wie dieser Bruder Lambert, von dem du mir erzählt hast.«

»Ich glaube, Dhark mag ihn nicht. Was mich selbst betrifft, bin ich mir da nicht so sicher. Zumindest kann ich Lamberts Motivation nachvollziehen. Ich frage mich, was ich an seiner Stelle auf einer weitgehend entvölkerten und sich selbst überlassenen Erde tun würde.«

»Das richtige.«

Doorn lächelte und nahm seine Frau in den Arm. Ihm ging der Tag durch den Kopf, an dem sie erfahren hatte, daß er kein Mensch war, sondern Angehöriger des Volkes, dem Ren Dhark zeit seines Raumfahrerlebens nachgejagt war. Es war ein Schock für sie gewesen zu erfahren, daß er seit annähernd zweieinhalb Jahrtausenden unerkannt unter den Menschen auf der Erde lebte, auf der er fern seiner Heimat gestrandet war, und daß sein wahrer Name Arcdoorn war. Inzwischen war wieder Normalität in ihre Ehe eingekehrt, denn Doris wußte, daß er sie nicht weniger liebte, nur weil er ein Worgun war. Das Wissen, daß sie im Gegensatz zu ihm alterte und lange vor ihm sterben würde, überfiel ihn mit brutaler Macht. Natürlich war ihm das während seines Aufenthalts auf Terra schon häufig passiert, auch mit Frauen, mit denen er zusammen war, doch nie zuvor hatte er eine Frau so geliebt wie seine Doris. Er konnte sich nicht vorstellen, sie eines – an seiner Lebenserwartung gemessen nicht allzu fernen – Tages zu verlieren.

»Ich habe durchaus nicht immer das richtige getan.«

»Solange ich dich kenne doch.« Doris legte den Kopf zurück und sah ihrem Mann in die Augen. »Ich wollte vorhin nicht auf dem Thema herumreiten, weil die anderen dabei waren. Sie kennen Chris nicht so gut wie du. Was ist denn mit ihm los? Hast du wirklich keine Ahnung?«

Doorn schüttelte den Kopf. »Allein die Tatsache, daß er nicht zu dem Essen gekommen ist, macht mich unruhig. So etwas läßt er sich normalerweise nicht entgehen, und schon gar nicht, wenn Dhark die Zeche zahlt.«

»Ihr hättet ihn nicht so abkanzeln sollen.«

»Wir haben ihn nicht abgekanzelt. Er ist zwar ein Dickkopf...«

»Genau wie du.«

»... von mir aus genau wie ich, aber genau wie ich richtet er sich nach Fakten und Argumenten. Er hat es nicht nötig, seinen Kopf durchzusetzen, wenn er einsieht, daß andere im Recht sind.«

»Vielleicht sieht er das diesmal nicht ein.«

»Das kann ich mir nicht vorstellen.« Allerdings hatte Doorn auch keine andere Erklärung für Shantons ungewöhnliches Verhalten.

»Seine Arbeit ist doch alles, was er hat«, überlegte Doris. »Es gibt keine Frau, die mit ihm das Quartier teilt, so wie es bei dir, Dhark und Riker der Fall ist. Er hat nur seinen mechanischen Hund.«

»Jimmy ist sein Freund.«

»Das ist... etwas anderes.«

So hatte Doorn die Sache noch nie gesehen.

Es war nicht ausgeschlossen, daß Chris neben seiner Arbeit etwas fehlte, was alle anderen hatten.

War er am Ende nicht zu dem gemeinsamen Essen gekommen, weil er, von Artus abgesehen, der einzige Teilnehmer ohne Partnerin gewesen wäre und sich zwischen den drei Paaren unwohl gefühlt hätte?

Doorn konnte sich das nicht vorstellen. Bisher hatte Shanton damit auch noch nie ein Problem gehabt.

Zumindest hat er nichts davon durchdringen lassen. Aber wer weiß, wie es in seinem Inneren aussieht.

»Er hat mich, seinen Freund.«

»Ich weiß. Deshalb solltest du nach ihm schauen und ihn fragen, ob er Schwierigkeiten hat. Bestimmt ist er beleidigt, weil niemand auf seine Warnungen gehört hat.«

»Hm«, machte Doorn. »Möglich. Ich gehe kurz bei ihm vorbei und spreche mit ihm. Ich bin sicher, er beruhigt sich, wenn ich unter vier Augen mit ihm rede.« Er küßte seine Frau und verließ die gemeinsame Wohnung.

Das Apartment von Shanton lag nicht weit entfernt. Die Tür war nicht verschlossen, und von drinnen drang Lärm auf den Korridor.

*

»Chris, bist du da?«

Shanton antwortete nicht, doch es war eindeutig seine Stimme, die Doorn vernahm. Er rief ein zweites Mal und betätigte den Türsummer. Entweder hörte sein Freund ihn nicht, oder er wollte ihn nicht hören.

»Dann eben auf die harte Tour«, murmelte Doorn. Da er keine Aufforderung zum Eintreten erhielt und der elektronische Schließmechanismus der Tür nicht verriegelt war, öffnete er sie kurzerhand und trat in das Apartment.

Wie erstarrt blieb er stehen. Vor ihm sah es aus, als hätte eine Bombe eingeschlagen. Dabei hatte Shanton den Raum erst vor ein paar Stunden bezogen. Neben einem umgekippten Beistelltisch lagen mehrere angebrochene Flaschen. Doorn brauchte nicht genauer hinzusehen, um zu erkennen, daß sie Cognac enthielten.

»Verdammtc Tölc!« grölte sein Freund gerade, als Doorn eintrat. Seine Worte waren unsicher. Er lallte. »Zu gar nichts bist du nutze. Wie konnte ich mir nur eine solche Laus in den Pelz setzen?«

Jimmy saß mir eingezogenem Kopf in einer Ecke des Raums und schielte zu dem Besucher hinüber. »Wenn du nicht so betrunken wärst, könntest du dich allein auf den Beinen halten«, antwortete er seinem Herrchen.

»Was ist denn hier los?« entfuhr es Doorn. Er konnte nicht glauben, was er sah. Sein Freund schwankte und hatte Mühe, nicht vornüberzukippen.

»Der Dicke ist so dicht, daß er über den Tisch gestolpert und zusammen mit ihm umgefallen ist. Und nun wirft er mir vor, daß ich ihn nicht aufgefangen habe.«

»Rostige Blechkonserve«, plärrte Shanton. »Wenn ich mich nicht mal mehr auf dich verlassen kann, auf wen denn sonst?« Erst in diesem Moment fiel ihm auf, daß jemand den Raum betreten hatte. »Was willst du denn hier?«

»Ich komme, um zu sehen, wie es dir geht.«

»Blendend. Danke der Nachfrage. Da das jetzt geklärt ist, kannst du ja wieder gehen.«

»Blendend, so, so. Mir scheint, du bist vollkommen betrunken.«

»Bin ich«, bestätigte Shanton. Sein Gesicht war stark gerötet. »Ich bin sogar total voll. Kommst du, um mir Vorhaltungen zu machen? Wer bist du denn? Du hast kein Recht dazu. Ich bin erwachsen und kann tun und lassen, was ich will.«

»Zumindest sollte man das annehmen«, protestierte Jimmy. »Aber das ist wohl ein Trugschluß. Wie kann man sich nur so vollaufen lassen? Und nur, weil man mit sich und der Welt unzufrieden ist.«

»Was ist denn mit ihm los?« fragte Doorn.

»Er verkraftet nicht, daß man seine Warnungen nicht ernst nimmt. Das ist alles so peinlich. Ich fürchte, mir bleibt nichts anderes übrig, als dem Dicken die Freundschaft aufzukündigen und mir ein neues Herrchen zu suchen.«

»Geh doch!« polterte Shanton. »Geht doch alle. Ich brauche euch nicht, keinen von euch. Aber ihr braucht mich, das werdet ihr noch erkennen. Nur daß es dann zu spät ist. Ihr werdet euch noch wünschen, auf mich gehört zu haben, wenn euch euer schwachsinniger Versuch um die Ohren fliegt.«

»Beruhige dich doch, Chris«, forderte Doorn. Er machte sich ernsthafte Sorgen um seinen Freund. Dienst ist Dienst, und Schnaps ist Schnaps – von Shantons eisernem Grundsatz war im Moment nichts übrig. Er benahm sich wie ein beleidigter Pennäler nach der ersten Abfuhr bei seiner Angebeteten. »Ich erkenne dich nicht wieder. Laß uns darüber reden.«

»Benimm dich nicht so gönnerhaft. Ich brauche euch nicht.«

»Das sagtest du bereits.«

»Und ich wiederhole es noch einmal. Das gilt auch für dich. Verschwört euch ruhig hinter meinem Rücken und macht euch über mich lustig. Meint ihr etwa, ich merke das nicht? Aber es interessiert mich nicht, ihr verlogene Bande.« Einmal in Fahrt, konnte Shanton sich nicht wieder beruhigen. »Macht doch, was ihr wollt. Die idiotische Idee dieses lächerlichen Lambert ist ein gigantischer Fehler, und ihr seid alle so blöd, darauf hereinzufallen. Damit nicht genug, ihr unterstützt ihn auch noch und macht euch mitschuldig an seiner Blödheit. Und du, du bist genauso dumm wie alle anderen. Ich habe dir etwas mehr Verstand zugetraut. Pustekuchen!«

»Es tut mir leid«, entschuldigte sich Jimmy. Er klang verzweifelt. »Seit Stunden rede ich auf ihn ein. Er scheint überhaupt nicht zu begreifen, was ich ihm sage, und wiederholt immer dasselbe. Er hat ein paar wenig schöne Dinge über seine Freunde von sich gegeben, angefangen bei mir bis zu... bis zu so ziemlich jedem, den er kennt. Ich würde ihn am liebsten nicht ernst nehmen. Er weiß nicht mehr, was er redet.«

»Sehr wohl weiß ich das. Du kannst ruhig wiederholen, was ich gesagt habe«, lallte Shanton. »Ich habe nichts zu verbergen.« Er machte Anstalten, in Doorns Richtung zu torkeln. Dann entschied er sich anders und ließ sich in einen Sessel fallen. Diesmal brachte er das Kunststück fertig, einigermaßen sicher zu landen und nicht mit dem Möbelstück umzukippen.

»Ich räume mal ein wenig auf«, bot Doorn an. »Es könnte Besuch vorbeikommen.«

»Ha, ha«, lachte sein Freund humorlos. »Ich habe dich nicht darum gebeten. Ich habe dich um gar nichts gebeten. Habt ihr euch schön amüsiert ohne mich?«

»Mit dir wäre es noch schöner gewesen.«

»Lüg' mich nicht an. Ihr wart doch froh, daß ich nicht dabei war. So konntet ihr ungestört über mich herziehen. Daß ihr euch nicht schämt, besonders du.«

»Nun reicht es aber«, platzte Doorn der Kragen. »Du weißt verdammt genau, daß das Unsinn ist. Hör endlich auf, dich zu bemitleiden, nur weil etwas nicht nach deinem Willen läuft.«

Shanton winkte ab und angelte nach einer halbleeren Flasche. Er schien gar nicht zu begreifen, was sein Freund ihm an den Kopf warf.

»Sinnlos.« Traurig schüttelte Jimmy seinen mechanischen Schädel. »Das ist wirklich alles andere als witzig. Er macht sich zum Gespött der ganzen Besatzung, und mich gleich mit sich.«

»Ich mache dir einen Kaffee, Chris, damit du wieder einigermaßen zu dir kommst.«

»Untersteh dich! Erst mache ich dieser elenden Flasche den Garaus, aber allein. Wieso bist du eigentlich gekommen? Tu mir einen Gefallen und verschwende nicht meine Zeit mit deinem mitleidigen Gebrabbel. Verschwinde einfach aus meiner Wohnung, und laß mich allein. Diese Blechtöle kannst du gleich mitnehmen.«

Jimmy verkroch sich beleidigt. Doorn gab es auf. Wenn Chris sich nicht helfen lassen wollte, konnte er nichts machen, nicht gegen den Willen seines Freundes.

Morgen wasche ich dir den Kopf, mein Lieber, nahm er sich vor.

Er verließ Shantons Apartment und ging in seine eigene Wohnung zurück. Doris konnte auf Anhieb an seinem Gesicht erkennen, daß der späte Besuch nicht so verlaufen war, wie ihr Mann das erwartet hatte. »War es so schlimm?« fragte sie.

»Noch schlimmer. Chris ist rappeldicht. Derart betrunken habe ich ihn noch nie erlebt. Er beschimpft Gott und die Welt.«

»Er hat immer schon mal gerne einen über den Durst getrunken, aber er ist nie ausfallend geworden und war am nächsten Tag wieder nüchtern«, sorgte sie sich. »Was du erzählst, klingt, als hätte er ein Alkoholproblem. Ist dir nie etwas in der Richtung aufgefallen?«

Doorn verzog das Gesicht. Er fühlte sich hilflos. »Chris war nie ein Kind von Traurigkeit. Er ißt und trinkt halt gern, doch bei allen Eskapaden hatte er sich stets unter Kontrolle.«

»Inzwischen trinkt er anscheinend zuviel, findest du nicht? Unter Kontrolle hat er sich auch nicht mehr. Dir ist doch klar, daß er damit zu einer Gefahr wird, falls ich wirklich recht habe. Bei einem heiklen Versuch wie morgen kann er einen Fehler machen. Du mußt mit Ren Dhark darüber reden, auch wenn Chris dein Freund ist. Oder gerade deswegen. Vielleicht braucht er mehr Hilfe, als es uns allen bisher bewußt war.«

Doorn war erschüttert. Er nickte. »Ich werde ihn mir morgen zur Brust nehmen.«

Er konnte nur hoffen, daß Shanton bis dahin wieder nüchtern war.

5.

Am nächsten Morgen hielt Arc Doorn vergeblich nach seinem Freund Ausschau. Chris Shanton ließ sich nicht sehen, ging ihm anscheinend aus dem Weg. Entweder hatte er sein Apartment bereits verlassen oder sich darin eingeschlossen und reagierte auf keinen Anruf. Im Gegensatz zum Vorabend war es verschlossen.

»Stimmt etwas nicht?« fragte Artus, der Doorn nach dem Frühstück abgeholt hatte, um ihn zu begleiten.

»Alles in Ordnung. Jedenfalls hoffe ich das.«

»Ich habe gelernt, in den Mienen der Menschen zu lesen. Das gelingt mir mal mehr und mal weniger gut. In deinem Gesicht beispielsweise kann ich lesen wie in einem offenen Buch, weil ich dich gut kenne. Daher bin ich mir ziemlich sicher, daß du dir über irgend etwas Sorgen machst.«

»Stimmt, aber ich will nicht darüber reden.« Doorn war sauer, weil er keine Gelegenheit erhielt, seinen Freund zur Rede zu stellen. »Fliegen wir zur Schirmsteuerung.«

Auf dem Parkplatz der Stiftung wartete bereits ein Gleiter. Es schneite nicht, und der Himmel war einigermaßen klar. Daran, daß man sich wie im tiefsten Winter vorkam und nicht wie an einem Septembertag, hatte Doorn sich längst gewöhnt. Die Jahreszeiten auf der Erde existierten immer noch, nur war jede von ihnen ungleich kälter als früher. Im Vergleich zu dem, was der Winter für die auf Terra gebliebenen Menschen bereithielt, war ein Spätsommertag im September mit seinen knapp dreißig Grad unter Null noch angenehm. Das galt nicht nur für die Menschen, ging es ihm durch den Kopf, sondern auch für die

Tiere. Sie konnten die Erde nicht verlassen. Es drohte eine ökologische Katastrophe. Er fragte sich, wie viele Arten ausgestorben sein mochten, sollten auf Terra jemals wieder gewohnte Verhältnisse herrschen.

Er setzte sich ans Steuer und startete den Gleiter.

Die zentrale Schirmsteuerung lag am Stadtrand von Alamo Gordo. Nichts an dem flachen Gebäudetrakt verriet etwas von seiner Bedeutung. Er war mit Maschinen und Aggregaten vollgestopft. Die Schirmgeneratoren hier waren mit denen in der ganzen Welt verbunden. Einer allein war nicht in der Lage, die Energiemengen zu liefern, die für den Aufbau des Nogk-Schirms gebraucht wurden. Wenn mindestens achtzig Prozent der Generatoren arbeiteten, baute der Schirm sich zwar auf, befand sich aber auf dem unteren Energiepegel. Für aussagefähige Experimente mit dem Schirm durften deswegen maximal zehn Prozent der Generatoren inaktiv sein.

Vor der Halle hatten einige von Lamberts Anhängern Stellung bezogen und erwarteten den Gleiter. Doorn setzte ihn sanft auf und kletterte mit Artus ins Freie. Zwei Männer kamen auf sie zu.

»Wir führen Sie zum Kurator«, kündigte einer von ihnen an.

»Wir kennen den Weg... aber gegen etwas Gesellschaft ist nichts einzuwenden«, zeigte sich Doorn einverstanden. Natürlich hatten die finster aussehenden Gestalten Bruder Lambert bereits von der Ankunft seiner neuen Verbündeten unterrichtet. Sie waren keine Führer für die Ankömmlinge, sondern sollten Doorn und Artus genau auf die Finger schauen.

In der Station waren bereits einige Personen unterwegs. Lambert begrüßte Doorn und Artus persönlich. Er wurde von seinen vier Leibwächtern abgesichert, die schon mit ihm an Bord der POINT OF gekommen waren. Unverblümt machten sie sich daran, die Besucher zu untersuchen.

»Wir wollen nur sichergehen, daß Sie keine Waffen tragen«, erklärte Lambert.

»Das tun wir nicht«, versicherte Artus. »Ihre Leute aber sehr wohl, wie ich feststelle.«

Einer der Leibwächter gab dem Kurator einen Wink. »Sie sind sauber.«

Bruder Lambert lächelte zufrieden. »So ändern sich die Dinge. An Bord Ihres Ringraumers waren wir ohne Waffen, nun sind Sie es. Doch keine Sorge. Ich garantiere Ihnen ebenso freies Geleit, wie Ren Dhark es bei mir tat. Kommen Sie, ich stelle Sie meinen Experten vor.«

Es zeigte sich schnell, daß Lambert seine Wissenschaftler nicht umsonst so bezeichnete. Die Männer gehörten verschiedenen Gruppierungen an und erwiesen sich als verblüffend gute Fachleute. Damit hatte Doorn nicht gerechnet. Er revidierte seine Meinung. Es waren nicht nur die besten Köpfe, die Terra verlassen hatten. Einige von ihnen waren geblieben, auch wenn sie vorher nie groß in Erscheinung getreten waren. Nach dem Abzug der anerkannten Koryphäen war ihre Stunde gekommen. Doorn erkannte rasch, daß sie ihren hochbezahlten Kollegen, die für Regierung oder Wirtschaft tätig waren, kaum nachstanden.

»Meine Leute sind weltweit einsatzbereit und warten darauf, daß es losgeht. Wir stehen in permanentem Funkkontakt mit ihnen. Was hier geschieht, wird in derselben Sekunde an sämtliche Stationen übermittelt. Wenn irgendwo Komplikationen auftreten, erfahren wir es sofort.«

»Anscheinend sind wir nicht die einzigen, die die Zugriffscodes kennen«, bemerkte Artus. Verschiedene Einrichtungen waren bereits hochgefahren.

»Mach nicht den Fehler, uns für Hinterwälder zu halten, Artus«, gab Lambert süffisant von sich. »Wir hätten auch alleine anfangen können, doch ich lege großen Wert auf deine und Arc Doorns Unterstützung.«

»Ich werde daran denken.« Der Roboter ging zu den Männern hinüber, die in verschiedene Tätigkeiten vertieft waren. Doorn schloß sich ihm an. Sie wurden freundlich begrüßt und sofort mit einbezogen. Es dauerte nur wenige Minuten, sich auf eine gemeinsame Vorgehensweise zu einigen. Lamberts Experten hatten in die gleiche Richtung gedacht wie Doorn bei seinen Trockenversuchen mit dem Checkmaster.

»Dann wollen wir mal«, sagte er unternehmungslustig und stürzte sich in die Arbeit. »Ich fahre das Kraftwerk hoch.«

Kontrolleuchten flammten auf, als er seine Ankündigung in die Tat umsetzte. Kurz darauf erfüllte ein Summen wie von einem Bienenschwarm die Halle. Doorn hatte das Gefühl, daß der Boden unter seinen Füßen vibrierte, als die größtenteils unterirdisch angelegten Maschinen ihren Dienst aufnahmen.

»Die Verbindung zum Generatorennetzwerk wird aufgebaut«, rief jemand. »Es kommen Bereitschaftsanzeigen von allen Schirmgeneratoren.«

»Sehr gut«, lobte Doorn. Mit zielsicheren Handgriffen aktivierte er das Kraftwerk. Rote Statusanzeigen belegten, daß es hochfuhr.

»Leistung bei dreißig Prozent, kommentierte Artus den Vorgang. »Vierzig Prozent. Kontinuierlicher Anstieg. Keine Schwankungen. Das ist das reinste Kinderspiel.«

»Hoffentlich ändert sich das nicht gleich. Die Programmierung des Generators, die zur beabsichtigten Modifizierung des Nogk-Schirms führen soll, wird ungleich umständlicher.«

Doch noch war es nicht soweit. Zunächst ging es nur darum, den Schirm einfach nur aufzubauen. Mit Unterstützung von Artus und Lamberts Experten machte Doorn sich an die entsprechenden Eingaben. Mehr als eine Stunde verging, bis er endlich zufrieden war.

»Wir können das Schirmfeld aktivieren«, rief er erleichtert. Bevor er sich an die Ausführung machen konnte, ertönte vom Halleneingang her ein krächzender Schrei.

»Ihr Idioten!«

Wie ein Berserker kam Chris Shanton herangestapft.

*

Unwillkürlich zuckte Doorn zusammen, als er seinen Freund erblickte. Shanton gab einfach nicht auf. Er fuchtelte wild mit den Händen in der Luft und versuchte sich an den Männern vorbeizudrücken, die sich ihm entgegenstellten.

Er ist immer noch betrunken, interpretierte der Sibirier Shantons leicht schwankenden Gang. Zumindest war er noch restalkoholisiert. In seinem Zustand interessierte ihn auch nicht, daß gleich drei Männer, die sich in der Nähe des Eingangs aufhielten, versuchten, ihn aufzuhalten. Bei Shantons Größe und Körpermasse war das auch leichter gesagt als getan.

»Ich dachte, über Nacht kommt ihr Idioten zu Besinnung. Wie man sich doch täuschen kann!«

»Beruhige dich, Chris. Es gibt keine Probleme. Alles läuft planmäßig.«

»Noch, aber das wird sich gleich ändern. Ich habe letzte Nacht noch verschiedene Berechnungen angestellt. Was ihr vorhabt, kann nicht gutgehen.«

Doorn bezweifelte, daß sein Freund irgend etwas berechnet hatte. Dazu war er nach seinem vorabendlichen Alkoholexzeß gar nicht mehr in der Lage gewesen.

»Geh nach Hause und schlaf dich aus«, forderte er.

»Ich denke nicht daran. Erst werdet ihr diesen Wahnsinn beenden, sonst mache ich das!« Spielerisch stieß Shanton die Männer beiseite. Ehe sie sich versahen, saßen zwei von ihnen auf dem Hosenboden. Der dritte hielt sich in respektvollem Abstand. Chris lief auf ein Kontrollpult zu. Seine Absicht, es auszuschalten, war nicht zu verkennen.

»Meine Herren, bitte halten Sie Mister Shanton auf!« wandte sich Bruder Lambert an seine Leibwächter. »Ich habe bereits gestern an Bord der POINT OF festgestellt, daß er nicht viel von unseren Plänen hält. Allerdings bin ich nicht von seiner Hartnäckigkeit ausgegangen. Daß er hier auftaucht und den wilden Mann markiert, ist wirklich dreist.«

Diesmal waren es keine Wissenschaftler, mit denen es Shanton zu tun bekam, sondern zwei Kleiderschränke aus Lamberts Leibwache. Trotz seiner Größe packten sie ihn und hielten ihn mühelos fest. In seiner Wut dachte Shanton nicht daran, Vernunft anzunehmen. Er schlug wild um sich und landete sogar einen Treffer auf der Nase eines der beiden Hünen. Sofort war eine handfeste Rangelei im Gange.

»Das reicht, Lambert!« forderte Doorn. »Ihre Kettenhunde sollen sich etwas zurückhalten, sonst können Sie meine Unterstützung vergessen!«

Der Kurator gab seinen Leibwächtern einen knappen Wink. Sie drückten Shanton die Arme auf den Rücken und schoben ihn vor sich her Richtung Ausgang. Da er einsah, daß er keine Chance gegen sie hatte, erlahmte seine Gegenwehr. Er warf Doorn und Artus funkelnde Blicke zu.

»Ihr helft diesem Narren auch noch. Wenn hier alles hochgeht, tragt ihr die Schuld daran. Denkt an meine Worte.«

Nur mit Gewalt ließ er sich in seinen Gleiter setzen, wobei er eine weitere Schimpftirade gegen Lambert und seine Helfershelfer von sich gab. Doorn war erleichtert, als Shanton startete und Richtung POINT OF davonflog. Er löste den Blick von dem kleiner werdenden Gleiter.

»Es geht los«, informierte er Lambert. »Rufen Sie Ihre Leute.«

*

Bruder Lamberts Männer standen weltweit bereit, um auf Doorns Zeichen hin die Kraftwerke und Generatoren des Nogk-Schirms wieder in Betrieb zu nehmen. Bange Sekunden vergingen, in denen nichts geschah. Artus lief zwischen den Maschinen hin und her und hielt sämtliche Anzeigen in seinen hochentwickelten Optiken. Holomonitore zeigten Ausschnitte von verschiedenen irdischen Großstädten, wo die Kraftwerke standen, mit eingeblendeten Ortszeiten. Es gab keine Unregelmäßigkeiten.

»Energieanstieg?« rief Doorn dem Roboter zu.

»Genau wie hier. Überall stabil. Es funktioniert.«

Zweifellos wurde Henner Trawisheim auf Babylon schon über die Vorgänge auf der Erde informiert. Gleichgültig, ob er damit einverstanden war oder nicht, von Fande aus, wie die Worgun ihre ehemalige Stützpunktwelt genannt hatten, konnte er nichts dagegen unternehmen. Wie Bruder Lambert es verkündet hatte, war der Commander der Planeten von der Entwicklung abgeschnitten.

»Der globale Schirm baut sich auf«, meldete einer von Lamberts Männern.

Artus rannte zum Ausgang und warf einen Blick zum Himmel. Da er einigermaßen klar war, war ein seidiger Schimmer zu erkennen. »Schirm steht!« rief der Roboter und lief zurück in die Halle, um in den Kontrollanzeigen nach möglichen Fluktuationen zu suchen. Es gab keine. »Alles bestens.«

Doorn nahm die Erfolgsmeldung regungslos hin. Die ersten Minuten nach dem Einschalten des Schirms waren am kritischsten. Wenn er kollabierte, dann in dieser Phase. Mit jeder verstreichenden Minute, die er aufrecht blieb, wurde die Wahrscheinlichkeit eines Kollaps geringer. Erst jetzt bemerkte er, wie aufgeregt er war. Er war längst nicht so sicher, wie er vorgegeben hatte. Doch nun stiegen die Erfolgsaussichten des Unternehmens rapide – sofern die Manipulation des Schirms ebenfalls gelang. Sie war die letzte Unbekannte. Entwickelte auch sie sich positiv, stand dem von Bruder Lambert postulierten künstlichen Treibhauseffekt, der die Erdoberfläche erwärmen sollte, nichts mehr im Wege.

Theoretisch, rief Doorn sich zur Ordnung. *Bisher ist alles graue Theorie.*

»Wir beginnen mit der Eingabe der Änderungsparameter.«

Um ihn herum brach hektische Aktivität aus. Artus mit seiner überlegenen Schnelligkeit übernahm die Eingaben. Dafür widmeten die Menschen sich verstärkt den Kontrollanzeigen, da der Roboter sich nicht auch noch auf diese Aufgabe konzentrieren wollte. Analytisch verfolgte Doorn die endlosen Zahlenkolonnen und Datenreihen, die durch die Holos liefen. Er entdeckte keinen offensichtlichen Fehler, doch der Teufel steckte bekanntlich im Detail. Wenn es wirklich an einer bestimmten Stelle hakte, würde er das in dem Datenwust kaum erkennen, sondern erst an den Folgen, und die konnten sich in tausend verschiedenen Formen zeigen.

Die Programmierung gestaltete sich langwierig, weil Artus mehrmals gezwungen war, die in Gemeinschaftsarbeit von Doorn und dem Checkmaster ermittelten Parameter anzugleichen. Erst hier vor Ort ließ sich nämlich die richtige Feinjustierung vornehmen. Mehrmals unterbrach er seine rasenden Eingaben, die ohne Zeitverlust an die anderen Steuerstationen übermittelt wurden, und kontrollierte die Einstellungen. Jedesmal nickte er in menschlicher Manier mit dem Kopf. Doorn sah Artus' Zufriedenheit als gutes Zeichen.

»Der Schirm verändert sich«, stellte er fest.

»Bestätigungen kommen herein. Überall laufen die Messungen auf Hochtouren. Der Schirm verdichtet sich.«

Doorn setzte ein Lächeln auf. Die Worte des Mannes, der über offene Phasen mit sämtlichen Kraftwerken verbunden war, waren zwar nicht fachmännisch, trafen den Nagel aber auf den Kopf. Die Feldstärke des Nogk-Schirms erhöhte sich auf eine Weise, die seine Erbauer zweifellos nie einkalkuliert hatten. Schließlich waren bisher keine Versuche in die Richtung nötig gewesen. Sollten die Nogk davon erfahren, würden sie ganz schön über die Findigkeit der Menschen staunen.

»Ich gratuliere.« Bruder Lambert hatte sich neben Doorn gesellt. »Sie haben es geschafft.«

»Das hätten Sie und Ihre Experten auch hinbekommen.«

»Aber nicht so schnell. Außerdem hätte es Zweifel gegeben. Stellen Sie Ihr Licht nicht unter den Scheffel, Arc Doorn. Es ist noch nicht abzusehen, was Sie für die Erde getan haben. Eines Tages wird Ihnen die Öffentlichkeit dafür dankbar sein. Ich bin zuversichtlich, daß in nicht allzu ferner Zukunft...«

»Da stimmt etwas nicht«, unterbrach Artus ihn. »Ich bekomme hier ungewöhnliche Anzeigen.«

Doorn zuckte zusammen. Ein mieses Gefühl beschlich ihn, als er sich den Kontrollen zuwandte. Unwillkürlich erwartete er, daß der initiierte Prozeß abbrach.

Doch das Gegenteil war der Fall. Er setzte sich fort, seine Geschwindigkeit erhöhend.

»Was ist los?« fragte Bruder Lambert unruhig. »Eine Abweichung?«

»Wenn es nur das wäre. Der Vorgang verselbständigt sich. Artus, wir müssen ausgleichen, sonst läuft die Sache aus dem Ruder.«

»Das versuche ich bereits.« Der Roboter hantierte an den Eingaben. »Sinnlos. Ich habe zwar Zugriff, aber ich kann den Prozeß weder aufhalten noch umkehren.«

»Mister Doorn«, drängte Bruder Lambert. »Was bedeutet das?«

Plötzlich empfand Doorn Shantons Warnungen wie Schläge. Die Vorhaltungen seines Freundes waren berechtigt. »Anlage ausschalten!« rief er. »Kraftwerk aus! Energiezufuhr zu den Schirmgeneratoren unterbrechen!«

»Wir bekommen Anfragen von den anderen Stationen herein. Überall die gleichen Phänomene. Die Feldstärke steigt exponentiell an.«

»Die Schirmprojektoren überlasten«, warnte Artus. »Es ist zu spät. Sie lassen sich nicht mehr abschalten.«

»Sie sollen evakuieren, auf der Stelle!« Doorn fuhr herum. Ihm war klar, was gleich geschehen würde. »Hier fliegt gleich alles in die Luft. Alle sofort raus und möglichst weit weg von der Station.«

»Vielleicht bekommen wir das manuell hin«, hielt ihm einer von Lamberts Experten entgegen. »Ich versuche...«

»Gar nichts versuchen Sie.« Doorn hob beschwörend die Hände. »Wir können nichts mehr tun. Glauben Sie mir, wenn Sie noch länger zögern, setzen Sie Ihr Leben völlig sinnlos aufs Spiel.«

Endlich kam Bewegung in die Männer. Zögernd ließen sie von ihrer Arbeit ab, dann liefen sie los, um sich in Sicherheit zu bringen, bevor es zur Katastrophe kam. Erleichtert erkannte Doorn, daß sie ihm vertrauten. Nur Bruder Lambert stand konsterniert da. Unfähig, sich zu rühren, ließ er das drohende Verhängnis auf sich zukommen.

Artus reagierte geistesgegenwärtig. Er packte den Kurator und lief mit ihm ins Freie. Mit einem Blick überzeugte Doorn sich davon, daß er der letzte war, und nahm ebenfalls die Beine in die Hand.

Mit weiten Sätzen rannte er aus der Halle und stürmte über den schneebedeckten Vorplatz. Er konnte sich nicht erinnern, jemals so schnell gelaufen zu sein. Innerhalb von Sekunden überwand er hundert Meter.

»Zieht die Köpfe ein!« rief er den flüchtenden Männern hinterher. »Sucht irgendwo Deckung. Das Kraftwerk kann jeden Augenblick...«

Seine Worte gingen im Donnern einer ohrenbetäubenden Explosion unter. Eine Druckwelle erfaßte ihn und trieb ihn vor sich her. Normalerweise hätte er sich auf dem Asphaltbelag sämtliche Knochen gebrochen, doch der frische, in der Nacht gefallene Schnee dämpfte seinen unkontrollierten Aufschlag. Er überschlug sich mehrmals und konnte nicht mehr zwischen oben und unten unterscheiden. Nach scheinbar endlosen Sekunden flog er gegen einen aufgetürmten Schneehaufen. Doorn ächzte, als die Luft aus seinen Lungen gepreßt wurde.

Schon war Artus heran, der Bruder Lambert in sicherer Entfernung abgesetzt hatte. »Wie geht es dir?«

Umständlich rappelte Doorn sich auf. »Es... geht schon«, stellte er fest, während er sich streckte. Wie durch ein Wunder hatte er sich nichts gebrochen. »Die anderen?«

»Waren alle gerade weit genug weg, um mit dem Leben davonzukommen«, beruhigte ihn Artus. »Der überall liegende Schnee hat sie geschützt. Es hätte viel schlimmer ausgehen können. Außer leichten Verletzungen, ein paar blauen Flecken und Prellungen werden sie nichts zurückbehalten.«

Ganz im Gegensatz zu mir, dachte Doorn sarkastisch. *Nämlich ein angeknackstes Selbstbewußtsein*. Es tat ihm unendlich leid, daß er nicht auf Shanton gehört hatte.

*

Über ein mobiles Funkgerät trafen Meldungen aus der ganzen Welt ein. Überall waren die Schirmgeneratoren und die dazugehörigen Kraftwerke explodiert. Zu seinem Leidwesen erfuhr Bruder Lambert, daß es zahlreiche Tote gegeben hatte. Entweder hatten sie die Gefahr nicht rechtzeitig erkannt und waren deshalb nicht geflohen, oder sie hatten zu zögerlich auf die Warnung aus Alamo Gordo reagiert.

Nun zeigte sich Lamberts Entschlossenheit. Er konzentrierte sich auf das Naheliegende. »Um die Toten können wir später trauern«, trieb er seine Leute an. »Zunächst müssen wir uns um die Verletzten kümmern.«

Er ließ sich ins terranische Regierungsgebäude bringen, in dem er seinen eigenen Sitz als Kurator Terras eingerichtet hatte. Von dort aus koordinierte er die Hilfe für die Verwundeten an sämtlichen Unglücksorten auf der ganzen Erde. Einige Opfer waren verschüttet und mußten geborgen werden. Es bestätigte sich, daß sein Netzwerk hervorragend funktionierte und seine Anhänger gleich welcher Gruppierung ohne zu zögern Hand in

Hand arbeiteten, wenn sie gefordert waren. Lambert hatte sie und die Lage so gut im Griff, daß Doorn und Artus sich überflüssig vorkamen.

Sie kehrten an Bord der POINT OF zurück, wo die gesamte Besatzung inzwischen wieder versammelt war. Alle warteten auf einen Bericht über das Desaster. Doorn erstattete ihn in der Kommandozentrale, wo sich die Funktionsträger versammelt hatten. Bis auf Shanton waren alle da und zeigten sich betroffen über die unglückseligen Geschehnisse.

»Das hätte nicht passieren dürfen«, brachte der Kommandant die allgemeine Stimmung auf den Punkt.

»Es tut mir leid, Dhark«, antwortete Doorn kleinlaut. »Ich hätte meine Berechnungen mit dem Checkmaster anzweifeln müssen.«

»Unsinn, Arc, Sie trifft keine Schuld«, wehrte Ren ab. »Wenn einer verantwortlich ist, dann Bruder Lambert. Auch ohne Hilfe hätte er seinen Plan in die Tat umgesetzt und damit womöglich eine noch viel größere Katastrophe ausgelöst. Hätte er Ihnen mehr Zeit zugestanden, wäre vielleicht gar nichts passiert.«

»Machen Sie ihm keinen Vorwurf. Er hatte nichts Böses im Sinn, sondern nur das Beste. Wie sagt man doch so schön? Es gibt keine perfekten Menschen, es gibt nur perfekte Absichten.«

»Da ist wohl was dran«, stimmte Riker zu. »Eines steht jedenfalls fest. Der Nogk-Schirm ist Geschichte.«

Doorn schlug sich vor die Stirn. Daran hatte er in dem ganzen Chaos noch gar nicht gedacht. Nach der Zerstörung der Kraftwerke und Schirmgeneratoren gab es keine Möglichkeit, den globalen Schutzschirm erneut aufzubauen. Mit den logistischen Möglichkeiten, die der Erde zur Verfügung standen, ließ sich nicht einmal ein annähernder Ersatz für die ausgefallenen Stationen schaffen. Der Schirm hatte Terra in der Vergangenheit gute Dienste geleistet und maßgeblich dazu beigetragen, die Welt vor dem Untergang zu retten. Auch wenn er zuletzt abgeschaltet gewesen war, hatte immer noch die Option bestanden, ihn in einem ähnlich gelagerten Notfall sofort reaktivieren zu können. Diese Chance bestand nun nicht mehr.

»Es ist zum Heulen«, knödelte er. Nachdenklich kratzte er sich die Stirn. »Da fällt mir ein, daß ich noch etwas zu erledigen habe.«

Mit steifen Schritten verließ er die Zentrale und begab sich zu den Mannschaftsquartieren.

*

»Herein!«

Diesmal ließ Shanton ihn nicht vor der verschlossenen Tür stehen. Als Doorn in dessen Quartier eintrat, atmete er erleichtert auf. Es war aufgeräumt und wohnlich. Die Cognacflaschen waren verschwunden. Eine einzige stand auf dem Tisch. Sie war leer. Jimmy lag träge in einem Sessel und wedelte erfreut mit dem Schwanz.

»Hallo«, begrüßte Shanton den Besucher.

»Wuff«, machte Jimmy. Anscheinend hatten die beiden sich wieder vertragen.

Doorn nickte seinem Freund zu. Er wußte nicht recht, wie er sagen sollte, was ihm auf der Seele lag. »Du hattest recht, und ich hatte unrecht«, entschied er sich für den direkten Weg. »Sicher hast du mitbekommen, was geschehen ist.«

»Ich habe den Knall sogar bis hierher gehört.«

»Du siehst ein wenig mitgenommen aus.«

Shanton tastete über sein Gesicht, wo ein paar Blessuren zu erkennen waren, die aus der Konfrontation mit Lamberts Leibwächtern herrührten. »Die Kerle können froh sein, daß sie zu zweit waren. Einzeln wäre ich Schlitten mit denen gefahren.«

»Davon bin ich überzeugt.« Doorn druckst herum. »Hör zu, Chris, ich bin gekommen, um mich bei dir zu entschuldigen. Wir hätten auf dich hören sollen. *Ich* hätte auf dich hören sollen. Wir hätten die Finger von dem Nogk-Schirm lassen sollen. Es tut mir leid, daß ich deine Warnungen in den Wind geschlagen habe.«

»Unsinn.« Shanton winkte ab. »Wenn sich einer entschuldigen muß, dann bin ich das. In meinem Zustand hätte ich mich selbst nicht ernst genommen, wenn ich mir mit solch guten Ratschlägen gekommen wäre.«

»Was für eine verquere Logik«, fand Jimmy. »Was der Dicke damit sagen will, ist, daß er sich für seine Alkoholexzesse schämt.«

»Klappe, du Pinscher.«

»Pah«, machte Jimmy. »Ich weiß, was ich weiß. Bei mir hat er sich nämlich auch schon entschuldigt, und das will wirklich was heißen.«

»Eines Tages werde ich ihm wirklich seine lose Kodderschnauze zuschweißen«, kündigte Shanton an. »Aber er hat recht. Es ist unverzeihlich, daß ich mich so habe zulaufen lassen. Ich wußte nicht mehr, was ich von mir gab. Ich meine, es tut mir nicht leid, daß ich Bruder Lambert und seine Schergen angepöbelt habe, aber bei dir ist das etwas anderes.«

Doorn lag die Frage auf den Lippen, die Doris ihm am Vorabend gestellt hatte. Er wußte nicht, wie er sie stellen sollte, ohne verletzend zu wirken.

»Frage ruhig, was du wissen willst«, erkannte Shanton die Zwickmühle, in der sein Besucher steckte. »Was es auch ist, ich nehme es dir nicht übel.«

»Also gut.« Doorn nickte und deutete zu der leeren Flasche. »Trinkst du, drücken wir es mal so aus, in letzter Zeit mehr davon als früher?«

»Mehr?« schnaubte Shanton und richtete sich in seinem Sitz auf. Er schnappte nach Luft wie ein Fisch auf dem Trockenen und ließ sich wieder nach hinten fallen. »Ja, stimmt. Ich muß mir abgewöhnen, es zu leugnen, besonders mir selbst gegenüber. Der Cognac ist kein Genuß mehr für mich, sondern ein Problem.«

Nun war es heraus. Doorn wünschte, Doris hätte sich in diesem Fall geirrt. Wenn er ehrlich zu sich selbst war, hatte er Chris' Alkoholproblem längst bemerkt, es sich nur nicht eingestehen wollen. »Und nun?« fragte er vorsichtig. »Wie willst du damit umgehen?«

»Kannst du mir meine Pöbeleien noch einmal verzeihen?« wich Shanton aus. »Ich bedaure echt, daß ich dir gegenüber aufbrausend geworden bin.«

»Verzeihen?« Doorn zwinkerte seinem Freund zu. »Ich weiß gar nicht, wovon du redest. Ich erinnere mich an nichts.«

Shanton nickte ihm dankbar zu.

»Das ist ja noch generöser als meine Antwort«, mischte Jimmy sich ein.

»Klappe!« riefen Doorn und Shanton im gleichen Atemzug.

Jimmy ließ das mechanische Äquivalent eines heiseren Lachens erklingen.

»Ich fürchte, daß ich Hilfe brauche«, brachte Chris unterdrückt hervor. »Doch wie soll ich das anstellen? Alkoholentzug auf einem Raumschiff? Unmöglich! Dhark wird mich von Bord werfen, und zwar zu Recht. Der Rest der Besatzung wird hinter vorgehaltener Hand über mich reden.«

»Niemand wird das. Erstens gibt es eine ärztliche Schweigepflicht. Zweitens kennst du die Bande hier an Bord. Die lassen niemanden aus ihren Reihen fallen, schon gar nicht, wenn er ernsthafte Probleme hat… und die hast du. Daß du auf Dhark zählen kannst, brauche ich dir wohl nicht zu sagen.«

»Nein, brauchst du nicht.« Shanton schloß die Augen und legte die Stirn in Falten. »Ich hatte schon mal darüber nachgedacht, den nötigen Schritt aber nicht übers Herz gebracht. Ich weiß gar nicht, wie ich die Sache anfangen soll.«

»Ganz einfach. Du gehst in die Medo-Abteilung und bittest um Hilfe.«

»Da kriege ich kein Wort raus.«

»Kaum zu glauben, bei deiner großen Klappe«, gab Jimmy

seinen Kommentar ab. »Dabei würde ich sogar mitgehen, damit er vor dem Doc nicht auf verlorenem Posten steht.«

»Ich begleite dich ebenfalls, wenn du willst«, bot Doorn an.

»Das würdest du wirklich tun?«

»Wozu sind Freunde denn da?«

»Ich werde darüber nachdenken.«

»Nicht nötig«, entschied Doorn. Er hatte nicht vor, diese Gelegenheit ungenutzt verstreichen zu lassen. »Das hast du bereits getan, wie du eben sagtest. Also folgt jetzt der zweite Schritt. Statt die Sache noch länger aufzuschieben, gehen wir sofort hinüber in die Medo-Abteilung.«

»Ganz meine Meinung.« Jimmy sprang auf und rollte zur Tür. »Und diesmal trage ich dich wirklich, wenn du dich nicht von allein bewegst«, drohte er seinem Herrchen.

Shanton warf seiner Schöpfung einen vernichtenden Blick zu. »Na schön«, gab er sich geschlagen. »Gegen euch beide komme ich ja doch nicht an.« Er erhob sich und packte die leere Cognacflasche.

Wenige Minuten später waren die Männer und Jimmy auf dem Weg zur Medo-Station.

Nur Gregor Hanfstick, der leitende Arzt auf der POINT OF, versah dort seinen Routinedienst.

»Gleich drei Patienten auf einmal?« wunderte er sich.

Eine peinliche Pause trat ein, bis Doorn seinem Freund einen aufmunternden Klaps auf die Schulter gab.

»Ich bin der Patient, Doc. Allerdings habe ich kein körperliches Gebrechen«, rang sich Shanton die Worte ab. Er reichte Hanfstick die leere Cognacflasche. »Es geht um das hier.«

Der Arzt drehte die Flasche nachdenklich in den Händen. »Ich verstehe«, sagte er nickend. »Sie reden von einer Entzugsbehandlung. Und was wollen Doorn und Jimmy hier? Ich möchte mich lieber unter vier Augen mit Ihnen über dieses Problem unterhalten.«

Shanton schüttelte entschieden den Kopf. »Sie sind meine

Freunde. Mir ist klar, daß ein langer und schwieriger Weg vor mir liegt. Ohne sie schaffe ich den nicht.«

»Verstehe.« Hanfstick zog eine Augenbraue in die Höhe. »Wenn das so ist, erwarte ich, daß die Angelegenheit unter uns vier bleibt und diesen Raum nicht verläßt.«

»Das ist ganz in meinem Sinne, Doc«, bestätigte Shanton.

Doorn nickte, und Jimmy wedelte zustimmend mit dem Schwanz.

Der Arzt ging zur Tür und verriegelte sie.

*

Ren Dhark hing seinen Gedanken nach. Vor der Mannschaft verbarg er seine Enttäuschung über das fehlgeschlagene Experiment, in ihm selbst rumorte sie um so stärker. Die Idee hatte sich, auch dank Doorns und Artus' Unterstützung, vielversprechend angehört. Aber jetzt standen sie buchstäblich vor dem Nichts, denn die einzige Alternative zur Suche nach den verschwundenen Synties war wie eine Seifenblase zerplatzt.

»Schwermütige Gedanken?« fragte Riker.

»Eher die Überlegung, wo wir mit der Suche nach den Synties beginnen sollen.«

»Darüber habe ich mir auch schon den Kopf zerbrochen. Wir haben keinen Anhaltspunkt, wohin sie verschwunden sein könnten. Deshalb bleibt uns nichts anderes übrig, als unseren Gefühlen zu folgen.«

»Und was sagt dir dein Gefühl?«

»Ich würde mit der Suche da beginnen, wohin man auch die Energie unserer Sonne abgezogen hat.«

»Du vermutest, daß die Grakos noch ein paar Trümpfe im Ärmel haben, mit denen sie uns das Leben schwermachen könnten?« Dhark schüttelte den Kopf. »Das kann ich mir nicht vorstellen. Ich bin zuversichtlich, daß wir das Grako-Problem ein für allemal gelöst haben.«

Es war ein Dilemma. Ren konnte nicht einmal schätzen, wie oft sie schon auf der Suche nach irgendwem oder irgend etwas mit der POINT OF durch die Milchstraße, durch Drakhon und Orn geflogen waren. Es hatte stets Hinweise gegeben, stichhaltige Anhaltspunkte, ohne die die berühmte Suche nach der Stecknadel im Heuhafen nichts war gegen die Suche im Sterngewirr einer ganzen Galaxis.

»Was ist das denn?«

Dhark sah zu seinem Ortungsoffizier hinüber, der die ungläubigen Worte ausgestoßen hatte. Grappa saß kerzengerade auf seinem Platz und hantierte an seinen Ortungseinrichtungen.

»Was ist los, Tino?«

»Anzeigen von einem Aufriß des Hyperraums. Anscheinend transitiert jemand ins Sonnensystem. Einen Moment bitte.« Der Mailänder schüttelte den Kopf und kontrollierte noch einmal seine Anzeigen. »Das gibt es doch nicht.«

Mit einem Satz war Dhark auf den Beinen und stellte sich hinter ihn. »Meldung, Leutnant.«

»5000 Raumschiffe«, stieß Grappa atemlos aus. »Unbekannte Bauart. Sie sind unmittelbar am oberen Rand der Atmosphäre retransitiert.«

Rens Gesichtszüge verhärteten sich. Das war unmöglich! Kein bekanntes Volk war in der Lage, einen Sprung dermaßen exakt durchzuführen. Kein bisher bekanntes Volk jedenfalls. Also war soeben eine fremde Flotte von beachtlicher Stärke und mit beachtlichen Fähigkeiten unmittelbar über der Erde herausgekommen. Dhark zögerte keinen Augenblick. Es gab nur eines, was er tun konnte.

»Alarmstart!«

6.

»Was für eine Art von Alptraum ist das da draußen?«

Hen Falluta sprach aus, was alle in der POINT OF dachten. Die sphärenartigen Bildkugeln machten das Geschehen draußen im All für jeden an Bord sichtbar: Fünftausend Kampfschiffe unbekannten Typs waren exakt am äußeren Rand der Atmosphäre aus der Transition gekommen und teilten sich nun in zwei Flotten auf. Mittendrin schwebten mehrere gigantische Kugelkörper von jeweils zwölf Kilometern Durchmesser, die von den Schiffen schützend umringt wurden.

Erfahrungsgemäß waren die Namen fremder Völker für Menschen kaum auszusprechen – deshalb war es so eine Art Tradition in der Zentrale des Ringraumers, ihnen bei der ersten Begegnung einen leicht zu merkenden terranischen Namen zu verpassen. Doch dafür mußte man die betreffende Spezies erst einmal zu Gesicht bekommen...

Auch unbekannte Schiffstypen wurden auf der POINT OF oftmals mit eigenen Begriffen versehen. Zu den plattzylinderförmigen Kampfraumern hätte eventuell »Laufkäfer« gepaßt, und vermutlich hätte irgendwer an Bord eine spaßige Bemerkung über die länglichen »Hausschuhe« an den vier »Käferfüßen« gemacht, also über die ebenfalls zylinderförmigen Ausleger – wenn denn überhaupt jemand etwas gesagt hätte. Doch das überraschende Auftauchen der Fremden und deren Verhalten irritierte die Besatzung derart, daß die üblichen Anmerkungen vorerst ausblieben.

In aller Ruhe vollzogen die Unbekannten die Teilung ihrer Flotte, ohne sich darum zu scheren, daß sie sich in einem fremden Sonnensystem aufhielten. Die fünfundzwanzig Gigantkugeln wurden zehn zu fünfzehn aufgeteilt. Anschließend nahmen die beiden neugebildeten Verbände die Kugeln unter ihre Fittiche beziehungsweise in ihre Mitte.

Unablässig funkte Glenn Morris die Raumschiffe an. Commander Ren Dhark hatte den Eindruck, absichtlich ignoriert zu werden – und so etwas mochte er gar nicht.

Endlich schenkte man seinem Ringraumer die nötige Beachtung – mehr, als er eigentlich wollte. Die länglichen Ausleger der fremden Schiffe entpuppten sich als Hangars. Massenhaft schwärmten von dort torpedoförmige Raumjäger aus und umschwirrten die POINT OF wie Motten das Licht. Da der erwartete Strahlenbeschuß ausblieb, verzichtete auch Dhark vorerst darauf, das Feuer zu eröffnen…

Grappa ortete, was das Zeug hielt, doch es kam nichts Gescheites dabei heraus.

»Diese verflixten Raumjäger sind um uns herum ständig in Bewegung und behindern dadurch massiv meine Ortung!« schimpfte er angesichts der verwaschenen Daten. »Lediglich aus den Gigantkugeln empfange ich Impulse.«

»Welcher Art?« hakte Falluta nach.

»Es sind biologische Impulse«, erwiderte der Ortungsoffizier und fügte hinzu: »Gedämpfte Bioimpulse, die darauf schließen lassen, daß alle Insassen der Kugeln tief und fest schlafen. Ich vermute mal, sie ruhen in einer Art Stasis.«

»Es könnte sich um eine durchreisende Rückkehrerflotte handeln«, überlegte Dan Riker laut. »Aber warum ziehen sie nicht weiter?«

Durch ein entartetes Schwarzes Loch im galaktischen Zentrum war es in der Milchstraße vor Jahren zu einem lebensbedrohlichen Strahlungsanstieg gekommen. Zahlreiche Völker hatten sich damals eine neue Heimat suchen müssen. Es war Ren Dhark zu verdanken, daß diese Gefahr inzwischen beseitigt war. Seither kehrten etliche Milchstraßenvölker wieder in ihre angestammten Sonnensysteme zurück – und manchmal kamen sie dabei auch am Sol-System vorbei. Die Menschen hatten die Heimkehrer beobachtet und in Frieden vorüberziehen lassen...

Diesmal war alles anders. Die Besatzungen der »Laufkäferschiffe« machten keinerlei Anstalten, ihren Weg fortzusetzen. Statt dessen bewegten sich die beiden Pulks direkt auf die Erde zu. Der Checkmaster errechnete ihr Landeziel: Die Flotte mit den fünfzehn Gigantkugeln wollte zum Nordpol, die zweite Flotte hatte den Südpol als Zielort angepeilt.

»Möglicherweise brauchen sie unsere Hilfe«, bemerkte ein Brückenoffizier. »Vielleicht befinden sich die Evakuierten in den Tiefschlafkugeln in Lebensgefahr und...«

»In diesem Fall stünde es dem Flottenkommandanten frei, auf unsere Funkrufe zu reagieren und uns um Hilfe zu bitten«, fuhr Dhark dem Mann ins Wort. »Ich lasse es nicht zu, daß sie uns wie dumme Schulkinder behandeln und uns keinerlei Beachtung schenken. Fordern Sie diese ignorante Bande im Namen des Commanders der POINT OF auf, den Anflug auf Terra sofort zu stoppen, Glenn, und drohen Sie ihnen mit einem massiven Waffenschlag, falls sie ihren Kurs beibehalten.«

Der Commander ließ die Bordwaffen hochfahren. Er war überzeugt, daß man die steigende Energie auf den »Laufkäfern« anmessen würde. Zwar plante er, zunächst nur ein paar Warnschüsse abzugeben, doch das wußten die Fremden nicht. Sie mußten jetzt auf irgendeine Art und Weise reagieren...

Dharks Rechnung ging auf. Zwar stoppten die unbekannten Großkampfschiffe ihren Anflug auf die Erde nicht, doch kurz bevor die ersten Schiffe zur Landung an den Polen ansetzten, antwortete der Kommandant der Doppelflotte endlich auf die Funkrufe.

In sämtlichen Bildkugeln war er jetzt von Kopf bis Fuß zu sehen. Sein ungewöhnliches Äußeres ließ ihn alles andere als sympathisch wirken – gemessen an menschlichen Maßstäben.

»Hier spricht Ischko, der Großadmiral der Riiin!« übersetzten die leistungsfähigen Bordtranslatoren seine fremdartigen Worte schon nach wenigen Sekunden. »Wir wollen keinen Krieg!«

»Den provozieren Sie aber, wenn Sie nicht sofort wieder umkehren!« warnte ihn der Commander. »Mein Name ist Ren Dhark. Ich bin der Kommandant der POINT OF und fordere Sie auf, Ihren Kurs zu ändern und unseren Planeten und seine Bewohner in Frieden zu lassen.«

»Von welchen Bewohnern reden Sie?« kam es per Funk zurück. »Von den Massen, die diesen Planeten in jüngster Vergangenheit verlassen haben, um sich anderswo anzusiedeln? Oder von den wenigen, die aus mir unerfindlichen Gründen auf Terra zurückgeblieben sind?«

Dhark staunte nicht schlecht. Offensichtlich beobachteten die Invasoren die Erde schon seit geraumer Weile; vielleicht hörten sie sogar den Funkverkehr ab. Für diese These sprach, daß sie ihre Aktion bestens vorbereitet hatten. Diese Spezies wußte genau, was sie wollte...

*

Ischko, der Großadmiral der Riiin, hatte eine humanoide Körperform, eine sehr schlanke Gestalt, war schätzungsweise knapp 1,75 Meter groß und verfügte über dünngliedrige Extremitäten. Seine rotgelbe Uniform war mit unzähligen fremdartigen Ehrenzeichen bestückt, vermutlich vergleichbar mit irdischen Orden. Da er die Jacke oben etwas geöffnet hatte, konnte man seine silbrige Schuppenhaut sehen, die auch seine Hände und Unterarme bedeckte – sowie den gesamten Kopf, der dem einee großen Fisches ähnelte. Dort, wo bei einem Menschen Ohren und Nase gewesen wären, befanden sich lediglich entsprechende Öffnungen.

Dafür aber besaß Ischko Augen – und was für welche! Es waren große Glupschaugen, die er unabhängig voneinander bewegen konnte. Auf diese Weise war es ihm möglich, sich nach zwei Richtungen gleichzeitig gegen eventuelle Angreifer abzusichern. Daß es wenig ratsam war, ihn anzugreifen, egal ob von vorn oder aus dem Hinterhalt, belegten die scharfen, haiartigen Zähne in seinem Fischmaul, die er beim Sprechen gern präsentierte.

Doch weder Ren Dhark noch seine Mannschaft ließen sich von dieser Drohgebärde einschüchtern. Im Gegenteil, Ischkos eigenartiger Anblick löste eine Welle von ungenierten Lästereien aus – bei Dharks Stellvertreter Dan Riker, dem Ersten Offizier Hen Falluta und dem Zweiten Offizier Leon Bebir.

»Seht mal, wieviel überflüssiges Zeugs an seiner Operettenuniform baumelt. Für die ganzen Orden bräuchte er einen Koffer.«

»Wer angibt, hat halt mehr vom Leben. Wie alt mag Lametta-Ischko wohl sein?«

»Schwer zu sagen. Wie alt werden Sardinen im Durchschnitt, bevor sie in der Konservendose landen?«

»Sein Alter ist mir ziemlich egal. Mich würde interessieren, ob er nur Flottenadmiral oder gleichzeitig auch der Anführer seines Volkes ist. Sollte letzteres zutreffen, bräuchten wir uns eigentlich gar nicht mit ihm zu befassen; so etwas ist Chefsache – der Commander der Planeten wäre zuständig.«

»Trawisheim hat derzeit genug mit der Besiedelung Babylons zu tun. Somit bleibt das ganze wieder einmal an uns hängen. Wenn wir nicht mit den Rinn verhandeln – wer sonst?«

»Sie heißen nicht Rinn, sondern Riiin. Der Name wurde vom Translator dreisilbig ausgesprochen: Ri-i-in.«

Ren Dhark unterband diese kleinen Unverschämtheiten nicht. Statt dessen hielt er die Funkverbindung zu Ischko offen, so daß dieser alles mithören konnte. Dhark wollte dem Großadmiral demonstrieren, daß ihn dessen ebenso arrogante wie ignorante Art nicht im geringsten beeindruckte.

Ischko hatte sich zwar dazu herabgelassen, mit den Menschen zu reden, doch eine wirkliche Verhandlung war bislang nicht zustande gekommen; er schien seinen Gesprächspartner überhaupt nicht richtig ernst zu nehmen.

Mehrere Riiin-Kampfschiffe waren inzwischen im ewigen Eis gelandet, ungeachtet der weiterhin bestehenden Warnung, sie abzuschießen.

Die Ausleger, welche sich als Hangars für die Raumjäger entpuppt hatten, dienten dabei noch einem weiteren Zweck: Es waren Landestützen; die Schiffe ruhten auf ihnen.

»Nach irdischer Zeitrechnung liegt mein Alter bei ungefähr dreiundfünfzig Jahren«, sagte Ischko, ohne sich anmerken zu lassen, ob ihn die vorangegangenen Bemerkungen gekränkt hatten oder nicht. »Eure Vermutung ist richtig: Ich bin mehr als nur der Großadmiral dieser Flotte – ich bin der Oberbefehlshaber meines Volkes, der amtierende…«

Wahldiktator, übersetzte der Translator das nachfolgende Wort.

»Mein Volk hat mich vor langer Zeit gewählt, und bis zu meinem Lebensende bleibe ich unumstrittener Herrscher der Riiin – es sei denn, ich trete vorher zurück. Das hat sich als perfekte Regierungsform erwiesen, da man als alleiniges Oberhaupt keine Rücksicht auf die vergänglichen Stimmungen und Launen innerhalb der Bevölkerung nehmen muß. Euren Worten entnehme ich, daß eure Spezies über mehrere Oberbefehlshaber verfügt, was die Organisation eures Zusammenlebens sicherlich unnötig verkompliziert. Aber das ist eure Sache, und es ist mir auch egal, wen ihr zum Verhandlungsführer bestimmt – weil es nichts zu verhandeln gibt! Ihr habt diesen Planeten aufgegeben, und wir nehmen ihn jetzt rechtmäßig in Besitz.«

»So einfach geht das nicht!« warf Ren Dhark ein. »Wir…«

Ischko ließ ihn erst gar nicht ausreden. »Von nun an gehört Terra zu unserem Hoheitsgebiet. Sobald wir den Planeten vollständig besiedelt haben, werden wir ihn natürlich umbenennen.«

Ren spürte, wie der Zorn in ihm hochkochte.

»Ihr könnt nicht einfach daherkommen und ein anderes Sonnensystem in Beschlag nehmen!« protestierte er vehement. »Das ist ein kriegerischer Akt!«

»Tut mir leid, Ren Dhark, doch wir Riiin müssen und werden nach und nach alle auf diesem Planeten landen«, machte Ischko dem Commander unmißverständlich klar. »Wir können die Bürger in den Archen nur noch für begrenzte Zeit im Kälteschlaf halten, ohne körperliche Schäden zu riskieren. Ich betone nochmals: Wir wollen keinen Krieg – aber wir werden mit allen Mitteln zurückschlagen, sollte man versuchen, uns an der Landung zu hindern. Das Überleben meines Volkes ist mir wichtiger als alles andere auf der Welt! Dafür werde ich auch töten, wenn man mich dazu zwingt.«

Um seinen Gegnern zu demonstrieren, wie ernst es ihm mit seinen Worten war, ließ Ischko sämtliche Raumjäger von der POINT OF abziehen. Dadurch konnte Tino Grappa wieder ungehindert orten.

Sekunden später wünschte er sich die Raumjäger wieder zurück – denn seine Ortungsergebnisse deuteten auf nichts Gutes hin: Die Riiin hatten mehrere Großkampfschiffe über Alamo Gordo und anderen noch von Menschen bewohnten Städten plaziert. Das Energieniveau auf jenen Schiffen war sehr hoch. Angesichts der Tatsache, daß es einer riesigen Flotte gelungen war, direkt an den Rand einer Planetenatmosphäre zu transitieren (wozu nicht einmal die von den Worgun erschaffenen Ringraumer in der Lage waren), zweifelte niemand auf der POINT OF daran, daß die anvisierten Städte in realer Gefahr schwebten.

»Ich lasse die Kampfschiffe über den bewohnten Gebieten umgehend abziehen, wenn Sie darauf verzichten, uns bei der Landung an den Polen zu behindern, Ren Dhark«, bot Ischko an. »Falls Sie jedoch auch nur eines unserer landenden Schiffe abschießen, schlagen wir sofort mit geballter Macht zu – das würden weder die verbliebenen Planetenbewohner noch die Besatzung Ihres kleinen Schiffchens überleben.«

Ihres kleinen Schiffchens!

Ren Dhark ärgerte sich über diese perfide Bemerkung. Zwar handelte es sich hierbei lediglich um die Übersetzung des Translators – aber irgend etwas ähnlich Abfälliges mußte Ischko in seiner Sprache gesagt haben.

Dhark war versucht, den Riiin zu zeigen, was alles in seinem »kleinen Schiffchen« steckte. Doch er hielt es für besser, noch einen Trumpf im Ärmel zu behalten. Sollten die Invasoren die POINT OF ruhig unterschätzen – die Quittung dafür würden sie noch früh genug vorgelegt bekommen.

Im übrigen wollte der Commander die Menschen auf der Erde nicht unnötig gefährden, daher zog er sich vorerst von der zweigeteilten Riiin-Flotte, die sich größtenteils noch im All befand, zurück und nahm Kurs auf Cent Field.

Ischko hielt Wort. Er zog die Großkampfschiffe von den Städten ab – allerdings nicht von der Erde, denn er beorderte auch sie zu den beiden Polen.

Von seinem angekündigten Vorhaben, Terra zu besetzen, wich er nicht ein Jota ab...

*

Ren Dhark haßte es, wenn ihm die Hände gebunden waren. Er war fest überzeugt, daß ihn ein waffengewaltiger Blitzschlag gegen das Schiff des Anführers wieder in die Lage versetzen würde, die Fäden in der Hand zu halten – doch er vermied Gewalt stets so lange, wie es nur irgend möglich war...

Hinzu kam, daß Glenn Morris nicht feststellen konnte, von welchem der vielen hundert Großkampfschiffe Ischko sendete.

»Hat jemand eine Idee für eine Lösung des Konflikts?« fragte der Commander in der Zentrale – eine Frage, die an alle Anwesenden gerichtet war. »Ich bin nämlich mit meinem Latein am Ende.«

»Überlassen wir ihnen doch unseren verlassenen Planeten«, schlug Dan Riker vor; in seiner Stimme schwang eine gewisse

Unsicherheit mit, so als ob ihm dieser Gedanke selbst nicht so recht behagte.

»Und was überlassen wir den Invasoren als nächstes?« entgegnete Ren Dhark ärgerlich. »All unsere Besitztümer? Unsere Frauen und Kinder? Unsere Ehre und Würde? Seit wann plädierst du dafür, die Hinterbacken zusammenzukneifen, wenn's brenzlig wird?«

»Ich war immer bereit, Seite an Seite mit dir die Erde zu verteidigen!« rechtfertigte sich Riker im gleichen Tonfall. »Aber ich halte es für wenig sinnvoll, sich für etwas stark zu machen, das eigentlich gar nicht mehr existiert. Hat die Menschheit die Erde aufgegeben oder nicht?«

»Oder nicht!« antwortete Dhark. »Dieser Planet gehört nach wie vor zu unserem Hoheitsgebiet, deshalb haben die Umsiedlungsverweigerer ein Anrecht auf den Schutz der terranischen Regierung. Trawisheim wird definitiv etwas unternehmen müssen.«

»Henner Trawisheim wird dir definitiv etwas husten«, war sein Freund überzeugt. »Der neue Regierungssitz des Commanders der Planeten ist jetzt Babylon.«

»Präsident Daniel Appeldoorn regiert Babylon«, widersprach ihm Dhark.

»Und die Erde wird derzeit von Bruder Lambert, dem sogenannten Kurator Terras, regiert«, konterte Riker.

»Bruder Lambert wurde lediglich von den daheimgebliebenen Splittergruppen gewählt«, erwiderte der Commander. »Sobald der Rest der Menschheit zur Erde zurückkehrt, ändern sich die Mehrheitsverhältnisse, und er tritt wieder ab.«

»Glaubst du wirklich an eine Rückkehr, Ren?« fragte Dan.

Dhark nickte. »So wahr ich daran glaube, daß wir die verschwundenen Synties finden.«

*

Die POINT OF landete auf Cent Field. Kaum war Ren Dhark dort eingetroffen, gab er auch schon Befehl, ein paar Flash unter Tarnschutz ins All zu schicken, um den Riiin auf die Finger zu schauen.

»Ich möchte über jedes Detail ihrer Operation informiert werden«, sagte er zu Mike Doraner, der die Leitung der Aufklärungsflotte übernahm. »Wenn ich schon nicht verhindern kann, daß sie landen, möchte ich wenigstens wissen, wo sie sich ansiedeln wollen und was sie sonst noch so anstellen.«

Mike Doraner war schon auf der legendären GALAXIS als Raumpilot mit dabeigewesen; später hatte er als einer der ersten einen Flash fliegen dürfen. Doraner zählte somit zur Spitze der Beibootpiloten, er konnte so ziemlich alles fliegen, das sich in die Luft erhob.

Im Jahr 2064 benötigte man für einen Flashstart ins All weniger Zeit als anno 2006 für die Autofahrt zum nächsten Supermarkt. Es dauerte nur wenige Augenblicke, bis die getarnten Flash die Schiffe der Riiin erreichten.

Von beiden Flotten wurden fortlaufend Großkampfschiffe zur Erde geschickt, und zwar zu beiden Polen. Die Gigantkugeln befanden sich noch sämtliche im Weltall.

Doraner flog näher an die Südpolflotte heran, gab aber höllisch acht, daß er nicht in Sichtweite der Optiken geriet. Seine Tarnvorrichtung schützte ihn zwar vor der Ortung der Raumschiffe, nicht aber vor dem Gesehenwerden.

Von mehreren Seiten begutachtete er die zehn Kugelobjekte. Zu seiner Verwunderung konnte er keine Landevorrichtungen entdecken. Erst als er beobachtete, wie einer der Großkampfraumer an eine der Gigantkugeln andockte, ging ihm ein Licht auf…

»Es sind Transportkugeln, die weder starten noch landen können«, murmelte er. »Sie wurden ausschließlich für Reisen durch den Weltraum konzipiert – und wahrscheinlich im All gebaut.«

Plötzlich wurde der Flash von Ortungsstrahlen erfaßt. Zahlreiche Raumjäger kamen aus den Auslegern mehrerer Großkampfschiffe geschossen und kesselten den heimlichen Beobachter ein.

Den übrigen Flashpiloten erging es nicht anders.

»Macht euch kampfbereit!« ordnete Mike Doraner an. »Sobald sie auf uns feuern, schießen wir gezielt zurück. Die werden schon noch kapieren, daß es nicht ratsam ist, sich mit uns anzulegen.«

Mike nahm Funkkontakt zur POINT OF auf und meldete, daß die Fremden sie entdeckt hatten.

»Ich weiß wirklich nicht, wie sie das geschafft haben«, teilte er ratlos mit. »Offenbar ist es ihnen ein Leichtes, unseren Ortungsschutz zu knacken. Wir sind gefechtsbereit, brauchen aber vermutlich Unterstützung.«

»Könnt ihr ihnen entkommen?« wollte Ren Dhark wissen.

»Wir versuchen es, doch die Jäger vollziehen jedes unserer Ausweichmanöver mit«, antwortete Doraner. »Wenigstens lassen uns die Schlachtschiffe in Frieden. Wie es scheint, benötigen die Riiin ihre Großraumer für Wichtigeres: Sie betreiben einen regelrechten Pendelverkehr zur Erde. Die Raumer docken an den Gigantkugeln an, nehmen dort sehr wahrscheinlich Schläfer an Bord und bringen sie auf unseren Planeten. Ob die Insassen der Kugeln schon im All oder erst auf der Erde erweckt werden, kann ich nicht feststellen, denn die Raumjäger treiben uns immer weiter von ihrer Flotte weg.«

»Kam es bereits zu Übergriffen?« fragte Dhark.

Doraner verneinte. »Bisher wurde noch kein einziger Schuß abgefeuert – nicht von Seiten der Riiin und auch nicht von unserer Seite.«

»Dann sollten wir dafür sorgen, daß das auch so bleibt«, erwiderte der Commander der POINT OF. »Rückkehr zur Erde!«

*

Über Vipho setzte sich Ren Dhark mit Bruder Lambert in Verbindung. Er bat den Kurator, ihn umgehend per Transmitter auf der POINT OF aufzusuchen.

»Ist es wirklich so dringend?« erkundigte sich Lambert. »Ich habe alle Hände voll zu tun. Weltweit müssen die Verletzten versorgt werden und...«

»Es wird bald noch mehr Tote und Verletzte geben, wenn wir den Invasoren, die gerade im Begriff sind, die Erde zu besetzen, keinen Einhalt gebieten«, machte Dhark ihm klar. »Und ausgerechnet jetzt verfügen wir über keinen planetenweiten Schutzschirm mehr!«

»Eine Invasion?« erwiderte Bruder Lambert erschrocken. »Ich komme sofort.«

Wenig später traf er sich mit Ren Dhark und einigen führenden Besatzungsmitgliedern der POINT OF in einem kleinen Konferenzraum des Schiffes. Auch Arc Doorn war mit dabei. Der Worgun saß auf einem Stuhl und tippte ein paar Zahlen in einen Taschenrechner.

»Hätte ich genausogut im Kopf ausrechnen können«, brummelte er. »Es müssen Milliarden sein...«

Bruder Lambert, der gerade Platz genommen hatte, schaute ihn verwundert an.

»Auf einem Rechteck von zwei Kilometern Länge und einem Kilometer Breite könnte man theoretisch eine Million Schlafstellen von je einem mal einem mal zwei Meter installieren«, stellte Doorn eine kleine Rechnung auf, als anschauliches Beispiel. »Tausend übereinandergestapelte Lagen wären nur einen Kilometer hoch und böten Platz für eine Milliarde solcher Stasiskabinen – also für eine Milliarde Riiin. Wenn man bedenkt, daß jede der fünfundzwanzig Gigantkugeln zwölf Kilometer Durchmesser hat...«

»Schlafstellen? Riehn? Gigantkugeln?« unterbrach ihn Lambert verwundert und wandte sich an Ren Dhark. »Würde es Ihnen etwas ausmachen, mir das Ganze näher zu erläutern? Ihre

Bordwissenschaftler neigen mitunter dazu, in Hieroglyphen zu sprechen.«

Ren Dhark berichtete ihm von der Begegnung im All, seinem Gespräch mit Ischko und den Beobachtungen der Flashpiloten. Der Kurator hörte schweigend und fassungslos zu.

»Selbstverständlich verfügen auch wir freien Terraner über Allbeobachter«, sagte er, nachdem er sich die Schilderung bis zum Ende angehört hatte, ohne den Commander zu unterbrechen. »Aber unsere Mittel und Möglichkeiten sind begrenzt – was nicht weiter schlimm ist, schließlich wollen wir in erster Linie die Erde verteidigen und nicht den Weltraum erforschen.«

»Das eine schließt das andere nicht aus«, warf Ren Dhark ein.

»Jedenfalls haben wir freien Terraner die aufgezeichneten Aktivitäten im All nicht zwangsläufig mit einer Invasion in Verbindung gebracht«, fuhr Lambert fort. »Seit die Evakuierungsmaßnahmen laufen, herrscht dort oben doch nie so richtig Ruhe.«

»Die Evakuierung ist inzwischen beendet«, bemerkte Dan Riker.

»Sie wird nie wirklich beendet sein«, widersprach ihm der Kurator. »Selbst unter uns freien Terranern gibt es Schwächlinge, die früher oder später kalte Füße bekommen werden, und zwar im wahrsten Sinne des Wortes, und dann lassen sie sich von Freunden oder Verwandten von hier abholen, um sich auf Babylon am warmen Ofen aufzuwärmen.«

»Das zeigt mir, daß ihr doch nicht so frei in euren Entscheidungen seid, wie ihr uns und euch selbst glauben machen wollt«, entgegnete Dhark, dem es nicht entgangen war, daß Kurator Lambert mittlerweile dreimal demonstrativ von »freien Terranern« gesprochen hatte. »Auch ihr müßt euch den Naturgesetzen beugen.«

»Wir sind freier als der Rest der Menschheit«, betonte Bruder Lambert mit Nachdruck, und es klang fast ein wenig trotzig, »weil wir wissen, was wir wollen: die Erde.«

»Die Riiin wissen ebenfalls, was sie wollen«, entgegnete der Commander. »Dummerweise ist es offenbar exakt dasselbe.«

Er ergriff keine Partei für die Außerirdischen – er legte nur den Finger auf die Wunde und nannte die unumstößlichen Fakten offen beim Namen. Sein Gesprächspartner bekam seine Worte jedoch in den falschen Hals.

»Als Menschen, als Terraner haben wir ein angestammtes Recht auf diesen Planeten!« brauste Bruder Lambert auf. »Im Gegensatz zu den Invasoren, die hier nichts verloren haben!«

Dhark nickte. »Da gebe ich Ihnen vollkommen recht. Dennoch halte ich es für falsch, die Riiin gleich wieder mit Waffengewalt vertreiben zu wollen. Zwar hat ihr ›Wahldiktator‹ große Töne gespuckt, aber bislang haben sie noch nichts Konkretes getan, das auf eine dauerhafte Besetzung des gesamten Planeten hindeutet. Möglicherweise begnügen sie sich mit ein paar unbewohnten Landstrichen an den Polen, wo sie eine längere Pause einlegen, bevor sie zu ihrem eigenen Heimatplaneten weiterreisen. Großadmiral Ischko sprach davon, daß sein Volk unbedingt auf Terra landen müsse, um das Leben der Bürger in den Kugelarchen nicht zu gefährden. Eventuell ziehen sie nach einer gewissen Erholungsphase weiter.«

»Du verkennst die Tatsachen«, sagte Dan Riker kopfschüttelnd. »Lametta ließ keinen Zweifel daran, daß er die Erde als aufgegeben betrachtet und sie künftig als Hoheitsgebiet der Riiin ansieht – ungeachtet unserer Gesetze. Seine Unverschämtheit hat dich maßlos geärgert, schon vergessen?«

»Ischkos schlechtes Benehmen ärgert mich auch weiterhin«, räumte Dhark ein. »Nichtsdestotrotz sollten wir ihm zugute halten, daß bisher noch kein Schuß gefallen ist. Er begnügt sich offenbar mit Drohgebärden, zum Schutze seines Volkes. Seine Ankündigung, die Erde in Besitz nehmen zu wollen, dient vielleicht ebenfalls nur der Einschüchterung. Ich könnte mir vorstellen, daß die Riiin schon bald wieder den Weiterflug antreten. Jeden Wanderer zieht es irgendwann nach Hause.«

»Wieso geht ihr eigentlich alle davon aus, daß die Riiin seinerzeit vor dem gestiegenen Strahlungspegel geflohen sind?« fragte Artus, der sich wie selbstverständlich zur Führungsspitze der POINT OF zählte und deshalb an der Gesprächsrunde teilnahm. »Nehmen wir doch einmal folgendes an: Die Riiin haben die Erde schon lange vor euch Menschen bewohnt, mußten sie dann aber aus irgendeinem uns unbekannten Grund verlassen. Als sie beziehungsweise ihre Nachkommen eines Tages zurückkehren wollten, befand sich der Planet bereits fest in Menschenhand. Das haben sie fairerweise akzeptiert – bis jetzt, bis Terra von seinen Bewohnern aufgegeben wurde. Nun will die heutige Generation der Riiin die einstige Heimat ihrer Vorfahren wieder in Besitz nehmen. Ende der Spekulation. Zugegeben, das ist eine sehr gewagte Theorie...«

»In der Tat, das ist es«, bestätigte Riker. »Vor Anbeginn der Menschheit wurde dieser Planet ausschließlich von Primitivlebewesen bewohnt, die mit Sicherheit keine Raumschiffe bauten, um mit ihnen ins Weltall zu flüchten. Dabei hätten sie allen Grund zur Flucht gehabt: Kometen, Vulkanausbrüche und Eiszeiten löschten immer wieder das bestehende Leben auf der gesamten Erde aus und machten Platz für die Entwicklung und Ansiedlung neuer Arten.«

Artus war es gewohnt, daß man seine theoretischen Anwandlungen meistens mit verständnislosem Kopfschütteln bedachte. Dennoch spann er seinen Gedankenfaden weiter.

»Mal angenommen, es gab zur letzten Eiszeit – allen geschichtswissenschaftlichen Erkenntnissen zum Trotz – Leben auf der Erde, eine körperlich zähe Spezies, die nicht erfror, sondern sich trotz der extrem niedrigen Temperaturen stetig weiterentwickelte: die Riiin. Sie gewöhnten sich an die klirrende Kälte, paßten sich ihr an und konnten letztlich ohne Frost nicht mehr existieren. Dann passierte plötzlich etwas Außergewöhnliches, Unvorhersehbares, und sie mußten fort von hier. Viele Jahrtausende später kehrten ihre Nachkommen zurück, doch sie verzichteten darauf, den Planeten wieder in Besitz zu nehmen, weil sich die Lebensbedingungen inzwischen verändert hatten. Das Eis hatte zu schmelzen begonnen – es war den kälteliebenden Riiin auf dcr Erde schlichtweg zu warm. Das aber hat sich inzwischen erneut geändert…«

»Und wo haben sich die Riiin während ihrer jahrtausendelangen Abwesenheit aufgehalten?« machte Arc Doorn eine Zwischenbemerkung. »Wo haben sie sich weiter vermehrt? Wo trieben sie ihren technischen Fortschritt voran? An irgendeinem Platz müssen sie schließlich ihre verdammt modernen Raumschiffe gebaut haben, die mit Sicherheit nicht aus längst vergangenen Urzeiten stammen, denn dafür sind sie viel zu neu.«

»Sie könnten auf einem anderen von Eis bedeckten Planeten gelebt haben«, entgegnete Artus. »Davon gibt es in der Milchstraße sicherlich mehrere.«

»Das muß aber ein sehr, sehr eisiger Planet gewesen sein«, meinte Dhark. »Andernfalls würden sie sich hier bei uns nicht so heimisch fühlen. Ohne viel Federlesens haben sie gleich die Pole angesteuert, obwohl dort augenblicklich schlimmere Minustemperaturen herrschen als während der letzten Eiszeit.«

»Sie mögen es halt frostiger als frostig«, kalauerte Artus.

»Und warum sind sie dann nicht auf ihrem Frostplaneten geblieben?« erwiderte Riker. »Oder geschah dort – welch Zufall! – schon wieder etwas Außergewöhnliches, Unvorhersehbares, das eine erneute Umsiedlung nötig machte?«

»Könnte durchaus sein«, meinte Artus. »Aus den Schriften ihrer Vorfahren erfuhren die Riiin von der Erde, und sie schickten Kundschafter aus, um zu prüfen, ob dieser Planet inzwischen wieder bewohnbar…«

»Schluß mit der Blasphemie!« mischte sich Bruder Lambert sichtlich ungehalten ein. »Gott schuf das Universum mitsamt der Erde erst vor rund 6000 Jahren. Wir verdanken dem Herrn Flora und Fauna auf diesem Planeten – und die Erschaffung des Menschen. Daß er außer uns noch weitere intelligente Lebewesen erschaffen hat, läßt sich seit unserem ersten Zusammentreffen mit Außerirdischen im Jahre 2051 nicht mehr leugnen; doch nur unsere Spezies ist das wahre, das echte Abbild des Herrn, weil jede unserer Seelen aus Gott heraus entsteht. Uns als Mittelpunkt des Universums zu bezeichnen, mag überheblich, vielleicht sogar frevelhaft klingen, doch es gibt Hinweise…«

Weiter kam er nicht. Auf dem Vipho bekam er einen Notruf aus dem Regierungsgebäude. Er nahm die Meldung entgegen und wurde bleich.

»Ihre vage Hoffnung, daß die Fremden auf der Erde nur eine Rast einlegen und ansonsten weiterhin friedlich bleiben würden, hat sich leider nicht erfüllt«, sagte er zu Ren Dhark, nachdem er das Vipho abgeschaltet hatte. »Sie greifen gerade Thule an! Die Menschen dort werden von torpedoförmigen Raumjägern beschossen und brauchen dringend Verstärkung, die ihren Rückzug deckt.«

»Thule auf Grönland?« wunderte sich der Commander. »Aber so weit im Norden leben längst keine Menschen mehr – es ist dort um die einhundert Grad kalt!«

Bruder Lambert wurde noch blasser. Man merkte ihm an, daß er etwas zu verbergen hatte. Und Ren Dhark wollte unbedingt wissen, was das war. Vorher würde er die POINT OF um keinen Zentimeter von Cent Field fortbewegen…

7.

Die Stadt Thule und der dort befindliche ehemalige Luftstützpunkt der USA waren in den vergangenen Jahren zu einem beachtlichen militärisch-industriellen Großkomplex zusammengewachsen. Als die Sonne begonnen hatte, ihre Aktivitäten einzustellen, hatte dieses Gebiet als eines der ersten evakuiert werden müssen. Natürlich hatten die Bewohner nicht ihren gesamten Besitz mitnehmen können…

»… nur das Notwendigste«, berichtete Bruder Lambert. »Das meiste mußten sie zurücklassen. Vor allem in den abgesperrten militärischen Bereichen gibt es bestimmt viele interessante Dinge zu holen. Ich habe eine Spezialeinheit beauftragt, alles, das von Wert für uns sein könnte, äh… sicherzustellen.«

»Sicherzustellen?« echote Arc Doorn. »Es gibt einen treffenderen Ausdruck dafür: plündern!«

Beide Männer hielten sich weiterhin in dem kleinen Konferenzraum der POINT OF auf, gemeinsam mit einigen führenden Mitarbeitern der Zentrale. Der Kurator hatte den Commander gebeten, den Ringraumer zu starten und der Spezialeinheit, die unter Beschuß der Riiin-Raumjäger stand, zu Hilfe zu kommen. Doch Ren Dhark zögerte noch.

»Wollen Sie meine Männer sterben lassen?« fragte Lambert ihn verzweifelt. »Sie müssen sie da herausboxen.«

»Wir müssen gar nichts!« antwortete Dan an Rens Stelle. »Schon der deutsche Dichter Georg Rollenhagen wußte: ›Wer Gefahr liebt, wird drin umkommen!‹ Niemand hat Ihre Männer gezwungen, loszuziehen und die Bewohner der Region Thule zu bestehlen.«

»Welche Bewohner denn?« erwiderte Bruder Lambert gekränkt. »Wir sind die einzigen Bewohner der Erde – alle anderen haben diesen Planeten feige im Stich gelassen. Was sie hierließen, gehört demzufolge uns.«

»Für einen gottgläubigen Mann haben Sie eine überaus seltsame Auffassung vom siebten Gebot«, meinte Arc Doorn, der im Verlauf seines langen Lebens nicht nur die Geschichte, sondern auch die Religionen der Menschen studiert hatte. »Sie können von Glück reden, daß in den verlassenen Gebäuden keine Bürgerwehr Streife geht; diese Leute ignorieren beim Anblick von Dieben nämlich ebenfalls ein wichtiges biblisches Gebot: das fünfte! Im Klartext: Plünderer werden auf der Stelle erschossen!«

»Plünderer – das ist ein hartes Wort«, sagte Lambert. »Ich würde uns eher als Schrottsammler bezeichnen. Oder als Wiederverwerter, weil wir das, was andere weggeworfen haben, noch gut gebrauchen können.«

»Sich der Wahrheit zu stellen ist immer hart«, entgegnete Dhark. »Gäbe es in Thule nur Schrott zu holen, hätten weder die Kreationisten noch die Riiin Interesse an diesem Gebiet. Im übrigen haben die Flüchtlinge nichts weggeworfen – sie mußten bei ihrer Umsiedelung nur vieles zurücklassen.«

Er betätigte die Bordsprechanlage und beorderte acht Flashpiloten in den Beiboothangar, unter anderem Larry Fongheiser, Leutnant Hornig und Fähnrich Gomulka. Auch Mike Doraner war wieder mit von der Partie.

»Was hast du vor?« fragte ihn Riker.

»Ich starte eine Aufklärungsaktion«, antwortete Ren. »Bevor ich nichts Genaueres über die Vorgänge in Nordwestgrönland in Erfahrung gebracht habe, fliege ich nicht mit der POINT OF dorthin. Fünf Flash reichen zunächst aus; sie sind unauffälliger als das Schiff und trotzdem schlagkräftig genug, um es mit den Raumjägern der Riiin aufzunehmen.«

»Vergiß es, ich komme nicht mit«, erwiderte sein Freund, der annahm, daß der letzte freie Platz für ihn gedacht war. »Ich riskiere nicht mein Leben, um Plünderern aus der Patsche zu helfen.«

»Ich hatte auch gar nicht vor, dich mitzunehmen«, sagte Dhark freiheraus.

»Verstehe«, meinte Riker. »Artus ist dir wie gewohnt mehr von Nutzen als ich. Tja, da kann ich nicht mithalten.«

»Artus bleibt ebenfalls hier«, erklärte der Commander. »Der Platz an meiner Seite bleibt frei – weil ich beabsichtige, einen Gefangenen zu machen.«

»Lassen Sie die Finger von meinen Männern!« warnte ihn Bruder Lambert. »Sie handeln alle nur auf meine Anweisung, also halten Sie sich gefälligst an mich, wenn…«

»Ihre Männer hätten es zwar samt und sonders verdient, vor ein Militärgericht gestellt zu werden, weil sie sich ungeniert an militärischem Eigentum vergreifen«, fuhr Dhark ihm ins Wort, »aber leider gibt es derzeit auf der Erde keine Gerichtsbarkeit. Der freie Sitz ist nicht für den Anführer des Plünderertrupps reserviert, sondern für einen Außerirdischen!«

*

In allen Museen der Welt war es Tradition, Ausstellungsstücke, die man aus Platzgründen nicht selbst präsentieren konnte, an andere Museen zu verleihen – manchmal über Jahre oder gar Jahrzehnte hinweg. Dauerleihgaben nannte man solche Exponate. Auch an Bord der POINT OF gab es vereinzelte »Dauerleihgaben«: Militärangehörige, die man auf unbegrenzte Zeit zum Dienst auf dem privat betriebenen Ringraumer abgestellt hatte. Auf diese Weise hatte die Terranische Flotte zwar keinen Fuß, aber immerhin den kleinen Zeh in der Tür beziehungsweise im Schott.

Fähnrich Gomulka verdankte seine Versetzung auf das weltberühmte ehemalige Flaggschiff der Terranischen Flotte in erster Linie dem Einfluß seines Vaters. Sein Aufenthalt hier war als Karrieresprungbrett gedacht. Wer in jungen Jahren auf der POINT OF gedient hatte, und sei es nur für ein paar Monate, brauchte sich um sein späteres Fortkommen kaum noch Sorgen zu machen...

Gomulka war Kopilot von Lap Hornig, der auf dem Ringraumer den meisten nur als Leutnant Hornig bekannt war. Von seinem Vornamen machte er nämlich selten Gebrauch, weil er sich für dessen Herkunft genierte. »Lap« stand kurz für »Love And Peace« – Hornig war als Kind von Hippies aufgewachsen. Zum Leidwesen seiner Eltern war er allerdings aus ihrer Art geschlagen. Schon als Kind hatte es ihn zu den Uniformierten gezogen – sprich: Der »mißratene Sohn« war Pfadfinder geworden.

Larry Fongheiser hatte bereits mit Hornig Seite an Seite gekämpft und wußte, daß der Leutnant keinen Spaß verstand, wenn jemand aus Leichtsinn das Leben anderer gefährdete. Seine Truppe hatte er stets hart, aber gerecht im Griff. Diesmal leitete er den Einsatz jedoch nicht, das hatte Dhark persönlich übernommen.

Die fünf Flash mit ihren insgesamt neun Insassen flogen Grönland mit hoher Geschwindigkeit auf dem Luftweg an. Von Doraner wußte Ren Dhark, daß die Riiin wahre Ortungsmeister waren, und er wollte ihnen noch nicht zuviel von den Fähigkeiten der schnellen Boote verraten. Um einen Kampf für sich zu entscheiden, war es niemals verkehrt, auf den Überraschungseffekt zu setzen.

Kurz vor dem Ziel kam der kleinen Flotte das »Empfangskommando« der Riiin entgegen: fünfzig Raumjäger, die sofort ohne Vorwarnung das Feuer eröffneten. Die ersten Schüsse gingen jedoch weit daneben.

»Schlechte Schützen«, bemerkte Hornig über Funk trocken.

»Oder sie geben vorerst nur Warnschüsse ab«, erwiderte Ren Dhark. »Wir schießen nicht zurück und fliegen einfach weiter.«

Ganz offensichtlich setzte Großadmiral Ischko auf eine friedliche Eroberungsstrategie. Dhark wollte den Scheinfrieden, wie er diesen Zustand bezeichnete, nicht durch unbedachtes Handeln gefährden.

Es gelang den Raumjägerpiloten nicht, die Flash mittels Warnschüssen aufzuhalten. Daraufhin stellten sie das Feuer ein. Die Waffen schwiegen wieder einmal…

»Endlich herrscht Ruhe!« lautete Hornigs Kommentar im Funk.

Fongheiser befürchtete jedoch: »Die Ruhe vor dem Sturm.«

Er sollte recht behalten. Plötzlich brach das Strahlengewitter erneut los – und diesmal wurde gezielt auf die Flash geschossen. Scheinbar hatten die Piloten nur weitere Anweisungen ihres Anführers abgewartet.

Jetzt haben sie die Grenze überschritten, dachte Ren Dhark, der lieber auf ein Luftgefecht verzichtet hätte.

»Die verdammten Fischköppe wollen uns umbringen!« fluchte Fongheiser, wobei er jedwede Funkdisziplin außer acht ließ. »Man sollte sie entschuppen, entgräten und in den Backofen schieben!«

»Paß auf, was du sagst«, entgegnete Pidder, sein Kopilot. »Sonst endest du gleich selbst als Mahlzeit, und zwar als Grünkohlgericht. Wir Fischköppe sind bekannt dafür, daß wir nicht lange fackeln, wenn man uns dumm kommt.«

Pidder war auf der Nordseeinsel Sylt aufgewachsen, wo man sich unter Freunden ruhig mal einen Fischkopp nennen durfte – von einem Fremden hingegen wurde das als derbe Beleidigung empfunden. Seine Eltern und Geschwister betrieben dort eine Aalräucherei. Laut Familienstammbuch hatte einer von Pidders Vorfahren den Amtmann von Tondern in einem Topf mit kochendheißem Grünkohl erstickt. Der arrogante Steuereintreiber hatte den tödlichen Fehler gemacht, verächtlich in die karge Mahlzeit zu spucken…

Larry Fongheiser kannte diese schaurige Legende, die gegen Ende des neunzehnten Jahrhunderts sogar in Versform verfaßt worden war. »Fischkopp« Pidder war zwar sein Freund, dennoch entschuldigte sich Larry vorsichtshalber bei ihm. Bei einem waschechten Sylter wußte man nie so genau, woran man war.

Leider gab es auf der Nordseeinsel nur noch wenige Menschen dieses Urschlags. In den Jahren vor dem Exodus war der Anteil der Einwanderer vom Festland auf 90 Prozent gestiegen, und viele von ihnen hatten nicht davor zurückgeschreckt, sich ebenfalls als echte Sylter zu bezeichnen, nur weil sie dort ein paarmal Urlaub gemacht hatten und nun ihren Lebensabend auf der Insel zu verbringen gedachten – bis der Masseverlust der Sonne all ihre Pläne obsolet gemacht hatte.

Das Donnern, das die Nordseewellen erzeugten, wenn sie an den Strand schlugen, war nichts gegen den Angriffslärm, den die Raumjäger der Riiin bei ihrer unablässigen Attacke gegen die fünf Flash verursachten. Von allen Seiten versuchten sie, die vermeintliche Panzerung, welche die schnellen Boote umgab, zu durchbrechen. Schutzschirme waren ihnen bekannt, doch diese Art der Feindabwehr funktionierte anders: Die Strahlen jagten einfach durch die Boote hindurch, ohne sie auch nur anzukratzen.

Die Insassen der Flash fühlten sich innerhalb ihrer Intervallfelder verhältnismäßig sicher. Die Energiestrahlen der Angreifer konnten nichts ausrichten. Allerdings stieg die Belastung allmählich an…

»Sollten wir uns nicht endlich wehren?« sagte Leutnant Hornig. »Die Intervallfelder schützen uns nicht auf ewig. Je stärker die Riiin ihre Energiestrahlen darauf konzentrieren…«

»Auch meine Geduld hat Grenzen«, unterbrach ihn Commander Dhark. »Wir werden die Invasoren nicht länger schonen. Was jetzt auf sie zukommt, haben sie sich selbst zuzuschreiben…!«

*

Vilmar Sören war kein Mann für den Schreibtisch. Der ehemalige Fremdenlegionär liebte es, an vorderster Front zu stehen. Ins All hatte es den inzwischen sechzigjährigen Finnen nie gezogen; er war ein Experte für Bodenkämpfe. Wenn ihm die Energiestrahlen um die Ohren pfiffen, während er mit beiden Füßen fest auf der Erde »verankert« war, fühlte er sich am wohlsten.

Als man ihn gefragt hatte, ob er bereit sei, seinen Heimatplaneten mit seinem Leben zu schützen, hatte er ohne Zögern zugesagt. Ihm war es egal, ob er für die Gäa-Jünger, die Aufrechten, die Evangelikalen oder sonst eine aufständische Gruppe seine Haut riskierte. Hauptsache, sie hatten alle dasselbe Ziel, nämlich die Verteidigung der Erde mit allen Mitteln.

Seine offizielle Bezeichnung war »Soldat der Terranischen Verwaltung« – was intern nichts anderes bedeutete als »Mann für die Drecksarbeit«.

Immerhin wurde Sören für seine Tätigkeit gut bezahlt. Der, der sich Kurator Terras nannte, war alles andere als knauserig. Woher Bruder Lambert die Dollars hatte, mit denen er ihn entlohnte, kümmerte Vilmar herzlich wenig. Viel mehr beschäftigte ihn die Frage, wie lange diese Währung überhaupt noch etwas wert war. In einer Zeit, in der rundum alles zusammenbrach, verlor Geld rasch an Bedeutung. Der stämmige, ebenso stoppelhaarige wie -bärtige Söldner zog daher in Erwägung, sich künftig in Tauschwaren auszahlen zu lassen…

… vorausgesetzt, er überlebte diesen Einsatz. Vilmar Sören saß an den Schalthebeln eines Schneemobils, das unablässig aus der Luft beschossen wurde. Im Zickzackkurs jagte er durch Eis und Schnee, wobei er geschickt jede Verwehung und Vertiefung als kurzzeitige Deckung nutzte, um den feindlichen Schützen das Zielen zu erschweren.

Sein Mobil – eins von insgesamt vier, die in dieser frostigen Gegend unterwegs waren – war für den Transport von acht Personen ausgerüstet, einschließlich des Fahrers. Es war überdacht und beheizt. Der spärliche Laderaum bot gerade genügend Platz, um darin einen PressMod unterzubringen – ein modifiziertes transportables Pressorgeschütz, das eine enorm schlagkräftige Wirkung hatte, ähnlich wie die Schwerkraftwaffe der Giants, die enorme Druckeffekte erzeugte und sogar auf Intervallfelder einwirkte. Mit einem transportablen PressMod-Geschütz konnte man zwar keinen mächtigen Ringraumer abschießen, aber es war durchaus in der Lage, einen Flash vom Himmel zu holen.

Hätte Guthrie, der Bordschütze in Sörens Schneemobil, durch die geöffnete Dachluke am Himmel einen Flash erblickt, hätte er garantiert nicht darauf geschossen, denn er konnte momentan jede Verstärkung gebrauchen – gegen die torpedoförmigen Raumjäger, deren Piloten offenbar fest entschlossen waren, keines der vier flüchtenden Mobile entkommen zu lassen. Guthrie hielt die Verfolger so gut es ging auf Distanz.

Der schlaksige Mann, dessen Wiege einst in Virginia gestanden hatte, sah zwar aus, als könne er das bewegliche Geschütz kaum festhalten, doch es gab keine Schußwaffe, egal wie groß oder klein, mit der der Fünfzigjährige nicht nahezu perfekt umgehen konnte.

Zielsicher zerstörte er einen Raumjäger nach dem anderen. Leider wurden es trotzdem immer mehr…

»Früher oder später erwischt uns ein Volltreffer«, befürchtete Ellen, deren Sitzplatz sich in unmittelbarer Nähe des kleinen Laderaums befand.

»Später wäre mir lieber«, knurrte Guthrie.

Ellen war das einzige weibliche Mitglied der zweiunddreißigköpfigen Thule-Expedition. Die vierzigjährige blonde Frau hatte darauf bestanden, an diesem Einsatz teilzunehmen. Der Einsatzleiter, ein großer muskulöser Mann mit schulterlangen Haaren, hatte erst nach einer heftigen Diskussion nachgegeben. Ellen mochte ihn nicht, was vermutlich mit seiner Haarfarbe zusammenhing. Sie hatte ein Faible für ganze Kerle – und »männliche Blondinen« wirkten auf sie viel zu feminin.

Auch aus den drei anderen Schneemobilen wurde auf die Angreifer geschossen, allerdings erzielte keiner so viele Treffer wie Guthrie.

»Ich könnte noch viel mehr von denen runterholen, wenn der Blindgänger von Chauffeur diese Kiste weniger hektisch lenken würde!« schimpfte der Schütze. »Bei der Schaukelei ist es ein Wunder, daß ich überhaupt was treffe!«

»Der Chauffeur kommt gleich nach hinten und zieht dir das Fell über die Ohren!« rief ihm Vilmar Sören zu. »Ich kann auch auf einer geraden, unebenen Strecke weiterfahren – aber dann dauert es keine halbe Minute, bis uns ein Volltreffer in die Hölle befördert!«

Sören und Guthrie hatten sich erst zu Beginn des Einsatzes kennengelernt. Guthrie gehörte den Gäa-Jüngern an, wogegen Vilmar quasi freiberuflich tätig war. Dieser gravierende Unterschied hatte die beiden Männer nicht daran gehindert, sich auf Anhieb sympathisch zu finden und miteinander anzufreunden.

Ein Energiestrahl schlug ins Mobil ein und riß es an der Seite auf. Sören konnte das Fahrzeug nicht mehr in der Spur halten; es wurde aus der Bahn geworfen, überschlug sich und blieb auf dem Dach liegen – ein gefundenes, wehrloses Fressen für die Raumjäger der Riiin.

Die Insassen des Wracks beeilten sich, nach draußen zu gelangen, durch den Hauptausstieg, die Notluke und die Dachöffnung über dem Laderaum. Vilmar Sören und Guthrie waren als einzige völlig unversehrt. Ellen hatte sich beim Überschlag des Mobils das Genick gebrochen – ein schneller, schmerzloser Tod. Die übrigen fünf Mitfahrer waren leicht bis mittelschwer verletzt.

Vilmar und Guthrie halfen den Verletzten nach draußen. In einem schmalen Graben fanden die sieben Männer Deckung. Keine Sekunde zu früh, denn mehrere gleichzeitig einschlagende Volltreffer brachten das Wrack zur Explosion. Krachend brach es auseinander. Lodernde Flammen schlugen zum Himmel empor.

»So fällt Ellens Leichnam wenigstens nicht den Außerirdischen in die Hände«, bemerkte Guthrie in seiner knurrigen Art. »Im übrigen hatte sie sich schon immer eine Feuerbestattung gewünscht.«

»Sie hätte auf unseren Einsatzleiter hören sollen«, meinte Sören, der Söldner. »Er wollte sie von vornherein nicht mitnehmen.«

»Ellen hat noch nie auf jemanden gehört«, entgegnete Guthrie. »Sie mußte immer und überall ihren Willen durchsetzen, auf Teufel komm raus.«

»Klingt, als hättest du sie gut gekannt, mein Freund.«

»Das kann man so sagen – nächste Woche wären wir zwanzig Jahre verheiratet gewesen.«

*

Die drei intakten Schneemobile postierten sich am Rand des schmalen Grabens und gaben den eingekesselten Männern Feuerschutz. Vilmar und Guthrie brachten die Verletzten an Bord der Mobile, was zu bedrückender Enge in ihnen führte.

Einer der drei noch verbliebenen Bordschützen landete einen Treffer. Der angeschossene Raumjäger geriet ins Schlingern und stürzte in eine Schneewehe. Sein Energieschirm erlosch endgültig; er hatte ihm ohnehin kaum Schutz geboten – die PressMod-Geschütze hatten ihn problemlos geknackt.

Offenbar war der Jägerpilot unverletzt, denn es öffnete sich eine Ausstiegsluke.

Guthrie war ein Experte auf dem Gebiet der Schußwaffen. Vilmars Fähigkeiten lagen mehr im Bereich Sprengstoff. Die geballte Kraft der sieben Mini-Energiebomben, die in einem Spezialgürtel steckten, den er an seinem Kälteschutzanzug befestigt hatte, hätte ausgereicht, um einen Hochhauskomplex in die Luft zu jagen – und zur Sprengung eines Raumjägers genügte schon eine einzige. Er zog eine der noch gesicherten Bomben heraus.

Guthrie wollte gerade eines der Schneemobile besteigen, als er sah, was sein Mitstreiter, der sich noch draußen befand, vorhatte.

»Überlaß das mir, Vilmar!« rief er ihm zu.

Sören nickte kurz und warf ihm die Bombe herüber. Guthrie fing sie auf, lief zum Raumjäger, entfernte die Sicherung...

Ein schuppiger Fischkopf tauchte zur Hälfte aus dem Ausstieg des Raumjägers auf, dessen Glupschaugen die Umgebung ausspähten. Das letzte, was jene außerirdischen Augen wahrnahmen, war ein Gegenstand, der in das Kampfboot hineingeworfen wurde – und einen Terraner, der blitzschnell davonrannte, sich bäuchlings in den Schnee warf und seine Hände im Nacken verankerte...

Sekunden später wurde der Raumjäger mitsamt Inhalt zerfetzt. Verbogene, glühendheiße Schiffstrümmer wurden nach allen Seiten weggeschleudert.

Ein Trümmerstück landete wenige Zentimeter neben Guthries Kopf. Er löste seine Hände und erhob sich vom eiskalten Boden. Seine Augen hefteten sich auf eine gelbschwarze, verkohlte Flüssigkeit, die an dem Metallteil klebte – offenbar das Blut des Jägerpiloten.

Ein zufriedenes, böses Grinsen umspielte Guthries Mundwinkel, als er brummte: »Schöne Grüße von Ellen.«

Nachdem er eines der Schneemobile bestiegen hatte, setzten die Menschen ihre Flucht vor den Raumjägern fort.

*

Ren Dhark nahm nicht mehr die geringste Rücksicht auf die außerirdischen Invasoren, die unablässig seine Fünferflotte angriffen, mit gezielten Energiestrahlen, in der Absicht, die Boote zu zerstören und die Insassen gnadenlos abzuschlachten. Ganz offensichtlich fühlten sich die Angreifer ihren Gegnern überlegen, was für sie Grund genug war, die vermeintlich Schwächeren zu töten. Skrupel hatten sie dabei scheinbar nicht.

Womit die Riiin nicht gerechnet hatten: Die Gepeinigten schlugen massiv zurück! Die Boote der Planetenbewohner spien plötzlich Hitze und Tod und bahnten sich rücksichtslos eine Schneise durch die angreifenden Raumjäger. Zahlreiche Jäger legten die Flashpiloten lahm, andere vernichteten sie mit Mann und Fisch, je nachdem, wie stark die Gegenwehr war.

Die Invasoren wurden von dieser Aktion völlig überrascht; spätestens jetzt mußte ihnen klarwerden, daß die Übernahme des Planeten doch nicht so leicht verlaufen würde, wie sie es sich vorgestellt hatten – die Menschen waren unfaßbar wehrhaft. Offenbar war es ein Fehler gewesen, die Warnung des Ringraumerkommandanten zu ignorieren und die Fähigkeiten der kleinen Boote zu unterschätzen, welche aufgrund ihrer Wendigkeit keine leichten Ziele boten.

Flash – diese Bezeichnung war den Riiin fremd. Hätten sie versucht, den Namen in ihre eigene Sprache umzuwandeln, hätte die Übersetzung vermutlich »Verderben« gelautet. Die Flashpiloten schossen einen Raumjäger nach dem anderen ab und setzten ihren Flug nach Thule unbeirrt fort – unaufhaltsam…

*

Derweil nahm die Evakuierung der Zivilisten aus den Kugelarchen im All unbeirrt ihren Verlauf. In und um Thule landeten fortwährend Großkampfschiffe der Riiin. Zeitgleich stiegen andere empor ins Weltall.

In die Kämpfe griffen die Schiffsbesatzungen bislang nicht ein. Noch waren die Riiin wohl der Überzeugung, daß ihre Massen von Raumjägern zur Niederschlagung des Widerstandes völlig ausreichend waren.

Aber die Widerständler zeigten es ihnen! Nicht nur die Flashpiloten erwiesen sich als ebenbürtige Gegner – auch die Menschen auf dem zugefrorenen Planeten wehrten sich unablässig und mit allen Mitteln.

Von den Schneemobilen aus wurden die Raumjäger unter Dauerfeuer genommen. Die PressMod-Geschütze waren den Waffen der Riiin ebenbürtig. Allerdings hatten die Menschen am Boden den Eindruck, daß für jeden abgeschossenen Jäger zwei neue am Himmel auftauchten.

Guthrie, der inzwischen wieder an einem der Geschütze Position bezogen hatte, sah in der erdrückenden Masse der Angreifer keinen Anlaß zur Resignation.

»Ich kriege euch alle, selbst wenn ihr Milliarden seid!« rief er. »Ihr fischschuppigen Bastarde setzt keinen Fuß auf unseren Planeten!«

Ihm war bewußt, daß er die Invasion unmöglich im Alleingang verhindern konnte – aber er wollte es wenigstens versuchen...

*

Die Flash pflügten sich regelrecht durch die Reihen der Angreifer, die wie Wildkraut nachzuwachsen schienen, je mehr man von ihnen erledigte. Ren Dhark hatte inzwischen den Standort der drei noch verbliebenen Schneemobile ausgemacht und steuerte sein Kampfboot zum Zielpunkt. Die vier ihn begleitenden Flash folgten ihm – und es war nicht ratsam, sich diesem Quintett in den Weg zu stellen.

Abgeschossene Raumjägerwracks der Riiin zeichneten ihren Weg.

Doch nicht nur von Flash abgeschossene Jäger bedeckten den gefrorenen Boden – auch die PressMod-Geschütze der Schneemobile leisteten ganze Arbeit. Aber trotz ihrer hohen Verluste wichen die Angreifer keinen Meter zurück...

Was ist das nur für ein störrisches Volk, das gegen Mauern anrennt, anstatt zu akzeptieren, daß man nicht einfach einen bewohnten Planeten besetzen kann? fragte sich Ren Dhark in Gedanken.

Aber war dieser Planet genaugenommen überhaupt noch bewohnt? Und waren die Menschen in ihrer Vergangenheit nicht ebenfalls immer und immer wieder gegen Mauern angerannt, um sich durchzusetzen und für ihre Rechte einzutreten? Sahen sich vielleicht auch die Riiin im Recht?

»Nein, sie sind im Unrecht«, kam es kaum hörbar über Dharks Lippen. »Die Erde gehört ihnen nicht.«

Ren Dhark war ein Mensch mit einem ausgeprägten Gerechtigkeitssinn, weitab von Selbstherrlichkeit. Er wollte nur, daß das, was Recht war, auch Recht blieb. Die Riiin brachen nicht nur das Recht der Menschen, sondern das allgemein akzeptierte Recht einer jeden Spezies auf ihren eigenen Lebensraum, ein Anspruch, der innerhalb und außerhalb der Milchstraße seine Gültigkeit hatte. Die Zyzzkt hatten dieses ungeschriebene Gesetz gebrochen und ein einstmals stolzes Volk gewaltsam unterjocht – in einer fremden, unerreichbaren Galaxis. Und nun mußten sie bitter für diesen Frevel bezahlen. *Hier,* in seiner eigenen *Heimat,* würde Ren Dhark kein zweites Orn zulassen...

Seine wilde Entschlossenheit zeigte endlich Erfolg. Die Riiin-Raumjäger stellten das Feuer auf die Mobile ein und blieben auf Distanz zu den Beibooten der Terraner. Damit das auch so blieb, landete nur Ren Dhark bei den Eismobilen – die vier übrigen Flash schirmten den Luftraum über ihnen ab.

Dhark stieg aus. Sein Worgun-Kampfanzug schützte ihn vor der Kälte.

Die Männer in den Mobilen erkannten ihn trotz des Ganzkörperanzugs – schon allein an seinem aufrechten, stolzen Gang. Außerdem hatten sie ihn erwartet. Sie wußten, daß Dhark kein

Mann war, der Menschen, die sich in Not befanden, im Stich ließ.

Guthrie und Sören bildeten unaufgefordert das Begrüßungskommando. Sie stiegen aus und gingen Dhark entgegen.

»Die Fremden haben offenbar ungeheuren Respekt vor Ihnen, Commander«, sagte Vilmar Sören und reichte Dhark die Hand. »Kaum tauchen Sie auf der Bühne auf, stellen diese Hasenfüße das Feuer ein und…«

»Wir sind hier auf keiner Bühne«, unterbrach ihn Ren ungehalten, »und es wäre ein großer Fehler, die Riiin als Feiglinge einzustufen. Beten Sie lieber, daß die Feuerpause eine Weile anhält.«

Trotz seines Unmuts erwiderte Ren Dhark den Händedruck seines Gegenübers. Sören kam zwar nicht aus dem Harz, aber er war ein Brocken von einem Mann. Weil ihn Dharks Worte ärgerten, preßte er absichtlich besonders kräftig dessen Hand zusammen – auf diese Weise hatte er schon Kerle in die Knie gezwungen, die um Haupteslänge größer waren als er selbst. Man sagte Vilmar nach, er habe Hände wie Schraubzwingen.

Aber einer außergewöhnlichen Persönlichkeit wie Ren Dhark stand er zum erstenmal gegenüber. Der Commander ließ sich von dem Kraftgehabe nicht beeindrucken. Er war bei weitem kein Schwächling – und außerdem steckte seine Hand in einem W-Anzug, der einiges aushalten konnte…

Dhark fixierte Sören mit einem stechenden Blick, als er ihn mit ruhiger Stimme fragte: »Was machen wir als nächstes? Versuchen wir, uns gegenseitig die Arme zu brechen?«

Vilmar ließ ihn los. »Oh, tut mir leid, das war keine Absicht«, entschuldigte er sich, ohne eine Miene zu verziehen. »Ich vergesse nur manchmal, wie stark ich bin.«

In Wahrheit schmerzten ihn die Handknöchel und brannten wie Feuer.

Der nachfolgende Händedruck zwischen Guthrie und Ren verlief dann etwas friedfertiger.

»Wer von euch beiden führt die Truppe an?« erkundigte sich Dhark.

Ihm fiel auf, daß sich langsamen Schrittes ein weiterer Mann näherte, der soeben aus einem der Schneemobile gestiegen war. Ren erkannte ihn erst beim Näherkommen.

Wieso überrascht mich seine Anwesenheit hier eigentlich nicht? dachte Dhark. *Früher oder später mußten wir uns ja wieder begegnen.*

»Guten Tag, Commander«, begrüßte ihn der dritte Mann, der wie die beiden anderen einen weißen Kälteschutz- und Tarnanzug trug; infolge der Bodenkämpfe war das Kleidungsstück allerdings nicht mehr ganz sauber, sondern eher kanalisationsgrau. »Ich freue mich, Sie wiederzusehen.«

»Die Freude ist nicht auf meiner Seite«, entgegnete Dhark unfreundlich. »Sie als Anführer einer Bande von Plünderern? Ich hätte Ihnen etwas mehr Niveau zugetraut.«

»Wir plündern nicht!« protestierte der Befehlshaber der Operation Thule. »Wir nehmen nur, was uns zusteht. Kann ich etwas dafür, daß die feigen Verräter, die die Erde im Stich ließen, nicht alles mitnehmen konnten? Was sie zurückgelassen haben, gehört nach den Gesetzen der neuen Regierung denen, die den Mut hatten, hierzubleiben. Wir sind Sammler von Altmaterial, keine Diebe.«

Dhark begutachtete skeptisch die Schneemobile. Ihm kam ein bestimmter Verdacht.

»Darf ich die Mobile von innen inspizieren?« fragte er den Operationsleiter. »Ich würde gern sehen, was Sie in Thule so alles gestohl... eingesammelt haben.«

Statt dem Commander zu antworten, erteilte der Anführer dem Duo Sören und Guthrie einen unmißverständlichen Befehl: »Sollte Commander Dhark versuchen, eines der Schneemobile zu besteigen – erschießt ihn!«

8.

Als sich Ren Dhark und der neunundzwanzigjährige große blonde Schwede Svante Steinsvig, ein ranghohes Mitglied der Gäa-Jünger, erstmals Auge in Auge gegenübergestanden hatten, waren sie in der Zentrale der POINT OF zusammengetroffen. Steinsvig hatte dem Commander zu verstehen gegeben, daß er der terranischen Regierung unter Henner Trawisheim mißtrauen würde (wie praktisch jeder der Widerständler, die auf der Erde verblieben waren), und Dhark hatte ihm daraufhin die Vermittlung bei einem Waffentauschgeschäft – PressMods gegen tragbare Generatoren, Lebensmittel und Multikarabiner – angeboten. Letztlich hatte sich Steinsvig dann doch dafür entschieden, das Regierungsgebäude aufzusuchen, um direkt mit Trawisheim zu verhandeln...

Scheinbar war inzwischen von dem Vertrauen, das Svante Steinsvig seinerzeit in Ren Dhark gesetzt hatte, nichts mehr vorhanden. Anders konnte sich der Commander die plötzliche Feindseligkeit des Gäa-Jüngers nicht erklären.

Rens Geduldsfaden war mitunter ellenlang, und wenn es unbedingt vonnöten war, gab er um des lieben Frieden willens auch schon mal nach. Hier und jetzt gab es jedoch keinen Grund, Steinsvigs Unverschämtheit stillschweigend herunterzuschlucken – schließlich befand sich Dhark zweifelsfrei in der besseren Position.

»Das Wort ›Größenwahn‹ scheint Ihnen nicht völlig fremd zu sein«, sagte er zu dem blonden Schweden. »Ich stehe in ständigem Funkkontakt zu meinen Leuten und brauche nur mit dem Finger zu schnippen...«

»Wenn Sie Ihren Beibootpiloten befehlen, hier unten ein Strahleninferno zu entfachen, gehen auch Sie mit drauf, Commander!« fuhr ihm Svante Steinsvig spöttisch ins Wort.

»Unterschätzen Sie nicht die Zielgenauigkeit eines Flash«, erwiderte Dhark gelassen. »Meine Elitepiloten schießen euch Plünderer ab wie die Fliegen, einen nach dem anderen, ohne daß ich dabei auch nur einen einzigen Kratzer abbekomme.«

»Sie bluffen!« war Steinsvig überzeugt, wirkte aber etwas unsicher.

»Darauf würde ich es besser nicht ankommen lassen«, warf Guthrie ein, noch bevor Dhark etwas entgegnen konnte. »Ich habe schon die unglaublichsten Dinge von den Bordschützen der POINT OF und ihrer Flash gehört und kann gut und gern darauf verzichten, mich mit ihnen anzulegen.«

»Guthrie hat völlig recht«, pflichtete Vilmar Sören seinem Kampfgefährten bei. »Ich weigere mich, auf Commander Dhark zu schießen, nur weil er die Schneemobile inspizieren möchte. Ohne ihn kommen wir hier nicht mehr heil raus, deshalb lege ich großen Wert darauf, daß er unversehrt bleibt.«

Dhark schaute ihn an und leistete sich den Anflug eines Lächelns; so viel Einsichtsvermögen hätte er dem grobschlächtigen Mann gar nicht zugetraut.

»Das… das ist Meuterei!« stammelte Steinsvig, der sich normalerweise nicht so schnell aus der Ruhe bringen ließ.

Vilmar hob die Schultern. »Na und? Bring uns doch vor ein Kriegsgericht – falls du eines findest.«

Svante atmete tief durch und konzentrierte sich auf das Senken seines Adrenalinspiegels. Der Erdmeister, wie man ihn allgemein nannte, wußte, wann es besser war, zu schweigen – und er wußte, daß er jeden seiner Männer brauchte, allen voran die Aufmüpfigen, weil die meist zu den Tapfersten zählten. Mit angepaßten Leisetretern konnte man kein Unternehmen führen, geschweige denn eine Schlacht gewinnen.

Ren Dhark benötigte nur wenige Minuten, um die Menschen

in den Schneemobilen zu begrüßen und sich drinnen einen Überblick zu verschaffen. Einige »Passagiere« beobachteten sein Tun voller Mißtrauen, und ein paar folgten ihm sogar nach draußen. Ren kümmerte sich nicht darum und setzte seine kurze Inspektion in allen drei Fahrzeugen fort, bis sie vollständig beendet war.

»Welchen Sinn hat Ihre Expedition nach Thule?« fragte er anschließend den Operationsführer, der sich weiterhin außerhalb der Mobile aufhielt. »Niemand begibt sich freiwillig bei solchen Minusgraden in diese Region, es sei denn aus einem sehr wichtigen Anlaß.«

Der Erdmeister gab sich einsilbig. »Wieso fragen Sie mich, wenn Sie eh alles besser wissen? Sie haben uns Plünderer genannt, also werden wir wohl welche sein.«

»Ach ja? Und was, bitte schön, haben Sie aus der Militärbasis und den Häusern mitgehen lassen?« hakte Dhark nach. »Ich kann in den Schneemobilen keinerlei Gegenstände entdecken, nicht mal eine Kaffeemaschine, die einem bei dieser frostigen Kälte sicherlich gute Dienste leisten würde.«

»Wir haben nichts Gescheites gefunden«, behauptete Steinsvig, und weil ihm das selbst völlig unglaubwürdig erschien, fügte er hinzu: »Im übrigen haben uns die Raumjäger beim Einsammeln der liegengebliebenen Güter gestört. Wir mußten vor ihnen fliehen, noch bevor wir dazu kamen, die Sachen zu verstauen.«

»Wo wollten Sie das Diebesgut denn unterbringen?« wollte Dhark wissen. »Ich kann in den Schneemobilen keinen freien Stauraum entdecken.«

»Die jeweiligen Laderäume befinden sich hinten«, erhielt er zur Antwort.

»Der Platz dort reicht gerade mal für die PressMod-Geschütze aus«, entgegnete der Commander. »Was auch immer Sie hier vorhatten – plündern wollten Sie ganz bestimmt nicht. Ihre Operation in der kältesten Region der Erde diente einem gänzlich anderen Zweck, richtig? Und ich bin mir sicher, Sie werden mir absolut nichts darüber verraten.«

»Glauben Sie doch, was Sie wollen, Commander«, erwiderte Steinsvig und verschränkte die Arme vor der Brust. »Ich sage von nun an keinen Ton mehr zu dieser Angelegenheit.«

Die meisten Expeditionsteilnehmer waren inzwischen wieder in die Schneemobile zurückgekehrt, denn draußen war es trotz wärmender Kleidung kaum noch auszuhalten. Auch Dhark bestieg seinen Flash, allerdings nicht, um sich aufzuwärmen, sondern um Funkkontakt mit Großadmiral Ischko aufzunehmen.

»Was hat er vor?« erkundigte sich Vilmar Sören bei Svante Steinsvig.

»Warum steigt ihr nicht ins Mobil?« stellte ihm der Erdmeister die Gegenfrage. »Dort ist es bestimmt wärmer.«

»Zufälligerweise gefällt es uns hier draußen bestens«, entgegnete Guthrie respektlos. »Wie mein Großvater Woody, Gott hab ihn selig, immer zu sagen pflegte: Wir fühlen uns sauwohl.«

In Gedanken fügte er hinzu: *Ellen ist jetzt bei dir, Woody – paß gut auf sie auf, bis ich nachkomme…*

*

Ren Dhark funkte »Lametta-Ischko« auf der Frequenz an, auf der er bereits Kontakt mit ihm gehabt hatte. Der Großadmiral schaltete jedoch auf stur und meldete sich nicht.

»Na schön, dann spielen Sie halt den großen Schweiger«, sagte der Commander entnervt. »Ich weiß, daß Sie mich hören können, also sperren Sie Ihre Ohrlöcher weit auf, Ischko: Die Gruppe Menschen, die sich in jener Region aufgehalten hat, die Ihr Volk gerade widerrechtlich besetzt, weicht Ihrer Übermacht und zieht sich nach Süden zurück. Lassen Sie die Flüchtenden gefälligst in Frieden ihrer Wege ziehen! Andernfalls bekommen Sie es nicht nur mit fünf von meinen Kampfbooten zu tun, sondern mit einer ganzen Armee! Außerdem werde ich weitere

Ringraumer anfordern, die zahlreiche Ihrer Schiffe noch während der Evakuierungsaktion vernichten werden. Haben Sie das verstanden?«

Wahldiktator Ischko antwortete nicht.

»Sie haben es verstanden!« fuhr Ren Dhark fort. »Feuern Sie auch nur ein einziges Geschütz auf die Schneemobile oder unsere Kampfboote ab, betrachte ich das als Kriegserklärung – das bedeutet schwere Verluste auf beiden Seiten, aber vor allem auf Ihrer. Selbst wenn Sie es schaffen sollten, uns zu besiegen, werden wir bis dahin mindestens die Hälfte Ihrer Invasionsflotte vernichtet haben. Falls Sie also beabsichtigen, das Volk der Riiin drastisch zu dezimieren, wäre das jetzt eine günstige Gelegenheit. Unterschätzen Sie uns nicht! Die Konsequenzen wären furchtbar für Sie!«

Während ihnen der Wind um die Ohren peitschte und sie darauf warteten, daß Commander Dhark wieder aus dem Flash stieg, unterhielten sich Sören und Guthrie über private Dinge. Svante Steinsvig beteiligte sich nicht daran – er gab Privates nur äußerst spärlich von sich.

»Ellen kam aus gutem Hause«, berichtete Guthrie seinem neuen Freund. »Ihr Vater handelte planetenweit mit Schwebern, in großem Stil, und da er keinen eigenen Sohn hatte, sollte ich sein Geschäft später übernehmen. Selbst die Evakuierung der Erde konnte seine Erfolgskarriere nicht bremsen. Noch bevor die Umsiedelung nach Babylon richtig anlief, hatte mein Schwiegervater dort bereits die ersten wichtigen Kontakte für den Aufbau eines neuen Unternehmens geknüpft. Als er dann erfuhr, daß ich mich den Aufrechten angeschlossen hatte, war er entsetzt, und er bat mich inständig, seine Tochter aus diesen Kreisen fernzuhalten. Aber Ellen hörte weder auf ihn noch auf mich. Mir zuliebe verzichtete sie darauf, zusammen mit ihrer Familie umgesiedelt zu werden, und blieb hier bei mir auf der Erde. Eine Frau gehört zu ihrem Mann. Dennoch: Ihre Eltern werden mir ihren Tod niemals vergeben.«

»Du hast das nicht zu verantworten«, sagte Sören. »Es war dein gutes Recht, deiner Überzeugung zu folgen und deine Heimat zu verteidigen, statt auf Babylon als Schweberverkäufer dahinzuvegetieren.«

»Als gutverdienender Schweberverkäufer«, ergänzte Guthrie. »Ich Trottel hätte endlos Kohle machen können.«

Der Erdmeister hatte die Unterhaltung mitangehört, ohne sich einzumischen. Was gingen ihn die privaten Sorgen und Nöte anderer Menschen an? Schließlich hatte auch er sein Päckchen zu tragen...

»Es ist an der Zeit, euer winterliches Kaffeekränzchen zu beenden«, sagte er zu den beiden. »Macht euch abfahrbereit; ich schätze mal, gleich geht es weiter.«

Mit einer Kopfbewegung deutete er auf Ren Dhark, der aus dem Flash gestiegen war und durch den Schnee auf die drei Männer zustapfte.

»Ihr könnt weiterfahren«, teilte er Svante Steinsvig mit. »Die Riiin werden euch in Ruhe lassen. Seid aber vorsichtshalber trotzdem auf der Hut.«

Daß er keine Antwort auf seine Funkdrohung erhalten hatte, verschwieg er ihm. Dhark vertraute darauf, daß der Großadmiral das Risiko, bei einer blutigen Schlacht schwere Verluste einzustecken, niemals eingehen würde.

Kurz darauf nahmen die Schneemobile ihre Fahrt nach Süden wieder auf. Die Raumjäger der Riiin versuchten nicht, sie daran zu hindern. Nicht ein einziger Jäger folgte ihnen – und die Großkampfschiffe setzten die Evakuierung der Insassen der Kugelraumer fort, als wäre nichts geschehen.

Ren Dhark bestieg seinen Flash. Um auf Nummer sicher zu gehen, flogen er und die vier anderen Boote weiterhin Luftpatrouille über den Mobilen...

*

Auch als es dunkel wurde, kreisten über dem Lager der Kreationisten ständig drei Flash zur Beobachtung. Weit und breit war kein Jäger der Riiin auszumachen, doch das hatte nichts zu bedeuten; vielleicht war ja ihre Tarnung besonders perfekt.

Zwei PO-Beiboote flogen (scheinbar) nach Süden voraus: Dharks Flash und der, in dem Hornig und Gomulka saßen. Ihr wahres Ziel war jedoch ein anderes…

»Schade, ich wäre gern nach Thule mitgeflogen«, bemerkte Larry Fongheiser. »Aber der Commander meinte, zwei Flash hätten eine größere Chance, dort ungesehen einzudringen, als drei.«

»Wo er recht hat, hat er recht«, meinte sein Kopilot Pidder. »Ich bin erleichtert, daß er uns nicht zum Mitkommen aufgefordert hat. Die Riiin würden uns mit ihren hochmodernen Ortungsgeräten bereits von weitem ausmachen, und dann hätten wir gleich wieder ihre Jäger am Hals.«

»Der Commander weiß schon, was er tut«, entgegnete Larry. »Wenn er nicht geortet werden will, dann wird er auch nicht geortet.«

»Und wie soll er das anstellen?« erwiderte der Sylter. »Um ungesehen nach Thule zu gelangen, müßte er sich schon wie ein Maulwurf durch den Boden grab… oh!«

Fongheiser sagte nichts dazu – er griente nur.

*

Mit Höchstgeschwindigkeit jagten die beiden Flash in Richtung Süden. Trotz eingeschaltetem Tarnschutz befanden sie sich im Bereich von Ortungsstrahlen, die allerdings immer schwächer wurden…

Plötzlich waren keine Strahlen mehr anzumessen. Commander Dhark, Leutnant Hornig und Fähnrich Gomulka standen nicht mehr unter Beobachtung der Riiin.

»Abtauchen!« befahl Dhark kurz und knapp über Funk.

Beide Beiboote drangen mit eingeschaltetem Intervallfeld in das gefrorene Erdreich ein. Tief unter der Planetenoberfläche vollzogen sie ein Wendemanöver und flogen nun mit hohem Tempo auf Thule zu. Hier unten entdeckten sie keine Ortungsstrahlen.

Dhark rief eine Karte auf dem Bildschirm auf, die den Stadtkern von Thule zeigte. Dieselbe Karte erschien auch in Hornigs Flash. Die Koordinaten zum Aufsteigen der beiden Boote hatten die Piloten schon im Vorfeld festgelegt. Bislang war das »Anschleichen« unbemerkt vonstatten gegangen; die drei Männer hofften, daß das auch so blieb.

Unterhalb eines mehrstöckigen geräumten Wohnkomplexes stoppten die Piloten ihren unterirdischen Anflug auf die Stadt. Dann ging es langsam wieder empor – wie in einem Hotellift. Zum Klischee fehlte nur noch der einarmige Fahrstuhlführer, der die unvermeidliche Frage stellte: »Welches Stockwerk bitte?«

Dhark und Hornig hatten sich auf die dritte Etage geeinigt. In einem geräumigen Hausflur fanden beide Boote ausreichend Platz. Rundum waren sie von weiteren Fluren und zahlreichen großen Wohnungen umgeben, die zum Teil noch möbliert waren, da ihre früheren Bewohner nicht alles hatten mitnehmen können. Das Gebäude verfügte über dicke Zwischen- und Außenwände, welche die Flash gegen eine zufällige Ortung abschirmten.

Dhark, Hornig und Gomulka stiegen aus. Der Fähnrich hatte bei der Planung der Aktion diesen großen Komplex als geeigneten Landeplatz ausgewählt – aufgrund von Insiderinformationen. Ein Bekannter von ihm war auf dem Militärstützpunkt stationiert gewesen und hatte seinerzeit den Bau der Wohnungen, die später sowohl von Zivilpersonen als auch von Militärangehörigen bezogen wurden, miterlebt. Gewaltige Baumaschinen hatten das Gebäude innerhalb weniger Wochen hochgezogen.

Hunderte von Menschen hatten hier gelebt und geliebt – nun

stand alles leer. Die, die hier einst gewohnt hatten, befanden sich jetzt im Exil. Sie hatten ihre Brücken hinter sich abgebrochen, für sie begann auf Babylon ein neuer Lebensabschnitt.

Vielleicht träumte ja der eine oder andere heimlich von der Rückkehr nach Thule...

Die Landung der Riiin machte diesen Traum endgültig zunichte. Es sah ganz danach aus, als würden sich die Invasoren hier heimisch niederlassen wollen. Doch warum ausgerechnet in diesem Gebiet?

Und die viel wichtigere Frage lautete: Warum ausgerechnet auf diesem Planeten? Warum die Erde? Wie lange hatte Ischko diesen Plan schon gefaßt?

Einerseits sah die ganze Evakuierungsaktion nicht nach einer Zufallsentscheidung aus, dafür war alles viel zu gut durchorganisiert. Andererseits hatten sich die Riiin vor Beginn der Aktion scheinbar nicht gründlich genug über die Menschen informiert, sonst hätten sie gewußt, daß mit harter Gegenwehr zu rechnen war. Viele Tote wären ihnen erspart geblieben, hätten sie den Planeten unauffälliger besetzt, Kontinent für Kontinent, aus unterschiedlichen Richtungen, an verschiedenen Tagen – unter Vorspiegelung falscher Tatsachen, indem sie zunächst so getan hätten, als würden sie hier nur eine kurze Rast einlegen wollen...

Statt dessen war dic komplette Flotte dicht am Rand der Atmosphäre aus der Transition gekommen, mit soviel Hallo, daß sogar ein Ortungspraktikant die fünftausend Schiffe hätte anmessen können. Die Riiin waren wie Trampeltiere in die gute Stube der Terraner hereingepoltert, so sicher hatten sie sich gefühlt. Offenbar hatten sie niemals vorgehabt, die Erde kämpfend zu erobern – sie hatten sie den Bewohnern einfach so wegnehmen wollen.

Ren Dhark bezweifelte, daß Ischko seinen Irrtum inzwischen erkannt hatte, daß er wirklich begriffen hatte, welche Schwierigkeiten ihn hier erwarteten. Wahrscheinlich stufte er das bisher Erlebte als eine unglückliche Verkettung von kleineren Zwischenfällen ein, und vermutlich glaubte er, für die Riiin sei jetzt alles ausgestanden…

»Freu dich nicht zu früh, Lametta«, murmelte Dhark, der aus dem Flash ausgestiegen war und aus dem dunklen Hausflur heraus nach draußen in die mondhelle Nacht schaute. »Noch bist du uns nicht los – wir sind ganz nahe bei dir, mittendrin im Geschehen!«

*

Nachts blieb es weitgehend ruhig auf den verschneiten und vereisten Straßen von Thule. Doch kaum ging die Sonne auf, lief die Neubesiedelung wieder auf vollen Touren…

Nicht nur uniformierte Soldaten bevölkerten jetzt die Stadt, es waren auch massenhaft Zivilisten mit darunter – leicht bekleidete Riiin in bunten Gewändern. Kaum aus dem Schlafkoma erwacht, begannen sie, die verwaisten Häuser der Menschen in Besitz zu nehmen.

»Allein beim Anblick dieser halbnackten Fischgeschöpfe fröstelt es mich«, bekannte Leutnant Hornig. »Macht denen die Kälte gar nichts aus? Man könnte meinen, sie genießen die frostigen Temperaturen – so wie wir Menschen Sonnenbäder genießen.«

»Damit liegen Sie vermutlich richtig«, meinte Ren Dhark. »Wahrscheinlich brauchen die Riiin Eis und Kälte wie die Luft zum Atmen. Das würde auch erklären, warum sie zuallererst an den Polen unserer Welt landen und sich hier in Grönland breitmachen: Auf dem übrigen Planeten ist es ihnen schlichtweg noch zu warm. Ihre schuppigen Körper müssen sich erst nach und nach an die ›schwülen‹ Temperaturen auf den anderen Kontinenten gewöhnen.«

»Demnach müßte es denen ausreichen, wenn sie in Nord- und Südpolnähe in aller Ruhe abwarten, bis es auf dem übrigen Teil des Planeten noch kälter geworden ist«, entgegnete Hornig. »Der weltweite Temperatursturz ist noch nicht beendet. In Alamo Gordo mißt man derzeit minus 29 Grad Celsius. Laut zuverlässigen Berechnungen werden es dort in einem halben Jahr 39 Grad unter Null sein.«

Fähnrich Gomulka nickte. »Die auf Terra verbliebenen Menschen werden sich immer weiter zum Äquator zurückziehen müssen, und die Riiin breiten sich immer mehr auf unserem Planeten aus – es sei denn, wir finden einen Weg, die Invasion zu stoppen und die Eisläufer von der Erde zu vertreiben.«

»Deshalb sind wir ja hier«, erwiderte Dhark. »Wir werden einen der Invasoren gefangennehmen, ihn auf der Medostation der POINT OF gründlich untersuchen und ihn dann einem Verhör unterziehen. Vielleicht gewinnen wir dadurch neue Erkenntnisse. Wie haben Sie die Riiin eben genannt, Fähnrich? Eisläufer?«

»Das war nur so ein spontaner Gedanke«, antwortete Gomulka bescheiden. »Mir fiel auf, wie leichtfüßig die Fischköpfe über die vereisten Straßen gleiten, so als ob sie Kufen an den Füßen hätten – oder als ob sie über einen Sandstrand liefen.«

»Ohne Ihre gute Beobachtungsgabe schmälern zu wollen: Ich kann keine Kufen entdecken«, sagte Hornig, der mit einem Hochleistungsfeldstecher aus einem der Flurfenster des Wohnkomplexes schaute. »Auch sonst kann ich keinerlei technische Hilfsmittel entdecken. Die Eisläufer tragen lediglich dünne Hosen und bunte Westen, unter denen sich schwer etwas verbergen läßt. Übrigens sind einige der Zivilisten mit leichten Handfeuerwaffen ausgestattet, die sie in einer Art Schulterholster bei sich tragen.«

»Sieh an, scheinbar sind sich die Riiin Ihrer Überlegenheit doch nicht mehr so sicher«, bemerkte Dhark. »Nur wer sich fürchtet, braucht eine Waffe.«

»Möglicherweise fürchten sie sich nicht vor uns, sondern vor ihren eigenen Artgenossen«, überlegte Hornig. »Auch wir Menschen sind uns nur selten einig, wenn es um die Verteilung von Besitztümern geht. Die Eisläufer könnten sich wegen der Wohnungen in die Schuppen geraten und mit Waffengewalt aufeinander losgehen.« Er grinste böse. »Das würde unser Problem zwar ruckzuck lösen… doch leider sieht es ganz danach aus, als würden sie sich untereinander gut vertragen.«

In der Tat verlief die Verteilung des vorhandenen Wohnraums überaus diszipliniert. Die Riiin bildeten mehrere Gruppen und besetzten Haus um Haus; sobald eines voll war, wandten sie sich dem nächsten zu.

Nicht nur die Zivilisten suchten sich auf diese Weise ihre Unterkünfte, auch die Soldaten des militärischen Begleitschutzes sicherten sich ihr Terrain…

Es war relativ einfach, Militärangehörige und zivile Personen auseinanderzuhalten, da die Soldaten dünne, rotgelbe Uniformen trugen, die sie von ihren buntgekleideten »Mitfischen« deutlich unterschieden.

»Wie gehen wir vor?« erkundigte sich der Fähnrich und unterbreitete gleich selbst einen Vorschlag: »Wir könnten uns nach draußen schleichen, einen vereinzelten Eisläufer außer Gefecht setzen, ihn ins Gebäude tragen…«

»Wozu die unnötige Anstrengung?« erwiderte Ren Dhark. »Früher oder später kommen sie zu uns herein, dann haben wir die volle Auswahl.«

»Aber auch ein volles Haus«, gab Hornig zu bedenken. »Es dürfte nicht leicht sein, einen einzelnen Riiin von seiner Gruppe abzusondern.«

»Ich habe auch nie behauptet, daß es leicht wird«, sagte Dhark und nahm seinen Multikarabiner zur Hand. »Wir stellen die Waffen auf Strich-Punkt. Ich möchte die Eisläufer betäuben und nicht töten.«

Leutnant Hornig kam dem Befehl nur murrend nach. »Die Riiin nehmen bestimmt nicht so viel Rücksicht auf uns; sie schießen garantiert scharf.«

Auch Gomulka fühlte sich nicht wohl bei dem Gedanken, daß ein Gegner, den er gerade niedergestreckt hatte, in seinem Rükken gleich wieder aufstand und erneut auf ihn anlegte.

»So schnell verarbeiten die Eisläufer den Strich-Punkt-Strahl sicherlich nicht«, war Dhark überzeugt. »Selbst wenn sie über eine bessere Kondition verfügen als wir, müßte die Betäubung ein paar Minuten anhalten. Uns reicht bereits eine Minute, um einen von denen zu entführen.«

*

Der große Wohnkomplex, in dem sich Ren Dhark und seine beiden Begleiter aufhielten, verfügte über einen Haupteingang, sieben geräumige Flure und sechzehn Seiteneingänge. Während mehrere Gruppen durch das aus Spezialglas gefertigte Haupttor ins Gebäude eindrangen, lauerte Dhark an einem Nebeneingang auf gewitzte Riiin, die versuchen würden, schneller als die Volksmasse ins Gebäude zu gelangen, frei nach der Devise: Wer zuerst kommt, hat die größere Auswahl an Wohnraum.

Lange mußte Ren nicht warten. Fünf Eisläufer kamen im Laufschritt auf die offenstehende Eingangstür zu. Sie trugen Schulterholster mit Waffen, hielten aber keine in den Händen – im Gegensatz zu Dhark, der plötzlich im Türrahmen stand und seinen Multikarabiner auf sie richtete.

Aller Wahrscheinlichkeit nach hatten die Fremden in ihrem Leben noch keinen Wildwestfilm gesehen, aber die Schnelligkeit, mit der sie ihre Handfeuerwaffen aus den Holstern zogen, hätte jeden Leinwandhelden vor Neid erblassen lassen. Ren Dhark war so überrascht, daß er in den ersten Sekunden – den wichtigsten Sekunden bei einem Straßengefecht – lediglich zwei Eisläufer mit den Betäubungsstrahlen niederstreckte.

Drei Waffen waren noch auf ihn gerichtet…

*

Ein Teil der ins Gebäude strömenden Wohnungssuchenden traf im dritten Stockwerk ein; die darunterliegenden Etagen waren noch nicht vollständig belegt, doch diese Gruppe wollte höher hinaus. Beim Anblick der Flash wurde den Riiin schlagartig klar, daß sie nicht allein im Haus waren. Vorsichtig näherten sie sich den Kampfbooten der Menschen, die Waffen im Anschlag.

Plötzlich setzten sich beide Boote wie von Geisterhand in Bewegung und schwebten durch den Fußboden nach unten...

*

Ren Dhark blickte in drei Abstrahlpole – ohne Furcht, denn er wußte, daß er sich auf seine Begleiter verlassen konnte. Innerhalb von Sekundenbruchteilen brachen die drei Außerirdischen lautlos zusammen. Leutnant Hornig und Fähnrich Gomulka hatten sich im ersten Stock an zwei Fenstern plaziert und die fünf Eisläufer zeitgleich mit dem Commander ins Visier genommen. Beide Männer waren hervorragende Schützen, die nur äußerst selten ein Ziel verfehlten.

Als sie nach erledigter Arbeit über die Treppe nach unten rennen wollten, kam es im Flur zu einem überraschenden Zusammentreffen mit mehreren wohnungssuchenden Eisläufern. Wieder zogen die Fremden verdammt schnell – doch ihre Gegner waren erneut schneller, zwar nur um wenige Augenblicke, doch die reichten aus, um die gesamte Gruppe außer Gefecht zu setzen.

Derweil schaute Dhark zur Erdgeschoßdecke empor, durch welche die beiden Flash herabschwebten. Um keine Zeit zu verlieren, hatte er sie per Gedankensteuerung darauf programmiert, beim Anmessen von Strich-Punkt-Energie sofort herunterzukommen.

Als Hornig und Gomulka unten eintrafen, hatte Ren bereits

einen Riiin ergriffen und trug ihn zur geöffneten Bootsluke. Der Fähnrich packte mit an und half ihm beim Verladen des bewußtlosen Gefangenen. Gemeinsam fixierten sie den Eisläufer auf dem Beifahrersitz.

»...neunundachtzig, neunzig!« rief Hornig dem Commander noch rasch zu, kurz bevor er seinen Flash bestieg.

Wenig später jagten die beiden Boote in den Boden – gerade noch rechtzeitig, denn die Ortung zeigte mehrere Raumjäger an. Und einen Schlachtkreuzer der Riiin! Offensichtlich hatte man an Bord des Großkampfschiffes den Energieausbruch der Waffen geortet.

Während die Eisläufer in der ganzen Stadt nach den Eindringlingen suchten, suchten diese im Inneren der Erde unbemerkt und unbehelligt das Weite.

»Was sollte das eben mit den Zahlen, die Sie dem Commander zugerufen haben?« erkundigte sich der Fähnrich beim Leutnant.

»Dhark sagte, wir würden für die Entführung eines Eisläufers nicht mehr als eine Minute brauchen«, klärte Hornig seinen Kopiloten auf. »Ich habe mitgezählt: Es waren exakt eineinhalb Minuten. Der Zusammenstoß mit den Fischköpfen im ersten Stockwerk hat uns wertvolle Sekunden gekostet.«

*

Die Schneemobile befanden sich mittlerweile auf dem letzten Stück des Weges nach Kanada – über das zugefrorene Meer. Es gab keinen Grund mehr, sie zu überwachen, da die Riiin sie unbehelligt ließen...

Ren Dhark zog die drei Flash per Funk ab. Von nun an war die Steinsvig-Truppe wieder auf sich gestellt. Allerdings hielten die Kreationisten noch eine Weile die Funkverbindung zum Ringraumer aufrecht – man konnte ja nie wissen...

Die Menschen hatte Dhark gerettet, in dieser Hinsicht war

seine Aktion erfolgreich verlaufen. Leider mußte er trotzdem einen tödlichen Fehlschlag hinnehmen: Der entführte Eisläufer war bei der Ankunft in der POINT OF – tot!

9.

»Er wirkt irgendwie... aufgedunsen.«

»Irgendwie aufgedunsen? Ist das alles, was Sie dazu zu sagen haben, Manu?«

Der sechsundvierzigjährige Schwarzafrikaner Manu Tschobe, Leiter der Medo-Station auf der POINT OF, war durchaus in der Lage, stundenlange medizinische Fachvorträge zu halten, ausgefeilt bis ins kleinste Detail. Aber eine fachlich versierte Diagnose einer fremden Spezies durchzuführen dauerte halt seine Zeit, weshalb er für die Eile, die Ren Dhark an den Tag legte, nicht das geringste Verständnis hatte.

»Was haben Sie denn erwartet?« fragte er den Commander. »Sie kommen hier hereingeschneit, legen so eine Art außerirdische Wasserleiche auf meinem Labortisch ab und wollen wissen, woran der Fremde gestorben ist – und das natürlich möglichst sofort. Darf ich dieses... dieses Etwas erst einmal gründlich untersuchen, bevor ich Ihnen antworte, oder soll ich mich aufs Raten verlegen?«

»Selbstverständlich sollen Sie den Toten untersuchen«, erwiderte Dhark. »Ich habe Sie lediglich um eine erste oberflächliche Einschätzung gebeten.«

»Meine erste Einschätzung lautet nach wie vor: irgendwie aufgedunsen!« sagte der Stationsleiter mit Nachdruck. »Und mit weiteren Ergebnissen ist erst zu rechnen, sobald sich alle, die nicht in der medizinischen Abteilung arbeiten, körperlich entfernt haben.«

Tschobe konnte es sich leisten, so mit dem Commander zu reden. Beide kannten sich schon eine halbe Ewigkeit. Ren Dhark murrte zwar, kam aber der Aufforderung nach und verließ den medizinischen Bereich. Fähnrich Gomulka, der mitgeholfen hatte, den toten Eisläufer ins Labor zu tragen, folgte ihm.

Der afrikanische Arzt und Funkspezialist zählte eigentlich zu den stillen Menschentypen. Nur wenn ihn etwas oder jemand aufregte, ging er manchmal aus sich heraus. Beim Sprechen blickte er seinem Gegenüber nur selten in die Augen, was ihn stets ein wenig verschlagen wirken ließ. In erster Linie war jedoch seine schwache hypnotische Paragabe der Grund fürs Weggucken; stierte er einem anderen Menschen direkt ins Gesicht, wollte er ihn meist hypnotisch beeinflussen – was ihm allerdings auch dann möglich war, wenn er den Betreffenden nicht ansah.

Eine außerirdische Spezies zu untersuchen war jedesmal mit einem gewissen Risiko verbunden, nicht zuletzt wegen der Ansteckungsgefahr – schließlich wußte man nicht, mit welchen unbekannten Krankheiten der fremde Organismus behaftet war.

Um nichts Bedeutsames zu übersehen, mußten selbst mikroskopisch winzige Körperteile genauestens analysiert werden; manche Fehler ließen sich hinterher nicht mehr rückgängig machen. Glücklicherweise konnte Tschobe auf eines der besten Ärzteteams der Galaxis zurückgreifen: Javier Anonga, Gregor Hanfstik, Brad Lion und Reuven Maitskill.

Nachdem die nötigen Sicherheitsvorkehrungen getroffen worden waren, machte man sich zu fünft daran, das Geheimnis der Eisläufer zu ergründen…

*

Commander Dhark hatte eine Menge »Fans« auf der Erde und ihren Kolonialplaneten, und nicht wenige träumten davon, so zu sein wie er – ein unabhängiger, freier Abenteurer, der das endlose Weltall bereiste, fremde Völker kennenlernte und so ganz nebenbei Gutes für die Menschheit tat. Doch es gab einen erheblichen Unterschied zwischen Traum und Wirklichkeit. In der Phantasie erlebte man nur das Schöne, das Saubere, das Aufregende.

In der Realität mußte man auch mit den häßlichen, schmutzigen und weniger spektakulären Seiten des Abenteurerlebens fertig werden – sprich: Man trug Verantwortung.

Verantwortung, die Ren Dhark mitunter schwer auf der Seele lag, die ihn an manchen Tagen nahezu erdrückte. Heute war wieder solch ein Tag. Er machte sich schwere Vorwürfe wegen des toten Eisläufers.

»Irgend etwas muß ich falsch gemacht haben«, sagte er in seinem Quartier an Bord der POINT OF zu seiner Lebensgefährtin Amy Stewart. »Offenbar hat die fremdartige Körperstruktur der Riiin die Betäubungsstrahlen nicht vertragen. Leutnant Hornig und Fähnrich Gomulka hatten Bedenken gegen den Einsatz von Strich-Punkt geäußert; sie befürchteten, unsere Gegner könnten die Betäubung schneller als erwartet überwinden und gleich wieder auf uns losgehen. Doch das Gegenteil war der Fall. Scheinbar haben wir vor dem Wohnkomplex mit unseren Multikarabinern mehrere Eisläufer getötet. Das habe ich nicht gewollt!«

Amy versuchte ihn wieder aufzurichten. »Du konntest ja nicht ahnen, daß die Eisläufer allergisch auf die Betäubungsstrahlen reagieren.«

»Allergisch?« entgegnete Dhark. »Das hört sich an, als hätten sie nur etwas Ausschlag abbekommen. Ich habe sie eigenhändig umgebracht! Es ist etwas anderes, jemanden zu töten, wenn man sich seiner Haut wehren muß – oder selbst der Angreifer zu sein. Wir sind aus dem Hinterhalt über die fünf Fremden hergefallen und haben ihnen nicht die geringste Chance zur Gegenwehr gelassen.«

»Der Zweck heiligt die Mittel«, meinte Amy. »Niemand konnte ahnen, daß Wesen, die problemlos die extremsten Minusgrade aushalten, derart empfindlich auf Strich-Punkt-Strahlen reagieren. Vielleicht trifft das ja gar nicht zu, und der Tod deines Gefangenen hat eine gänzlich andere Ursache.«

»Dann hätte ich ihn dennoch auf dem Gewissen. Ich habe ihn gegen seinen Willen verschleppt.«

»Und Ischkos Volk besetzt gegen unseren Willen unseren Heimatplaneten. Wir Menschen haben das Recht, die Eroberer mit allen nur erdenklichen Mitteln zu vertreiben.«

»Wir Menschen«, wiederholte Dhark nachdenklich und erhob sich von seinem Sitzplatz. »Gibt es in Bezug auf die gesamte Menschheit überhaupt noch ein Wir-Gefühl? Oder haben die meisten von uns die Erde nicht längst abgeschrieben? Vielleicht hat Dan ja recht, und wir sollten diesem für uns unbewohnbaren Planeten weniger Bedeutung zumessen. Dadurch könnten wir viel Blutvergießen vermeiden.«

»Das kann unmöglich dein Ernst sein«, erwiderte Amy kopfschüttelnd. »Hättest du dir in der Vergangenheit die gleichen seltsamen Fragen gestellt, würden uns die Giants noch heute knechten.«

Ren Dhark seufzte ganz leise. Er wußte, daß seine Freundin mit ihrer Ansicht richtig lag, daß er den Invasoren nicht das Feld überlassen durfte, daß er gegen sie kämpfen mußte – aber er fühlte sich total mutlos und ausgelaugt.

Der Commander ließ sich rücklings in seine Koje fallen und schloß die Augen. Ein wenig Schlaf würde ihm jetzt sicherlich guttun.

*

Während Ren Dhark seine physischen und psychischen Batterien wieder auflud, arbeitete man in der Medo-Station rund um die Uhr, um dem toten Riin so viele Informationen wie möglich zu entreißen. Mit allerlei technischen Geräten und scharfen Skalpellen zerlegte man ihn in seine Bestandteile. Dem Eisläufer konnte dies egal sein – er weilte schon seit geraumer Weile nicht mehr auf dieser Welt, weder im Sol-System noch in jenem Sonnensystem, aus dem seine Spezies gekommen war. In dem fernen Reich, in dem er sich jetzt aufhielt, brauchte er seinen Körper nicht mehr.

Bei der Autopsie des Außerirdischen bekam jeder der Bordärzte seinen eigenen Aufgabenbereich zugeteilt. Sobald eine Teilstrecke der Untersuchung bewältigt war, wurden die jeweiligen Ergebnisse miteinander verglichen. Die Todesursache war bald ermittelt: Fast alle äußeren Körperzellen des Eisläufers waren zerrissen oder geplatzt. Insbesondere in einer Schicht unter der Haut war so gut wie keine intakte Zelle mehr vorhanden; dort schien es regelrecht zu einer Kettenreaktion gekommen zu sein. Die wenigen Zellen, die noch intakt waren, konnten sich nicht mehr teilen und starben ab.

»Eine merkwürdige Sache«, überlegte Hanfstik. »Wie es scheint, sind die Körperzellen dieses Wesens einer enormen Belastung ausgesetzt gewesen. Dennoch lassen sich keine äußeren Einflüsse feststellen.«

»Daß dicht unter der Schuppenhaut die meisten Zellen zerstört wurden, kann kein Zufall sein«, meinte Anonga. »Dafür muß es einen speziellen Grund geben – der vermutlich in unmittelbarem Zusammenhang mit der Flüssigkeit steht, auf die wir dort gestoßen sind.«

Lion hatte jene »rätselhafte« Flüssigkeit inzwischen analysiert und war zu einem verblüffenden Schluß gekommen. »Selbst der unfähigste meiner Assistenten hätte diese Analyse durchführen können. Es ist Wasser.«

»Wasser?« staunte Manu Tschobe. »Kein Irrtum möglich?«

Brad Lion nickte nur.

»Das ist unmöglich«, sagte Maitskill. »Bei den starken Minustemperaturen da draußen hätte normales Wasser gefrieren müssen. Vielleicht ist es mit einem Wirkstoff versetzt, der es in flüssigem Zustand erhält.«

Brad schüttelte den Kopf. »Es ist Wasser, natürlich nicht

vollständig rein, sondern verschmutzt durch Hautpartikel und sonstige körpereigene Substanzen, vor allem Proteine – also nicht zum Trinken zu empfehlen.«

Für weitere Verblüffung sorgte das Ergebnis der Blutuntersuchung. Durch die Adern der Riiin floß kein Blut, sondern eine gelbliche, glykolähnliche Lösung… und diesmal war es garantiert kein verschmutztes Wasser.

»Die Zusammensetzung deutet eher auf eine Art Frostschutzmittel hin«, brachte es Anonga auf den Punkt. »Das ist natürlich nur eine laxe Umschreibung, trifft es aber ungefähr. Es ist halt nicht leicht, irdische Begriffe für außerirdische Biostrukturen zu finden.«

Nähere Analysen ergaben, daß dieser spezielle Extrakt selbst bei Minusgraden von 150 Grad Celsius nicht gefrieren konnte. Daraufhin wurde das Wasser unter der Schuppenhaut erneut untersucht, aber man konnte darin keine Spuren des »Frostschutzmittels« entdecken.

Dennoch: Es mußte eine logische Erklärung dafür geben, daß das Wasser unterhalb der Haut bei den Außentemperaturen nicht zu Eis gefroren war…

Die weiteren Forschungen konzentrierten sich auf die Fischschuppen. Sie bargen keine neuen Überraschungen, waren stabil, aber nicht unzerstörbar. Bis zu einem gewissen Grad ließen sie sich verbiegen, dann zerbrachen sie wie ein Kamm mit der Werbeaufschrift »Garantiert unzerbrechlich!« Eine wärmeisolierende Wirkung war nicht festzustellen.

Reuven Maitskill war derjenige, der als erster den Schlüssel zur Lösung des »Wasserrätsels« fand. Der Geistesblitz überkam ihn völlig unerwartet und reizte ihn fast zum Lachen.

»Bislang hielt ich uns alle für Intelligenzbestien«, bemerkte er amüsiert, »doch scheinbar sind wir nur Fachidioten, die vor lauter übereifrigem Forschungsdrang das Wesentliche nicht sehen.«

Schweigen breitete sich im Labor aus, wie bei der Holo-Übertragung eines nervenzerfetzenden Krimis. Man hätte eine Flaumfeder auf einen flauschigen Teppich fallen hören können.

Alle schauten Maitskill gespannt an, als er fortfuhr: »Daß Wasser zu Eis gefriert, ist ein physikalischer Vorgang – und bekanntermaßen ist in der Physik vieles umkehrbar.«

Kaum hatte er ausgesprochen, ging auch den anderen Ärzten ein Licht auf. Es war die reinste Lichterkette...

Nunmehr wurde die Untersuchung unter neuen Gesichtspunkten weitergeführt. Nach und nach reihte sich Resultat an Resultat, und allmählich nahm der Eisläufer »wissenschaftliche Gestalt« an.

*

»Von Rechts wegen müßten wir allesamt unsere wissenschaftlichen Auszeichnungen beschämt zurückgeben«, berichtete Manu Tschobe dem Commander der POINT OF in der Zentrale; mit »allesamt« meinte er seine Arbeitsgruppe und sich selbst. »Wir fragten uns, warum das Wasser unter der Schuppenhaut nicht zu Eis gefroren war, und wir suchten nach Wirkstoffen, die befähigt waren, diesen physikalischen Vorgang zu verhindern. Statt dessen hätten wir bei unseren Tests unter dem Mikroskop nach Substanzen suchen sollen, die den umgekehrten Vorgang – nämlich das Schmelzen von Eis und dessen Umwandlung in Wasser – beschleunigen.«

Ren Dhark hatte ein paar Stunden ziemlich unruhig geschlafen und fühlte sich jetzt noch müder als zuvor. Entsprechend langsam arbeiteten seine Gehirnzellen, so daß er nicht sofort begriff, worauf der Stationsleiter hinauswollte.

»Die Schicht unter der Schuppenhaut der Riiin besteht im Ursprungszustand nicht aus flüssigem, sondern aus gefrorenem Wasser – aus Eis!« erklärte Tschobe ihm geduldig. »Die Eisläufer halten extreme Minustemperaturen problemlos aus. Ihre eigene Körpertemperatur liegt etwa bei minus 95 Grad. Bei minus

75 Grad Außentemperatur dürften sie sich am wohlsten fühlen. Steigen die Temperaturen hingegen über den Gefrierpunkt, schmilzt die isolierende Eisschicht unterhalb ihrer Schuppenhaut, was durch ein nur schwer nachweisbares Hormon, das sie absondern, enorm beschleunigt wird. Deshalb fanden wir nur noch Wasser vor, in dem nicht einmal mehr ein paar Eisstückchen herumschwammen.

Der rasche Schmelzprozeß geht einher einer starken innerlichen Erwärmung, verbunden mit einer extremen Überbelastung des gesamten Organismus. Die dadurch ausgelöste Zerstörung der Körperzellen geht ganz schnell vonstatten, so als würde ein gewaltiger Kurzschluß am Zentralpult der POINT OF innerhalb weniger Augenblicke sämtliche Lämpchen zum Verlöschen bringen, nicht gleichzeitig, sondern in Sekundenschnelle nacheinander.

Falls es Ihnen ein Trost ist: Die Eisläufer leiden nicht lange bei dieser Form des Ablebens. Wäre ich ein Zyniker, würde ich es die perfekte Form des Selbstmords nennen; man begibt sich in einen warmen Raum oder zieht sich ein wärmendes Kleidungsstück an – und fällt tot um. Ihr Gefangener hatte die unsichtbare Grenze zum Jenseits bereits überschritten, kurz nachdem Sie ihn in den Flash verbracht hatten.«

Dhark schluckte.

Nein, ein Zyniker war Manu Tschobe gewiß nicht, doch an manchen Tagen verbreitete er eine derart düstere, unheimliche Stimmung, daß man sich fast vor ihm fürchtete.

»Da die Fremden keine Wärme vertragen, muß es auf ihren Schiffen und in ihren Raumjägern lausig kalt sein«, konstatierte der Commander. »Sollten wir jemals in eines ihrer Schiffe eindringen, wäre ein Kälteschutzanzug somit überlebensnotwendig. Wie alt war der verstorbene Gefangene?«

»Schätzen Sie doch mal«, forderte ihn der Mediziner auf. »Unseren Feststellungen nach haben die Riiin eine ungefähre Lebenserwartung von einhundertzwanzig Jahren.«

Dhark zuckte mit den Schultern. »Ich habe bereits in Thule versucht, das Alter einiger Eisläufer einzuschätzen, aber auf mich wirkten sie alle gleichaltrig – zumindest trifft das auf die Erwachsenen zu. Kinder sind mir bisher keine begegnet, sie verlassen die Archen wahrscheinlich als letzte.«

Tschobe spannte den Kommandanten nicht unnötig auf die Folter. »Falls unsere Berechnungen stimmen, war der Tote zwischen sechzig und siebzig Erdenjahre alt, ich möchte mich da nicht genau festlegen. In früheren Jahrhunderten war das das durchschnittliche Sterbealter der Menschen.«

»Lassen Sie das nicht General Jackson hören«, bemerkte Dan Riker, der neben Dharks Kommandosessel stand, grinsend. »Er beweist Ihnen ansonsten das Gegenteil, Manu – anhand des Alten Testaments.« Dharks Stellvertreter wurde wieder ernst. »Konnten Sie etwas über die Natur der Eisläufer herausfinden?«

»Ihr auffälliges Äußeres weist bereits auf ihre ursprüngliche Herkunft hin«, antwortete Manu Tschobe. »Offenbar stammen Sie tatsächlich von Fischen ab. Allerdings sind ihre Kiemen verkümmert, so daß sie nicht mehr unter Wasser atmen können. Es sind Sauerstoffatmer wie wir. Theoretisch könnten wir Menschen also auf der Heimatwelt der Eisläufer existieren, wo immer sich diese auch befinden mag. Ich gehe jedoch davon aus, daß wir uns dort nicht sonderlich wohl fühlen würden, weil es da genauso frostig sein dürfte wie derzeit hier auf Terra.«

»Vielleicht, vielleicht aber auch nicht«, warf Amy Stewart nachdenklich ein. »Möglicherweise haben die Eisläufer ihr Sonnensystem verlassen, weil es ihnen dort zu warm wurde.«

»Oder aber ihr Planet ist total übervölkert«, entgegnete Anja Riker, »weshalb sie nach leicht zu erobernden neuen Welten Ausschau halten – so wie die Zyzzkt, als sie sich wie die Weltraumpest über ganz Orn verbreiteten.«

Dhark seufzte. »Vielleicht, möglicherweise, oder aber… es bringt uns nicht weiter, ständig die gleichen Theorien durchzukauen. Wir müssen mehr über die Absichten und die Herkunft der Riiin in Erfahrung bringen. Ihr Team hat erstklassige Arbeit geleistet, Manu. Jetzt wissen wir wenigstens schon mal in etwa, mit wem wir es zu tun haben.«

*

Da sich die POINT OF weiterhin auf Cent Field befand, war die Zentrale nicht voll besetzt. Auch in den übrigen Abteilungen klafften Lücken. Es war wichtig, der Besatzung ab und zu ein paar Freiräume zu gewähren. Teils hielten sich die Männer und Frauen in ihren Unterkünften oder den Freizeiträumen auf, teils auf dem Flughafengelände oder in ihren Wohnungen in Alamo Gordo.

Es war ihnen nicht erlaubt, sich allzu weit vom Schiff zu entfernen, da jederzeit mit einem Start ins All zu rechnen war.

Riker lag eine Anfrage der Flashpiloten vor, die ebenfalls gern »etwas frische Luft« geschnappt hätten. Er wollte seinem Freund vorschlagen, die Hälfte von ihnen für gewisse Zeit nach draußen zu lassen – als Ren ihn mit einer spontanen Idee überraschte: »Ich werde Bruder Lambert im Regierungsgebäude aufsuchen.«

»Wozu das?« wunderte sich Dan. »Dieser verschlagene Prediger weiß doch noch viel weniger über die Riiin als wir. Oder denkst du, er verschweigt uns etwas?«

»Lambert verschweigt uns eine ganze Menge«, war Dhark überzeugt. »Aber daß er Genaueres über die Eisläufer weiß, bezweifle ich sehr. Wahrscheinlich hält er in seiner Verblendung Trawisheim für den Strippenzieher, der hinter der ganzen Invasion steckt. Der Verdacht, die Regierung hätte die Erde an Außerirdische verraten und verkauft, wurde von diversen Gruppierungen und gerade von den Kreationisten schließlich oft genug geäußert. – Nein, ich möchte den lieben Bruder nicht zu den Riiin befragen, sondern zur Thule-Expedition von Svante Steinsvig.«

»Ich komme mit«, entschied Amy Stewart, und auch die Rikers bestanden darauf, Dhark nicht allein ins »Allerheiligste« von Bruder Lambert gehen zu lassen.

Dhark war strikt dagegen. »Wenn wir mit einem Rollkommando bei ihm auftauchen, schaltet er auf stur und sagt uns überhaupt nichts. Ich muß allein mit ihm reden, tut mir leid, Freunde.«

Damit war die Sache für ihn entschieden. Über den Ringtransmitter wechselte er über ins Regierungsgebäude, das sich in Lamberts Hand befand.

Zeitgleich kam eine erneute Anfrage aus dem Hangar, die Ferien der Flashpiloten betreffend...

»Vergeßt es!« sprach Riker ins Vipho. »Hiermit ordne ich Sitzbereitschaft für alle Flash an.«

»Darf man nach dem Grund fragen?« erkundigte sich der enttäuschte Anrufer.

»Commander Dhark hat soeben das Regierungsgebäude betreten«, antwortete Dan. »Könnte sein, daß wir ihn dort raushauen müssen!«

*

Bruder Lambert empfing Ren Dhark im ehemaligen Büro von Henner Trawisheim, dem Commander der Planeten. Einstmals hatte Dhark dieses höchste terranische Amt bekleidet, doch die Bevölkerung hatte ihn aufgrund seiner Abenteuerleidenschaft abgewählt, obwohl sie ihm viel zu verdanken hatte.

Das gehörte jetzt alles der Vergangenheit an. Ren Dhark war ein Mensch, der jederzeit bereit war, aus Erfahrungen zu lernen, damit sich vergangene Fehler nicht wiederholten, der ansonsten aber lieber nach vorn blickte als zurück.

Im Regierungsgebäude war es kaum »wärmer« als fünf Grad unter Null.

Handwerker bemühten sich unablässig, die Heizungen zu verstärken, doch den Kampf Technik gegen Natur gewann nicht zwangsläufig immer die Technik.

Vier regierungseigene Leibwächter hatten Ren Dhark ins Büro des Kurators begleitet – doch obwohl sie wie monströse Kleiderschränke daherkamen, hätten sie wohl im Ernstfall keine Chance gegen den kampferprobten Weltallbummler gehabt.

»Fürchten Sie sich so sehr vor mir, daß Sie sich gleich vierfach absichern müssen?« fragte Dhark den neuen Machthaber Terras freiheraus, wobei er eine Kopfbewegung in Richtung seiner »freundlichen« Begleiter machte. »Oder können wir allein miteinander reden, von Mann zu Mann?«

Ein vermutlich leitender Mitarbeiter der neuen Regierung, der in einer Sitzecke Platz genommen hatte, mischte sich sofort ein. Ren kannte diese Sorte Mensch: dynamisch, wichtigtuerisch, dummaggressiv – und jederzeit bereit, die Tritte, die er von oben empfing, nach unten weiterzugeben…

»Die Leibwache bleibt, wo sie ist!« sagte der etwa Fünfundzwanzigjährige, ohne sich aus seinem Sessel zu erheben. »Der Kurator ist ein bedeutender Mann, und wie alle hochgestellten Persönlichkeiten ist er überaus gefährdet. Deshalb ist es unbedingt notwendig, daß seine Schutzgarde…«

»Und wo wir gerade dabei sind«, unterbrach Ren den Redefluß von Herrn Wichtig. »Könnten Sie auch dieses Subjekt aus dem Raum entfernen, Bruder Lambert?«

Der drahtige junge Mann schoß hoch wie eine Rakete. Durch diese Art des dynamischen Aufstehens versuchte er, sportlicher zu wirken, als er in Wahrheit war. Trotz seines höhensonnengebräunten Gesichts konnte man sehen, wie er vor Zorn rot anlief.

»Was fällt Ihnen ein…?« setzte er zu einer wütenden Erwiderung an.

Bruder Lambert bremste ihn aus, noch bevor er richtig Anlauf nehmen konnte.

»Verlassen Sie bitte mein Büro, Braun«, befahl der Kurator mit ruhiger Stimme und wandte sich dann den vier Kleiderschränken zu. »Für Sie gilt das gleiche, meine Herrn. Würde Commander Dhark einen Anschlag auf mich planen, hätte er ihn längst ausführen können – von Bord der POINT OF.«

Sein Wort war hier Gesetz. Kein Widerspruch wurde laut, als die fünf Männer das Regierungsbüro verließen.

»Sein Name ist Braun?« merkte Dhark an, nachdem er mit Lambert allein war. »Das paßt zu seiner künstlichen Gesichtsfarbe.«

Der Kurator schmunzelte. »Die Sonnenbank ist sein liebster Aufenthaltsort. Wir haben ihm deshalb den Spitznamen Brauni verpaßt. Ich kann ihn schon deshalb nicht ausstehen, weil ich das Gefühl nicht loswerde, daß er heimlich nach meinem Amt schielt.«

»Und trotzdem dulden Sie ihn in Ihrer Nähe?« wunderte sich Ren Dhark.

»Nicht trotzdem – sondern eben darum«, erwiderte Bruder Lambert. »Solange ich weiß, wo er ist und was er macht, kann er mir nicht in den Rücken fallen. Aber Sie sind sicherlich nicht hergekommen, um mit mir über Mitarbeiterführung zu plaudern, oder? Am besten, Sie kommen ohne Umwege zur Sache.«

Das ließ sich Dhark nicht zweimal sagen; er war ohnehin kein Freund langer Vorreden.

»Welchem Zweck diente die Expedition nach Thule?« fragte er direkt heraus.

Lambert mimte den Arglosen. »Das wissen Sie doch, Commander. An Bord Ihres Raumschiffs wurde ich als Plünderer beschimpft. Steinsvig und seine Mannschaft waren dort, um wertvolles Material zu bergen. Leider wurden sie dabei von den Riin gestört.«

»Soweit zur offiziellen Version«, entgegnete Dhark. »Und nun würde ich gern die Wahrheit erfahren.«

Erneut zauberte Lambert eine Unschuldsmiene in seine Gesichtszüge. Er wollte etwas sagen, aber Ren Dhark ließ ihn erst gar nicht zu Wort kommen.

»Keine Spielchen mehr, verstanden? Ich kann es nicht ausstehen, wenn man mich fortwährend belügt! Nicht nur die lasche Begründung für das ›Unternehmen Thule‹ stinkt zum Himmel – auch Ihren sonstigen Erklärungen schenke ich keinen Glauben mehr. Sie und Ihre Anhänger sind nicht ausschließlich auf der Erde geblieben, weil Sie Henner Trawisheim, dem Commander der Planeten, nicht über den Weg trauen. Das können Sie jemandem weismachen, der Pluto für ein Skiparadies hält, aber nicht mir! Es steckt noch etwas anderes dahinter, habe ich recht?«

Lambert lächelte. »Respekt, Commander, ich bin schwer beeindruckt. Sie gehen ohne Umwege auf Ihr Ziel los – darin sind wir uns sehr ähnlich. Na schön, ich will ganz offen zu Ihnen sein. Wie Ihnen ja bekannt ist, vereinen sich unter dem Dach meiner Regierung die verschiedensten Gruppen. Zu ihnen zählen beispielsweise die Aufrechten, die der Regierung Trawisheim mißtrauen und die Erde, die sie als ihr Eigentum betrachten, unbedingt schützen wollen. Etliche kleinere Splittergruppen haben ähnlich gelagerte Motive – politische und religiöse. Ich persönlich stehe den Evangelikalen sehr nahe. Wir bleiben auf der Erde, weil wir die Welt, für deren Erlösung Jesus einst sein Leben gab, nicht verlassen wollen.«

Er legte eine kleine Pause ein.

Ren Dhark sagte keinen Ton, er wollte erst die vollständigen Ausführungen abwarten.

»Was uns aber letztlich alle eint und in der Hauptsache zum Hierbleiben bewogen hat«, fuhr der Kurator fort, »sind die Prophezeiungen des Erdmeisters.«

Dieser Satz schlug ein wie eine Granate.

»Svante Steinsvig?« entfuhr es Dhark. »Was prophezeit der Gäa-Jünger denn?«

»Die Jünger hüten uralte Runentafeln. Die darauf enthaltenen Inschriften lassen sich nur schwer übersetzen. Fest steht jedenfalls, daß dort etwas von ›Orten der Macht‹ geschrieben steht, an denen Gäa, die Erdmutter, ihre Hände zu den Sternen ausstreckt.«

»Für mich hört sich das an wie die Verehrung eines unsichtbaren Götzen. Na ja, was kann man von den Jüngern auch anderes erwarten?«

»Seien Sie nicht so vorschnell mit Ihrem Urteil, Commander! Die Gäa-Jünger sind nicht halb so rückwärtsgewandt, wie sie auftreten. Nach dem Ende der unheilvollen Giant-Ära haben sie die Texte auf den Runentafeln mit modernster Technik und im Lichte zeitgemäßen Wissens analysiert. Es deutet vieles darauf hin, daß die Erde in vorgeschichtlicher Zeit – vor mindestens zehntausend Jahren oder mehr – Knotenpunkt eines interstellaren, vielleicht sogar intergalaktischen Kommunikationsnetzes war. Die Kommunikation mit dem Weltall vollzog sich an den bereits erwähnten ›Orten der Macht‹, und wir vermuten, daß sich ein solcher Ort in Thule befindet. Genauer gesagt: *unter* Thule.«

»Deswegen also waren Steinsvig und seine gemischte Truppe nach dorthin unterwegs«, warf Ren Dhark ein. »Und? Ist der Erdmeister auf etwas gestoßen, das die Theorie der Gäa-Jünger untermauert?«

»Leider nein«, behauptete Bruder Lambert – das konnte stimmen oder auch nicht. »Die Riiin griffen an, noch bevor die Suche richtig begonnen hatte.«

Dhark zeigte sich weiterhin skeptisch. »Wieso lassen Sie nach etwas suchen, das angeblich mehr als zehntausend Jahre alt sein soll? Sie und Ihre eigene Gruppe beharren doch darauf, daß Gott das Universum mitsamt der Erde erst vor sechstausend Jahren erschaffen hat.«

Lamberts Antwort war erfüllt von Pragmatik. »Ja, schon, und die Bibel hat natürlich recht, aber die Zeitangaben im Buch der Bücher sind ziemlich unpräzise. Möglicherweise geschah der Schöpfungsakt bereits vor zehntausend oder auch zwanzigtausend Jahren. Wer weiß das schon so genau?«

Dhark war sprachlos. Scheinbar bog sich der Kurator seine Glaubenswahrheiten stets so zurecht, wie er sie gerade brauchte.

»Und bevor Sie mich nun mit der Geschichte der Worgun konfrontieren, Commander, welche angeblich schon vor einer halben Million Jahren begonnen hat, möchte ich Ihnen zu bedenken geben, daß die Zeit in den verschiedenen Regionen des Universums durchaus unterschiedlich ablaufen könnte.«

»Allmählich bleibt mir wirklich die Spucke weg«, kommentierte Ren Dhark die Worte seines Gesprächspartners. »Doch so leicht kommen Sie mir nicht davon. Mal angenommen, es steckt ein Körnchen Wahrheit in Ihren Ausführungen: Wieso suchen die Gäa-Jünger erst jetzt nach den Spuren der Urzeit? Weshalb hat es nicht schon früher Forschungsexpeditionen nach Thule gegeben?«

Bruder Lambert ließ sich von den bohrenden Fragen nicht aus der Ruhe bringen. »Das hat Trawisheim verhindert. Die Regierung wußte von den ›Orten der Macht‹, wollte das aber nicht publik machen. Sämtliche Versuche, nach den Kommunikationsplätzen zu suchen, wurden schon im Keim erstickt.«

»Henner Trawisheim wurde erst 2060 zum Commander der Planeten gewählt«, machte Dhark ihm klar. »In den acht Jahren davor bekleidete ich dieses Amt. Noch deutlicher: *Ich* war die Regierung! Was Sie mir hier unterstellen, ist absurd! Ich bestreite energisch, die Nachforschungen der Jünger verhindert oder blockiert zu haben.«

Ein spöttelnder Zug lag um Lamberts Mundwinkel. Er schaute Dhark an, als ob er mit einem unwissenden Kind spräche.

»Glauben Sie wirklich, eine einzelne Person könnte einen so riesigen Apparat wie die terranische Regierung vollständig kontrollieren, Commander? Nicht einmal ich schaffe das. Deshalb umgebe ich mich ja mit verschlagenen Typen wie Brauni. Er ist sozusagen mein verlängertes Ohr unter meinen Mitarbeitern und Anhängern.«

»Ihr Spitzel und Zuträger«, brachte Dhark es klipp und klar

auf den Punkt. »Ich bin ohne solche Menschen klargekommen.«

»Darum haben Sie auch nie erfahren, was in Ihrer Verwaltung wirklich vorging«, konterte Lambert. »Wie auch? Sie waren ja dauernd im All unterwegs, um die Probleme fremder Völker zu lösen. Das Schicksal der Erdbewohner hat Sie doch nur am Rande interessiert.«

Das ist nicht wahr! wollte Ren ihm ins Gesicht schreien – doch er brachte keinen Ton heraus. Dhark war wie vor den Kopf geschlagen…

10.

War ich wirklich so ein schlechter Regent?

Diese Frage beschäftigte Ren Dhark noch, als er auf die POINT OF zurückkehrte. Aber eine andere, viel wichtigere Frage beschäftigte ihn weitaus mehr: Wußten die Riiin, daß die Region Thule einst ein »Ort der Macht« gewesen war?

Wollten sie dort nach Spuren jenes Ortes suchen? Welche Funde und Erkenntnisse erhofften sie sich? Oder hatten sie nicht die geringste Ahnung von den Runentafeln und der damit verbundenen Legende und waren wirklich nur auf die freien Unterkünfte aus?

Nach allem, was man inzwischen über die Eisläufer wußte, war es allein mit der Besetzung der Häuser nicht getan. Die neuen Bewohner würden umfangreiche technische Umbaumaßnahmen vornehmen müssen. Schließlich hatte man die Gebäude für eine Spezies konzipiert, die Wärme zum Leben benötigte – und nicht für Wesen, die innerlich schmolzen und zerplatzten, sobald die Temperaturen über Null stiegen.

Bevor die Grönländer ihr Zuhause aufgegeben hatten, hatten sie die technischen Einrichtungen in den Gebäudekomplexen weitgehend deaktiviert. Doch dabei würden es die Eisläufer mit Sicherheit nicht belassen – sie mußten alles endgültig und unwiederbringlich stillegen beziehungsweise neu programmieren, und zwar mit äußerster Vorsicht. Würden aufgrund eines Programmierfehlers in einem der Häuser plötzlich sämtliche Heizungen anspringen, bedeutete dies den sekundenschnellen Tod zahlreicher Riiin; solch ein Risiko würden sie von vornherein nicht eingehen.

Auch sonst würden die Besatzer ihre neuen Behausungen wahrscheinlich nach ihren eigenen Bedürfnissen umgestalten, vermutete Dhark, so daß bald nichts mehr darauf hindeutete, daß hier früher Menschen gewohnt hatten…

Was die Menschheit bisher über die Eisläufer wußte, paßte auf einen Zehennagel. Commander Dhark war daher fest entschlossen, noch sehr viel mehr über dieses Fremdvolk in Erfahrung zu bringen. Je mehr Informationen man über einen Gegner sammelte, um so leichter konnte man ihn besiegen.

»Welche unserer Flashpiloten sind augenblicklich an Bord?« erkundigte sich Dhark bei seinem Stellvertreter.

»Alle«, erhielt er zur Antwort. »Ich habe Sitzbereitschaft angeordnet, für den Fall, daß dir Bruder Lambert Schwierigkeiten macht.«

»Das würde er nicht wagen, er kennt seine Grenzen«, war sich Ren Dhark sicher.

Er betätigte die Bordsprechanlage und bestellte einen Teil seiner Piloten in den kleinen Konferenzsaal.

*

Ein Dutzend Flashpiloten versammelten sich im kleinen Konferenzsaal: Doraner, Wonzeff, Warren, Vultejus, Fongheiser, Dressler, Kartek, Scott, Dafner, Marlette, Stout und Pidder. Ihre Befehle erhielten sie von Ren Dhark höchstpersönlich – er hatte die bevorstehende Erkundungsaktion zur »Chefsache« erklärt und würde sich von niemandem in seine Planungen reinreden lassen.

»Sammeln Sie so viele Informationen wie nur irgend möglich«, ordnete der Commander ohne Wenn und Aber an. »Untersuchen Sie die Schiffe und Boote der Eisläufer mit sämtlichen Bordmitteln und hören Sie deren Funkverkehr ab. Halten Sie die Koordinaten ihrer bevorzugten Landeplätze fest. Insbesondere auf ihre Sicherheitsvorkehrungen sollten Sie ein Augenmerk haben. Achten Sie auch auf bestimmte Verhaltensweisen der Fremden – selbst Kleinigkeiten könnten uns von späterem Nutzen sein. Und am wichtigsten: Finden Sie heraus, auf welchem Schiff sich Großadmiral Ischko aufhält.«

Damit hatte er die Katze aus dem Sack gelassen. Ganz offensichtlich plante Ren Dhark, dem Wahldiktator auf seinem Schiff einen »Freundschaftsbesuch« abzustatten, um ihn zu zwingen, die Invasion umgehend zu stoppen. Vor allem dafür brauchte er die Flash mitsamt den besten Piloten – was er auch offen eingestand...

»Ich habe nicht vor, den Löwen aus seiner Höhle zu holen – denn das würde er vermutlich genausowenig überleben wie unser Gefangener. Aber ich werde ihm deutlich machen, daß er nirgends vor uns sicher ist, nicht einmal auf seinem eigenen Großkampfschiff. Unsere intervallfeldgeschützten Ringraumer und Flash sind seinen Schiffen und Booten weit überlegen; je eher er das begreift, um so schneller leitet er wieder den Rückzug ein. Die Erde gehört den Menschen! Ich möchte nicht eines schönen Tages von einer Reise aus dem Weltall zurückkommen und hier nicht mehr landen dürfen, weil eine außerirdische Spezies der Meinung ist, dieser Planet sei jetzt ihr Hoheitsgebiet!«

Seine Männer stimmten ihm vorbehaltlos zu. Doch bevor der Sturm aufs Schiff des Großadmirals stattfinden konnte, mußte noch einiges an Vorarbeit geleistet werden...

*

Arly Scott war von Natur aus ein ungeselliger Typ. Mit seiner knurrigen Art hielt er sich unliebsame Schwätzer so gut es ging vom Leib. Größere Menschenansammlungen waren ihm verhaßt; insbesondere Stehpartys vermied er wie der Teufel das Weihwasser.

Ausnahmen bestätigten zwar auch bei ihm die Regel, doch er

bevorzugte kleinere, überschaubare Zusammenkünfte – und am liebsten war er »unter sich«.

Ren Dhark vermied es nach Möglichkeit, zwei Piloten mit den gleichen Charaktereigenschaften auf einem Flash zusammenzustecken. Zwei Scotts hätten sich vermutlich nur gegenseitig angemuffelt, statt sich auf die eigentliche Aufgabe zu konzentrieren. Aber ein Scott und ein Vultejus – das war genau die richtige Mischung…!

Hans Vultejus neigte mitunter zur Hitzköpfigkeit, vor allem dann, wenn die Ungeduld an ihm nagte. Sich bequem zurückzulehnen und darauf zu warten, daß endlich etwas Aufregendes passierte, war nicht sein Fall. Hans brauchte Abwechslung und Abenteuer, und beides fand er seiner Meinung nach im Weltall – und nicht ein paar Meter über dem Erdboden.

Auch Arly wuchs erst im All zur Höchstform auf. Unter den Sternen wurde er manchmal sogar richtig zugänglich. Aber Befehl war Befehl. Der Commander hatte ihn und Vultejus beauftragt, jenseits des nördlichen Polarkreises mehrere verstreute Kleinstädte und Siedlungen näher in Augenschein zu nehmen, und an diesem Befehl gab es nichts zu deuteln.

Hans hatte andere Vorstellungen von einem Aufklärungsflug. »Wäre es nicht besser, die Flotte der Eisläufer im Auge zu behalten, statt ängstliche Kinder mit unserer Anwesenheit zu erschrecken?«

Seine Bemerkung bezog sich auf die Scharen von kleinen Eisläufern, die unter der Aufsicht zahlreicher Bewacher (bei denen es sich vermutlich um ihre Eltern oder sonstige Familienmitglieder handelte) auf die mehrstöckigen Wohngebäude einer großen Siedlung verteilt wurden. Offenbar hatten die Erwachsenen inzwischen alle in diesem Gebiet vorhandenen Unterkünfte besetzt und holten nun ihren Nachwuchs zu sich. Das Schiff, das die Kinder hier abgesetzt hatte, war inzwischen wieder ins All gestartet, so daß der Flash unbehelligt über der Siedlung kreisen konnte.

Arly hörte Vultejus nur mit halbem Ohr zu. Er versuchte sich vorzustellen, wie es auf der Erde wohl bald aussehen würde, falls es ihnen nicht gelang, die Besetzung des Planeten zu stoppen. Würden die Eindringlinge Schulen und andere öffentliche Institutionen weiterbetreiben? Würden sie die brachliegenden Läden neu eröffnen und darin ganz normal einkaufen gehen, so wie es die Menschen, die hier einst lebten, getan hatten? Was würde wohl in den Schaufensterauslagen zu finden sein? Wovon ernährte sich ein Eisläufer überhaupt, und welche sonstigen Waren benötigte er zur Bewältigung seines ganz normalen Alltags?

Dem Piloten fiel auf, daß nirgendwo Behälter herumstanden oder transportiert wurden – keine Kisten und keine Kästen. Offensichtlich hatte die Personenverbringung auf den Planeten absoluten Vorrang. Arly sprach seinen Kopiloten auf diese Beobachtung an.

»Ich glaube kaum, daß Ischko mit dem Verteilen von Lebensmitteln und Gebrauchsgegenständen warten wird, bis der letzte Eisläufer seinen Fuß auf den vereisten Erdboden gesetzt hat«, meinte Vultejus. »Bestimmt landet schon bald ein Transportschiff mit prallgefüllten Lagerräumen in dieser Einöde, schließlich kann der Großadmiral sein Volk nicht verhungern lassen.«

»Vielleicht ernähren sie sich auf andere Weise als wir und benötigen weder Speisen noch Getränke«, überlegte Arly Scott. »Soweit ich informiert bin, ist man bei dem sezierten Eisläufer zwar auf Organe gestoßen, die einem Verdauungstrakt ähneln, doch Spuren von Nahrung wurden angeblich keine gefunden.«

»Dazu fallen mir gleich zwei Erklärungen ein«, erwiderte Vultejus. »Die Schläfer in den Kugeln wurden wahrscheinlich künstlich ernährt, vermutlich mit irgendeiner chemischen Brühe, die vom Körper gleich wieder ausgeschieden oder restlos abgebaut wurde. Erklärung Nummer zwei: Deine Informationen stammen aus der Bordgerüchteküche. Bislang hat man die Besatzung nur häppchenweise über die Untersuchungsergebnisse aus der Medo-Station unterrichtet. Wie ich Tschobe kenne, experimentieren er und sein Team noch immer an den Überresten des armen Teufels herum. Deshalb würde ich an deiner Stelle nicht jede Theorie für bare Münze nehmen, die durch das Schiff geistert.«

»Aber meine Informationen stammen aus einer halbwegs zuverlässigen Quelle«, behauptete Scott.

»Vielleicht wollte dich dein halbwegs zuverlässiger Informant nur zum Narren halten. Jedes biologische Lebewesen braucht Nahrung, um existieren zu können. Ich schätze, rund um Thule läuft die Verteilung der Lebensmittel bereits auf vollen Touren, immerhin gehört jene Region zu den ersten, die besetzt wurde. Leider wird das Gebiet scharf bewacht – die Fischköpfe wollen uns dort nicht haben. Früher oder später werden sie uns auch von hier vertreiben.«

Momentan nahmen die Eisläufer, die sich unten in der Siedlung aufhielten, die Neugier der Menschen noch gelassen hin – so hatte er zumindest den Eindruck. Was hätten die Besatzer auch anderes tun sollen? Ihre Waffen reichten nicht aus, um das über ihnen kreisende Boot zu vertreiben, also versuchten sie es erst gar nicht, denn dabei konnten sie nur verlieren.

Hin und wieder blickten ein paar Eisläuferkinder furchtsam nach oben, doch ihre Eltern redeten beruhigend auf sie ein.

In einigen abgelegenen Siedlungen der Antarktis machten Dressler und Kartek derweil ähnliche Erfahrungen. Gern hätten sie ihre Beobachtungen in den größeren Städten Feuerlands fortgeführt, aber die Schiffe der Riiin schirmten die Siedler, die sie ununterbrochen auf diesem Planeten absetzten, immer stärker ab. Von beiden Polen aus nahmen die Eisläufer die Erde mehr und mehr in Besitz…

»Warum zum Teufel greifen wir nicht ein?« fluchte Dressler. »Wir sollten dieses Pack von der Erde tilgen, bevor es zu spät ist! Wenn sie sich erst einmal überall breitgem…«

»Reg dich ab«, fuhr ihm scin Kopilot über den Mund. »Unser

Auftrag lautet: beobachten, beobachten und nochmals beobachten. Davon, daß wir Frauen und Kinder unter Beschuß nehmen sollen, war nie die Rede. Im übrigen würdest du einen solchen Befehl sowieso verweigern, genau wie ich, denn so etwas bringe ich nicht fertig.«

»Du hast ja recht«, brummelte Dressler. »Aber ich hasse nun mal jede Form der Untätigkeit. Apropos Frauen: Welches sind eigentlich die Eisläufer-Weibchen? Bisher kann ich sie nur anhand der Größe unterscheiden, also in Erwachsene und Kinder aufteilen.«

»Wenn man genau hinsieht, bekommt man allmählich einen Blick dafür«, antwortete Kartek, schränkte aber ein: »Glaube ich jedenfalls... Bisher hatte ich noch keine Gelegenheit, meine Vermutungen zu überprüfen. Dazu müßte ich die glitschigen Viecher nämlich anfassen – und allein bei dem Gedanken daran sträuben sich mir die Nackenhaare.«

Dressler seufzte. »Statt über dieser Einöde herumzukurven, wäre ich jetzt lieber im All – bei Rul, Jack und den anderen. Sie haben den Auftrag, die Flotte zu beobachten und jedwede Aktivität aufzuzeichnen. Das ist mit Sicherheit interessanter als unser Job. Hätte der liebe Gott gewollt, daß Flashpiloten auf der Erde bleiben, hätte er das Weltall erst gar nicht erschaffen.«

*

Der vierundvierzigjährige Rul Warren war kein Mann, der sich leicht aus der Ruhe bringen ließ. Als Pfeifenraucher verfügte er von Natur aus über ein gewisses Maß an Gelassenheit – manchmal tat er nichts weiter als zu rauchen und den wohlriechenden, fortschwebenden Rauchschwaden hinterherzuschauen. Sobald er allerdings anfing, mit seiner linken Hand über seinen Bürstenhaarschnitt zu streichen, immer und immer wieder, merkte man ihm an, daß er allmählich nervös wurde.

Sowohl Rul Warren als auch sein Kopilot Jack Stout trugen

W-Kampfanzüge, die sich wie eine zweite Haut ihrer jeweiligen Körperform anpaßten. Da sie nicht beabsichtigten, aus dem Flash zu steigen, hatten sie ihre Klarsichthelme zurückgeschlagen. Mit Feindberührung rechneten sie nicht – im All würden sie gebührenden Abstand zur Flotte der Riiin halten, um Großadmiral Ischko nicht zu provozieren.

Augenblicklich befanden sie sich noch in der Ionosphäre, in ungefähr dreihundert Kilometern Höhe. Der Durchbruch ins Weltall stand kurz bevor – ein Klacks für die vielseitigen, leistungsstarken Beiboote der POINT OF.

Noch ein weiterer Flash befand sich auf dem Weg ins All, besetzt mit Ray Dafner und Ed Marlette. Auch sie hatten inzwischen eine Höhe von dreihundert Kilometern erreicht. Sichtkontakt zu Warren und Stout hatten sie nicht, dafür waren die Boote zu weit voneinander entfernt.

Die Piloten der beiden noch verblieben Flash registrierten derweil die Anzahl der Landungen in und um Thule. Alles sah ganz danach aus, als würden die Riiin hier ihr Hauptquartier errichten wollen. Mehrere Großkampfschiffe waren inzwischen vor der Stadt gelandet und beteiligten sich nicht mehr an der Evakuierung. Statt dessen sorgten die Schiffsbesatzungen für den Schutz der Region, indem sie niemanden zu nahe heranließen. Mit ihren Strahlengeschützen nahmen sie die Flash ins Visier und verfolgten wachsam jede ihrer Bewegungen.

Alle sechs Flash hatten ihre Antennen auf den vielfältigen Funkverkehr der Eisläufer ausgerichtet. Sämtliche Funksprüche, ganz gleich, woher sie kamen und wohin sie gingen, wurden wahllos aufgezeichnet. Analysieren konnte man sie später...

Rul Warrens Höhenanzeige war bei 333 Kilometern angelangt, als plötzlich ein Hilferuf von Dafner einging. Noch bevor Warren und Stout darauf reagieren konnten, gerieten sie selbst in Bedrängnis. Hunderte von torpedoförmigen Riiin-Raumjägern umschwirrten das Beiboot der POINT OF und nahmen es massiv unter Beschuß.

Das Intervallfeld steckte das Strahlengewitter locker weg, wurde aber immer stärker belastet, je länger der Dauerbeschuß anhielt. Außerdem nahmen die Jäger den Flashpiloten die Sicht und erschwerten ihnen auch sonst die Orientierung.

»Wenn uns die Großkampfschiffe vom All aus ebenfalls unter Feuer nehmen, dürfte es kritisch werden«, meinte Jack Stout.

»Keine Sorge, unsere Intervallfelder haben schon wesentlich stärkere Belastungen geschluckt«, entgegnete Rul Warren ruhig. »Die Waffen der Eisläufer können den von den Worgun entwickelten Schutzvorrichtungen nicht das Wasser reichen.«

Daß er in Wahrheit weniger gelassen war, als er vorgab, zeigte seine typische Handbewegung. Leicht nervös strich er sich über den Kopf – zunächst allerdings nur einmal.

Nicht die Energiestrahlen, die unablässig ins Intervallum einschlugen, beunruhigten ihn, sondern die Masse der Angreifer. Insektengleich schwirrten sie vor, neben und hinter dem Flash, wobei sie laufend ihre Standorte wechselten. Scheinbar wollten die fremden Piloten unter allen Umständen verhindern, daß die Flash weiter aufstiegen und ins Weltall gelangten. Daß etliche Strahlenbahnen ins Leere gingen, war in erster Linie der Wendigkeit und Schnelligkeit der Flash zu verdanken – und natürlich den kampf- und flugerfahrenen Flashpiloten.

Die Schutzschirme der torpedoförmigen Jäger waren nicht besonders leistungsstark. Mit den Bordwaffen der Flash konnte man sie mühelos durchbrechen. Trotzdem wagte es Rul nicht, das Feuer zu erwidern. Die Raumjäger waren viel zu nahe dran. Jede Zerstörung eines Jägers hätte das Intervallfeld zusätzlich belastet…

Dafner und Marlette hatten mit den gleichen Schwierigkeiten zu kämpfen. Zwar fühlten sie sich im Schutz des Intervallums relativ sicher, aber auch ziemlich unbehaglich. Bekanntermaßen waren zu viele Hunde des Hasen Tod, und da draußen wimmelte es geradezu von schnellen Jägern – glücklicherweise nicht schnell genug für einen Flash.

Die Kampfboote der Eisläufer drängten die stärkeren Flash immer weiter zurück in Richtung Erde. Den vier Flash, die sofort zur Verstärkung anrückten, erging es nicht anders. Masse siegte über Klasse.

Der hitzköpfige Hans Vultejus wollte das nicht wahrhaben.

»Wieso lassen wir uns das gefallen?« regte er sich auf. »Mach sie fertig, Arly, verdammt noch mal!«

Was jetzt geschah, hätte einem erfahrenen Piloten niemals passieren dürfen: Arly Scott, der meist nur widerwillig tat, was andere von ihm verlangten, und der manchmal sogar die Anweisungen seiner Vorgesetzten in seiner knurrigen Art kommentierte (sie aber dennoch befolgte), ließ sich überraschenderweise vom Zorn seines Kopiloten anstecken und feuerte mitten in den angreifenden Jägerpulk hinein. Zwei Raumboote der Eisläufer explodierten daraufhin in unmittelbarer Nähe des Intervallfelds.

Arly vermochte nicht zu sagen, was ihn mehr schockierte: die beiden dicht aufeinanderfolgenden schweren Explosionen, die hohe Belastung des Schutzfeldes oder sein eigenes unprofessionelles Verhalten. Der Schreck fuhr ihm durch die Glieder und führte zu einem weiteren Fehler: Ein Raumjäger raste frontal auf ihn zu, und statt mitten durch ihn hindurchzufliegen, wich er ihm hektisch aus…

»Hast du was gesoffen?« beschimpfte ihn Vultejus.

»Hättest du vorhin dein loses Mundwerk gehalten, wäre es erst gar nicht soweit gekommen!« erwiderte Scott im selben Tonfall.

Die Funkkanäle zu den übrigen fünf Flash und zur POINT OF waren offen – Arly hatte in seiner Hektik den falschen Schalter betätigt. In der Zentrale hörte Ren Dhark der kurzen, heftigen Auseinandersetzung kopfschüttelnd zu.

Scott wollte gleich wieder nach oben durchstarten, als ihm auffiel, daß die Raumjäger ihre Angriffe auf seinen Flash eingestellt hatten. Seine Flughöhe lag augenblicklich bei 288 Kilometern.

Ren Dhark machte dieselbe Beobachtung. Er hatte überlegt, ob er mit dem Ringraumer eingreifen sollte. Nun gab er über Funk den Befehl an alle Flash, die Flughöhe von dreihundert Kilometern zu unterschreiten.

Kaum flog keines der Beiboote mehr höher, traten die Raumjäger den Rückzug an.

»Das gibt's doch wohl nicht!« bemerkte Ed Marlette fassungslos. »Scheinbar wollen sie, daß wir hier auf der Erde bleiben, damit wir die Evakuierung ihres Volkes nicht behindern. Was fällt denen ein? Ich lasse mich doch nicht von Fremden zum Gefangenen in meinem eigenen Zuhause machen! Das Weltall gehört nicht den Riiin!«

Ren Dhark sah das genauso. Doch zunächst wollte er weitere sinnlose Konfrontationen vermeiden. Er beorderte die Aufklärer zur POINT OF zurück.

*

Sechs Flash landeten in der POINT OF – indem sie kurzerhand durch die Außenhülle des Ringraumers in den Hangar hineinflogen. Sechs Piloten und sechs Kopiloten stiegen aus. Zwei von ihnen – die Besatzung von Flash 013 – wurden in die Zentrale befohlen. Alle übrigen hielten sich in Bereitschaft.

Arly Scott und Hans Vultejus hatten sich bei diesem Einsatz nicht gerade mit Ruhm bekleckert. Dan Riker las ihnen gehörig die Leviten. Nachdem sich beide die Hand zur Versöhnung gereicht hatten, schickte er sie auf ihr Quartier. An dem weiteren Einsatz würden sie nicht mehr teilnehmen.

Ren Dhark mischte sich nicht ein. Sein Freund und Stellvertreter handelte in seinem Sinn. Gerade bei Feindberührung war es wichtig, unverbrüchlich zusammenzuhalten, statt sich gegenseitig nervös zu machen. Jede Flashbesatzung bildete eine Einheit, die miteinander und nicht gegeneinander arbeiten mußte, wollte sie überleben.

»Vielleicht solltest du deine Zuordnungskriterien noch einmal gründlich überdenken, Ren«, stichelte Dan. »Wenn du Flashbesatzungen zusammenstellst, verfährst du gern nach dem Prinzip ›Gegensätze ziehen sich an‹. Wäre ›Gleich und gleich gesellt sich gern‹ nicht erfolgversprechender?«

»Darüber mache ich mir später Gedanken«, entgegnete Dhark. »Jetzt müssen wir erst einmal den aufgezeichneten Funkverkehr analysieren, um herauszufinden, auf welchem Schiff sich Ischko aufhält.«

Eine schwierige Aufgabe, die ein ganzes Team von Funkexperten erforderte – oder den Checkmaster.

Innerhalb kürzester Zeit ermittelte der einzigartige Bordrechner ein spezielles Großkampfschiff der Riiin, von dem aus der »Wahldiktator« vermutlich alle Operationen koordinierte. Es stand in etwa fünftausend Kilometern Höhe im All, leicht abseits der Flotte, die es unauffällig abschirmte – etwas zu unauffällig.

»Die Wahrscheinlichkeit, daß sich der Großadmiral auf jenem Schiff befindet, liegt bei 96,6 Prozent«, teilte der Checkmaster dem Commander mit. »Hingegen liegt die Wahrscheinlichkeit, daß er bereits evakuiert wurde und sämtliche Aktionen von der Erde aus lenkt, lediglich bei 0,5 Prozent.«

Die Funkexperten, die Ren Dhark zusätzlich eingesetzt hatte, brauchten etwas länger, um in etwa zu dem gleichen Ergebnis zu kommen. Artus war schneller mit seinen Berechnungen (allerdings nicht schneller als der Checkmaster, was ihn ein wenig wurmte); seine Analyse deckte sich fast hundertprozentig mit der des Bordrechners.

Ren Dhark war fester entschlossen denn je, die Eroberung der Erde nicht einfach so hinzunehmen und Ischko notfalls gewaltsam zu zwingen, das Volk der Riiin zurückzupfeifen. Und da er kein Mann war, der andere nach vorn an die Front schickte, während er sich selbst im sicheren Hintergrund aufhielt, wollte er beim Sturm auf das Schiff des Anführers mit dabeisein.

»Artus und ich machen einen kleinen Ausflug mit Flash 003«, entschied der Commander.

Riker wollte etwas sagen, doch Dhark schnitt ihm rasch das Wort ab.

»Kommt jetzt wieder die Leier, daß Artus mitdarf, während du an Bord bleiben mußt, Dan?«

»Ganz und gar nicht«, antwortete Dan Riker. »Diesmal ist es sogar zwingend notwendig, daß ich hierbleibe. Wer wenn nicht ich sollte dich aus Ischkos Gefangenschaft befreien?«

»Danke für dein Vertrauen, mein Freund«, entgegnete Ren in einem Anflug von Sarkasmus. »Ich hatte eigentlich nicht die Absicht, mich gefangennehmen zu lassen.«

»Im All befinden sich ein paar tausend Großkampfraumer mit Hangars voller Raumjäger«, sagte Riker, und seine Miene wurde ernst. »Sobald ihr versucht, über dreihundert Kilometer aufzusteigen, fallen sie wie die Fliegen über euch her. Schafft ihr tatsächlich den Durchbruch zu den Sternen, nehmen euch die Schlachtschiffe unter Beschuß. Nicht eine Handvoll Schiffe, wohlgemerkt, sondern viele hundert – also so ziemlich jedes Schiff, das gerade nicht aktiv mit der Evakuierung beschäftigt ist. Gelingt es euch trotzdem, zu Ischkos Raumer vorzudringen, müßt ihr erst einmal seinen Schutzschirm durchbrechen, bevor ihr einfliegt. Was euch drinnen erwartet, darüber kann man nur spekulieren – doch mit Sicherheit wird man euch nicht den roten Teppich ausrollen. Wie wollt ihr Ischko überhaupt ausfindig machen? Er kennt alle guten Verstecke auf seinem Raumschiff – ihr nicht.«

»Den finden wir schon«, war Artus überzeugt.

»Und wenn du schon einen Roboter mitnehmen mußt, Ren, warum dann keinen richtigen Kampfroboter?« bemerkte Dan gehässig und warf Artus einen scheelen Seitenblick zu.

»Was soll das denn heißen?« entrüstete sich Artus. »Ich bin ein richtiger Kampfroboter – eine Tötungsmaschine auf zwei Beinen.«

»Wärst du auch bereit, gezielt auf den Anführer der Riiin zu schießen, sollte es notwendig sein?« fragte Dan ihn eindringlich.

»Natürlich wäre ich das!« antwortete Artus, ohne lange zu überlegen. Einschränkend fügte er hinzu: »Zumindest in einer Notwehrsituation, wenn ich mein Leben oder das eines Kameraden verteidigen müßte.«

»Und genau aus diesem Grund bis du der falsche Ma… Roboter für diese gefährliche Exkursion«, sagte Riker ihm auf den Metallschädel zu. »Programmiert man einen Kegelroboter aufs Töten, dann tötet er auch! Du hingegen bist mehr Mensch als Maschine. Du könntest im entscheidenden Moment Gewissensbisse bekommen.«

»Und das ist auch gut so«, nahm Dhark Artus in Schutz. »Wir sind schließlich kein Killerkommando!«

»Nein, ihr wollt lediglich das Oberhaupt eines fremden Volkes als Geisel nehmen, zwecks Erpressung«, konterte Dan schlagfertig. »Das ist moralisch mindestens genauso verwerflich wie Mord. Letzteres geht nur schneller, so daß ihr euch nicht länger als unbedingt nötig auf dem Feindschiff aufhalten müßt. Ihr fliegt rein, bringt den Wahldiktator um und fliegt wieder raus – fertig. Noch besser wäre allerdings, du würdest diese leichtsinnige Aktion abblasen, Ren.«

»Und dann? Lassen wir den Dingen einfach ihren Lauf? Nein, ich schaue ganz bestimmt nicht tatenlos zu, wie die Eisläufer unseren Heimatplaneten besetzen!«

»Ganz wie du willst – doch dann solltest du keine halben Sachen machen.«

»Ischkos Tod wäre keine Lösung. Die Fremden würden an Ort und Stelle einen Nachfolger wählen – und der würde umgehend eine Vergeltungsaktion einleiten. Ich möchte unnötiges Blutvergießen vermeiden. Seit wann bist du eigentlich so mordlüstern?«

»Bin ich doch gar nicht«, rechtfertigte sich Riker. »Falls du es noch nicht bemerkt hast: Ich rede mir nur deshalb den Mund fusselig, weil ich dich umstimmen möchte. Aber du bist ja keinem vernünftigen Argument zugänglich – weil du genau weißt, was du willst, wie immer.«

Dhark grinste und klopfte ihm auf die Schulter. »Danke für deine Bemühungen, alter Freund, die weiß ich sehr zu schätzen. Doch du machst dir unnötig Sorgen – ich komme da schon heil heraus.«

Dan Riker hörte die Botschaft wohl – allein, ihm fehlte der Glaube.

11.

Ren Dhark war längst nicht so selbstsicher, wie er sich nach außen hin gab. Er teilte die Besorgnis seines Stellvertreters. Die Riiin würden es ihnen nicht leicht machen, und sie hatten offenbar kein Problem damit, jene zu töten, die sie überfielen. Dennoch hoffte Ren auch weiterhin, kein Blut vergießen zu müssen – auch kein »Frostschutzmittel«.

Während er an der Spitze von sechs Flash heraus aus dem Hangar flog, fragte er sich, ob wirklich in jedem Raumjäger der Riiin ein lebender Pilot saß. Eventuell war ein großer Teil der Eisläufer-Kampfboote mit Robotern besetzt. Da das jedoch nicht gewiß war, hatte er seinen Männern befohlen, beim Durchbruch ins All so wenige Jäger wie möglich abzuschießen. Die Flashpiloten sollten zunächst versuchen, die Angreifer mit Warnschüssen vor den Bug auf Distanz zu halten…

Wirklich gefährlich, dessen waren sich alle zwölf Operationsteilnehmer bewußt, würde es erst im All werden. Die Großkampfschiffe der Eisläufer hatten schwerere Waffen an Bord als die Jäger.

Dhark hoffte allerdings, daß deren Schutzschirme so leistungsschwach waren wie die Schirme ihrer Beiboote.

Im Hangar, kurz vor dem Start, hatte sich der Commander noch Zeit genommen für eine Lagebesprechung. Larry Fongheiser hatte vorgeschlagen, die Flash an sechs verschiedenen Stellen in den Weltraum einfliegen zu lassen, um die Chance des Durchbruchs zu erhöhen. Dhark hatte den Vorschlag abgelehnt. Die Riiin verfügten über so viele Raumjäger, daß sie jederzeit an jeder Stelle präsent sein konnten. Im All hätte man die Flash dann wieder zusammenführen müssen – was die kampfstarken Schlachtschiffe mit Sicherheit zu verhindern gewußt hätten.

Obwohl er seine Entscheidungen in keiner Weise begründen mußte – schließlich hatte er das uneingeschränkte Sagen an Bord des Ringraumers –, hatte Ren den Piloten seinen Entschluß erläutert.

»Im Verband sind wir schlagkräftiger!«

Kurz darauf erreichten die sechs Beiboote die von den Eisläufern gesetzte Dreihundertkilometergrenze.

Gefahrenstufe eins, dachte Larry Fongheiser. *Jetzt gibt es kein Zurück mehr.*

Sein Kopilot war erneut Pidder. Die beiden entwickelten sich allmählich zu einem eingespielten Team. Pidder war froh darüber, daß sich Larry seiner angenommen hatte. Verglichen mit den sogenannten »Männern der ersten Stunde« war er sozusagen ein Neuling – obwohl er nicht erst gestern auf der POINT OF angeheuert hatte.

Als die ersten Raumjäger auftauchten, betätigte Pidder sofort das Bordgeschütz – nicht aus Nervosität oder gar Angst, sondern zur Warnung. Den Eisläufern mußte begreiflich gemacht werden, daß gezielt geschossen wurde, sollten sie keinen Platz machen. Noch mal würde es den Jägerpiloten nicht gelingen, die Menschen zur Erde zurückzudrängen...

Auch auf den fünf anderen Flash gab man Warnschüsse auf die Raumjäger ab. Bedrohlich nahe jagten die Strahlenbahnen an den Kampfbooten der Eisläufer vorbei.

Zunächst sah es ganz danach aus, als würde die von Dhark angeordnete Taktik aufgehen. Die erste Angriffswelle wagte sich nicht näher heran, und es erfolgte auch kein weiterer Beschuß seitens der Fremden.

Leider hoffte man an Bord der Flash vergebens darauf, daß die Eisläufer Vernunft annahmen – sie warteten lediglich auf Verstärkung. Schon bald fühlten sie sich zahlenmäßig derart überlegen, daß sie aufs neue zum Angriff auf die Boote der

Menschen bliesen. Sie wollten ihre Gegner mit ihrer Masse regelrecht erdrücken!

Doch was einmal funktioniert hatte, klappte nicht zwangsläufig auch ein zweites Mal.

Ren Dhark mußte neidlos anerkennen, daß die Eisläufer geschickte Taktiker waren. Daß ihre Schutzschirme den Waffen der Terraner nichts entgegenzusetzen hatten, war ihnen mittlerweile bewußt, und inzwischen wußten sie auch, daß sie umgekehrt gegen deren Schutzvorrichtungen nichts ausrichten konnten. Daher wandten die Riiin, wie schon beim letztenmal, eine ganz spezielle Taktik an.

Die Jägerpiloten feuerten immer dann einen Energiestrahl auf den Feind ab, wenn das Schußfeld völlig frei war – sprich: wenn sich zwischen dem Geschütz und dem Ziel kein eigener Raumjäger befand und sich auch hinter dem Ziel kein Raumjäger aufhielt, da jeder abgefeuerte Strahl durch das Schutzfeld des Gegners hindurchging. Sie erwarteten offenbar, daß jenes Feld früher oder später unter der Last der vielen Volltreffer zusammenbrechen würde.

Um die terranischen Kampfboote daran zu hindern zurückzuschießen, rückten ihnen die Raumjäger ganz dicht auf den Pelz. Zwar boten sie den feindlichen Piloten dadurch ein gutes Ziel – doch jeder explodierende Torpedojäger würde das unsichtbare Schutzfeld noch stärker belasten und näher an den totalen Zusammenbruch bringen. Um das zu vermeiden (so hofften die Riiin wahrscheinlich), würden die Terraner auf jedwede Gegenwehr verzichten.

Offenbar erwarteten die Eisläufer, mit ihrer »aufdringlichen« Kampftaktik einen weiteren Erfolg zu erzielen. Doch die Intervallfelder hielten viel aus.

Zahllose Raumjäger – es schienen immer mehr zu werden – kreisten die sechs Flash ein und beschossen sie in einem fort. Anstatt zurückzuweichen, starteten die terranischen Piloten durch, so wie sie es bei ihrer gemeinsamen Beratung im Hangar vereinbart hatten. Mit dynamisch steigender Geschwindigkeit rasten die Flash mitten durch die Raumjäger, so als ob die gar nicht vorhanden waren…

Sekunden später hatten die Flashpiloten wieder freie Sicht und freie Ortung. Sie flogen in hohem Tempo in Richtung All. Die Jäger nahmen sofort die Verfolgung auf. Obwohl sie langsamer waren, blieben die Flash in ihrer Reichweite. Die Raumjägerpiloten landeten Treffer um Treffer.

Doch sie fielen rasch zurück, und Dharks Verband konnte sein eigentliches Ziel ansteuern.

Gefahrenstufe zwei, ging es Larry Fongheiser durch den Kopf. *Der schwierigste Teil…*

*

Umwege waren nicht Dharks Fall, er marschierte am liebsten geradeaus auf sein Ziel zu. Kaum im All, peilte er auch schon das Großkampfschiff an, auf dem sich »Lametta-Ischko« aller Wahrscheinlichkeitsberechnung nach aufhielt. Dhark wußte genau, wohin er wollte, und es war besser, sich ihm nicht in den Weg zu stellen.

Die Raumjäger hielten sich erst einmal fern von den Flash – und überließen das Kampffeld ihren größeren Brüdern. Mehrere große Schlachtschiffe nahmen die sechs Flash unter Feuer – dachten deren Kommandanten.

Tatsächlich *versuchten* mehrere große Riiin-Schiffe, die sechs Flash unter Feuer zu nehmen…

Die von den schweren Geschützen ausgehenden mächtigen Strahlenbahnen erhellten zwar kurzzeitig die Schwärze des Weltraums, verloren sich dann aber irgendwo in selbigem. Denn so leicht konnte man einen Flash nicht treffen; diese ganz speziellen Kampfboote waren bewegliche – sehr bewegliche! – Ziele, die sich nie länger als nötig an einem Standort aufhielten.

»Was für eine faszinierende Lichtschau«, spöttelte Pidder,

obwohl ein turmdicker Strahl nur knapp an seinem Flash vorbeigezischt war. »Ich wußte gar nicht, daß wir bei den Eisläufern so beliebt sind, daß sie gleich ein Begrüßungsfeuerwerk für uns veranstalten.«

Es sah ganz danach aus, als säßen in den Waffensteuerungen der Großkampfraumer die schlechtesten Schützen der Galaxis. Scheinbar waren die Eisläufer langsamere Gegner gewohnt – und keine Profipiloten in wendigen Worgun-Booten.

Doch allmählich schossen sich die Invasoren ein.

*

Immer mehr Großkampfschiffe beteiligten sich an der Hatz auf die Beiboote der Menschen.

Zwar waren die meisten Besatzungen mit der Evakuierung beschäftigt, doch die Anzahl der im Weltall verbliebenen Eisläufer-Schiffe war immerhin noch dreistellig – und jederzeit konnte Verstärkung hinzukommen.

Sein Vorhaben, direkt auf das Schiff des Anführers loszufliegen, hatte Dhark inzwischen ad acta gelegt. Wie beim Skislalom steuerte er seinen Flash 003 im Zickzack an den großen Raumern vorbei, die für ihn einerseits eine Gefahr darstellten, ihm andererseits aber auch Deckung boten.

Und dann kam, was kommen mußte: Ein Flash wurde von zwei turmdicken Energiestrahlen gleichzeitig getroffen. Die beiden Insassen – Ray Dafner und Ed Marlette – schlossen bereits mit ihrem Leben ab. Die Belastung ihres Intervallfelds schnellte raketenartig nach oben…

… und normalisierte sich allmählich wieder.

»Schätze, ich kann die letzte Version meines Testaments wieder zerreißen«, sagte Ed erleichtert. »Gott sei Dank – ich fühle mich noch zu jung zum Sterben.«

Dafner, der das Steuer übernommen hatte, wich dennoch weiteren Strahlenbahnen vorsichtshalber aus. Zwar hatte sich gezeigt, daß das Intervallfeld ordentlich was einstecken konnte, aber man wußte ja nie.

In den übrigen fünf Flash machte man ähnliche Erfahrungen. Die Eisläufer trafen jetzt des öfteren ins Schwarze, aber die Intervallfelder behüteten das, was sich in ihrem Inneren befand, wie ein kostbares Juwel. Im Kern eines Intervallums befand man sich quasi in einer fremden Welt, in einem anderen Kontinuum – dort konnte einem keiner etwas anhaben.

Es sei denn, das Schutzfeld brach aufgrund hyperstarker Überbelastung zusammen. Manche Waffen brachten so etwas tatsächlich fertig. Selbst mit tragbaren PressMod-Geschützen konnte man einen Flash abschießen, was sich allerdings erst vor kurzem herausgestellt hatte. Auf der POINT OF und bei der Terranischen Flotte machte man sich daher bereits Gedanken über die Entwicklung einer Abwehrwaffe – doch bis ein brauchbares Ergebnis zustande kam, würden unter Umständen noch Jahre vergehen.

Die Riiin schienen jedenfalls nicht über Waffen zu verfügen, die den Flash gefährlich werden konnten. Ihre schweren Energiegeschütze konnten den Intervallfeldern nichts anhaben – eventuell in stark konzentrierter Form, bei Mehrfachbeschuß von mehreren Seiten, aber die Piloten verspürten keinen Drang, das auszutesten. Um nicht mehr Volltreffer als unbedingt nötig zu kassieren, wichen sie den Strahlen weiterhin aus.

Nicht nur auf den Schiffen versuchte man, das ungewöhnliche Schutzfeld der terranischen Kampfboote außer Gefecht zu setzen. Mittlerweile tauchten wieder aus allen Richtungen Torpedojäger auf und griffen die Flash von den Flanken aus an. Diesmal blieben sie allerdings auf Distanz und versuchten nicht, die Flash einzukesseln.

»Sieh an, sieh an, Timotheus«, lästerte Pidder. »Die Eisläufer scheinen durchaus lernfähig zu sein. Offenbar respektieren sie uns endlich als die Stärkeren!«

»Bilde dir darauf nur nicht zuviel ein«, erwiderte Fongheiser.

»Die Raumjägerpiloten fürchten sich nicht vor uns – sondern davor, von einem fetten Energiestrahl ihrer eigenen Schiffe erfaßt zu werden. Ihre Schutzschirme wären einem solchen Einschlag wohl kaum gewachsen.«

Ren Dhark fiel auf, daß die Schiffe, die sich an der Jagd auf die Flash beteiligten, von einem blaßblau leuchtenden Lichtschimmer umgeben waren. Er vermutete, daß es sich dabei um die äußeren Abgrenzungen ihrer Energieschirme handelte. Einer ersten Fernanalyse zufolge waren sie kaum widerstandsfähiger als die Schirme ihrer Raumjäger. Somit würden sie für die Intervalle kein Problem darstellen.

»Wir fliegen durch die Schirme hindurch und mitten in das Schiff hinein«, ordnete der Commander an, als die sechs Flash jenes Schiff erreichten, auf das es ihre zwölf Insassen abgesehen hatten. »Haltet Ausschau nach der Zentrale und gebt Bescheid, sobald ihr sie entdeckt habt. Alles verstanden?«

Sein Befehl wurde fünfmal bestätigt.

Die Flash flogen durch den Schutzschirm…

…und wurden ruckartig ausgebremst, noch bevor sie auf der anderen Seite des Energiefeldes anlangten. Abrupt blieben die Boote im Schirm stecken – wie Dartpfeile, die man auf eine Zielscheibe geworfen hatte.

*

Alle Flashpiloten waren unverletzt – aber irritiert. Damit hatten sie nicht gerechnet.

Sowohl auf den Schiffen als auch in den Raumjägern wurde der Beschuß eingestellt. Das verhieß nichts Gutes.

Innerhalb von Sekunden bauten sich die Intervallfelder rapide ab. In den Flash herrschte helle Aufregung. Die Piloten konnten nichts tun, um den Zusammenbruch zu verhindern. Die Intervalle waren plötzlich weg.

Und es kam noch schlimmer!

Nun wurden auch den Antrieben der Flash sämtliche Energien entzogen. Es gelang Ren Dhark, noch rasch einen Notruf an die POINT OF abzusetzen – dann wurde es dunkel in Flash 003. Dunkel und kalt.

Dhark schloß seinen Helm. »Falls du einen rettenden Einfall hast, Artus, wäre jetzt der richtige Zeitpunkt, ihn vorzutragen.«

Der Roboter gab ihm keine Antwort. Artus war genauso verblüfft und ratlos wie er selbst.

*

Nicht immer, wenn Dan Riker seinem Freund ankündigte »... und ich muß dich dann da wieder raushauen!« behielt er recht. Das wollte er auch gar nicht. Im Unrecht zu sein war in solchen Fällen sogar wünschenswert. Leider konnte er nie vorhersagen, wann er sich irrte und wann nicht.

Kaum hatte er Rens Notruf empfangen, wurde die POINT OF klargemacht für den Start ins All. Wenig später erhob sie sich in die Luft und raste dem Weltraum entgegen.

Als der Ringraumer die von den Außerirdischen gesetzte Dreihundertkilometermarke überschritt, herrschte an Bord erhöhte Wachbereitschaft.

Doch die Kampfboote der Eisläufer verzichteten diesmal auf einen Massenangriff – sie hätten ohnehin nichts ausrichten können; die POINT OF war kein Schiff, das man einfach so aufhalten konnte, das hatten inzwischen auch die Eindringlinge begriffen.

Im Weltraum erfaßte Riker die Situation sofort. Ihm blieb keine Zeit zum Nachdenken; er mußte schnell handeln, bevor die Großkampfschiffe auf den Ringraumer feuerten. Nur eine massive Nadelstrahlsalve konnte die Flash aus dem Schirm befreien – derart exakt ausgeführt, daß sie die sechs hilflosen Boote nicht beschädigte.

Glücklicherweise war das auf die kurze Distanz und bei stillstehendem Ziel für die erfahrene Besatzung der POINT OF nur eine Routineaktion...

Der blaßblau leuchtende Schutzschirm des Großkampfschiffes flackerte beim Einschlag der Nadelstrahlen und brach für wenige Augenblicke zusammen. Die Energiebänke der Flash fuhren wieder hoch. Die Piloten wurden sofort aktiv und starteten rückwärts durch.

Ischkos Schiff verfügte ebenfalls über diverse Sicherheitssysteme. Der zusammengebrochene Schutzschirm baute sich in kürzester Zeit wieder komplett auf – und war sofort wieder in der Lage, den terranischen Booten die Energien zu entziehen.

Aber es war zu spät – es waren keine Boote mehr da. Die Flash entfernten sich bereits Richtung POINT OF und flogen in deren Hangars ein.

Niemand versuchte sie aufzuhalten. Kein einziger Energiestrahl wurde ihnen zum Abschied mit auf den Weg gegeben. Die Riiin hatten ihren härtesten Gegner aus ihrer Nähe vertrieben, das schien ihnen zu genügen.

Oder das schnelle und präzise Handeln der Menschen irritierte Ischko derart, daß er es versäumte, den Abschußbefehl zu erteilen.

*

»Das war verdammt knapp!« Dans Stimme klang leicht vorwurfsvoll – wie immer, wenn er seinen Freund für dessen Leichtsinn tadelte. »Du hast zuviel riskiert. War es das wirklich wert?«

Ren Dhark nickte. »Für die Rettung der Erde würde ich sogar noch viel mehr riskieren. Aber ich sehe ein, daß ich es nicht allein schaffe, die Besetzung des Planeten zu stoppen.«

Beide Männer hielten sich in Dharks Unterkunft auf. Amy und Anja waren ebenfalls anwesend. Auch die Frauen hatten nur wenig Verständnis für Rens Waghalsigkeit.

»Wir brauchen Verstärkung«, fuhr der Commander fort, so als ob ihn die ganzen Vorwürfe nicht interessieren würden. »Und ich weiß auch schon, woher ich sie bekomme: Wir fliegen nach Babylon!«

»Nach Babylon?« wunderte sich Amy Stewart. »Wen willst du dort um Unterstützung bitten?«

»Henner Trawisheim, wen sonst?« antwortete Ren Dhark. »Schließlich ist er der Commander der Planeten.«

12.

Die Bildkugel in der Zentrale der POINT OF zeigte die fünf Monde vor dem Hintergrund des Alls wie silberne Kugeln; dann rückte der Planet in die Mitte des Bildes: Babylon. Die ehemalige Stützpunktwelt der Mysterious beziehungsweise Worgun – die ihr die Bezeichnung Fande gegeben hatten – durchströmte die Zentrale mit ihrem weichen Licht. Der hochindustrialisierte Planet, sechzehnter von insgesamt achtunddreißig Welten, zog seine Bahn um ein Sonnenungeheuer, gegen das Beteigeuze, der von Terra aus gesehene östliche Schulterstern des Sternbildes Orion mit seinem 300- bis 400fachen Durchmesser der irdischen Sonne, noch ein Zwerg war.

»Erreichen Umlaufbahn in zwei Minuten, Kommandant«, meldete sich Hen Falluta von seinem Platz an der Navigationskonsole, wo er mit wachsamen Augen die Informationen in der Bildkugel verfolgte, die ihm den umgebenden Raum zeigte.

Ren Dhark bewegte sich leicht in seinem Sitz.

»Danke, Hen«, sagte er und strich sich mit einer unbewußten Geste durch das Haar. Auf seiner Stirn zeigten sich nachdenkliche Falten. »Senden Sie unsere Kennung an die Raumkontrolle.« Nach einer kurzen Pause fügte er hinzu: »Mal sehen, ob wir etwas zustande bringen.«

Der Erste Offizier wiegte den Kopf, sagte jedoch nichts. Seinem Gesichtsausdruck war allerdings anzumerken, daß er starke Bedenken hegte in Bezug auf Dharks letzte Bemerkung.

Und er stand nicht alleine mit seinen Zweifeln da.

Jeder an Bord des Ringraumers wußte um die heikle Mission, in der die POINT OF unterwegs war, und niemand beneidete den

Kommandanten darum. Tatsächlich fühlte sich Ren Dhark alles andere als wohl in der ungewohnten Rolle des Bittstellers, als der er hier vor seinem Nachfolger im Amt des Commanders der Planeten aufzutreten gezwungen war; erschwerend kam hinzu, daß sich seine Beziehung zu Henner Trawisheim seit einiger Zeit merklich abgekühlt hatte. Die Ursachen, die diesem schleichenden Prozeß gegenseitiger Verstimmungen zwischen den beiden so gegensätzlichen Führungspersönlichkeiten zugrunde lagen, waren zwiespältiger Natur. Offen zutage getreten waren sie wohl erstmals, als Trawisheim erkennen mußte, daß die Übereignung der POINT OF an Ren Dhark nicht den von ihm erwarteten und gewünschten Erfolg zeitigte. Ren hatte rasch, sehr rasch erkannt, daß der geistige Cyborg, der aufgrund seines teilorganischen Memory-Implantats über einen IQ von theoretischen 276 Punkten verfügte, ihm das Ringschiff nur aus dem Grund geschenkt hatte, weil er ihn quasi am Gängelband führen wollte. Etwa nach dem Motto: »Wer zahlt, bestimmt die Musik.« Trawisheim war davon ausgegangen, daß sich Dhark als »Privatmann« ohne massive finanzielle Unterstützung durch die Regierung Terras niemals die Unterhaltskosten für den Worgun-Superraumer würde leisten können.

Zum Glück war es nicht dazu gekommen, dank der von Terence Wallis ins Leben gerufenen Stiftung, die den Betrieb der POINT OF inklusive der Bezahlung der Mannschaft und somit Dharks finanzielle Unabhängigkeit garantierte.

»Wir werden gerufen, Sir«, meldete sich Glenn Morris von der Funkzentrale.

Inzwischen füllte Babylon die Bildkugel fast vollständig aus.

»Öffnen Sie die Standardphase«, befahl Dhark, dankbar für die Unterbrechung seines Gedankenkreises. »Grußsequenz.«

Die Finger des Ersten Funkoffiziers glitten über die Bedienfelder der Kommunikationskonsole.

Die Bildkugel erzeugte ein separates Fenster, hob es leicht aus der Umgebung heraus. Ein Mann mit den Rangabzeichen eines

Nachrichtenoffiziers der Terranischen Flotte an den Kragenspiegeln wurde bis zur Brust sichtbar. Mit markiger Stimme verkündete er: »Hier ist die Raumkontrolle Neu-Alamo. Willkommen auf Babylon, Raumschiff POINT OF. Wir senden Ihnen die Koordinaten des Landeplatzes.« Eine kurze Datensequenz huschte über den Schirm und wurde gleichzeitig in den Navigationsrechner überspielt, während der militärische Raumfluglotse sich schon wieder einer anderen Tätigkeit widmete – die Übertragung war beendet.

»So, so«, murmelte Dan Riker und verzog mit einem verblüfften Grinsen die Mundwinkel. »Neu-Alamo, hm… Man hat sich anscheinend rasch etabliert auf Babylon.«

»Henner verliert wahrhaftig keine Zeit, um Nägel mit Köpfen zu machen«, antwortete Ren Dhark dem langjährigen Freund, und ein nachdenklicher Zug erschien auf seinem Gesicht. »Ich frage mich«, fuhr er fort, kam aber nicht dazu, seinen Satz zu beenden, denn erneut erschien ein Fenster in der Bildkugel.

»Nanu…?« Glenn Morris blickte verwundert. »Hat man noch Fragen?«

Diesmal zeigte sich jedoch kein Uniformträger.

»Hier Raumkontrolle Babylon-Stadt«, ließ sich der Zivilist vernehmen. »Commander Dhark, wir heißen Sie und Ihr Schiff im Namen der planetaren Regierung von Babylon herzlich willkommen! Gerne weisen wir Ihnen einen geeigneten Landeplatz zu. Bitte, benutzen Sie die Koordinaten, die wir Ihnen senden.«

Rens linke Braue zuckte kurz.

Die Menschen nannten ihn aus alter Gewohnheit noch immer Commander, aber das war er nicht mehr, sondern ein Zivilist ohne jeglichen politischen Rang – und ohne die sich daraus ergebenden Zwänge. Was auch seine Vorteile hatte, wie er bereits mehrfach feststellen konnte.

»Sir?« fragte Hen Falluta auf dem Platz des Piloten und wirkte unschlüssig. »Wohin jetzt?«

»Das bedarf keiner Antwort, Nummer Eins«, beschied ihm

Dhark. »Sie wissen doch, in welcher Mission wir hier sind, oder?«

»Natürlich, Sir.«

Unter den Schaltungen des Ersten Offiziers nahm die POINT OF Kurs auf Neu-Alamo.

Während Dan Riker die Raumkontrolle Babylon-Stadt mit wohlgesetzten Formulierungen dahingehend beschied, daß man zunächst die terranischen Exilanten kontaktieren wollte, ehe man einen Besuch in der Stadt in Aussicht stellte, befand sich die POINT OF schon innerhalb der Atmosphäre, nahm mit stark verringerter Geschwindigkeit und unter ständigem Sinken Kurs auf den Sitz der terranischen Exilregierung, die sich den Koordinaten zufolge in einem Pyramidenareal unweit jener der planetaren Regierung unter Präsident Appeldoorn etabliert hatte.

Eine Erkenntnis, die unter den Führungsoffizieren der POINT OF leichtes Befremden auslöste.

Gab es möglicherweise Kompetenzstreitigkeiten zwischen den Flüchtlingen von der Erde und den Kolonisten? Dhark hoffte es nicht.

Aber der Tatbestand, daß zwei Raumkontrollen existierten, konnte durchaus ein Indiz für Querelen sein. Nachdenklich runzelte er die Stirn. Die babylonische Regierung hatte zu Beginn der Evakuierung Terras alle notwendige Hilfe versprochen, um die Integration der Flüchtlinge so reibungslos wie nur möglich zu gestalten. Weshalb also dieses Durcheinander? *Hoffentlich,* so dachte er mit unterschwelliger Besorgnis, *hat sich die Situation auf Babylon nicht derart verändert, daß ich mit meinem Hilfeersuchen bei Trawisheim ungelegen komme.*

Im Augenblick überflog die POINT OF das mehr als 50 Kilometer durchmessende Areal aus strahlendblauem Unitall, in dessen exakter Mitte sich das Wahrzeichen Babylons auf seinem 1062 Meter hohen Sockel mehr als acht Kilometer in den Himmel reckte. Die gigantische Statue des Goldenen Menschen hatte den gesichtslosen Kopf in den Nacken gelegt und blickte mit ausgestreckten Armen und geöffneten Händen zum Himmel empor.

Der Goldene Mensch war ein ebenso rätselhaftes Monument aus der Hinterlassenschaft der Worgun wie die ausufernde Stadtlandschaft aus gigantischen, teilweise mehr als 2000 Meter hohen Ringpyramiden, die die Oberfläche Babylons nahezu vollständig bedeckten.

Im Grunde war Babylon eine einzige Megalopole, die sich, von steil aufragenden Gebirgszügen, unwirtlichen Gegenden und flachen Binnenmeeren abgesehen, über Länder und Kontinente hinweg erstreckte, mal mehr, mal weniger dicht bebaut.

Scheinbar nahtlos fügte sich ein Areal an das andere, getrennt – wenn man diesen Begriff verwenden wollte – lediglich durch riesige Parkanlagen und weite Plätze, deren Funktionen auch heute noch nicht klar ersichtlich waren. Der unvorstellbar große Stadtmoloch hatte die natürliche Landschaft des Planeten derart rigoros unter sich begraben und ihr seinen urbanen Stempel aufgedrückt, wie es auf keinem anderen bekannten Planeten der Galaxis der Fall war – vielleicht mit Ausnahme von Eins.

Hen Falluta ließ die POINT OF noch weiter sinken.

Der Ringraumer raste über die teilweise mehr als 2000 Meter hohen Gigantpyramiden hinweg, deren Basisflächen drei bis vier Kilometer Durchmesser besaßen. Die abgeflachten Spitzen waren als Start- und Landeplätze für jede Art von Schwebern, Zubringern und Beibooten geeignet. Selbst kleine Raumschiffe konnten die Dachplattformen als Parkgelegenheit nutzen. Auch auf den seitlichen Ringterrassen gab es vielfach Lande- und Startplattformen für kleine, schnelle Boote.

Jedes dieser Pyramidenbauwerke war in der Lage, bis zu einer Million Bewohner zu beherbergen. Brachte man dies in Relation zu der Ausdehnung der über den ganzen Planeten verteilten Städte, mußten während Babylons Blütezeit viele Milliarden Worgun dort gelebt haben, bevor sie vor einem Jahrtausend auf inzwischen nicht mehr geheimnisvolle Weise in den Tiefen der

Galaxis verschwunden waren und lediglich ihre Technik zurückgelassen hatten.

Das Sonnenlicht glitzerte und funkelte auf den unzähligen verspiegelten Flächen der Fenster und den verglasten Schrägen der Wände, die die Sonne Babylons in opalisierenden Farbspielen einfingen und über großzügige Lichtfallen weit ins Innere der Gebäude hinein transportierten.

Die POINT OF blieb auf Sicherheitshöhe, mied die verkehrsreichen Routen der riesigen Stadtanlage und ließ die sich kreuzenden, in der Höhe gestaffelten Ströme von Booten, Zubringern und Transportern unter sich.

»Unser Ziel, Sir«, meldete Falluta, als der Ringraumer die vereinbarten Koordinaten erreichte und der Landeplatz in Sicht kam, ein vom Militärraumhafen abgegrenzter Bereich zur zivilen Nutzung, winzig im Vergleich zum weitläufigen Areal der terranischen Raumstreitkräfte.

Hen Falluta flog links am großen Turm der Raumkontrolle vorbei und hinein in den abgesperrten militärischen Bereich. Er wendete erst dann, als Dhark sich laut räusperte.

»Verzeihung, Sir«, sagte er mit falscher Zerknirschtheit und einem versteckten Grinsen. »Da hätte ich mich doch fast verflogen.«

Er wendete scharf und umkreiste die gewaltige Nadel des Kontrollturms. Über dem zugewiesenen Landeplatz verharrte er einen Augenblick und ließ dann die unitallblau schimmernde POINT OF sanft aufsetzen.

*

Nachdem die Landeformalitäten abgewickelt waren und das Schiff seine Meiler heruntergefahren hatte, machten sich Dan Riker und Ren Dhark unverzüglich auf den Weg zu Trawisheim.

Immerhin reichten Dharks Bekanntheitsgrad als ehemaliger Commander der Planeten und der Rikers als Chef a.D. der Terranischen Flotte aus, um von einem Schweber aus der Fahrbereitschaft des terranischen Regierungschefs abgeholt und zu dessen Amtssitz gebracht zu werden.

»Ich befürchtete schon, wir müßten uns ein Taxi nehmen«, murrte Dan Riker und blickte auf den draußen herrschenden Verkehr.

In der Tiefe waren die breiten Straßen überfüllt mit bodengebundenen Fahrzeugen und Antigravtransportern. Es war nicht zu übersehen, daß sich inzwischen zu den knapp 40 Millionen Kolonisten, die sich als »Einheimische« sahen, 36 Milliarden Flüchtlinge von der Erde gesellt hatten.

Wie sich die Zeiten ändern, dachte Dhark beim Anblick des überbordenden Verkehrs.

Vor sieben Jahren hatte das alles noch ganz anders ausgesehen…

Als der Planet 2057 von der FO VII, einem Kugelraumer der 200-Meter-Klasse unter Major Cass Lefters Kommando, entdeckt worden war, hatte er sich der Besatzung als eine komplett entvölkerte Geisterwelt dargeboten; ihre unbekannten Autochthonen (die sich erst später als Worgun entpuppten), hatten den Planeten nach terranischer Zeitrechnung vor zirka 1000 Jahren in einer überstürzten Flucht aufgegeben und verlassen. Zurück ließen sie nur die Erzeugnisse ihrer überragenden Technik und Architektur.

Es waren Metropolen voll brachliegendem, nahezu unerschöpflichem Wohnraum, in denen theoretisch die gesamte Menschheit Platz finden konnte, weshalb die terranische Regierung auch nichts Eiligeres zu tun hatte, als Babylon bereits kurz nach seiner Entdeckung zur Ausgleichswohnwelt für die expandierende Menschheit zu bestimmen und zur Besiedelung freizugeben, trotz der immensen Entfernung von 20 477 Lichtjahren zwischen den beiden Sternsystemen.

Babylon! Zu seinem irdischen Namen war der Planet wegen eben dieser riesigen Ringpyramiden gekommen, die die Menschen gleich beim ersten Kontakt mit den architektonischen und städtebaulichen Gegebenheiten des Planeten an den legendären Turmbau zu Babel erinnerten.

Als um Weihnachten 2057 die ersten Kolonisten auf Babylon eingetroffen waren, mußten sie feststellen, daß der *Weiße Blitz,* jener unvorstellbar energiereiche, überlichtschnelle Ausbruch von fünfdimensionaler Energie aus dem Zentrum der Milchstraße, auch das System der Sonne Babylons nicht verschont hatte.

Alle technischen Erzeugnisse der Worgun, die sich nicht unter einem Intervallfeld befunden hatten – das traf nur auf einen winzigen Bruchteil zu –, waren vom Effekt der Energiestoßwelle auf subatomarer Ebene zerstört worden.

Dennoch fuhren die Kolonisten fort, den Planeten in Besitz zu nehmen. Mit dem gleichen ungebrochenen Willen wie im 18. Jahrhundert die Siedler auf der Erde, die sich in endlosen Trecks mit ihren rumpelnden Planwagen und einem unerschütterlichen Vertrauen in die eigene Stärke aufgemacht hatten, die grenzenlosen Prärien des Westens der USA zu erobern, so hatten sich auch die Siedler des Raumfahrtzeitalters nicht davon abbringen lassen, Babylon zu ihrer neuen Heimat zu machen, allen Widrigkeiten zum Trotz, mochte es sich um die nicht reaktivierbare Technik handeln oder um den Angriff der Grakos im Jahr 2058, die man nur unter schweren Verlusten und mit Hilfe der Erde wieder zurück in ihre Halbwelt zu treiben imstande gewesen war.

Der Krieg hatte den Zustrom der Einwanderer nur kurzzeitig stagnieren lassen.

Durch die vorhandene Infrastruktur angelockt, hatte der Zuzug von Kolonisten erneut mit unverminderter Stärke eingesetzt. Bereits im April 2059 hatte die Bevölkerungsstärke wieder den Stand vom Februar des Vorjahres erreicht.

In den folgenden Jahren entdeckte man insgesamt fünf Pyramidenstädte, in denen die Worgun-Technik doch noch funktionierte; sie waren von einem Intervallfeld geschützt gewesen, ohne daß man in Erfahrung brachte, weshalb.

Heute, im Oktober 2064, war Babylon die größte und florierendste Kolonie in der Milchstraße – hauptsächlich aus eigener Kraft, aber auch infolge des mit dem Segen Terras umgesetzten Sonderwirtschaftsplanes.

Mittlerweile wurden überall auf Babylon die Pyramiden reaktiviert, da man inzwischen in der Lage war, die entsprechenden Energieerzeuger und Steuerungseinheiten aus W-Technologie nachzubauen, um die vom Hyperraumblitz zerstörte Technik zu ersetzen.

Entgegen seiner sonstigen Gewohnheit blieb Dan Riker während des Flugs schweigsam. Er wirkte in sich gekehrt und abwesend.

Dhark ließ den Freund in Ruhe und betrachtete durch die Kabinenverglasung das vorbeiziehende Panorama. Aber auch er war mit seinen Gedanken hauptsächlich beim bevorstehenden Zusammentreffen mit Henner Trawisheim. Es würde kein Vergnügen werden, dessen war er gewiß. Er hoffte nur, daß der Cyborg sich seinen Argumenten zur Rettung der Erde nicht verschließen würde – eine Garantie dafür gab es allerdings nicht. Trawisheim hatte in der Vergangenheit schon mehrfach Entscheidungen getroffen, die nicht nur in seinen Augen schwer nachzuvollziehen gewesen waren, um es einmal vorsichtig zu formulieren.

Das Senatsgebäude der terranischen Exilregierung gehörte zu den höchsten Ringpyramiden der Stadt; es reckte sich bis in die Wolken und wurde vom Licht des blauen Riesen umspielt.

Die Dachplattform kam in Sicht; der Pilot verringerte die Geschwindigkeit des Schwebers erst dicht über der in Segmente unterteilten Landeplattform, dann setzte er ihn mit voll aktiviertem Antigravfeld in einer der schwarzgelb umrandeten Markierungen ab. Er deaktivierte den Antrieb; ein Tastendruck öffnete die Türen.

Dhark und Riker stiegen aus und setzten sich unverzüglich in Richtung der Turbolifte in Bewegung.

Hier oben, in über zwei Kilometern Höhe, wehte ein kräftiger Wind, der jedoch durch entsprechend plazierte Windbrecher von der Landeplattform ferngehalten wurde.

Für Sekundenbruchteile war Dhark von der Leichtigkeit und Beschwingtheit seiner Schritte überrascht, bevor er sich daran erinnerte, daß auf Babylon nur 0,78 g herrschten.

Am Niedergang wurden sie von einem jungen Sicherheitsoffizier empfangen. Er salutierte stramm, als sich ihm die beiden ehemals ranghöchsten Männer der Erde näherten; es war nicht zu übersehen: Er war auf eine gewisse Weise nervös und hatte noch nicht genügend Erfahrung im Umgang mit den wirklich hohen Rängen, um dies erfolgreich kaschieren zu können.

»Weiß er denn nicht, daß wir nur noch Zivilisten sind?« murmelte Dan Riker spöttisch. »Ob ich ihn wohl aufkläre...«

»Verunsichere bitte nicht das Personal«, unterbrach ihn Ren nicht minder ironisch und ebenso leise. Sie sahen sich grinsend an; für einen kurzen Moment gefielen sie sich wieder in ihren alten Rollen, die sie bereits als blutjunge Leutnants auf der GALAXIS zum Verdruß mancher Führungsoffiziere gespielt hatten.

»Commander Dhark...« begann der Offizier, verstummte aber sofort, als er seinen Lapsus bemerkte und verbesserte sich rasch. »Verzeihung, Mister Dhark, Mister Riker, ich bin Leutnant Chudd. Wir wurden über Ihr Kommen informiert. Wenn Sie mir folgen würden, ich bringe Sie nach unten.«

»Tun Sie das, Leutnant.« Riker nickte gönnerhaft.

Leutnant Chudd räusperte sich schwach und ging voran.

Der Lift fuhr kaum bemerkbar an und beschleunigte dann sein Tempo in einem sanften Übergang. Die Fahrt dauerte nur kurze Zeit. Leutnant Chudd fixierte steif und wortlos die Kabinenwand, bis der Lift vierzig Ebenen tiefer stoppte.

Die Türen glitten auseinander.

Die drei Männer befanden sich in einer weiten, offenen Halle mit domartigem Charakter, deren polierter Boden aus marmorähnlichem Material geschliffen schien.

Dhark und Riker, die auf Babylon bislang nur zweckmäßig und nüchtern ausgestattete Pyramiden zu Gesicht bekommen hatten, nahmen überrascht zur Kenntnis, daß dieses Gebäude – zumindest auf der Ebene, auf der sie sich befanden – von einer rein funktionellen Ausgestaltung erheblich abwich. Kunstvolle Reliefs und Statuen schmückten die Wände, Skulpturen unbekannter Geschöpfe waren auf Friesen angeordnet, und Säulen teilten bestimmte Bereiche in Oasen der Kontemplation. Ohne weiteres konnte man den Eindruck gewinnen, sich in einem Tempel anstatt in einem Regierungsgebäude zu befinden.

»Schick«, meinte Riker, sich überrascht umblickend.

»Und so ganz anders als in Alamo Gordo«, ergänzte Ren Dhark. »Mir war bisher entgangen, daß Henner einen derart kunstsinnigen Geschmack besitzt!«

»Tja«, gab sich Dan prophetisch, »wer kennt schon jemals jemanden wirklich...«

Dharks linke Braue hob sich erstaunt ob dieses unerwarteten Ausspruchs seines Freundes, Partners und Stellvertreters in der Schiffsführung. »Wie meinst du das?« erkundigte er sich.

»Wie ich es sage«, kam Dans knappe Erwiderung.

Leutnant Chudd holte die beiden aus ihrer merkwürdigen Stimmung heraus. »Folgen Sie mir bitte, meine Herren«, bat er. »Dort entlang.« Seine Schritte hallten, als er voranging und sich zielstrebig auf das Empfangspult zubewegte, das eine zweiflügelige Tür bewachte.

Die weibliche Ordonnanz im Rang eines Majors war weder die typische Chefsekretärin, noch hatte sie schimmerndes blondes Haar – von langen, phantastisch gewachsenen Beine ganz zu schweigen. Ihr Haar war kurz und schwarz wie das Fell eines Jaguars, die Uniform saß stramm und eng wie ein Körperpanzer der Kategorie zwei und ließ erkennen, daß sie ihre Freizeit ausschließlich mit schweißtreibenden Aktivitäten in den Trainingszentren der Flotte vergeudete, anstatt sie mit Männern oder anderen vernünftigen Dingen zu verbringen. Ihr Alter war unbestimmbar. Sicher war sie vom Personalbüro der terranischen Streitkräfte wegen eben dieser Attribute ausgesucht worden, um dem Commander der Planeten unerwünschte Besucher vom Hals zu halten – wenn es sein mußte auch mit schweren Waffen.

Während Leutnant Chudd sich aus dem Staub machte, fragte sie: »Was kann ich für Sie tun, meine Herren?« Ihre Stimme entsprach kongenial ihrem Äußeren und enthielt exakt jenes erforderliche Maß an Einschüchterung, das für ihre Arbeit unerläßlich war. Eigentlich hätte sie besser einem Ausbildungslager der Schwarzen Garde vorgestanden.

Dan Riker hatte es offensichtlich vor soviel geballter Weiblichkeit die Sprache verschlagen, weshalb er Ren Dhark das Reden überließ.

»Kommandant Dhark von der POINT OF«, sagte Ren, wies auf Dan und fügte hinzu: »Vizekommandant Riker, mein Stellvertreter. Wir hätten gern den Commander gesprochen.«

»Sie sind das… man hat Sie bereits angekündigt.« Es klang, als hätten ein paar Bettler um ein Almosen nachgesucht.

Auf Dans Kinn begann sich der rote Fleck abzuzeichnen, der immer dann erschien, wenn ihm etwas gegen den Strich ging.

Auch Dhark schluckte seinen aufkeimenden Ärger hinunter. »Würden Sie Henner ausrichten, daß wir hier sind, bitte!«

Dharks betonte Hervorhebung von Trawisheims Vornamen verpuffte wirkungslos.

Die Ordonnanz bedauerte: »Commander Trawisheim ist gerade in einer sehr wichtigen Besprechung. Ich kann nicht sagen, wie lange es noch dauert. Sie müssen sich also etwas gedulden, meine Herren. Wenn Sie so lange dort Platz nehmen wollen…« Sie deutete auf eine Sitzgruppe in einiger Entfernung von ihrer Verteidigungsstellung. »Ich rufe Sie, sobald der Commander Zeit für Sie findet.«

Dan Riker verspürte das Verlangen »Ja, Mama« zu sagen. Lediglich Dharks leichtes Hüsteln hielt ihn davon ab.

Rasch packte Ren den Freund am Arm und bugsierte ihn in Richtung der Sitzgruppe, während er hoffte, daß sich das Warten nicht allzulange hinzog.

*

Es vergingen erfreulicherweise dann doch nicht mehr als zwanzig Minuten, bis der Zerberus am Empfang sie aufforderte, ins Allerheiligste zu treten.

»Der Commander hat jetzt Zeit für Sie, meine Herren«, sagte sie und ließ es klingen, als hätte sich Gott höchstpersönlich dazu herabgelassen, den beiden Menschlein eine Audienz zu gewähren.

»Zu freundlich«, konnte sich Dhark nicht verkneifen zu sagen, während sich Dan damit begnügte, ihr einen mörderischen Blick zu schenken, als sie an den Wachen vorbei in Trawisheims Büro gingen.

»Ren, Mister Riker! Willkommen in Neu-Alamo!« begrüßte Trawisheim die beiden Männer mit einem unverbindlichen Lächeln. Ein Politikerlächeln; er hätte es jedem anderen Besucher auch geschenkt, dessen war sich Ren sicher.

Die Reserviertheit des Commanders der Planeten ihnen gegenüber war nicht zu verkennen; es hatte ganz den Anschein, als wäre ihre sowieso recht fragile Freundschaft endgültig über den Jordan gegangen.

»Danke, Henner«, erwiderte Dhark und lächelte gleichermaßen unverbindlich zurück.

Trawisheim zeigte auf die Besucherstühle vor seinem Schreibtisch. »Setzen Sie sich doch«, forderte er die beiden Freunde auf. »Ich muß mich dafür entschuldigen, daß ich Sie nicht gleich empfangen konnte« – für Ren klang es allerdings so, als würde der CdP sich den Teufel darum scheren, ob sein

Amtsvorgänger hatte warten müssen –, »aber es gab da ein Problem, das der sofortigen Entscheidung bedurfte.«

Dan Riker zeigte ein falsches Lächeln. »Wir verstehen das, Sir«, behauptete er und sank in einen Formschaumsessel. Ren nahm neben ihm Platz. Er schwieg; er war sich sicher, daß da noch etwas nachkam.

Trawisheim legte die Finger zu einer Pyramide zusammen und musterte seine Besucher. Dann nickte er, als hätte er nichts anderes erwartet. »Aber wie Sie sehen, meine Herren«, fuhr er fort, »trotz der vielen Schwierigkeiten, vor denen sich die provisorische terranische Regierung auf Babylon sieht, lasse ich es mir nicht nehmen, die Sorgen alter Freunde anzuhören. Dennoch möchte ich nicht verhehlen, daß ich unter enormem Zeitdruck stehe. Deshalb denke ich, es ist in unser aller Interesse, wenn wir gleich zur Sache kommen.« Er sah Dhark auffordernd an. »Was kann ich also für Sie tun, Ren?«

»Für mich nichts«, erwiderte Ren knapp. Er schwieg einen Moment und fügte dann hinzu: »Für die Erde jedoch eine ganze Menge.«

Trawisheims bisher unverbindliche Miene wurde eine Nuance reservierter.

»Noch immer das alte Thema, Ren?« meinte er im Tonfall eines geduldigen Vaters, der seinem Sprößling zum x-ten Mal den Unterschied zwischen Gut und Böse beizubringen suchte.

Dhark schüttelte den Kopf. »Nein, nicht das *alte* Thema, Henner, das *gleiche* Thema, und es ist verdammt neu, wie Sie sehr wohl wissen.«

»Halten wir uns nicht mit Haarspaltereien auf.« Trawisheim sah Ren Dhark mißbilligend an, sicher stieß er gerade im Geist ein paar Flüche aus. »Heraus damit, was wollen Sie von mir?«

»Die Entsendung einer Flotte zur Erde, um die Riiin von Terra zu vertreiben.«

Trawisheim stieß ein freudloses Lachen aus. »Sonst nichts, Ren? Ich habe schon mal besser gelacht.«

»Fünfhundert Ringraumer müßten ausreichen«, machte Dan Riker klar.

Trawisheims Kopf ruckte in seine Richtung.

»Von Ihnen, Mister Riker, hätte ich erwartet, daß Sie Ihren Freund zur Vernunft bringen würden. Als ehemaliger Chef der Terranischen Flotte müßten Sie doch wissen, daß dies eine völlig unrealistische Forderung ist. Die gesamte momentane Flottenstärke, über die wir verfügen, liegt nur unwesentlich über dieser Zahl. Angenommen, ich entspräche Ihrem Wunsch, stünden wir ohne jeglichen Schutz da. Wenn sich das herumspricht – und das wird es mit Sicherheit –, dann erwachen innerhalb kürzester Zeit Begehrlichkeiten bei unseren Nachbarvölkern. Begehrlichkeiten, denen wir nichts entgegenzusetzen hätten.« Er wandte sich wieder seinem Amtsvorgänger zu. »Haben Sie das schon einmal bedacht, Ren? Oder läßt Ihr in vielen Dingen wohl berechtigtes Sendungsbewußtsein dies nicht zu?«

Diese Kröte mußte er wohl oder übel schlucken; seine manchmal fast manisch anmutende Suche nach den Worgun war in seinem näheren Umfeld nicht bei allen auf Zustimmung gestoßen und hatte ihm zu diesem etwas zweifelhaften Ruhm verholfen, der nun an ihm klebte wie ein Bonbon an der Backe eines Kleinkindes.

»Davon abgesehen«, fuhr Trawisheim fort, »ist es zweifelhaft, ob diese fünfhundert Ringraumer gegen eine Flotte von fünftausend Fremdschiffen etwas auszurichten vermögen. Ich habe da so meine Zweifel, und diese teilen eine Menge Leute aus meinem Stab.«

Ren öffnete den Mund, doch Trawisheim redete einfach weiter. »Einem Gegner, der fähig ist, sich gegen Intervallfelder zu behaupten, der weiterhin in der Lage ist, seine komplette Armada an den Rand einer Planetenatmosphäre transitieren zu lassen – etwas, was nicht einmal unsere modernsten Ovoid-Ringraumer schaffen –, dem haben wir wohl kaum etwas entgegenzusetzen. Jedenfalls nicht momentan.«

»Ihre Einschätzung, Henner«, sagte Dhark etwas hölzern, und sein braungebranntes Gesicht wirkte verärgert, »nicht die meine. Aber egal, wir können uns doch nicht einfach geschlagen geben!«

Trawisheim seufzte und winkte ab.

»Die Erde ist Schnee von gestern«, sagte er. »Tut mir leid, daß ich es so unverblümt ausspreche.«

»Wie können Sie das behaupten?« Dhark wahrte nur mühsam die Fassung. »Wir können, nein, wir *dürfen* die Erde keiner fremden Spezies überlassen. Nie und nimmer!«

»Wollen oder können Sie es nicht begreifen, Ren? Geben Sie es doch zu: Im Grunde hegen Sie längst die gleiche Einschätzung: Die Menschheit braucht die Erde nicht mehr. Ihr Schutz beziehungsweise ihre Rückeroberung würde nach dem einhelligen Urteil aller Fachleute aus meinen Stäben weit mehr kosten, als sie noch wert ist.«

»So einfach...?« fragte Ren, und seine Miene wirkte erstarrt.

Trawisheim schüttelte den Kopf. »Nein, einfach ist es gewiß nicht – aber sinnvoll und praktikabel.«

»Was ist mit der eingemotteten Ringraumerwerft?« erkundigte sich Dan Riker, der bislang der Diskussion wortlos gefolgt war. »Einfach so aufgeben? Das Know-how unserer Forschungen und die enormen Werte dem Aggressor überlassen?«

»Keinesfalls.« Trawisheim zuckte mit den Schultern. »Die Wachmannschaft hat den Befehl, sie zu zerstören, sobald die Riiin sich ihrer bemächtigen wollen. Das wäre zwar ein großer, aber kein unersetzlicher Verlust. Wir lassen nichts zurück, was wir nicht an anderer Stelle ebenso schnell und effizient wieder aufbauen können.«

»Wie beispielsweise hier auf Babylon«, sagte Riker ohne Betonung.

»Ganz recht, wie hier auf Babylon. Die Fertigstellung unserer neuen Ringraumerwerft läßt nicht mehr lange auf sich warten... Sekunde!«

Das Tischvipho hatte sich mit einem dezenten Summen gemeldet.

Trawisheim aktivierte es mit einem Tastendruck; der Bildschirm warf einen bläulichen Schein auf das Gesicht des geistigen Cyborgs.

»Ja, Major Metin?«

»Sir!« Die Stimme war unverkennbar die des Zerberus, der den Eingang zum Arbeitszimmer des Commanders der Planeten bewachte. »Ich habe einen Anruf von Präsident Appeldoorn auf Phase zwei.«

»Legen Sie ihn bitte auf mein Gerät, Major.«

An Ren und Dan Riker gewandt meinte Trawisheim mit einem undefinierbaren Ausdruck in seinem Gesicht: »Tut mir leid für Sie, meine Herren, aber dies ist wichtig. Ich muß Sie bitten, zu gehen. Sie finden sicher selbst hinaus.«

13.

»Ich kann noch immer nicht glauben, daß Trawisheim die Erde so einfach aufgibt.« Dhark war wie vor den Kopf geschlagen. Die abrupte und recht rüde Beendigung des Gesprächs hatte ihr übriges getan, das Bild, das er bislang von Henner Trawisheim gehabt hatte, gehörig ins Wanken zu bringen. Er starrte aus der Kabine des Schwebers nach draußen, ohne jedoch wirklich etwas von Babylon zu sehen. Zu tief saß der Schock, in den ihn das Verhalten Trawisheims versetzt hatte.

»Was ist nur in den Mann gefahren?« sagte er kopfschüttelnd. »Sollte ich mich so in ihm getäuscht haben?«

»Irgendwie verstehe ich Trawisheim«, ließ sich Dan Riker zur Überraschung Dharks vernehmen.

»Bitte?« Ren war sichtlich verblüfft. »Das ist jetzt nicht dein Ernst, mein Bester, oder habe ich mich verhört?« Mit zusammengezogenen Brauen fixierte er den Freund.

»Das hast du nicht«, sagte der.

»Was?«

»Dich verhört.«

»Verdammt noch mal!« Dhark versuchte ein Lachen, was ihm aber total mißlang. »Ist vielleicht ein Virus in der Luft? Was soll dein plötzliches Verständnis für Trawisheims Pläne?«

Dan Riker sah ihn an, und mit Verwunderung erkannte Ren einen Ausdruck von Fremdheit in den Augen des Freundes, wie er sie noch nie gesehen hatte.

Dan sagte: »Du solltest vielleicht mal aufhören, zu hohe Ansprüche an die Menschen zu stellen. Akzeptiere doch endlich einmal, daß es Leute gibt, die nicht deiner Meinung sind und deshalb trotzdem nicht automatisch falsch liegen müssen mit ihrer Sicht der Dinge.«

Der Pilot umrundete eben die letzte der imposanten Ringpyramiden des Areals, das die Erdregierung für ihre Belange requiriert hatte, und steuerte das Gefährt dann in gerader Linie auf den Raumhafen zu, der in der Ferne zu erkennen war.

»Ein interessanter Gedanke«, versetzte Ren mit flacher Stimme. »Gehörst du auch zu diesen... diesen Leuten?«

»Wie? Ach was, meine Meinung kennst du doch«, knurrte Dan Riker abwiegelnd.

Kenne ich die wirklich? fragte sich Dhark, dem der kurze Moment des Zögerns in der Antwort seines Freundes sehr wohl aufgefallen war. Er mußte sich fast zwingen, zu sagen: »Dann ist es ja gut.«

Den Rest des Fluges verbrachten sie wortlos.

Noch immer schweigend liefen sie die Rampe hoch, nachdem der Schweberpilot sie im Schatten der POINT OF abgesetzt hatte.

Bis auf Miles Congollon und seinen Triebwerksexperten hielten sich alle Führungsoffiziere in der Zentrale auf, als Dhark und Dan Riker das Herz der POINT OF betraten: Hen Falluta und Leon Bebir, Glenn Morris, Tino Grappa und all die anderen, sogar Jean Rochard von der Waffensteuerung Ost und sein Pendant Bud Clifton von der WS-West hatten ihre Feuerleitzentralen verlassen. Alle schienen sie gespannt zu sein auf das Ergebnis der Unterredung ihres Kommandanten mit Trawisheim.

Die fünf großen Hauptschirme waren aktiviert; sie wurden immer dann vom Checkmaster anstelle der Bildkugel in Betrieb genommen, wenn sich der Ringraumer auf der Oberfläche eines Planeten befand und der Kommandant nichts anderes anordnete. Die Schirme zeigten das Umfeld der POINT OF INTERROGATION bis zum Horizont, wo die Ringraumer der Terranischen Flotte im Licht des blauen Riesen zerflossen.

»Du hast sicher nichts dagegen, daß ich mich nach Anja umsehe?« meinte Dan Riker, dessen Blicke suchend durch die Zentrale glitten.

»Natürlich nicht«, versetzte Ren abwesend. »Vermutlich findest du sie in der Wissenschaftlichen Abteilung. Wir sehen uns bei der nächsten Lagebesprechung.«

Amy Stewart stand neben Doris und unterhielt sich mit Arc Doorns Gattin. Als Dhark in die Zentrale kam, unterbrach sie die Unterhaltung und blickte ihm erwartungsvoll entgegen. Auf Anhieb erkannte sie, daß der Besuch bei Trawisheim nicht das von Ren erwartete und erhoffte Ergebnis gebracht hatte.

Sie ging zu ihm. »Ist wohl anders gelaufen, als du dachtest, nicht wahr?« sagte sie teilnahmsvoll; sie vermied es, ihm in der Öffentlichkeit der Zentrale die Hand auf den Arm zu legen.

»Ein Fehlschlag auf der ganzen Linie«, erwiderte er ohne viel Begeisterung und zuckte die Schultern.

»Willst du mit mir darüber reden?«

»Später vielleicht«, erwiderte er. »Ich muß erst mal was loswerden, das bin ich meinen Leuten schuldig.« Er deutete mit einem Kopfnicken auf die versammelten Offiziere und Mannschaften, die in der Zentrale Dienst taten.

Dhark hob die Hand. Sofort kehrte erwartungsvolle Ruhe ein.

»Leider komme ich mit denkbar schlechten Nachrichten zurück. Die Hilfe, die ich von diesem Canossagang bei Trawisheim für die Rettung der Erde, unser aller Heimat, erhofft hatte, wird es aller Wahrscheinlichkeit nach nicht geben.«

Als verhaltene Unruhe entstand, hob er beschwichtigend die Hand.

»Ich weiß, wir alle gingen davon aus, daß uns der amtierende Commander der Planeten in dieser Sache beistehen würde. Er tut es nicht. Nicht jetzt jedenfalls. Es scheint – ich drücke mich da vorsichtig aus – daß er im Grunde seines Herzens die Erde bereits abgeschrieben hat…«

Vereinzelt wurden Protestrufe laut.

Dhark hob erneut die Hand und ersuchte um Ruhe.

»Im Moment bin ich jedenfalls ratlos, wie der Erde geholfen werden könnte. Offengestanden, ich weiß nicht, wie es weitergehen soll. Über unsere nächsten Schritte habe ich noch nicht die leiseste Vorstellung. Nur eines: Solange wir hier geduldet werden, rühren wir uns jedenfalls nicht vom Fleck.«

»Richtig, Commander! Erinnern wir die Exilregierung einfach durch unsere Präsenz daran, daß sie eine Verpflichtung hat, die sie nicht einfach beiseite schieben kann«, tat Bud Clifton seine Meinung kund.

Zustimmende Zurufe.

»Als Menetekel für Trawisheim, um ihn daran zu erinnern, daß es die Erde noch gibt«, machte Vince Ossorn deutlich.

»Ewig können wir aber nicht hier bleiben«, antwortete Dhark dem Astrophysiker einschränkend. »Aber ja, gehen wir Trawisheim und seinen Beratern noch ein bißchen auf die Nerven, auf die eine oder andere Art. Vielleicht läßt er sich doch noch umstimmen.«

»Es soll ja noch Zeichen und Wunder geben«, ließ sich Manu Tschobe vernehmen. »Warten wir einfach darauf, daß eines von beiden geschieht.«

»Einverstanden, machen wir es so. Zumindest eine Weile, wie gesagt.« Ren Dhark wandte sich seinem Ersten Offizier zu; in seinen braunen Augen glänzte ein zuversichtliches Licht. »Nummer Eins, normaler Dienst. Halten Sie die POINT OF in ständiger Bereitschaft.«

»Aye, Sir.«

Elis Yogan, der zweite Funker der POINT OF, machte sich von seiner Konsole aus bemerkbar.

»Commander!«

»Was gibt es, Mister Yogan?«

»Ich habe hier einen Anruf für Sie. Der Präsident von Babylon möchte Sie sprechen.«

»So schnell?« wunderte sich Manu Tschobe. »Sollte ich mit meinem Ausspruch doch recht haben?«

»Abwarten«, relativierte Dhark. »Auch ich kenne eine alte Redensart, die da lautet: Niemals das Fell des Bären verteilen, wenn er noch nicht tot ist. Vielleicht sind wir hier unerwünscht, und er fordert uns lediglich dazu auf, schleunigst zu verschwinden.« Er grinste etwas verunglückt.

»Das nimmst du nicht wirklich an«, meinte Amy.

»Natürlich nicht. Ich hoffe ja, Trawisheim hat es sich anders überlegt und gibt nun doch seine Zustimmung zu einer Rettungsmission.« Neue Zuversicht durchströmte Ren Dhark, und er verspürte einen Funken Hoffnung. »Geben Sie mir Trawisheim, Mister Yogan.«

»Tut mir leid«, bedauerte der Zweite Funker etwas zögerlich und schüttelte den Kopf. »Der Anruf kommt vom Büro Präsident Appeldoorns.«

Dhark runzelte die Brauen. »Hm. Babylon-Stadt. Nun ja, immerhin der amtierende Präsident. Legen Sie den Anruf auf mein Gerät, Mister Yogan.«

Es war nicht Daniel Appeldoorn, sondern jemand aus dem Umfeld des Präsidenten.

»Yula vom Büro für Besucher und Tourismus«, sagte eine helle Stimme; die dazugehörende Person war eine junge Kolonistin. »Mister Dhark? Mister Ren Dhark, der frühere Commander der Planeten?«

Selbst ein auf die relativ geringe Größe eines Konsolenschirms reduziertes Bild zeigte scharf gezeichnete Details, deshalb ließ sich der Gesichtsausdruck der jungen Frau mühelos lesen. Ihre Bewunderung für den Angerufenen war unverkennbar.

»Der nämliche«, erwiderte Ren.

»Ich habe Ihnen eine Einladung des Präsidenten Babylons zu übermitteln, Sir.«

»Worum geht es?«

»Das wird Ihnen der Präsident selbst mitteilen«, bedauerte die junge Dame; offenbar hatte sie genaue Instruktionen, was und wieviel sie sagen durfte.

Dhark überlegte kurz.

»Darf ich jemanden mitbringen?«

»Selbstverständlich, Mister Dhark.«

»Gut. Wir kommen, richten Sie das Ihrem Chef aus.«

Yula hinterließ einen leeren Schirm, als sie die Phase deaktivierte.

Dhark wandte sich an Amy.

»Was hältst du von einem Besuch beim babylonischen Staatsoberhaupt?« fragte er mit gedämpfter Stimme.

»Im Büro für Besucher und Tourismus? Na, ich weiß nicht...«

»Das war nur die Vermittlung. Wir werden schon in das Allerheiligste gebeten, keine Sorge.«

»Bist du überhaupt sicher, daß du mich dabeihaben willst?«

»Wie bitte...?«

»So wie dich die Kleine angehimmelt hat, wäre es vielleicht vorteilhafter, du gingst allein. Möglicherweise zerstörst du einen Traum.«

»Du redest Unsinn«, machte er ihr deutlich. »Was ist nun, kommst du mit?«

»Gegen einen Nachmittagstee hätte ich nichts einzuwenden, falls wir einen bekommen«, zeigte sich der weibliche Cyborg geneigt.

»Tee? Also gut. Ich sorge dafür«, versprach er.

*

Babylon-Stadt war ein Pyramidenkomplex am südlichen Rand der mehrere tausend Quadratkilometer großen Stadtlandschaft, an deren nördlicher Peripherie Neu-Alamo lag.

Zwischen den beiden Regierungssitzen erstreckten sich nicht mehr als 600 Kilometer Luftlinie.

Ren Dhark und Amy Stewart überwanden die Entfernung im Flash 003 innerhalb kürzester Zeit.

Als sie auf dem zum Regierungsgebäude gehörenden Terrassenlandeplatz in luftiger Höhe das Beiboot verließen, wurden sie von Johan Lüttwitz in Empfang genommen.

»Ich hoffe, du bist gebührend beeindruckt«, sagte Dhark leise zu Amy.

»Gibt es denn einen Grund dafür?« fragte sie mit verhaltener Stimme zurück.

Ren zog beide Brauen hoch.

»Und ob. Appeldoorns Sekretär höchstpersönlich.«

»Das ist auch das mindeste, was ich erwarte«, stellte sie klar.

»Ja, dann...« Dhark grinste und folgte Lüttwitz, der Amy und ihn durch hallende Korridore in den inneren Bereich der Schaltstelle der Macht auf diesem Planeten brachte. Eine der vielen herumschwirrenden Assistentinnen nahm Lüttwitz zur Seite und redete leise auf ihn ein.

»Es tut mir leid«, wandte sich der Sekretär dann an Dhark, »aber Sie müssen sich eine wenig gedulden. Ziemlich viel Streß im Augenblick.« Um welche Art von Streß es sich handelte, ließ er unerwähnt. »Ich sehe mal nach.« Er verschwand hinter der zweiflügeligen Tür, die mit Worgun-Symbolen verziert war.

»Hmm«, machte Dhark. »Heute scheint irgendwie nicht mein Tag zu sein. Wo ich hinkomme, Verzögerungen und Warten. Ich frage mich...« Er brach ab; Lüttwitz kam schon wieder zurück.

»Bitte, wenn Sie mir jetzt folgen wollen!«

»Danke«, sagte Dhark, während Amy ein erwartungsfrohes Lächeln aufsetzte.

Als sie eintraten, kam ihnen Daniel Appeldoorn entgegen. Er begrüßte zuerst Amy Stewart.

»Ich bin überwältigt, Miß Stewart«, sagte er mit seiner sonoren Stimme, während er ihre Hand etwas vorsichtig in seine Pranken nahm; seine Augenbrauen zuckten nur unmerklich, als er die Härte ihres zupackenden Händedrucks spürte, »über soviel Glanz in diesen Räumen.«

Sein Blick ruhte bewundernd auf Ren Dharks Gefährtin.

Amy lachte hell. »Sie schmeicheln, Herr Präsident. Zwar gekonnt, aber Sie schmeicheln. Dennoch: danke.«

Appeldoorn schüttelte den kahlen Kopf. »Hören Sie sich auf Babylon um, Miß Stewart. Ich bin bekannt dafür, niemals Komplimente zu machen. Ich treffe nur Feststellungen.«

»Das ist ja ein noch größeres Kompliment.« Sie drohte ihm mit dem Finger. »Wenn Sie so weitermachen, werde ich noch verlegen.«

»Das anzustreben liegt mir natürlich fern.« Er wandte sich an Dhark, der die Konversation mit unbeteiligter Miene verfolgt hatte. Jetzt bekam auch er seinen Händedruck.

»Freut mich«, sagte Appeldoorn, »daß Sie meiner Einladung so rasch gefolgt sind.«

Appeldoorns Augen hefteten sich auf seinen Besucher. Der lächelte unverbindlich: »Es klang irgendwie eilig, Herr Präsident.«

Daniel Appeldoorn war ein breitschultriger Mann unbestimmbaren Alters, über einen Meter achtzig groß und mit Sicherheit hundert Kilo schwer. Er wirkte weder charmant oder aufregend noch charismatisch. Bedenkenlos hätte man ihn für einen Siedler halten können, der sein Land mit eigenen Händen bewirtschaftete. Mit dem derben, rotwangigen Gesicht, der breiten Stirn, den dichten silberweißen Brauen und dem vollkommen kahlen Schädel erweckte er genau diesen Eindruck. Die etwas groß geratenen, jedoch anliegenden Ohren und die wasserblauen Augen verstärkten noch den Eindruck von Bauernschläue und starker Willenskraft. Doch Dhark wußte aus verschiedenen Quellen, daß Appeldoorn mit Absicht dieses Bild des »volksnahen« Präsidenten in der Öffentlichkeit forcierte.

Er lachte über Dharks Bemerkung.

»Nun, zur Eile besteht kein zwingender Grund. Ich bedaure nur, daß Sie warten mußten, aber ich hatte erst noch ein kleines Problem mit dem öffentlichen Auftreten von Henner Trawisheims Wahlhelfern zu bereinigen. Aber das soll uns jetzt nicht weiter beschäftigen.«

Außer Appeldoorn und Lüttwitz waren noch zwei weitere Männer anwesend: Brigadegeneral Claude Pétain, Oberbefehlshaber der militärischen Streitkräfte Babylons, sowie Henk de Groot.

Der Systemingenieur und Beauftragte für Sonderunternehmungen der Regierung war ein zirka 1,80 Meter großer, hagerer und sehniger Mann. Er wirkte mit seinem schütteren hellblonden Haar eher unauffällig, doch Dhark entging nicht der wache, sondierende Blick aus dunkelgrauen Augen, von denen er sich gemustert sah. De Groot trug einen interessanten Ring an dem Finger seiner rechten Hand, der für gewöhnlich dem Ehering vorbehalten war.

Pétains Händedruck war kühl, knapp und seltsam unverbindlich, während de Groot Amy und Dhark kräftig die Hände schüttelte.

»Nachdem wir das hinter uns haben«, meinte Appeldoorn trocken, »und noch jeder seine Finger hat, nehmen Sie doch bitte Platz.« Dort hinüber, wenn es genehm ist.« Er deutete auf eine Sitzgruppe im Hintergrund seines großen Arbeitszimmers.

Amy und Ren sanken in die supermodernen, sehr bequemen Sessel.

Als alle saßen, fuhr Appeldoorn fort: »Lange Ansprachen erübrigen sich, denke ich, doch bevor ich zum eigentlichen Kern dieser Einladung komme, werden wir das Notwendige zunächst mit etwas Angenehmeren in Verbindung bringen.« Appeldoorn sah Amy an. »Kaffee? Tee? Cava?«

»Gern«, sagte Amy. »Ich bin für die Mitte.«

Appeldoorn stutzte nur einen winzigen Moment, dann nickte er. »Also Tee. Und für Sie, Commander?«

Dhark hob leicht die Hand. »Kaffee – und nennen Sie mich einfach Ren. Commander war einmal, jetzt bin ich nur noch Privatmann.«

»Sie Glücklicher«, seufzte Daniel Appeldoorn und konnte einen leichten Anflug von Neid nicht vermeiden.

Amy sah ihren Geliebten an, der unbeteiligt blickte. Sie hatte da so ihre Zweifel, ob sich Ren glücklich schätzte, als Privatier mit der POINT OF durch die Galaxis zu fliegen. Ledig aller Verantwortung; ledig großer Aufgaben; nicht länger mehr an den Schalthebeln der Macht sitzend; sich mit den Bürokratentypen herumschlagen zu müssen, die ihm in seiner Zeit als Commander der Planeten die Stiefel... na ja, nicht gerade geleckt, aber doch zumindest gewienert hatten.

Sie seufzte unhörbar; alles hatte eben seine zwei Seiten.

Tee und Kaffee kamen.

Sie tranken, und für ein paar Augenblicke beschränkte sich die Konversation auf den Austausch der üblichen Floskeln. Dann stellte Dhark seine Tasse zurück. »Sie sprachen vorhin davon, Probleme mit Trawisheims Wahlhelfern zu haben – steht denn eine Wahl an?«

»Ja, in vier Wochen. Die zweite übrigens, seit ich 2058 Präsident geworden bin.«

»Die zweite?« echote Dhark. »Wäre die nicht erst in vier Jahren fällig?«

Der babylonische Staatsvertrag sah vor, daß das Oberhaupt des Planeten alle fünf Jahre sein Amt zur Disposition stellen mußte. Man folgte dabei der amerikanischen Verfassung; allerdings konnte sich auf Babylon der Präsident immer wieder um das Amt bewerben und mußte nicht automatisch nach zwei Amtsperioden davon Abstand nehmen, sich erneut wählen zu lassen.

»Eigentlich ja – aber der Zuzug der Terraner hat der Opposition die Möglichkeit gegeben, vorgezogene Neuwahlen durchsetzen zu können.« Er zuckte mit den Schultern. »Das ist einer der Vorzüge der Demokratie«, bemerkte er lächelnd; etwas angestrengt, wie es schien.

»Und ihre Crux«, warf Claude Pétain ein.

»Sehen Sie denn Schwierigkeiten bezüglich Ihrer Wiederwahl?«

Appeldoorns Miene verdüsterte sich schlagartig. »Das kann man so sagen.«

Dhark wählte seine nächsten Worte sehr sorgfältig. »Haben diese Schwierigkeiten etwas mit der Exilregierung Trawisheims zu tun?«

»Sie wissen nichts davon?«

»Nein. Zum einen sind wir erst seit wenigen Stunden auf Babylon, und zum anderen sind uns die augenblicklichen politischen Verhältnisse nicht geläufig. Was beunruhigt Sie, Herr Präsident? Erwarten Sie Unregelmäßigkeiten oder etwa Manipulationen bei der Durchführung der Wahl?«

Dhark fing einen Blick Amys ein. *Vorsicht,* sagte dieser Blick, *laß dich nicht vor irgendeinen Karren spannen.*

Appeldoorn runzelte die Stirn.

»Unregelmäßigkeiten? Nein. Obwohl…« Er brach ab.

»Gibt es Probleme mit den Flüchtlingen?« fragte Ren weiter.

»Ja und nein.«

»Was ist geschehen?«

»Etwas, womit wir hier nicht gerechnet haben«, erwiderte Appeldoorn. In seiner Stimme schwang eine Spur von Bitterkeit mit, zwischen seinen Augen hatte sich eine tiefe Falte gebildet. Er setzte zum Sprechen an, brach aber wieder ab.

»Herr Präsident«, mischte sich Lüttwitz ein, »darf ich kurz das Problem schildern?«

Appeldoorn nickte. »Bitte, erklären Sie die Schwierigkeit, der sich Babylon gegenübersieht.«

Ohne Umschweife begann Lüttwitz zu reden.

Terra hatte im Zuge der totalen Evakuierung zwar Babylons spontane und uneigennützige Hilfe gerne angenommen, ließ es aber seitdem an der rechten Dankbarkeit fehlen. Die Terraner waren als Flüchtlinge gekommen, führten sich aber mittlerweile wie die eigentlichen Herren Babylons auf. Das terranische

Recht, das auf allen menschlichen Kolonien Gültigkeit besaß – auch auf Babylon, weil Appeldoorn es schlichtweg zu ändern vergessen hatte, als er das Präsidentenamt übernommen hatte –, gab jedem Menschen Wahlrecht auf dem Planeten, auf dem er seine Heimstätte errichtete.

Das traf auch auf die neuen Bewohner Babylons zu. Trawisheim war in seiner Eigenschaft als Commander der Planeten Regierungschef der Erde und aller unter deren Oberhoheit stehender Welten, doch die Regierung auf Babylon lag seit 2058 in Appeldoorns bewährten Händen. Terra hatte daran niemals Anstoß genommen, es gab keinerlei Interventionen von Seiten der Erdregierung. Auch nicht, als Appeldoorn das System der Steuerfreiheit einführte und Babylon zu einem Steuerparadies für potentielle Anleger aus Industrie und Dienstleistern machte. Unmittelbar nach Inkrafttreten drängten sich auf Babylon bereits die Dependancen aller bedeutenden Banken, die auf diese Weise ihre Milliardengewinne dem Zugriff des terranischen Fiskus entzogen. Finanziert wurde dieses auf Generationen angelegte Steuerprojekt durch die Miet- und Pachteinnahmen der im Überfluß vorhandenen Immobilien, die Besitz des Staates waren.

»Nun aber kandidiert Trawisheim bei der im nächsten Monat stattfindenden Wahl auch für mein Amt«, übernahm Daniel Appeldoorn wieder das Wort. »Und es steht fest, daß ihn die evakuierten Bürger der Erde mit überwältigender Mehrheit wählen werden. Alle Umfrageergebnisse weisen in diese Richtung.«

»Weshalb sollten sie das tun?« warf Amy ein.

»Es liegt an unserem Steuersystem.«

»Ich bin damit nur sehr marginal vertraut«, gestand der weibliche Cyborg. »Eigentlich gar nicht; meine Prioritäten sind anders gelagert.«

»Babylons Bürger genießen auf der einen Seite absolute Steuerfreiheit, während sie andererseits für Immobilien jeglicher Art hohen Mieten aufbringen müssen.

»Oh – ein System mit System«, meinte Amy.

»Vor allem ein profitables System für die einheimischen Bürger«, stellte Johan Lüttwitz seine Sicht der Dinge dar.

»Wobei der Staat auch nicht zu kurz kommt, denke ich mal.«

Appeldoorns Sekretär zeigte ein sparsames Lächeln. »Natürlich nicht.«

»Und wo ist nun der Zusammenhang mit Trawisheims zu erwartendem Sieg bei den Wahlen zum Staatspräsidenten Babylons?« hakte Amy Stewart nach.

»Die Immigranten lehnen dieses System ab, es ist ihnen zu restriktiv und hindert sie daran, eigene Besitztümer zu erwerben.«

»Ich sehe aber noch immer den Zusammenhang nicht!«

»Nun, Trawisheim verspricht in seinem Wahlprogramm, jedermann Immobilienbesitz zu gestatten, das heißt, Wohnungen und sogar ganze Pyramiden an die Bewohner und an private Investoren zu verkaufen…«

Ren nickte. »Das System der angeblich freien Marktwirtschaft.«

»Und der unfreien Bürger«, unterbrach ihn Lüttwitz, »die sich wie gehabt einem Versorgungsstaat überantworten, der alles für sie plant und reguliert – und meist nicht funktioniert. Wir haben auf Babylon diese Fehler mit voller Absicht vermieden.«

»Und nun holt uns die ganze terranische Regelungswut wieder ein«, klagte Appeldoorn. »Die Bürger Babylons sind verunsichert; das bisher funktionierende und für alle profitable System wird zerschlagen, und wir werden nichts dagegen unternehmen können, denn unsere paar Millionen werden bei der Abstimmung über das künftige Schicksal Babylons gegen die Milliarden Terraner hoffnungslos untergehen.«

»Es ist zu befürchten«, warf Claude Pétain ein, »daß es in der letzten Phase der Wahl durchaus zu Unruhen zwischen aufgebrachten einheimischen Bürgern und gewaltbereiten Immigrantengruppen kommt.«

»So schlimm?« Amy zeigte sich bestürzt.

»Wir werden von unserer Seite natürlich alles tun, um es nicht zu Ausschreitungen kommen zu lassen«, versicherte der Brigadegeneral, dessen Großeltern noch in den französischen Kolonialkriegen gekämpft hatten.

»Andererseits möchten wir vermeiden, daß es zu Tumulten kommt. Sie würden nur unsere junge Demokratie beschädigen.« Daniel Appeldoorn betrachtete abwesend die Innenfläche seiner Linken, ehe er fortfuhr: »Alles, was ich, was *wir* aufgebaut haben, werden die an Zahl weit überlegenen Immigranten zerstören.« Er schwieg kurz, legte die Hände mit einer entschlossen Bewegung flach auf den Tisch und sagte: »Aber lassen wir das. Ich wollte Sie keinesfalls sprechen, um zu jammern«, er zeigte ein halbes Lächeln, »sondern Sie um Hilfe zu bitten.«

»Etwa zu dem eben angesprochenen Thema?« Dharks Miene war mehr als zurückhaltend.

»Natürlich nicht. Es geht um etwas ganz anderes...« Appeldoorn wandte sich an de Groot. »Henk, jetzt sind Sie an der Reihe.«

*

»Ich will Sie nicht mit einer langatmigen Einleitung ermüden, Commander Dhark«, begann de Groot. »Fakt ist, daß der Hyperraumblitz auf Babylon die gesamte Worgun-Technik zerstörte, vom kleinsten bis hin zum größten Energieerzeuger, von der kompliziertesten Steuereinheit bis zur einfachsten, und Babylon in einen energetisch toten Planeten verwandelte.

Wie allseits bekannt, haben wir bislang lediglich fünf Pyramiden gefunden, deren Einrichtungen noch intakt sind. Fünf Einrichtungen von Millionen gleichartiger Wohneinheiten; sie waren zur Zeit des Weißen Blitzes aus uns noch immer nicht bekannten Gründen von einem Intervallfeld geschützt. Obwohl Gruppen von Wissenschaftlern und Ingenieuren ständig auf der Suche nach weiteren intakten Worgun-Einrichtungen die Welt durchstreifen und jedem noch so geringen Hinweis nachgehen, blieb die Suche bisher erfolglos.«

»Sie sagen ›bisher‹. Hat sich denn inzwischen etwas daran geändert?«

De Groot nickte. »Ja. Vor kurzer Zeit sind wir auf eine sechste Pyramide gestoßen, die intakt zu sein scheint und ebenfalls von einem Feld umgeben ist. Allerdings unterscheidet sie sich von den anderen fünf insofern, als es unmöglich ist, sie zu betreten. Jeder, der das versucht, wird sanft, aber unerbittlich zurückgestoßen.«

»Sonst geschieht nichts?« fragte Ren. »Andere Ungereimtheiten oder Abwehrmaßnahmen vielleicht?«

Henk de Groot verneinte.

»Unsere Messungen haben lediglich ergeben, daß sich in der Außenwand ein Intervallfeld befinden muß, mehr konnten wir bis heute nicht herausfinden.«

Der Ingenieur war bekannt dafür, daß er für jedes noch so verzwickte Problem eine technische Lösung entwickeln, konstruieren und sie auch noch eigenhändig bauen konnten, falls keine andere Möglichkeit der Verwirklichung bestand. Sein intuitives Erfassen von Fremdtechnologien war bemerkenswert und mit dem von Chris Shanton vergleichbar.

Er schwieg einen Moment, um mit ungewohnter Verve fortzufahren: »Es ist wie verhext. Obwohl ich der Auffassung bin, daß ich mehr von W-Technik verstehe als jeder andere auf diesem Planeten, komme ich einfach nicht voran. Ihr Erscheinen, Commander Dhark, ist – entschuldigen Sie, daß ich es so emphatisch artikuliere – wie der berühmte Wink des Himmels. Sie haben mehr Worgun-Spezialisten an Bord als irgendwer sonst im Umkreis von Lichtjahren. Helfen Sie uns, helfen Sie Babylon, eines der Rätsel dieses Planeten zu entschlüsseln! Natürlich nur unter der Voraussetzung, unser Hilfeersuchen kollidiert nicht mit Ihren Zeitplänen. Wie stellen Sie sich dazu, Sir?«

Obwohl in Dhark schon nach den ersten Worten des Ingenieurs das alte Jagdfieber auf die Worgun wieder erwacht war, machte er ein unbestimmtes Gesicht.

Lediglich Amy sah die kleinen Veränderungen in seinem Verhalten, spürte die Spannung, die sich in ihm aufgebaut hatte. Und sie war sich sicher, daß er längst seine Entscheidung getroffen hatte, auch wenn er sich den Anschein gab, erst über Henk de Groots Ansinnen nachdenken zu müssen.

Es war still geworden im Raum.

Es schien, als hielte die Zeit selbst den Atem an.

Dennoch knisterte die Luft vor Spannung, die sich erst löste, als Ren Dhark aufsah, de Groot anschaute und sagte: »In Ordnung! Wir werden Ihnen solange helfen, bis sich herausstellt, daß auch wir nicht weiterkommen. Ist das in Ihrem Sinne, Mister de Groot?«

Der Ingenieur blinzelte begeistert und nickte mehrmals.

»Völlig. Könnte nicht besser sein.«

*

Kaum zurück an Bord der POINT OF, berief Dhark seine Führungsoffiziere und eine Reihe von Spezialisten der unterschiedlichsten Interessengruppen aus der Wissenschaftlichen Abteilung zu einer Zusammenkunft ein, um sie über das Hilfeersuchen der Babylon-Regierung zu informieren, Henk de Groot bei dessen Problem der nicht betretbaren Pyramide zu unterstützen.

Er kennzeichnete kurz die Lage, umriß, was er sich gedacht hatte, und endete dann: »Ich habe de Groot unsere Hilfe zugesagt. Hauptsächlich aus zwei Gründen: einmal, um nicht tatenlos herumzusitzen und darauf zu warten, bis Trawisheim möglicherweise doch noch von der göttlichen Eingebung gestreift wird.

Der zweite Grund ist, daß ich irgendwie den Gedanken nicht aus dem Kopf bekomme, wir könnten etwas in der Pyramide finden, das uns in die Lage versetzt, der Erde zu helfen, wieder zu dem zu werden, was sie immer war: unsere Heimat!«

»Und wann soll das Unternehmen starten?« fragte der schwergewichtige und absolut nüchterne Chris Shanton; er strich sich durch den Kinnbart, der nach Meinung vieler an Bord der POINT OF nur zur Kompensation seiner Halbglatze diente.

»Henk de Groot wird sich mit seinen Männern morgen früh einfinden. Sobald sie an Bord sind, werden wir zu der Pyramide fliegen. Sonst noch Fragen? Nein? Gut.« Dhark erhob sich. »Wer hat Wache?«

»Er!« Hen Falluta deutete lässig auf Leutnant Glenn Morris. Dabei hatte der ehemalige Hope-Kolonist ein kleines boshaftes Grinsen in den Mundwinkeln.

Dhark blickte erst auf sein Chrono, dann auf seinen Ersten Offizier, der diese Position seit 2056 an Bord ausfüllte.

»Sollten laut Dienstplan nicht Sie die nächste Schicht haben?«

»Schon«, bestätigte Hen Falluta, »aber wir haben getauscht.«

Erst wollte Dhark, der Tauschhandel dieser Art gar nicht gerne sah, zu einer scharfen Entgegnung ansetzen. Dann aber erinnerte er sich daran, daß die Aufstellung der Dienstpläne und deren Einteilung in den Aufgabenbereich des Ersten Offiziers fielen und er sich bisher immer gehütet hatte, dies in Frage zu stellen.

Aber da er einmal angefangen hatte, konnte er nicht so ohne weiteres zur Tagesordnung übergehen, ohne sein Gesicht zu verlieren, weshalb er streng fragte: »Sollte ich den Grund kennen, Hen?«

»Es ist kein Geheimnis, Sir. Ich habe ihn beim Gravo-Ball besiegt. Er war der Meinung, ich wäre in der A-Gravkammer nicht mehr fit genug.«

»Da hat er wohl falsch gedacht, was?«

»Richtig, Sir.« Jetzt grinste Falluta offen.

Ren nickte. Dann wandte er sich an den Funkoffizier: »Tja, ob Sie wollen oder nicht, Mister Morris: Sie haben das Schiff. Geben Sie mir gut darauf acht. Sollte etwas sein, informieren Sie auf keinen Fall mich. Sie wissen ja, welche Viphonummer Mister Falluta hat. Er wird sicher auf Rufbereitschaft bleiben, so wie ich ihn kenne – die ganze Schicht über. Oder irre mich da, Nummer Eins?«

Hen Falluta schluckte, dann sagte er unter dem unverblümten Grinsen einiger Wissenschaftler: »Nein, Sir... Sie irren sich nicht.«

»Dann ist es ja gut.« Er nickte Falluta aufmunternd zu und verließ zusammen mit Amy die Zentrale.

»Du hast sie ja ganz schön an der Nase herumgeführt«, sagte Amy später in der Kabine; sie kam aus der Dusche und sah hinreißend aus. Ren spürte eine gewisse Trockenheit in seinem Hals, die sich noch verstärkte, als sie sich dicht vor ihn hinstellte und von unten her ansah. Es gab einige Dinge, die Ren niemals begriff – wie es beispielsweise eine Frau schaffte, bei fast gleicher Größe ihren Partner von *unten* anzusehen, mit einem Blick, als wäre sie ein schutzbedürftiges kleines Mädchen, das Angst vor der Dunkelheit hatte.

»An der Nase herumgeführt? Wie soll ich das verstehen?« Ren zeigte sich verwundert.

»Du bist mir ein schöner Lügner, Mister Dhark«, sagte sie und schüttelte den Kopf, daß die blonden Haare flogen. Ein paar Wassertropfen glänzten auf ihrer Stirn. »Meine Mutter würde sagen: Hände weg von dem Jungen, er meint es nicht ehrlich.«

Es war das erste Mal in ihrer Beziehung, daß sie ihre Mutter erwähnte.

»Ich verstehe nicht...« begann er.

»Sicher verstehst du«, schnitt sie ihm das Wort ab.

»Würdest du mir erklären...«

»Dein Hinweis darauf, de Groot nur aus dem Grund zu unterstützen, weil du dir erhoffst, etwas zu finden, was der Erde helfen könnte.«

»Du meinst...«

Sie nickte nachdrücklich. »Das meine ich. Es geht dir doch in erster Linie darum, in dieser Pyramide etwas über die Worgun zu erfahren.«

Er packte sie links und rechts an den Schultern, schob sie ein wenig von sich weg und starrte ihr in die blauen Augen, in deren Tiefe ein eigenartiges Licht schimmerte.

Amy war das Produkt einer deutsch-amerikanischen Ehe. Sie war nicht größer als 175 cm und kaum schwerer als 66 kg, schlank, muskulös, hochintelligent, besaß die Gabe, komplexe Situationen intuitiv zu erfassen und binnen Sekundenbruchteilen richtig einzuordnen.

Und sie war der erste und bislang einzige weibliche Cyborg. Sobald sie auf ihr Zweites System umschaltete, war sie ein fürchterlicher Gegner – eine absolut tödliche Waffe in Menschengestalt.

»Es ist erschreckend«, sagte er mit einem halb verlegenen Lächeln, »wie gut du mich schon kennst.«

Die fast auf den Tag genau 28 Jahre junge Frau lächelte. »Wie lange sind wir schon zusammen?«

»Hm, da muß ich mal überlegen«, gab er sich den Anschein, nachdenken zu müssen.

»Schuft! Aber falls dich jemand mal fragen sollte – es sind jetzt fünf Jahre. Meinst du nicht, daß dies ein genügend großer Zeitraum ist, jemanden kennenzulernen?«

»Hm, manche sind ein ganzes Leben zusammen, ohne sich je richtig zu kennen«, meinte er ungewohnt philosophisch.

»Siehst du unsere Beziehung etwa aus diesem Blickwinkel?!« Sie reckte drohend das Kinn vor. Unter seinen Fingern spürte er, wie sich ihre Schultermuskulatur spannte. Sie hätte sich ihm mühelos entziehen können, ihre Ausbildung und ihr ständiges Training machte sie auch ohne ihr Zweites System zu einer kaum zu besiegenden Gegnerin. Selbst für ungleich kräftigere Männer wie Ren es war, der eine Ausbildung als Judomeister hatte.

»Natürlich nicht, Liebes«, beschwichtigte er ihren gespielten Unmut.

Sie entspannte sich. »Ich verstehe dich ja – und ich gönne dir die Abwechslung. Ehrlich. Fröne ruhig deiner Leidenschaft, es handelt sich schließlich nicht um eine andere Frau. Da hätte ich allerdings sehr wohl etwas dagegen.«

»Dann ist es ja gut«, war alles, was ihm dazu einfiel.

14.

Am nächsten Morgen erschien eine Stunde nach Sonnenaufgang Henk de Groot in Begleitung eines fünfköpfigen Teams an Bord der POINT OF; die Männer Appeldoorns hatten kaum Gepäck dabei.

»Unsere Ausrüstung mitsamt dem schweren Gerät befindet sich schon vor Ort«, erklärte der Ingenieur auf Rens Frage, während seine Blicke voller Interesse durch die Zentrale glitten und jede Einzelheit des Kommandozentrums dieses unvergleichlichen Schiffes in sich aufsaugten.

Der Commander nickte und lächelte flüchtig, als er de Groots unverhohlene Neugierde und Begeisterung bemerkte. »Bei Gelegenheit lasse ich Ihnen von meiner Nummer Zwei das Schiff zeigen.«

»Ist es so offensichtlich?« Henk de Groot lachte offen.

»Sagen wir, die Wißbegierde steht Ihnen ins Gesicht geschrieben. Wer sind Ihre Männer?«

»Verzeihen Sie meine Unhöflichkeit. Kim Boran, Ladislaw Hanky«, de Groot wies mit der Hand jeweils auf den Betreffenden, »Gayle Lyn, Paul Risop und Alain Tscherwenko. Kolonisten der ersten Stunde wie ich. Alles ausgezeichnete Techniker und Ingenieure, jeder ein As auf seinem Gebiet.«

Dhark lächelte stärker. »Davon bin ich überzeugt, Mister de Groot.«

»Lassen Sie den Mister einfach weg, Sir. Henk genügt, vereinfacht die Kommunikation.«

»Einverstanden – Henk.«

»Wann können wir starten?« erkundigte sich de Groot.

»Sobald Sie meinem Ersten Offizier die Koordinaten genannt haben...«

Zwanzig Minuten später erhob sich die POINT OF von ihrem Platz auf dem Zivilraumhafen Neu-Alamo und nahm Kurs auf die Pyramide, die ihre Geheimnisse hinter einem undurchdringlichen Intervallfeld verbarg.

Die Entfernung war nicht dazu angetan, in den Raum vorzustoßen, nur um dann wieder in die Lufthülle einzutauchen.

Hen Falluta ließ den Ringraumer auf 5000 Meter steigen und blieb innerhalb der Atmosphäre.

Der Flug war nur von kurzer Dauer und führte in eine Region, die bislang weder von Kolonisten noch von Immigranten aus ihrem tausendjährigen Schlaf geweckt worden war.

Bei dem angesteuerten Areal handelte es sich um ein Viereck von rund 4000 Metern Kantenlänge. Die Eckpunkte wurden von Kegeln gebildet, die eine exakte Höhe von 1500 Metern aufwiesen. Im Mittelpunkt erhob sich eine einzelne, über zwei Kilometer hohe Ringpyramide.

»Unser Ziel«, antwortete de Groot auf Dharks entsprechende Frage. »Landen Sie auf dem Platz davor.«

»Hen, Sie haben es gehört. Bringen Sie das Schiff auf den Boden.«

»Aye, Sir.«

Mit Hilfe von A-Grav setzte die POINT OF sanft wie eine Feder auf dem riesigen Platz auf. Der Ringraumer wirkte winzig im Vergleich zu den Pyramiden, die wie stumme Riesen das Geviert umstanden, als handelte es sich bei ihnen um Wächter für den Monolithen in der Mitte.

Die Hauptschleuse öffnete sich, und Dhark und de Groot kamen aus dem Schiff.

»Beeindruckend«, sagte der Commander halblaut und wies nach oben; die Spitze der goldenen Pyramide funkelte im Sonnenlicht wie ein riesiger Diamant.

De Groot nickte mehrmals.

»Auf Babylon ist alles beeindruckend«, bekannte er, und seiner Miene war der Stolz anzusehen, ein Bewohner dieses Planeten zu sein.

Zwischen den Ringpyramiden standen alte Bäume, lagen Grasflächen und wuchsen Hecken.

»Was fehlt, sind lediglich Bewohner, die dieser Idylle Leben einhauchen«, sagte Ren Dhark.

»Und Kinder!« meinte Anja Riker. Die W-Mathematikerin kam heran und blieb neben Dhark stehen; sie hatte Dharks letzte Worte gehört. »Viele Kinder, die lachen, die spielen und herumtollen.«

»Geben Sie Babylon noch etwas Zeit«, entgegnete Henk de Groot, »so ein, zwei Jahrzehnte, und es wird sein, wie Sie es sich wünschen.« Er drehte unbewußt an dem Ring, der seinen Finger zierte.

»Verheiratet, Mister de Groot?«

»Wie? O ja. Sogar sehr.« Ein Lächeln huschte über de Groots Gesicht. »Woher wissen Sie davon?«

Anja warf einen bezeichnenden Blick auf den Ring. »Daher. Kinder?« gab sie ihrer Neugier weiter Ausdruck.

»Ja, eine anderthalb Jahre alte Tochter, die Charlize und mich sehr glücklich macht.«

»Wie heißt die Kleine?«

»Charlene – nach ihrer Großmutter.«

Dan Riker kam heran und stellte sich neben Dhark. Er zwinkerte mit den Augen, um den Staub daraus zu vertreiben, den der morgendliche Wind zusammen mit trockenen Gräsern und welkem Laub über den Platz trieb.

»Wie fühlst du dich, Ren?«

Sorgfältig die Worte wählend, erwiderte Dhark: »Wie ein Forscher vor einer neuen Herausforderung. Gespannt, etwas nervös, voller Tatendrang.«

Er deutete auf die Pyramiden in der Umgebung.

»Alle leer?«

De Groot bejahte. »Das ganze Areal in der Umgebung ist unbewohnt.«

»Trotz der Milliarden Zuzügler von der Erde?« Dan Riker konnte es kaum glauben.

»Babylon bietet weit mehr Wohnraum, als die Experten ursprünglich dachten«, klärte de Groot Dharks Vize auf. »Die 36 Milliarden Evakuierten belegen nur gut ein Viertel der vorhandenen Pyramiden. Es gibt noch viele weiße Flecken auf Babylons Landkarte.«

Ren Dhark war ein paar Schritte auf die Pyramide mit ihren ringförmigen Außenterrassen zugegangen.

Jetzt drehte er sich um.

»Und es führt kein Weg hinein?« hallte seine Stimme über den weiten Platz.

»Keiner«, rief de Groot zurück. »Ich kann Ihnen das gerne demonstrieren, wenn Sie möchten.« Er hob die Hand, um einem der Männer seines Teams zu winken; die Gruppe stand etwas abseits und machte sich an ihren Geräten zu schaffen.

»Mit Verlaub«, sagte Dhark und kam wieder näher, »ich mache mir lieber selbst ein Bild.«

*

Die Sonne stand fast lotrecht an Babylons Himmel.

In den vergangenen Stunden hatten die Spezialisten aus der Wissenschaftlichen Abteilung der POINT OF ihre auf A-Gravplattformen montierten Meßeinrichtungen aufgebaut und mit der Untersuchung des Intervallfeldes in der Pyramidenhülle angefangen.

Ihre Meßergebnisse brachten jedoch nicht mehr ans Tageslicht, als daß das Feld innerhalb der Außenmauern seinen Ursprung nahm, sich aber nach außen weitete. Dabei verhielt es sich reaktiv; zunächst erfolgte ein kaum meßbarer Anstieg der Intensität, wenn man in seinen Einflußbereich kam, aber je tiefer man in das Feld vordrang, um so stärker wurde es, bis man an einen Punkt gelangte, an dem es unüberwindlich war und jegliche Materie, organische wie anorganische, unter erheblicher Wärmeentwicklung zurückstieß.

Nicht tödlich für ein Lebewesen, aber sehr unangenehm.

Sonden fanden heraus, daß das Feld die Pyramide vollständig umschloß; an keiner Stelle war eine Schwächung festzustellen oder gar ein Durchlaß. Tiefenmessungen ergaben, daß das Intervall über 15 Kilometer tief in den Erdboden reichte!

Arc Doorn, Shanton und die anderen W-Spezialisten kamen lediglich an einem der Eingänge etwas näher an das Feld selbst heran, was zu einigen Erkenntnissen über die Natur des Schirmes führte.

»Es ist kein normales Intervallfeld«, war sich Doorn sicher.

»Dem kann ich nur zustimmen«, meinte Anja Riker. »Es weicht in einigen Details von einem Intervallfeld ab.«

»Erinnert euch das nicht an das Kugelschalenuniversum?« warf Chris Shanton ein. »Gewisse Parameter deuten darauf hin.«

»Erinnern schon, Chris«, brummte Doorn mürrisch, wie es seine Art war. Das Fremdtechnikgenie, das sich gern als Sibirier ausgab, schüttelte zweifelnd den Kopf mit den langen roten Haaren. »Aber es gleicht ihm auch wieder nicht.«

Neue Hoffnung keimte auf, als von Shanton der Vorschlag kam, mit Flash einzudringen.

Mike Doraner versuchte es mit der 005.

Der Optimismus, daß der Versuch gelingen würde, hielt nur so lange an, bis sich herausstellte, daß es selbst mit dem W-Beiboot nicht möglich war, durch das Intervallfeld zu kommen. Der Flash glitt zur allgemeinen Überraschung vom Intervallfeld ab und »flutschte« daran vorbei, wie ein flacher Kiesel über eine Wasserfläche.

Zurück an Bord der POINT OF diskutierte man über das ungewöhnliche Verhalten des Intervallfeldes.

Man erörterte verschiedene Möglichkeiten, den intervallbasierten Schutzschirm – durchgängig war man der Auffassung, daß es sich genau darum handelte – zu überwinden. Doch keiner der geäußerten Vorschläge erwies sich bei näherer Betrachtung als brauchbar.

Nur einer beteiligte sich nicht an dem Brainstorming der anderen, sondern wirkte in sich gekehrt, abwesend.

Schließlich fiel es Dhark auf.

»Was ist mit Ihnen, Chris?« wandte er sich an Shanton. »Sie sind«, er lächelte verhalten, »entgegen Ihrer Gewohnheit so schweigsam. Darf man den Grund erfahren?«

»Das ist doch klar«, tönte eine hämische Stimme unter Shantons Gliedersessel hervor. »Er ist eingeschlafen. Wie immer, wenn es um wichtige Entscheidungen geht.«

Shanton stieß ein Knurren aus.

»Wenn du nicht deine Klappe hältst, du vierbeiniger Flohverweigerer, laß ich dich vom Chief schreddern! Ich habe nur nachgedacht.«

»Dazu müßtest du mich erstmal kriegen!« meckerte Jimmy, Shantons mechanische Kopie eines Foxterriers und ständiger Stachel in dessen Fleisch.

Der Ingenieur versuchte, mit der Ferse nach ihm zu treten, konnte sich wegen seiner Leibesfülle allerdings nicht gelenkig genug bewegen, um sein Alter ego zu treffen.

Immerhin erreichte er, daß sich Jimmy in Richtung Amy verzog, die ihm gedankenverloren den Kopf kraulte, als er sich an ihre Beine schmiegte.

Jimmy quittierte diese Zuwendung mit dem Maunzen einer kleinen Katze.

»Sie sollten endlich einmal sein Stimmenmodul auf Vordermann bringen, Chris«, sagte Dhark kopfschüttelnd. »In letzter Zeit klingt er so merkwürdig.«

»Ob's ihm wohl schlecht geht?« meinte Anja, aber ohne ihr Gesicht zu verziehen.

Und Dan versetzte: »Er wird doch nicht abkratzen?«

»Endlich!« brummte jemand aus dem Hintergrund. »Wird auch langsam Zeit...«

Das war eindeutig zuviel für Jimmy. Mit einem beleidigten Knurren verzog er sich in den Hintergrund des Konferenzraumes, wo ihm keinerlei Ungemach widerfahren konnte.

»Nachdem nun wieder Ruhe eingekehrt ist«, wurde Ren ernsthaft, »machen wir weiter. Chris, worüber haben Sie nachgedacht?«

»Mir geht das Kugelschalenuniversum nicht aus dem Kopf. Wie sind wir damals hineingeraten?« erkundigte er sich – und beantwortete sich seine Frage gleich selbst: »Wir sind hineintransitiert. Erinnert ihr euch?«

Bis auf Henk de Groot und seine Leute war jeder dabeigewesen. »Sie haben einen Plan?« erkundigte sich Dhark.

»Natürlich hat er einen Plan«, ließ sich Jimmy aus dem Hintergrund mit der markigen Stimme eines Kasernenhoffeldwebels hören. »Wann hätte er denn jemals keinen gehabt?«

»Hören Sie nicht auf ihn«, bedeutete Dan Riker dem schwergewichtigen Liebhaber kalorienreichen Essens. »Lassen Sie uns doch wissen, wie Ihr Plan lautet!«

»Wir transitieren einfach in die Pyramide!« Zustimmung heischend blickte Shanton in die Runde. Kollektives Schweigen. »Was ist?« fragte er. »Hält das keiner für eine gute Idee?«

»Entschuldige«, brummte Arc Doorn, »daß wir nicht in Beifallsstürme ausbrechen. »Ich glaube, von uns hält das niemand für einen Brüller, mein Freund. So leid es mir für dich tut.«

»Wenn dieses Intervallfeld auch nur annähernd dem des Kugelschalenuniversums gleicht«, warnte Mike Doraner, »möchte ich die Schwierigkeiten zu bedenken geben, die wir hatten, dort wieder herauszukommen.«

Ren Dhark runzelte die Stirn. Der Einwand des Flashpiloten war nicht von der Hand zu weisen. In das Kugelschalenuniversum hatte man zwar hineintransitieren können, war aber nicht mehr in der Lage gewesen, es aus eigener Kraft zu verlassen. Sie hatten zwei Flash verloren bei dem vergeblichen Versuch, einen gangbaren Weg zu finden. Nur die Wurmloch-Sprungtechnik der Nomaden hatte es ihnen ermöglicht, dem Mini-Universum zu entfliehen, nach einigen sehr heftigen Abenteuern in seinem Innern.

»Ihr kapriziert euch zu sehr auf das Kugelschalenuniversum«, machte Shanton die Zuhörer aufmerksam. »Es kann, muß aber nicht identisch sein mit dessen Intervallfeld... Außerdem habt ihr mich nicht ausreden lassen. Keiner von euch. Ich habe niemals behauptet, daß wir sofort Leben riskieren sollten. Nein, wir schicken zunächst einen unbemannten Flash.«

»Einfach so? Aufs Geradewohl?« gab Mike Doraner zu bedenken. »Ohne genaue Koordinaten? Das halte ich für keine sonderlich praktikable Idee. Das Intervallfeld entpuppt sich vielleicht als eine perfekte Falle.«

»Mike übertreibt zwar, dennoch hat er recht«, ließ sich Dan Riker vernehmen und unterband damit Shantons geharnischte Antwort, die dieser schon auf den Lippen hatte. »Wir können weder in die Pyramide hineinsehen, noch schaffen es unsere Taster, das Feld zu durchdringen, um die Aufteilung vorhandener Hohlräume zu erfassen und sichtbar zu machen. Wir könnten mit dem Flash überall rematerialisieren. Geschieht das in fester Materie, kann sich jeder selbst ausmalen, was passiert, da während einer Transition dessen eigenes Intervallfeld deaktiviert ist. Im schlimmsten Fall zerstört der Flash energieintensive Anlagen, und es kommt zu einer gewaltigen Explosion!«

»Das habe ich längst schon alles bedacht«, versicherte Shanton, und seine buschigen Augenbrauen sträubten sich wie Krähenflügel über soviel Diskussion um einen Tatbestand, der ihm längst klar war. »Wir plazieren sechs Flash über, unter und rings um die Pyramide. Mittels To-Richtfunk senden die ein Peilsignal und markieren so die Zielkoordinaten für den siebten Flash. Henk«, wandte er sich abrupt an de Groot, ohne darüber nachzudenken, daß er ihn beim Vornamen genannt hatte, »unterscheidet sich diese Pyramide in irgendeiner Weise von den anderen?«

»Das kann ich mir nicht vorstellen«, erwiderte Präsident Appeldoorns Spezialist für die Reaktivierung der Worgun-Gebäude. »Ihre Größe ist identisch mit der unzähliger anderer auf Babylon. Die Höhe ist Standard und läßt eindeutige Rückschlüsse auf die Zahl der bewohnbaren Ebenen zu. Oh, jetzt weiß ich, worauf Sie hinauswollen, Chris... sie dürfte auch mit nahezu hundertprozentiger Wahrscheinlichkeit mit der gleichen Eingangshalle über mehrere Stockwerke versehen sein wie alle anderen, in denen ich bisher war. Und das waren recht viele.«

»Das ist es, was ich hören wollte«, sagte Shanton mit dem zufriedenen Grinsen einer satten Katze. Er sah auf Dhark. »Wir werden den Flash so nahe wie möglich an den Haupteingang bringen und ihn dann aus dem Stand die wenigen Meter direkt in die Halle der Pyramide transitieren lassen. Gelingt uns dies, und haben wir ihn erst einmal da, wo wir ihn haben wollen, kann er uns Bilder vom Innern über seinen To-Richtfunk schikken. Gelingt uns außerdem noch die problemlose Rückkehr, steht einer Besichtigung durch ein paar von uns nichts mehr im Weg, würde ich meinen. Oder? Im schlimmsten Fall verlieren wir einen Flash, und ich weiß ganz zufällig, wo wir Ersatz bekommen. Wozu haben wir einen spendablen Gönner mit eigenem Planeten?«

»Ausgezeichnete Idee«, lobte Dhark und nickte anerkennend. »Hat jemand eine bessere?«

Niemand meldete sich.

»Gut. Machen wir es so, Chris. Fangen Sie an!«

*

Der Versuch mit dem ferngesteuerten Flash verlief zur uneingeschränkten Zufriedenheit der Terraner. Auch Henk de Groot zeigte sich beeindruckt und gab seiner Bewunderung darüber Ausdruck, indem er zu Shanton sagte: »Hören Sie, Chris, wenn es Ihnen an Bord dieses Schiffes mal zu langweilig werden sollte oder Ihr Chef Ihnen nicht mehr Ihr Gehalt zahlen kann beziehungsweise will, kommen Sie nach Babylon. Sie sind jederzeit willkommen. Wir brauche Leute Ihres Kalibers wie die Luft zum Atmen, Männer mit Intuition und dem unbändigen Willen, Unmögliches möglich zu machen...«

»Geben Sie sich keine Mühe«, grinste Dan Riker. »Es haben schon andere versucht, ihn für ihre Zwecke einzuspannen. Sie können noch soviel sülzen, wie Sie wollen. Es klappt nicht. Mister Shanton fühlt sich nur in unserer Nähe wohl.«

»Wer behauptet das?« brummelte der Diplomingenieur in seinen Backenbart.

De Groot zeigte ein halbes Lachen. »Den Versuch war es zumindest wert«, meinte er und widmete sich dem großen Hauptschirm, der sich in seinem Blickfeld befand.

»Achtung, die ersten Bilder kommen«, meldete Elis Yogan.

Es wurde still in der Zentrale der POINT OF; gebannt blickten alle Augen auf die Aufnahmen, die der Flash aus dem Inneren der Pyramide sendete und die vom Checkmaster auf die fünf großen Bildschirme übertragen wurden.

»Hm...« Dhark schürzte die Lippen. »Sieht alles normal aus. Oder was ist Ihre Meinung, Henk?«

»Würde ich auch sagen.« De Groot beugte sich etwas vor, um die Einzelheiten zu prüfen. »Die Halle ist wie jede andere. Nichts Ungewöhnliches, Fremdes oder Unerklärliches zu erkennen. Auch keine Bewohner.«

»Tino!«

»Sir?«

»Irgend etwas anzumessen, was nach Gefahr oder Bedrohung aussieht?«

»Negativ, Commander«, versicherte der Chef der Ortungsabteilung. Auf dem zentralen Kommandostand der POINT OF existieren zwei Hauptschnittstellen zum Checkmaster, an einer saß Grappa, die andere belegte Yell, ein fast ebenso begnadeter Ortungsspezialist wie sein Chef.

»Gut, dann holen Sie mir den Flash wieder zurück!«

»Aye, Sir.« Tino Grappa konzentrierte sich am Checkmasterpult.

Einer der wesentlichen Kommunikationswege zwischen Besatzung und Hyperkalkulator war auf der gedanklichen Ebene angesiedelt: Der Checkmaster konnte seine Gedankensignale auf eine bestimmte Person konzentrieren oder sie so ausstreuen, daß sie in der gesamten Zentrale zu verstehen waren. Umgekehrt waren autorisierte Personen in der Lage, sowohl sprachlich als auch auf gedanklicher Ebene mit dem Hyperkalkulator zu kommunizieren.

Ein von Anja Riker Ende 2059 entwickeltes Programm ermöglichte dem Checkmaster zwischenzeitlich eine eigene akustische Sprachausgabe, die von ihm im Bedarfsfall auch auf die Bordlautsprecher des gesamten Schiffes ausgeweitet werden konnte.

Das Gesicht des Mailänders nahm für einen Moment einen entrückten Ausdruck an, als lausche er einer inneren Stimme, in Wahrheit jedoch erteilte er dem Bordgehirn der POINT OF per Gedankensteuerung den entsprechenden Befehl.

Dann nickte er.

»Flash ist wieder gestartet.«

»Keine Schwierigkeiten?« erkundigte sich Shanton sicherheitshalber beim Ortungschef.

»Keine – nur der Checkmaster hat wieder mal seine eigene Interpretation des Rückrufbefehls entwickelt.«

So interpretierte er den Rückholbefehl Grappas auf die Weise, daß er den Flash in den planetennahen Weltraum transitieren ließ, um ihn anschließend im Intervallflug in den Hangar zurückkehren zu lassen.

»War unkomplizierter«, antwortete die körperlose Stimme des

Checkmasters lakonisch, als Grappa Aufklärung für dieses ungewöhnliche Manöver verlangte.

»Seit wann wägst du bei einem derartig einfachen Vorgang den Grad der Schwierigkeit in der Ausführung ab?« erkundigte sich Grappa erstaunt. »Manöver wie diese beanspruchen deine Subroutinen ungefähr so wie uns ein Wimpernschlag.«

Der Checkmaster antwortete auf die letzte Bemerkung Grappas nicht; die Künstliche Intelligenz der POINT OF interpretierte die Worte des Ortungschefs nicht als Frage.

»Alles in Ordnung mit dem Flash?« erkundigte sich Dhark.

Grappas Augen überflogen die entsprechenden Informationen auf der Konsole, die den Einschleusungsvorgang dokumentierten.

»Wenn man davon absieht, daß er innerhalb dieser kurzen Zeit 56 Prozent seiner Energie verloren hat und nun aufgetankt werden muß – keine weiteren Probleme.«

Ren Dhark lehnte sich in seinem Gliedersessel zurück, stemmte den Fuß gegen sein Pult und stieß sich ab, so daß er eine Dreihundertsechziggraddrehung vollführte. Am Ausgangspunkt zurückgekehrt, nickte er zufrieden.

»Wir haben also einen praktikablen Weg gefunden, um in die Pyramide zu gelangen. Ausgezeichnete Arbeit, Chris.«

»Sehe ich auch so«, gab Shanton zurück und kratzte sich unter seinem Bart. Sein Triumph über den erfolgreich abgelaufenen Versuch war nicht zu übersehen.

»Also gut, verlieren wir keine Zeit. Folgendes…« In gewohnt präziser Weise entwickelte Dhark seinen Plan. Dieser sah vor, mit zehn Flash und einer Forschergruppe in die Pyramide einzudringen, um in Erfahrung zu bringen, weshalb ausgerechnet dieses Bauwerk durch ein derartig starkes und andersartiges Intervallfeld geschützt war.

Zu den Teilnehmern der Forschergruppe gehörten neben Henk de Groot und seinen fünf Mitarbeiten Dhark selbst, Shanton, Arc Doorn, Amy Stewart, Anja Riker und Artus. Mit im Team waren aus der Wissenschaftlichen Abteilung der Kontinuumsforscher und Intervallexperte H.C. Vandekamp; der Archäologe Tschu Hin; Hu Dao By und Pal Hertog, beides Physiker; Iwan Fedorewitsch, ein weiterer Kontinuumsexperte, sowie Jo Getrup, Grundlagenforscher und Kybernetiker. Leutnant Hornig und ein Kampfroboter vervollständigten das Team, sie würden sich um die Abwehr eventueller Gefahren kümmern.

Das Einschleusen in die Flash vollzog sich in gewohnt unproblematischer Weise. Auch die Wissenschaftler an Bord der POINT OF hatten mittlerweile gelernt, sich den Erfordernissen eines vormals militärischen Raumschiffs anzupassen, auch wenn jeder von ihnen Zivilist war – abgesehen von den Soldaten, die für die Sicherheit verantwortlich zeichneten – und kaum oder gar nicht an entsprechenden Einsatzübungen teilgenommen hatte.

Koordiniert vom Checkmaster flogen die zehn W-Beiboote hinaus vor die Pyramide, leiteten dann einen gekoppelten Sprung ein und materialisierten einen Lidschlag später in der Eingangshalle der Ringpyramide.

Zehn Flash, die Augenblicke später wie überdimensionale blauschimmernde Insekten auf ihren spinnenbeinartigen Auslegern standen.

Es war hell. Weißblaues Licht herrschte, dessen Ursprung im Verborgenen lag; die Energieversorgung im Innern der Pyramide war eindeutig intakt.

»Wenigstens müssen wir nicht im Dunkeln tappen«, ließ H.C. Vandekamp verlauten. Seine Stimme klang angespannt, während seine Augen das bläuliche Schimmern nach möglichen Hinweisen einer eventuellen Gefahr durchforsteten.

Aber die Halle war leer; niemand zeigte sich.

»Hören Sie etwas, Leutnant Hornig?« erkundigte sich Dhark über die Bord zu Bord Verbindung.

»Nichts, Sir«, kam Lap Hornigs unaufgeregte Stimme. »Wir könnten aussteigen.«

»Die Analyse meiner Konsole zeigt, daß die Luftzusammensetzung hier drin mit der Planetenatmosphäre identisch ist«, ließ sich Hu Dao By vernehmen. »Nichts Schädliches für uns. Jedes Molekül absolut verträglich. Ich pflichte Leutnant Hornig bei: Wir könnten aussteigen.«

»Nicht eher, bis absolut gewährleistet ist, daß wir es unbedenklich tun können«, wehrte Dhark ab. Seine Stimme war zwingend und eindringlich. »Noch bin ich es nicht. Was sagen die Instrumente, H.C.? Irgendwelche energetischen Anomalien vorhanden?«

Der Intervallexperte H.C. Vandekamp, dem sein wirklicher Vorname Honorius Cyrano so peinlich war, daß er sich von seinen Freunden und Bekannten nur H.C. nennen ließ, sagte seinem Naturell als hypernervöser Choleriker entsprechend aufgeregt und hektisch: »Wir haben – was sage ich da! – Jo hat in einer Tiefe von 15 Kilometern starke Schwerkraftanomalien angemessen.«

»Ursache?«

»Ein größeres Tofiritlager«, machte sich Jo Getrup nun doch bemerkbar.

»Das erklärt die reichlich vorhandene Energie für den Betrieb dieser Pyramide und ihres Intervallfeldes«, sagte Arc Doorn aus der Null-Null-Zehn.

Der hinter Dhark sitzende de Groot gab einen überraschten Laut von sich.

»Eine erstaunliche Entdeckung! Bisher ist noch keine Worgun-Pyramide bekannt, die 15 000 Meter tief in den Boden reicht! Das sollten wir uns unbedingt ansehen, Commander.« Die plötzliche Erregung über diese unerwartete Entdeckung ließ seine Stimme flach klingen.

»Das sehen wir uns auf alle Fälle an, Henk!« beruhigte ihn Dhark und gab den Befehl, die Intervalle einzuschalten.

Die Flash hoben vom Boden ab, stiegen zwei, drei Meter hoch, um den Landestützen Gelegenheit zu geben, sauber und vollständig einzufahren, und schickten sich eben an, in den Untergrund der Ringpyramide vorzudringen, als sie mit lautem Getöse auf den Boden der Eingangshalle niederstürzten.

Sekundenbruchteile davor, für die Insassen kaum wahrzunehmen, waren sämtliche Energieanzeigen im Innern der Boote auf null gefallen.

Jemand hatte einfach die Sicherungen herausgedreht – bildlich gesprochen – und weggeworfen.

Nichts funktionierte mehr; die Katastrophe war so plötzlich und rigoros über die Forschergruppe hereingebrochen, der Energieabfall in Bruchteilen von Augenblicken vonstatten gegangen, daß nicht einmal mehr die Notfallwarnung hatte ansprechen können.

Ren Dhark brauchte etwas Zeit, um auf die völlig veränderte Lage einzugehen. Dann reagierte er.

»Helfen Sie mir, Henk«, sagte er scharf. »Wir müssen die Luke von Hand öffnen. Der Servo hat den Geist aufgegeben.«

»Ich bin dabei«, erwiderte Henk de Groot. »Machen wir, daß wir nach draußen kommen.«

Mit vereinten Kräften stemmten die zwei Männer die Luke hoch, kletterten aus dem energetisch toten Raumboot und ließen sich auf den Boden herab.

Um sie herum das gleiche Bild: von Hand geöffnete Luken, verwirrte Gesichter.

»Irgendwer verletzt?« schallte Rens Stimme laut durch die Halle.

Es hatte keine Verletzten gegeben; in den Flash saß man wie in Abrahams Schoß. Lediglich die 010 Arc Doorns und die 007 von By und Hertog waren so unglücklich abgestürzt, daß sie auf den Luken zu liegen gekommen waren.

»Rasch! Helfen wir ihnen!« ordnete Dhark an.

Mit vereinten Kräften rollte man die beiden Flash so weit herum, daß deren Insassen aussteigen konnten.

»Verdammt, was ist da geschehen?« polterte Shantons sonore

Stimme. Seine Miene drückte Ärger aus, wie immer, wenn etwas geschah, das sich seiner Kontrolle entzog.

Sie hatten sich wenige Meter von den Flash entfernt versammelt. Jetzt standen sie dicht beieinander und stellten Mutmaßungen über die Ursache des Vorgangs an.

»Das Intervallfeld hat auf uns reagiert«, versetzte Pal Hertog.

»Da könnte etwas Wahres dran sein«, pflichtete ihm Anja Riker bei.

»Gleichermaßen Schutz nach außen wie nach innen...«

»Was gibt es hier zu schützen?« wunderte sich Hu Dao By und drehte sich im Kreis, wobei er die Arme ausbreitete wie ein Prediger.

»Schutz vor Leuten wie uns vielleicht?« schlug H.C. Vandekamp mit einem niederträchtigen Grinsen vor. »Ich stelle das nur mal so als Diskussionsgrundlage in den Raum.«

»Schluß der Debatte«, befahl Ren Dhark mit befehlsgewohnter Stimme. »Funktionieren unsere Handgeräte noch?«

Es stellte sich heraus, daß die wenigen Geräte, die sie dabei hatten, funktionstüchtig waren, ebenso der Kampfroboter und die Waffen. Auch der Kontakt über die Viphos nach draußen zur POINT OF war mit Einschränkungen in der Leistung möglich.

Einzig die Kleinstraumer lagen wie gestrandete Riesenfische herum.

»Wir wurden zwar permanent daran gehindert, die Pyramide zu betreten«, meldete sich Paul Risop aus de Groots Team, »aber wer weiß, vielleicht funktioniert es ja andersherum?«

»Ist einen Versuch wert«, nickte Alain Tscherwenko. Er setzte sich in Bewegung – nur um frustriert feststellen zu müssen, daß im Innern der Pyramide der gleiche Effekt auftrat, der das Eindringen von außen vereitelte. Tscherwenko wurde deutlich sichtbar von einer unsichtbaren Kraft zurückgedrängt – und erlitt die gleichen, von Henk de Groot geschilderten Symptome. Mit gerötetem Gesicht und in Schweiß gebadet taumelte er zurück. Er wäre fast gestürzt, doch Risop fing ihn auf und stützte ihn.

»Das war wohl ein Schuß in den Ofen«, murmelte Tscherwenko, ein grobschlächtiger Kolonist, den man sich gut in der Kanzel eines Motorpfluges oder am Abstich eines Hochofens vorstellen konnte.

»Ich finde auch keinen Schalter«, bedauerte Arc Doorn, »mit dem das Intervall deaktiviert werden könnte.« Er hatte während des vergeblichen Versuchs Tscherwenkos die Wände neben dem Eingang mit seinem Handsuprasensor nach einem entsprechenden Mechanismus abgesucht.

Das besondere Intervall verwehrte zudem auch jeden Blick nach draußen; die verglaste Lobby des Eingangsbereiches war von einem milchig-undurchsichtigen Feld abgesperrt.

Viel war es nicht, was sie durch ihr Eindringen in die Pyramide bislang erfahren hatten.

Aber immerhin befanden sie sich in einem Bau, der noch voll funktionstüchtig war, zumindest was die Gebäudetechnik betraf.

Der Hauptenergiemeiler in den Untergeschossen war eindeutig aktiv und in Betrieb, erkennbar daran, daß alles in der Pyramide funktionierte. Türen öffneten sich selbsttätig bei Annäherung. Rolltreppen und -bänder liefen leise surrend. A-Gravliftröhren signalisierten ihre Betriebsbereitschaft.

Aber all das eingeschlossen in ein Intervallfeld, dessen Sinn und Zweck sich ihnen noch nicht offenbart hatte.

»Verschwenden wir nicht länger unsere Zeit an etwas, das offensichtlich auf die Schnelle nicht gelöst werden kann«, entschied Dhark. »Ich bin mir sicher, daß wir früher oder später einen Weg nach draußen finden. Inzwischen machen wir das Beste aus unserer Situation und sehen uns hier um.«

»Bin schon mächtig gespannt darauf, was uns hier erwartet«, bekannte Chris Shanton brummig.

Dhark nickte de Groot zu.

»Sie sind der Experte für Babylons Pyramiden. Das hier«, er

machte eine umfassende Handbewegung, »ist Ihr Terrain, Henk. Ich schlage vor, Sie übernehmen die Führung.«

De Groot orientierte sich nur kurz.

Worgun-Wohnbauten waren durchweg nach einem bestimmten Grundschema gefertigt, wie er während seiner Arbeit herausgefunden hatte. Mittlerweile hatte er dieses so verinnerlicht, daß er sich in den gewaltigen Ringpyramiden fast blind zurechtfand. Er benötigte schon lange keine Wege- oder Aufrißpläne mehr, um in einem Gebäude der Worgun dorthin zu gelangen, wohin er wollte.

»Also dann«, sagte er auffordernd und setzte sich in Bewegung.

15.

Shantons Erwartungen erhielten rasch einen Dämpfer. Bei der Erforschung der an die Eingangshalle angrenzenden Räume stellte sich heraus, daß diese Pyramide offensichtlich nicht nur zu Wohnzwecken diente.

»Und woraus schließen Sie das, Henk?« wollte Dhark wissen, als ihn de Groot auf diesen scheinbar nur für ihn ersichtlichen Umstand aufmerksam machte.

»Schauen Sie sich doch um, Commander.« De Groot machte eine umfassende Handbewegung. Sie hatten eine Stunde damit verbracht, Räume und Hallen zu inspizieren, die alle noch auf der Ebene des Eingangsbereiches lagen – an die Räume der unzähligen Stockwerke über ihnen wagte niemand zu denken. »Sehen Sie hier irgend etwas, das wie eine Wohnungseinrichtung aussieht?«

»Wenn Sie mich so fragen – Sie haben recht. Ich habe offenbar den Wald vor lauter Bäumen nicht gesehen«, bekannte Dhark und lächelte etwas zerknirscht. »Mein Fehler.«

»Unser aller Fehler«, verkündete Arc Doorn, der sich Henk de Groot und dem Commander angeschlossen hatte; die anderen hatten ebenfalls Grüppchen gebildet und erforschten so die Räumlichkeiten auf der Suche nach etwas, das de Groot zufolge hier überhaupt nicht vorhanden war. Zumindest die Räume des Erdgeschosses waren angefüllt mit technischen Einrichtungen aller Art, nur nicht mit Gegenständen des persönlichen Bedarfs potentieller Bewohner.

»Vielleicht wohnen Sie ja weiter oben«, schlug Shanton vor, der mit Leutnant Hornig und dem Kampfroboter unterwegs war und nun zu Dhark und dessen Begleitern gestoßen war und die letzten Worte mitbekommen hatte.

»Vielleicht«, sagte Arc Doorn. »Vielleicht aber auch nicht.«

»Du kannst einem aber ganz schön die Petersilie verhageln mit deinem ewigen Pessimismus, alter Freund«, grummelte Shanton bärbeißig. »Entscheide dich doch mal.«

Sie setzten ihre Exkursion fort.

Manchmal trennten sich die Wege der einzelnen Gruppen, aber niemals so weit, daß man sich aus den Augen verlor; sie blieben zumindest immer in Rufweite. Zur Not hatte man ja auch die Armbandviphos, um Kontakt zu halten.

Als sie wieder einmal nur eine Flucht von Räumen voll mit technischen Einrichtungen durchquert hatten, deren Verwendungszweck auf die Schnelle nicht ersichtlich war, blieb Arc Doorn plötzlich stehen, steckte die Hände hinter den Gürtel und sagte, an seine Begleiter gewandt: »Wüßte ich es nicht besser, ich könnte glauben, ich wäre in einem Raumschiff.«

»Phantast!« bemerkte Shanton laut. »Oder was meinen Sie, Hornig?«

Der Leutnant reagierte nicht. Er verharrte still, hatte den Kopf leicht zur Seite geneigt.

Etwas ging vor.

In ihm?

Nein. Um ihn!

Er hätte schwören können, etwas gesehen zu haben; etwas hatte sich am Rande seiner Wahrnehmung bewegt. Schnell und nur zu sehen, wenn man genau den Punkt mit den Augen traf. Etwas Kleines, ein Tier vielleicht? Ob es hier so was wie Ratten gab? Wenn ja, dann waren es große Ratten.

Sein Magen zog sich zu einem kalten Knoten zusammen.

»Was, zum Teufel, war das?« murmelte er unhörbar für die anderen und drehte den Kopf.

Die Stille dröhnte in seinen Ohren.

Zeit dehnte sich…

Da! Schon wieder!

Hornig konzentrierte sich.

Nichts.

Sicher nur Einbildung.

Produkt seiner überreizten Nerven.

Leutnant Lap Hornig blinzelte.

Nein, da war wirklich nichts, nur Shantons hartnäckige Stimme.

»Leutnant! Was ist mit Ihnen?«

Lap machte eine abwehrende Handbewegung.

»Nichts, Mister Shanton, gar nichts«, versicherte er und beschloß, sein Erlebnis für sich zu behalten.

Shanton schien nicht davon überzeugt, enthielt sich aber einer Bemerkung darüber. »Was halten Sie also davon?«

»Wovon? Oh, davon!« Hornig erinnerte sich wieder an Shantons Frage. Er zuckte mit den Schultern. »Da bin ich überfragt«, sagte er forscher, als es seine Art war, um sein Unbehagen zu vertreiben, das in seinem Hinterkopf rumorte und sich einen Weg nach draußen bahnen wollte. »Machen Sie das unter sich aus.«

Shanton blies die Backen auf, sah aber dann ein, daß er auf Hornigs Unterstützung nicht zählen konnte.

»Das hier könnte sehr wohl ein Raumschiff sein!« beharrte Arc Doorn, um dann doch eine Einschränkung zu machen: »Zumindest aber ein technisches Konstrukt und keinesfalls ein Wohngebäude, obwohl der Aufbau der Pyramide all den anderen gleicht. Aber die Ausstattung ist grundverschieden.«

Dhark entgegnete: »Die Möglichkeit, daß Sie mit Ihrer ersten Behauptung recht haben, ist nur sehr marginal. Ich glaube eher an eine Art Forschungseinrichtung. Aber die Diskussion darüber bringt uns nicht weiter. Um Ihre These zu bestätigen, müßten wir mehr von dieser Pyramide sehen. Doch ich stimme Ihnen insofern zu, daß es sich um eine große technische Anlage handeln könnte. Wir werden sehen.«

*

Die Erkundung der Ringpyramide nahm ihren Fortgang.

Leutnant Hornig sah keine »Tiere« mehr, was ihn einerseits beruhigte, andererseits aber Zweifel an seiner Wahrnehmungsfähigkeit weckte.

Dafür stieß man auf den zentralen Antigravschacht.

»Ob er wohl betriebsbereit ist?« Hu Dao By blickte mißtrauisch.

Henk de Groots Blicke schweiften suchend umher.

»Na klar«, verkündete er. »Ist er.«

»Was macht Sie so sicher?« wunderte sich der Koreaner mongolischer Abstammung.

De Groot zeigte ein halbes Lächeln. »Sehen Sie dorthin!«

Die Blicke aller folgten seinem ausgestreckten Arm.

Die Anzeigen für die Minus- und Plusphase leuchteten und signalisierten, daß der A-Gravschacht betriebsbereit war.

»Donnerwetter! Nach mehr als tausend Jahren noch immer funktionstüchtig«, brachte Hertog seine Bewunderung zum Ausdruck.

»Worgun bauen für die Ewigkeit«, sagte Henk de Groot zur Begründung. »Die Erfahrung haben wir gemacht.«

»Dennoch würde ich das Ding erst mal einer Funktionsprüfung unterziehen, ehe ich mich ihm anvertraue«, sperrte sich Hu Dao By.

»Wollte ich eben anordnen«, verkündigte Dhark lächelnd. »Leutnant Hornig, bitten Sie doch Ihren gepanzerten Begleiter, diesen Check zu übernehmen.«

Hornig schickte seinen Roboter hinein; ihr Prallfeld würde die Kampfmaschine jeden Absturz überstehen lassen, sollte der Schacht wider Erwarten doch außer Betrieb sein. Doch er funktionierte – wie alles andere in der Pyramide.

»Hinauf oder hinab?« wollte Anja Riker wissen.

Unschlüssig standen die Wissenschaftler und das Team de Groots vor der Röhre.

»Kommt schon! Was machen wir?« wiederholte die W-Mathematikerin. »Eine Münze werfen?«

Eigentlich wollte man nach unten, um zu sehen, was sich in der Tiefe verbarg, aber Dhark nahm für den Augenblick Abstand davon.

»Gehen wir erst einmal nach oben und sehen uns dort noch ein wenig um«, ordnete er an.

»Ganz meine Meinung«, gab Shanton zu verstehen. Seine Stimme bekam einen sehnsuchtsvollen Beiklang, als er fortfuhr: »Oben liegen meist die guten Restaurants und... was ist?« Er verstummte, als er mitbekam, daß er von durchdringenden Blikken gemustert wurde.

Er hob die Schultern.

»He, Leute! Kommt schon! Ich bin es, euer allseits beliebter Hundefreund!« Aus einem rational nicht zu erklärenden Grund fühlte er das Bedürfnis, sich verteidigen zu müssen. »Habe ich etwas Falsches gesagt, nur weil ich mir erlaubt habe, auf gewisse Bedürfnisse aufmerksam zu machen, ohne deren kontinuierliche Befriedigung wir uns gleich einsargen lassen können, weil sie für den Fortbestand unserer Spezies unerläßlich sind?«

Vandekamp schnaubte. Seine Hakennase in dem breitflächigen Gesicht zitterte vor gespielter Empörung. »Sie denken aber auch immer nur an das eine, Chris.«

Und Fedorewitsch setzte noch eins drauf und sagte: »Gourmand!«

»Was meinen Sie?« fragte Shanton, der den sarkastischen Unterton in der Stimme des Kontinuumsexperten entweder nicht bemerkte oder beschlossen hatte, ihn zu ignorieren.

»Das bedeutet Vielfraß«, konnte es sich Amy nicht verkneifen zu sagen.

»Na, toll«, erwiderte der voluminöse Diplomingenieur. »Immer auf die Kleinen und Schwachen. Aber was soll's. Ich gestehe, ich denke nun mal mit vollem Bauch besser. Ist ein Naturgesetz.«

»Schluß der Debatte!« ergriff Dhark wieder die Initiative. »Machen wir uns auf den Weg. Und der führt fürs erste nach oben.«

Unterwegs stiegen sie auf mehreren Etagen aus, um sich ein Bild von den oben liegenden Räumlichkeiten zu machen – und erlebten weitere Überraschungen. Sie fanden Wohnräume in der gewohnten Größe, aber deren Mobiliar schien Puppenstuben entlehnt zu sein. In Relation zu den Möbeln schienen die Bewohner kaum größer als 50 Zentimeter gewesen zu sein.

Eine Ringpyramide nur für Zwerge?

Alle zweifelten daran. Selbst Henk de Groot fühlte sich überfragt.

»Es ist das erste Mal, daß ich so etwas zu Gesicht bekomme«, bekannte er.

»Vielleicht wurden hier aber auch nur Modelle für die Möbelfabrikation entwickelt«, mutmaßte der Kybernetiker Getrup.

»Oder es handelt sich um Spielzeug für die Kinder der Worgun«, brachte es Anja Riker kategorisch auf den Punkt. »Ein Worgun-Kindergarten, wer weiß? Aber ich schlage vor, wir lassen diese Diskussion. Vermutungen gleich welcher Art helfen uns nicht weiter.«

Schließlich erreichten sie das obere Ende des Liftschachtes – und die Spitze der Pyramide. Nacheinander schwangen sie sich an den Haltegriffen aus dem aufwärts gepolten Feld und wurden erneut überrascht von dem Anblick, der sich ihren Blicken darbot.

Langsam gingen sie über den spiegelnden Boden, blieben stehen, sahen sich staunend um.

Sie waren in einer großen Aussichtskuppel angelangt, die den Abschluß des Gebäudes bildete.

Während die anderen noch unschlüssig herumstanden, ging Arc Doorn mit raschen Schritten hinüber zur Kuppelwand, um hinauszusehen. Doch auch hier verwehrte das undurchsichtige Intervallfeld jeden Blick nach draußen.

Er drehte sich herum, hob unbehaglich die Schultern und kehrte zu den anderen zurück.

»Langsam wird es mir unheimlich«, bekannte er.

»Eine Aussichtskuppel ist so ungewöhnlich nicht«, sagte Amy Stewart und inspizierte die wenigen Geräte, Pulte hauptsächlich, in deren abgeschrägten Oberflächen Schirme eingelassen waren.

Auch Henk de Groot und Doorn interessierten sich dafür, während die anderen eher zurückhaltend auf die neue Situation reagierten und vorerst nichts unternahmen.

Die beiden Fremdtechnikexperten schienen in ihrem Element zu sein.

Die Erregung, möglicherweise das Geheimnis dieser Pyramide entschlüsseln zu können, hatte ganz eindeutig von ihnen Besitz ergriffen.

Arc Doorns Fingerspitzen strichen wie biologische Sensoren über die Kontrollen und suchten ihre Funktionen zu ergründen. Er war sich wie de Groot sicher, daß sie sich ihnen früher oder später erschließen würden.

Daran gab es überhaupt keinen Zweifel.

Und sie schienen Erfolg zu haben; zumindest hatten sie etwas bewirkt. Denn von einer Sekunde zur anderen änderte sich etwas in der Kuppel.

Das Licht! durchzuckte es Dhark. Unwillkürlich blickte er hoch zur Kuppeldecke, als fände er dort die Antwort auf den Wechsel der Lichtverhältnisse.

Während er noch schaute, entstand eine dreidimensionale Galaxisdarstellung unter der Decke, die er und die anderen so schon öfter gesehen hatte.

Doorn stieß ein zufriedenes Schnauben aus. »Wenn das kein Fortschritt ist…!«

»Es ist zumindest ein Anfang«, bestätigte Anja Riker und legte ihm die Hand auf die Schulter.

Dhark suchte die Position von Babylon, fand sie und sah, daß sie in dieser Darstellung mit einer schrillen Warnfarbe in Lila gekennzeichnet war. Er runzelte die Stirn. Vor wem oder was sollte hier gewarnt werden?

Mehr zufällig fiel sein Blick auf den Perseusarm: Das Kugelschalenuniversum war ebenfalls markiert und neben Babylon als einziges anderes Gebilde in der Milchstraße mit der gleichen Warnfarbe gekennzeichnet.

»Können Sie sich einen Reim darauf machen, Arc?«

»Sie meinen die farbliche Hervorhebung Babylons und des Kugelschalenuniversums?«

»Die meine ich.«

»Nein«, war die lakonische Antwort des Sibiriers. »Aber ich kann versuchen, nähere Informationen abzurufen...« Er schaltete an der Konsole herum, während er redete. »Oh, verdammt!«

Die Galaxisdarstellung erlosch.

»Was haben Sie getan?«

»Sicher eine falsche Taste gedrückt«, fühlte sich Anja Riker bemüßigt, Dharks Frage zu beantworten. »Kann jedem passieren.«

Doorn schüttelte entschieden den Kopf. »Ich habe eigentlich gar nichts getan.«

»Und weshalb ist die Darstellung jetzt verschwunden?«

»Ich glaube, daß es sich um eine interne Systemsperre handelt, die keinen Zugriff auf weiterführende Daten zuläßt.«

»Hat auch was für sich«, gab Anja widerstrebend zu.

»Ich könnte versuchen, sie wieder aufzurufen«, schlug Doorn vor.

»Nein. So sehr es mich auch interessiert, welche Verbindung zwischen Babylon und dem Kugelschalenuniversum besteht«, erwiderte Dhark mit Bedauern in der Stimme. »Aber ich befürchte, daß uns die Zeit dafür fehlt.«

Doorn zuckte die Schultern. »Es ist Ihre Entscheidung, Commander.«

*

Alain Tscherwenko hatte sich etwas von der Hauptgruppe abgesetzt und widmete sich einem unbekannten Gerät, das seine Aufmerksamkeit erweckt hatte, weil es durch Größe und exponierte Stellung in der Kuppel etwas Besonderes zu sein schien. Vor allem schien es nicht worguntypisch zu sein.

Tscherwenkos Mundwinkeln zuckten; die Erregung, eine unbekannte Technik vor sich zu haben, hatte von ihm Besitz ergriffen. Seine Finger berührten die Erhebungen auf der Oberfläche: Symbole, deren Sinn sich ihm hoffentlich schnell offenbaren würde.

So oder so.

»Ein Kontrollpult, wie ich es so noch nicht gesehen habe«, erklang eine unpersönliche Stimme hinter Alains Rücken. »Und ich habe schon viele gesehen – und untersucht. Darf ich dir bei der Erforschung behilflich sein, Tscherwenko?«

Der Techniker blickte über seine Schulter. Hinter ihm stand Artus, der humanoide Roboter aus Großserienproduktion der Wallis-Werke. Sein stählerner Körper war bis auf das grüne Stirnband mit dem goldenen A unbekleidet.

Artus hatte es sich zur Gewohnheit gemacht, jeden zu duzen – und nur mit dem Nachnamen anzureden.

»Du kannst mir helfen«, stimmte Tscherwenko zu. »Als KI hast du sicher eine besondere Affinität zu Maschinen und Kontrollgeräten, könnte ich mir vorstellen.«

Gemeinsam machten sich Mensch und Maschine daran, einer im Gegensatz zu den beiden recht dummen Maschine ihre Geheimnisse zu entreißen.

Sie schalteten daran herum – und bewirkten tatsächlich etwas.

»Herrjeh, seht euch das an, Leute« rief Paul Risop emphatisch und grinste über beide Backen. »Ich denke, uns ist eben Großes widerfahren!«

Plötzlich und unerwartet war die domartige Kuppel durchsichtig geworden.

Allgemeines Hallo war die unmittelbare Folge; man konnte in der Tiefe die POINT OF auf ihrer Parkposition sehen.

Vandekamp ergriff die Gelegenheit, seine Meßinstrumente auf das Intervallfeld auszurichten.

»Tut mir leid«, sagte er kurz darauf zu Risop, und seine große Nase kräuselte sich schmerzlich, »aber Ihr Heureka war verfrüht. Das Intervallfeld in der Pyramidenwand besteht nach wie vor, es ist lediglich transparent geworden.«

»Schade!« sagte Tscherwenko voller Inbrunst. »Na ja, versuchen wir's weiter. Vielleicht lösen wir auch dieses Problem.«

Er begann weiter an dem Kontrollmechanismus zu schalten.

Doorn und Shanton hatten sich mittlerweile zu Artus und dem Babylon-Techniker gesellt.

Die anderen stellten sich im Umkreis auf und verfolgten aus dieser Perspektive gespannt, ob sich weitere Ergebnisse einstellen würden.

»Was meinst du, Chris, war das alles, was dieses Kontrollpult kann?«

»Glaube ich nicht, Arc«, beantwortete Shanton die Frage des mutierten Worgun. Er deutete mit einem fleischigen Zeigefinger auf bestimmte Bereiche der Pultoberseite, die sich in Form und Anordnung von den anderen abhoben. »Die Anlage da kann deutlich mehr als nur das Intervall transparent machen. Wetten?«

»Wer wettet, der betrügt«, antwortete Doorn mechanisch.

»Meinen Sie etwa diese Bereiche...?« fragte Tscherwenko, legte die Finger auf die fremdartige Tastatur und betätigte sie etwas planlos und voreilig.

Shanton stöhnte inbrünstig auf. »Nein! Nicht...!«

»Ach du Schreck!« rief Anja Riker.

Auch aus anderen Kehlen kamen erschrockene Laute.

Urplötzlich war es stockfinster geworden.

»Wer zum Teufel hat das verursacht?« erklang Dharks scharfe Stimme.

»Das war wohl ich«, antwortete Tscherwenko etwas kleinlaut aus der Dunkelheit.

Im gleichen Moment leuchtete dunkelblaues Licht auf, das zumindest wieder soviel an Helligkeit lieferte, daß man sich nicht gegenseitig über den Haufen rannte.

»Und was ist das jetzt?« erkundigte sich Leutnant Hornig, ließ die Waffe sinken, die er in einem Reflex an die Schulter gehoben hatte, und starrte in geisterhaft beleuchtete Gesichter.

»Eine Notbeleuchtung der Worgun«, ließ Henk de Groot wissen. »Sie ist eigentlich in jeder Ringpyramide vorhanden, in der wir die Haustechnik wieder installieren konnten.«

»Ach so…«

Hornig zeigte sich erleichtert. Sie würden nicht sterben. Irgendwie hatte er befürchtet, daß sie alle einer gefährlichen Strahlung ausgesetzt wurden.

Dharks Armbandvipho schlug an.

Er hob es dicht vor die Augen; in der Notbeleuchtung war es schwierig, Einzelheiten scharf zu sehen. Das winzige Bild, das sich auf dem ebenso winzigen Schirm erhellte, zeigte Dan Rikers Gesicht.

»Ren!« kam seine erregte Stimme über die Phase. »Auf ganz Babylon ist es finster geworden…«

*

Die POINT OF stand wie ein blauschillerndes Insekt unter der Sonne Babylons auf dem Platz vor der Ringpyramide.

In der Zentrale hatte Dan Riker im Kommandosessel Platz genommen; während Dharks Einsatz in der Pyramide stand der Ringraumer aus der Höhle von Deluge unter seiner bewährten Führung.

Leon Bebir saß etwas lässig im Pilotensitz und hatte, bildlich gesprochen, die Füße hochgelegt. Zu pilotieren gab es im Augenblick wenig, man konnte sogar mit Fug und Recht behaupten, daß es überhaupt nichts zu steuern gab.

Tino Grappa langweilte sich offenbar vor den Tasteranzeigen seines Hauptpultes. Mit mäßigem Interesse verfolgte er ein paar Ausschläge der Nahbereichstaster auf den Oszillos, als er sich plötzlich ruckartig aufsetzte.

Dan Riker wurde aufmerksam.

»Was haben Sie, Tino?«

»Das sollten Sie sich ansehen, Kommandant«, sagte der Mailänder mit flacher Stimme.

Riker trat hinter Grappa und blickte über dessen Schultern auf den Schirm des Hauptoszillos. »Was soll ich mir ansehen?«

»Schauen Sie sich diese Amplituden an – über unseren Köpfen braut sich etwas Gewaltiges zusammen.«

Er hatte noch nicht ausgesprochen, als es in der Zentrale laut wurde und alle Augen auf die fünf großen Bildschirme starrten, auf denen sich Unerklärliches abspielte: Über Babylon wurde es dunkel. Das Licht auf der Tageshemisphäre schwand mit einer Schnelligkeit, wie sie keine Dämmerung je zustande gebracht hätte.

Es war, als würde ein Vorhang zugezogen.

Innerhalb kürzester Zeit herrschte Finsternis.

»Es ist Nacht geworden!« sagte eine ungläubige Stimme. »Hat man da noch Worte?«

»Jemand eine Idee, was da geschehen ist?« fragte Dan Riker laut, um seine Erregung über diesen ungewöhnlichen Vorgang zu kaschieren.

»Über Babylon hat sich ein Energieschirm gebildet«, erwiderte Grappa nüchtern. »Ein Dunkelfeld, das den Planeten gegen das Licht der Sonne abschirmt.«

»Gegen jedwedes Licht?«

»Ja.«

»Auch gegen das der Sterne?«

»Den Meßergebnissen unserer Taster zufolge ja«, entgegnete Grappa.

»Und es umschließt den gesamten Planeten?«

»Das Dunkelfeld hat eine sphärische Ausdehnung.«

Riker runzelte die Stirn.

»Mister Morris, eine Phase zu Commander Dhark.«

»Sofort, Sir.«

Die Viphoverbindung mit der Forschergruppe im Innern der Pyramide kam schnell zustande.

Dhark blickte vom Schirm; sein Gesicht war geisterhaft blau beleuchtet. »Ja, Dan?«

»Auf ganz Babylon ist es finster geworden. Eine Art Energiefeld läßt kein Sonnenlicht mehr durch, auch das der Sterne nicht. Habt ihr das mitbekommen?«

Dharks Gesicht nahm einen merkwürdig schuldbewußten Ausdruck an. »Wir konnten das gleiche von hier beobachten«, sagte er.

Riker wurde aufmerksam. Dann kam ihm die Idee: »Habt ihr vielleicht etwas damit zu tun?«

Ren Dhark räusperte sich. »Ich kann nicht leugnen, daß wir aller Voraussicht nach dafür verantwortlich sind. Es wurde hier irrtümlich eine Schaltung ausgelöst, die scheinbar dieses Dunkelfeld aktivierte. Wir versuchen, die Schaltung rückgängig zu machen.«

»Dann beeilt euch mal«, erwiderte Dan Riker. »Ich werde von hier aus versuchen, seine Natur zu ergründen.« Er schwieg einen Moment, dann sagte er mit einem amüsierten Grinsen: »Ich wußte ja schon immer, daß du für den Energieausfall damals auf der GALAXIS verantwortlich warst, alter Freund und Kupferstecher. Aber gleich einen ganzen Planeten lahmlegen. Donnerwetter! Wenn das dein alter Herr noch mitbekommen hätte...«

»Mit den Jahren steigen eben die Anforderungen«, erwiderte Ren in dem schwachen Versuch, dem ganzen die Brisanz zu nehmen. »Aber genug damit. Hier wartet viel Arbeit. Ich hoffe, wir hören bald wieder voneinander.«

»Dann aber mit besseren Nachrichten«, meine Dan. »Ich mache inzwischen hier das Licht an, damit ihr den Weg nach Hause findet.«

»Tu das, mein Freund.«

Dhark klinkte sich mit einem Nicken aus der Phase.

Dan Riker überlegte nur Sekundenbruchteile.

»Nummer Eins. Alle Scheinwerfer einschalten, über die wir verfügen. Wenn Ren und die Forschergruppe aus der Pyramide kommen, sollen sie sich nicht auch noch die Beine brechen.«

Hen Falluta gab einen Befehl an den Maschinenraum durch.

Als Folge warfen die in der Hülle versenkt angebrachten Photonenwerfer der POINT OF ihre schenkeldicken Lichtbahnen in die Dunkelheit und machten im Umkreis von mehreren hundert Metern die Nacht erneut zum Tag, wenn auch zu einem künstlichen.

»Zumindest sehen wir jetzt wieder etwas von Babylon, und die Rückkehrer werden sich auch nicht verlaufen«, meinte Dan Riker mit einem verkniffenen Grinsen. Er wandte sich erneut an Grappa. »In welcher Höhe liegt das Dunkelfeld?«

Der Chef der Ortung warf einen Blick auf seine Anzeigen.

»500 Kilometer.«

»Im Weltraum also«, stellte Riker fest.

»Richtig. Unsere Taster dringen nicht weiter vor. Das unbekannte Feld wirft sie exakt ab dieser Entfernung zurück.«

Riker runzelte die Stirn. »Glenn, stellen Sie fest, ob wir mit To-Richtfunk durchkommen.«

Es vergingen nur Sekunden.

»To-Richtfunk nicht möglich, Sir«, informierte der Erste Funkoffizier den Vizekommandanten lakonisch. »Das Feld läßt nicht nur kein Licht durch, sondern auch keine anderen Impulse.«

»Mal sehen, was noch alles nicht möglich ist«, sagte Riker

ungehalten und schluckte seinen Ärger über die Auskunft hinunter.

»Wir sollten uns das aus der Nähe ansehen. Vielleicht gibt es doch eine Schwachstelle.«

»Soll ich einen Kurs setzen, Mister Riker?« fragte Hen Falluta.

»Und die POINT OF einer unbekannten Gefahr aussetzen?« Riker sah ihn scharf an; auf seinem Kinn begann sich wieder der rote Fleck abzuzeichnen. »Ist das Ihr Ernst?«

Fallutas Miene ließ nicht erkennen, ob er es ernst mit dem Vorschlag gemeint hatte.

»Keine gute Idee, Nummer Eins«, beschied der Vize dem Ersten Offizier und zog die Stirn in Falten. »Schicken Sie eine Sonde los, die uns mit allen nötigen Informationen versorgt. Programmieren Sie zusätzlich eine Transition durch das Dunkelfeld. Mal sehen, was dahinter liegt.«

»In Ordnung, Sir«, kam Fallutas ruhige Erwiderung; seine langen Jahre auf der POINT OF INTERROGATION hatten ihn gelehrt, schwierigen Situationen mit Gelassenheit und Umsicht zu begegnen. Er verlor nur äußerst selten die Ruhe.

Die POINT OF hatte ein Reihe für die unterschiedlichsten Einsatzzwecke ausgerüstete Sonden an Bord.

Falluta ließ eine mit den von Riker geforderten Parametern vorbereiten.

Riker ging es scheinbar nicht schnell genug; irgend etwas trieb den ehemaligen Chef der Terranischen Flotte zu einem Verhalten, das mittlerweile nicht nur seinem Freund, sondern auch den anderen Offizieren an Bord auffiel.

»Wie lange dauert das denn noch! Gibt es Schwierigkeiten mit der Sonde?«

»Keine, Sir«, antwortete Hen Falluta und ließ eine bestimmte Anzeige nicht aus seinem Blick. Dann huschte ein Lächeln über sein Gesicht, er drehte sich mitsamt dem Sessel halb zu Riker und sah ihm geradewegs in die Augen.

»Es gibt keine Schwierigkeiten, Kommandant Riker. Gedulden Sie sich nur noch wenige Augenblicke. – Yell!« Er wandte sich an den zweiten Ortungsspezialisten neben Tino Grappa.

»Sir?«

»Wie weit sind Sie?«

Yell hob die Faust mit abgespreiztem Daumen. »Startet eben!«

Das Mini-Raumschiff verließ die POINT OF und jagte durch die Atmosphäre auf das Ziel zu; es war vollgestopft mit einer Vielzahl von Aufklärungs- und Übertragungselektronik auf To-Basis und verfügte neben SLE, Sternensog und Intervall auch über Nano-Transitionstriebwerke aus Worgun-Produktion. Vom Start an erschien die Sonde auf dem Hauptschirm über den Konsolen der Offiziere; Yell machte seinem Ruf als Ortungsvirtuose wieder einmal alle Ehre und verfolgte die Aufklärungsdrohne mit den in der äußeren Hülle integrierten Nahbereichstastern.

Nervös trat Dan Riker hinter Tino Grappas Sitz von einem Bein aufs andere. Ständig wanderten seine Blicke zwischen dem Hauptschirm und den Anzeigen auf Grappas Konsole hin und her.

Von seinem Platz aus beobachtete Tino Grappa die Anzeigen und Meßwerte auf seinem Pult mit unbewegter Miene; seine absolute Konzentrationsfähigkeit war mittlerweile sprichwörtlich geworden.

Auf dem großen Bildschirm konnte man verfolgen, wie die Sonde auf das schwarze Nichts zuflog, das auf den Oszillos der Ortung als eine pulsierende, lilafarbene Linie in einer Endlosschleife von links nach rechts durchlief.

»Wie lange noch?«

Grappas Blick ging zur Anzeige des Chrono.

»Transition erfolgt... jetzt!«

Gespanntes, erwartungsträchtiges Schweigen. Dann Rikers bohrende Frage: »Bericht, Mister Grappa?«

»Sekunde, Sir...« Die Finger des Mailänders glitten über die

Sensorfelder seiner Konsole. Dann schüttelte er den Kopf. »Nichts. Es erfolgte kein Durchflug.«

»Wo ist die Sonde?«

»Etwa tausend Meter unterhalb der Schale. Sie ist quasi von dem Feld abgeprallt.«

»Versuchen Sie es mit Intervall«, ordnete Dan Riker an.

»Zu Befehl, Sir.«

Auch Intervall brachte keinen Erfolg.

Das Dunkelfeld, das den Planeten umhüllte und alles, was sich auf seiner Oberfläche befand, einschloß, konnte nicht durchbrochen werden.

Riker nahm erneut seine Unterlippe zwischen die Zähne. Mit auf den Rücken gelegten Händen lief er hinter seinem Kommandosessel hin und her, jeweils vier Schritte in die eine Richtung, dann wieder vier Schritte in die andere.

Wie ein gefangenes Tier, schoß es Hen Falluta durch den Kopf. Doch dann realisierte er, daß sie alle Gefangene waren, gefangen von einem Dunkelfeld, das sich jeder Erforschung seiner Natur bislang widersetzte.

»Sir!« durchbrach er Rikers Schweigen. Der Vizekommandant stellte seine Wanderung ein und sah ihn mit gerunzelten Brauen an.

»Ja, Nummer Eins?«

»Die Sonde, Sir«, brachte Falluta das Mini-Raumschiff in Erinnerung. »Ich denke, wir können abbrechen, oder?«

Riker nickte. »Das denke ich auch.«

Unbeschadet kehrte die Sonde zurück ins Depot.

*

Das Erscheinen des Schwarzschirmes über Babylon hatte hektische Aktivitäten in beiden Regierungen ausgelöst. Alle Kommunikationseinrichtungen waren binnen Minuten überlastet, nur die regierungseigenen ließen wenigstens zwischen den offiziellen Stellen einen einigermaßen reibungslos funktionierenden Informations- und Gedankenaustausch zu.

»Ich weiß natürlich, Henner«, ließ sich Appeldoorns imposante Stimme vernehmen, »daß Sie jetzt leicht auf den Gedanken der ausgleichenden Gerechtigkeit kommen könnten.«

Appeldoorn blickte auf Trawisheim, der im Hologramm auf der anderen Seite des Schreibtisches in Lebensgröße bis zur Hüfte sichtbar war. Es schien, als säße er Appeldoorn direkt gegenüber.

»In der Tat ist mir der Gedanke gekommen, Daniel«, gab Trawisheim zu verstehen, und ein flüchtiges Lächeln lag um seinen Mund; für ihn war es Appeldoorn, der ihm im Holo gegenübersaß.

»Und ich hätte dem nicht einmal etwas entgegenzusetzen«, nickte der Babylonpräsident. »Irgendwie empfinde ich das als Treppenwitz der Geschichte. Erst vereist Terra, jetzt aller Voraussicht nach Babylon, falls es nicht schnell gelingt, den Schwarzschirm aufzubrechen und die alten Verhältnisse wieder herzustellen.«

»Wir sollten uns darüber einigen, wie wir der Gefahr gemeinsam begegnen können«, schlug Trawisheim vor. »Es bringt überhaupt nichts, wenn separate Entscheidungen getroffen werden und eine Hand nicht weiß, was die andere tut.«

»Dem stimme ich zu. Aber was können wir unternehmen?«

»Zunächst alles versuchen, dieses Dunkelfeld um Babylon aufzubrechen, zu zerstören, zum Kollabieren zu bringen. Zu Ihrer Information, Daniel: Ich habe bereits entsprechende Schritte in diese Richtung angeordnet und eine Rotte unserer modernsten Ovoid-Raumer in den Raum geschickt. Die Kommandanten haben Befehl, durch Waffeneinsatz herauszufinden, ob sich der Schwarzschirm – so bezeichnen ihn meine Wissenschaftler – knacken läßt.«

»Sie machen Nägel mit Köpfen, wie's scheint«, sagte Appeldoorn, und es war nicht klar, ob es Bewunderung über die konsequente Einsatzfreude des Commanders der Planeten war, die seine Mundwinkel kräuselte, oder ob ihm die Schnelligkeit, mit der Henner Trawisheim Tatsachen schaffte, gegen den Strich ging.

»Ja«, sagte Trawisheim und blickte ernst. »Es gilt, keine Zeit zu verlieren, bevor uns die Kälte einen Strich durch die Rechnung macht. Es wird kalt auf Babylon werden, fürchte ich, sehr kalt. Jede Stunde, die dieses Dunkelfeld aktiv ist, fallen die Temperaturen zusehends. Nicht lange, und wir werden hier ebenfalls ewigen Winter haben. Die Wetterexperten sind einhellig dieser Meinung. Die Geschwindigkeit, mit der das Thermometer fällt, ist rasant. Die Parallele mit der Erde hat schon etwas Makabres, finden Sie nicht, Daniel?«

»Eines unterscheidet Babylon allerdings von der Erde«, machte Appeldoorn deutlich.

»Und das wäre?«

»Ich wundere mich, daß Sie noch nicht von selbst darauf gekommen sind.«

»Nun reden Sie schon!« forderte Trawisheim, als Appeldoorn nicht weitersprach.

Die beiden Präsidenten sahen sich an; ihre Mienen waren bereits gekennzeichnet von den abzusehenden Problemen, die das Dunkelfeld für Babylon und seine Bevölkerung bereitstellte.

Schließlich sagte Appeldoorn langsam und fast wie unter Zwang: »Ohne Sonnenlicht wird Babylon in wenigen Tagen so kalt sein wie die Erde, Henner, das steht fest – aber von hier kann man nicht fliehen…«

Trawisheim stieß einen Seufzer aus, der einen Stein erweicht hätte. »Gibt es denn nur noch Hiobsbotschaften?«

»Sieht ganz so aus«, entgegnete Appeldoorn, und ein flüchtiges Lächeln huschte über seine Züge; ein Lächeln, das keine Fröhlichkeit enthielt.

»Nun, Lamentieren hilft nicht«, brachte Trawisheim das Gespräch zum Abschluß. »Machen wir uns daran, Babylon vor dem scheinbar unvermeidlichen Untergang zu retten. Und ich bin sicher, wir schaffen das. Sobald ich Nachricht habe, ob meine Raumschiffe Erfolg hatten, informiere ich Sie umgehend, Daniel.«

»Tun Sie das«, nickte Appeldoorn, während sich das Hologramm Trawisheims bereits deaktivierte.

Daniel Appeldoorn war allein.

Sogar sein allgegenwärtiger Sekretär Johan Lüttwitz glänzte durch Abwesenheit. Allerdings war er nicht weit entfernt; der Präsident Babylons war sich sicher, daß er nur ein lautes Geräusch zu machen brauchte, um Lüttwitz im Vorzimmer dazu zu veranlassen, umgehend im Dienstraum seines Präsidenten zu erscheinen.

Völliges Alleinsein war für Appeldoorn nur noch in seinen Privaträumen gewährleistet.

Er hielt es nicht länger an seinem Platz aus. Er stand auf, stieß den Sessel mit den Kniekehlen zurück und stellte sich mit auf dem Rücken verschränkten Händen an eines der in die Außenwände eingelassenen Fenster, dessen leichte Neigung und sphärische Trapezform eindeutige Rückschlüsse auf die Architektur des Worgun-Bauwerks zuließ.

Von diesem Platz aus konnte man für gewöhnlich die kühne Gesamtkonzeption der Stadtanlage erkennen, jetzt lag Babylon im Dunkeln. Die beleuchteten Straßen wanden sich wie Perlenketten zwischen den ebenfalls hell erleuchteten Pyramiden hindurch.

Appeldoorn seufzte.

Unumwunden gestand er sich ein, daß er sich vor dem zu erwartenden Desaster fürchtete.

Zusammen mit seinem Stab und den vielen, vielen Männern und Frauen der planetaren Verwaltung hatte er Babylon zu dem gemacht, was es bis zum heutigen Tag war: Eine prosperierende, anerkannte Gesellschaft im Chor der Kolonien Terras.

Es hatte den Anschein, als wäre alles umsonst gewesen.

Dieses Dunkelfeld schnitt Babylon vom Rest der zivilisierten Galaxis ab.

Er teilte Trawisheims Optimismus nicht; zum erstenmal seit seinem Amtsantritt hatte er das Gefühl, hilflos zu sein…

»Sir!«

Die Stimme Johan Lüttwitz' holte ihn aus seinen düsteren Gedanken; er hatte dessen Klopfen überhört.

Er drehte sich langsam um. »Ja, Johan?«

»Verzeihen Sie die Störung, Sir. Der Krisenstab ist jetzt vollzählig.«

»Gehen Sie schon vor, Johan«, sagte Appeldoorn und straffte die Schultern. »Ich bin in einer halben Minute da.«

»Sehr wohl, Sir.«

16.

Charlize de Groot erwachte mühsam aus einem Schlaf, der, wie sie meinte, ewig gedauert hatte.

Sie hatte Seltsames geträumt, konnte sich aber an keine Einzelheiten erinnern.

Mit einem Seufzer rollte sie sich auf den Rücken und starrte an die Decke.

Merkwürdigerweise war es dunkel.

»Licht!« sagte sie mechanisch. Die Haustechnik reagierte und schuf sanfte Helligkeit, die den Augen wohltat.

Moment mal! Licht?

War es etwa Nacht?

Wenn ja, dann hatte sie aber gewaltig verschlafen! Etwas, was ihr noch nie passiert war. Üblicherweise brauchte sie nicht einmal einen Wecker. Sie wachte stets pünktlich auf; auf ihre innere Uhr war stets Verlaß.

Stets? Anscheinend doch nicht. Wie sonst hatte es geschehen können, daß sie offensichtlich verschlafen hatte. Das erste Mal, soweit sie sich zurückerinnern konnte.

Aber diesmal… na ja, es gab immer ein erstes Mal, gestand sie sich ein.

Dennoch war es irritierend für sie. Sie hatte sich gegen Mittag hingelegt, wollte nur ein wenig ausruhen, bevor sie die zweite Hälfte ihres Dienstes in der Klinik antrat.

Mit einem bohrenden Gefühl, daß etwas nicht in Ordnung sein konnte, setzte sie sich auf, zog die Knie an und schlang die Arme darum.

Sie fror.

Ihre Haut körnte sich, und die Härchen auf ihren Armen stellten sich auf.

Leicht benommen blinzelte sie in Richtung des Chrono – und erlebte einen Schock: Es war der Zeitangabe zufolge zwei Uhr nachmittags!

Und doch war es draußen offensichtlich dunkel. Wie paßte das zusammen?

Sie strampelte die dünne Decke von sich, setzte die Füße auf den Boden und stand auf.

Die Diskrepanz zwischen Uhrzeit und Dunkelheit irritierte sie über alle Maßen.

Sie mußte wissen, was die Ursachen dafür waren.

Nach ihrer Heirat und als abzusehen war, daß sie Nachwuchs bekommen würden, hatte Henk eine größere Wohnung an der Außenseite der Pyramide beantragt, in der er als Junggeselle gewohnt hatte. Es hatte keine Probleme deswegen gegeben: Wohnraum gab es auf Babylon im Überfluß. Jetzt besaßen sie ein weiträumiges Heim auf der Südseite der Pyramide im 86. Stockwerk – mit einem phantastischen Blick über die Stadtanlage der Worgun.

Wann immer es ihre Zeit erlaubte, genoß sie den Ausblick. Als sie jetzt allerdings das wandhohe Fenstersegment auffahren ließ und auf die Balustrade hinaustrat, bot sich ihren Blicken kein sonnenüberflutetes Babylon, sondern nur ein Lichtermeer. Der Himmel über Babylon hatte sich verfinstert. Es herrschte eine Dunkelheit, die lediglich von der Beleuchtung der Gigantbauten eine Aufhellung erfuhr.

Wind strich heulend um die Schrägen der Pyramide. Es klang wie ein Requiem, eine Totenmesse für Babylon.

Charlize erschauderte. Sie schlang die Arme um sich.

»Henk«, murmelte sie, »warum bist du nicht bei mir? In welcher Pyramide treibst du dich wieder herum…?«

Sie seufzte, dann straffte sie ihre Schultern und kehrte zurück in die tröstliche Höhle der Wohnung.

Auf ihrem Weg zum Bad kam sie am Kinderzimmer vorbei. Sie ging hinein. Das Kinderbettchen war leer.

Das konnte auch gar nicht anders sein; sie hatte Charlene am Morgen, ehe sie in die Klinik gegangen war, in der gebäudeeigenen Kinderkrippe abgeliefert, in der sie den Tag über bleiben würde, bis ihre Schicht zu Ende war...

Die Kinderkrippe!

Charlize stolperte fast über ein Spielzeug der Kleinen, als sie zurück ins Wohnzimmer lief und das Vipho aktivierte.

Die Kindergärtnerin war eine hübsche Brünette in den Zwanzigern: Christine Spencer, aus Nevada stammend, war mit der zweiten Einwandererwelle nach Babylon gekommen und Leiterin der Kinderkrippe.

Mit einem Gefühl des Erschreckens erkannte Charlize, daß die Kindergärtnerin ihre übliche Fröhlichkeit vermissen ließ.

»Hallo, Mrs. de Groot! Wollen Sie die Kleine schon holen?«

»Darum rufe ich nicht an«, sagte Charlize, »sondern...«

»Ich weiß«, wurde sie von Christine Spencer unterbrochen. »Sie sorgen sich wegen der Dunkelheit draußen, nicht wahr?«

Als ob das kein Grund zur Sorge wäre...

»Ja. Nein – doch. Himmel, ich bin ganz durcheinander. Stimmt die Uhrzeit?«

»Es ist kurz nach zwei.«

»Warum ist es dann Nacht?«

»Es ist nicht Nacht – es ist dunkel.«

»Meinetwegen.« Langsam bekam Charlize das Gefühl, doch noch zu schlafen und einen schlechten Traum zu träumen. »Warum also ist es am hellichten Tag dunkel?«

»Haben Sie keine Nachrichten gehört?« fragte Christine.

»Nein.«

»Sie haben es vor einer halben Stunde gebracht. Auf allen Kanälen. Um ganz Babylon hat sich ein Dunkelfeld gelegt. Ein Energiefeld, das weder Sonnen- noch Sternenlicht durchläßt. Und eine Menge anderer Strahlen auch nicht. Welche, konnte ich mir nicht merken. Deshalb ist es draußen dunkel – und deshalb spielen die Menschen verrückt.«

»Weiß man, wodurch es verursacht wurde?«

Christine Spencer schüttelte den Kopf. »Das haben sie nicht gesagt. Sie haben nur gesagt, wir sollten nach Möglichkeit zu Hause bleiben und die Nachrichten verfolgen. Wir würden umgehend informiert, sobald die Situation bereinigt sei. Ach ja, dann haben sie noch gesagt, daß kein Grund zur Besorgnis bestünde.«

»Das Übliche eben«, nickte Charlize. »Wie geht es meiner Kleinen?«

»Es geht ihr gut.«

»Was macht sie gerade?«

»Sie malt. Mit den Fingern. Ein Pferd. Ich glaube für Sie.«

»Fein, ich brauche nichts dringender als ein Pferd«, sagte Charlize mit einem schwachen Lächeln. Sie blickte auf ihr Chrono. »Die Arbeit ruft. Ich muß Schluß machen. Geben Sie meiner Süßen einen dicken Kuß von mir, Christine.«

»Mache ich, Mrs. de Groot.«

»Bis heute abend.«

Sie ging in Richtung Bad, um ihr Erscheinungsbild für die Kolleginnen und Kollegen in der Klinik ein wenig aufzufrischen.

Sie kam nicht mal bis zur Tür.

Das Vipho zirpte.

Mit gerunzelter Stirn ging sie zurück in den Wohnraum.

Sekundenlang starrte sie das Gerät an. Die Kennung des Anrufers blinkte in der linken oberen Ecke.

Die Klinik! Sicher eine der Kolleginnen mit einem Problem.

»Ja?«

Ihre Stimme aktivierte das Tischgerät.

Der Bildschirm erhellte sich.

»Hallo, Charlize!« Eine bekannte Stimme. Die Stimme von Lee Gallagher.

»Was liegt an, Lee? Gibt es Probleme mit dem Patienten in der Vier?«

Lee war der Oberpfleger in ihrer Abteilung. Groß, wuchtig, mit einer Halbglatze und Händen wie Schaufeln – und der Liebling aller kleinen Patienten in der Kinderstation. Denn er konnte von einer Behutsamkeit sein, die man diesem Schrank von einem Mann niemals zugetraut hätte, wenn man ihm zum erstenmal begegnete.

»Wie wollten Sie zum Dienst kommen?« fragte er anstelle einer Antwort auf ihre Frage.

»Mit der U-Bahn natürlich. Weshalb?«

»Tun Sie es nicht«, sagte er knapp und bestimmt. »Ich hole Sie ab. Ist besser.«

»So?«

»Ja. Zu viele Verrückte unterwegs.«

»Wollen Sie mir nicht erklären...«

»Keine Zeit. Ich fliege jetzt los. Punkt fünfzehn Uhr auf Ihrer Balustrade. Erklärung folgt vor Ort.«

Sie konnte nicht einmal sagen: »In Ordnung.« Lee hatte sich schon wieder ausgeklinkt.

Lee Gallagher war die Pünktlichkeit in Person. Genau zu dem Zeitpunkt, als sie auf die Balustrade hinausging, hob sich der wuchtige, weißlackierte Klinikschweber mit abgeblendeten Scheinwerfern über das Sicherheitsgeländer und kam einen Fußbreit über dem Belag zur Ruhe, gehalten von seinem Antigravfeld.

Die Seitentür schwang auf.

Lee Gallagher grinste sie aus dem Fahrzeug heraus an.

»Steigen Sie ein, Charlize!«

Sie ließ sich in den Sitz fallen, während sich der Schweber bereits wieder in die Luft hob.

»Es ist frisch geworden«, sagte sie.

»Es wird noch frischer werden«, prophezeite Lee. »Je länger die Dunkelheit anhält. Die Meteorologen sprechen davon, daß wir bald Schnee bekommen werden. Stellen Sie sich das mal vor!«

Schnee im Sommer? Absurd!

Mit einem kühnen Abschwung ließ Gallagher die Maschine rund zweihundert Meter in die Tiefe fallen und nahm dann Kurs auf die Klinik.

»Erzählen Sie schon, Lee. Weshalb sollte ich die Untergrundbahn meiden?«

»Wie ich schon sagte – zu viele Verrückte unterwegs. Sie wissen, was mit Babylon passiert ist?«

»Nur das, was die Medien verbreiten.« Während sie sich im Bad zurecht gemacht hatte, hatte sie den Nachrichtenkanal von Babylon-Press gehört, war aber nicht schlauer als vorher. Die Behörden hielten sich bedeckt, spielten die Situation herunter, riefen nur ständig zur Ruhe und Besonnenheit auf. »Aber das beantwortet meine Frage nicht.«

»Man sollte meinen, wir lebten in einem aufgeklärten Jahrhundert. Aber was tut die Menschheit, sobald etwas geschieht, was sie rational nicht begreifen kann?«

»Sie reagiert mit Panik. Ich hatte meine Kurse über die Eigendynamik solcher Phänomene wie Sonnenfinsternisse, unerklärte Kriege, Seuchen und unbekannte Krankheiten und kenne deren Wirkung auf das Verhalten bestimmter Gruppen«, erklärte die schöne blonde Frau.

»Genau das ist auf Babylon in bestimmten Kreisen der Bevölkerung ausgebrochen. Panik nämlich. Eine kreatürliche Angst vor dem scheinbar unvermeidlichen Untergang Babylons. Auf Straßen und Plätzen sowie im Untergrund rotten sich Babylonier und Terraner gleichermaßen zusammen und randalieren, weil die Regierung nach deren Verständnis nichts unternimmt. Es hat bereits erste Übergriffe gegeben. Die Klinikleitung hat deshalb bestimmt, daß ihre Mitarbeiter bis auf weiteres keine öffentlichen Verkehrsmittel benutzen sollen oder sich gar zu Fuß auf den Weg zur Arbeit machen. Wir sind gerade dabei, die

Pläne für einen lückenlosen Fahrdienst zu erstellen und den Sicherheitsdienst zu verstärken.«

»Mein Gott!« sagte Charlize und spürte, wie ein Nerv unter ihrem linken Auge zu zucken begann. Sie massierte die Stelle mit ihrem Zeigefinger. »Unternimmt die Regierung wirklich nichts?«

»Natürlich sieht sie nicht tatenlos zu, was auf den Straßen geschieht. Die Notfallpläne sind bereits angelaufen. Als erstes hat man die Präsenz der Sicherheitskräfte verstärkt. Soldaten stehen bereit, um größere Ausschreitungen im Keim zu ersticken. Auch die Immigrantenregierung von Trawisheim beteiligt sich in großem Umfang an den Maßnahmen zur Niederschlagung von Unruhen. Interessant ist in diesem Zusammenhang, daß das Gros der lautesten Schreier aus Terranern besteht.«

Voraus tauchte die hellerleuchtete Ringpyramide des Klinikkomplexes auf.

Während Lee Gallagher den Schweber auf die Landeplattform zusteuerte, dachte Charlize, daß sie als erstes versuchen mußte, Henk zu erreichen.

*

Kommandant Robert »Bob« Ruskay löste den Blick vom Hauptschirm.

»Leutnant Welch!«

Der Kopf des Offiziers ruckte herum.

»Kapitän?«

»Status?«

»Alle Systeme gefechtsbereit, Kapitän«, meldete der Erste Offizier der BARHAM.

»Waffenstationen?«

»Feuerbereit, Sir.«

»Sehr gut, Nummer Eins«, nickte Ruskay. »Wir werden sie vermutlich bald brauchen. Skyler?«

»Sir?«

»Schon ein Ergebnis?«

»Negativ, Sir«, antwortete der Funk- und Ortungsoffizier von seinem Platz aus.

»Halten Sie sich ran, Nummer Drei, und Ihre Leute auf Trab. Ich würde es begrüßen, wenn wir als erste etwas über die Natur dieses verdammten Dunkelschirms herausfinden würden. Ich würde es sogar sehr begrüßen!«

»Jawohl, Sir«, sagte Ed Skyler; der junge Offizier forschte verstohlen im Gesicht des Kommandanten nach Zeichen der Anspannung, unter der der Kapitän stehen mußte, seit die Rotte von Ovoid-Ringraumern, zu der außer der BARHAM noch die NEVADA, die VANCOUVER und die SAVANNAH gehörten, in den Raum gestartet war, gleich nachdem sich das Dunkelfeld um Babylon gelegt hatte.

Jetzt patrouillierte sie in 400 Kilometern Höhe über dem Planeten. Der Schirm war noch rund 100 Kilometer über ihren Köpfen.

Skyler sah sich enttäuscht; das rundliche Gesicht seines Kapitäns verriet nichts von dem, was den altgedienten Raumschiffskommandanten bewegte.

»Kapitän!« Ein Funktechniker hob die Hand. »To-Richtspruch aus der Zentrale!«

Ruskay kniff leicht die Augen zusammen. War es jetzt soweit?

»Öffnen Sie die Phase«, befahl er ruhig.

»Jawohl, Sir.«

Ruskay richtete seine Aufmerksamkeit auf die zentrale Bildkugel, in der sich das Gesicht von Generalmajor Darren Grant, des schmalgesichtigen Oberbefehlshabers des auf Neu-Alamo stationierten Teils der Terranischen Flotte, überlebensgroß abzeichnete – so wie auch in den übrigen Leitständen der Alarmrotte.

»An alle Kommandanten!« kam seine Stimme über die Audiofelder. »Sie haben Feuerfreigabe. Koordinieren Sie Ihre Aktionen mit Kapitän Ruskay. Ich wünsche Ihnen Glück und viel Erfolg bei Ihrer Mission. Grant Ende.«

»Aye, Sir.«

Das Holobild verblaßte und verschwand, als die To-Richtfunkzentrale in Neu-Alamo die Leistung wegnahm und die Verbindung kappte.

Robert Ruskay preßte die Lippen zusammen, bis sie nur noch einen Strich bildeten. Ein halbes Dutzend Sekunden lang starrte er vor sich hin. Dann hob er den Kopf.

»Leutnant Skyler! Rundspruch an die Rotte.«

*

In der Aussichtskuppel der Ringpyramide war man noch immer dabei, die Tatsache zu verarbeiten, daß es auf Babylon finster geworden war, verursacht offenbar durch Alain Tscherwenkos Schalterei an dem fremdartigen Kontrollpult.

War man anfangs überrascht gewesen, daß Arc Doorn es zustande gebracht hatte, das Intervallfeld wenigstens transparent zu machen, wurde dieser kleine Erfolg durch die neuerliche Veränderung rigoros konterkariert.

»Ganz Babylon dunkel?« Vandekamp stand dicht vor der Kuppelwandung, und seine Blicke versuchten angestrengt die Schwärze zu durchdringen. »Kann es nicht sein, daß es nur das Intervallfeld ist, das uns den Blick verwehrt?«

»Sie vergessen Rikers Anruf, Professor«, erinnerte ihn Ren Dhark, der neben ihm stand. »Außerdem, sehen Sie!«

In der Tiefe schaltete eben die POINT OF sämtliche Scheinwerfer ein und wurde so für jedermann in der Pyramide sichtbar.

»Sind Sie jetzt überzeugt, daß sich nicht die Kuppel verdunkelt hat, sondern der Himmel über Babylon?«

»Hmm«, brummte Vandekamp und zog die Stirn kraus. »Ich

komme nicht umhin, dies als einen unwiderlegbaren Beweis anzuerkennen.«

»Dann sind wir uns ja einig, H.C.«

Dhark lächelte flüchtig und kehrte zu Doorn und Shanton zurück, die versuchten, das von Tscherwenkos unbedachtem Eingriff ausgelöste Dunkelfeld zu deaktivieren.

Doch das Schaltpult schien blockiert. Es reagierte auf keine noch so ausgeklügelte Eingabe des Fremdtechnikexperten.

Statt dessen orteten die Physiker der Gruppe starke Energieemissionen im Untergrund der Pyramide, etwa einen Kilometer unterhalb der Planetenoberfläche.

»Wir werden uns da unten umsehen müssen. Möglicherweise finden wir dort die Lösung unserer Probleme«, verkündete Dhark nach kurzer Beratung mit den Experten.

Er stellte eine Verbindung mit der POINT OF her und informierte Dan Riker über ihr weiteres Vorgehen.

»Was hältst du davon, wenn ich dir weitere Flash zur Unterstützung schicke?«

»Wenig, mein Freund«, beschied ihm Dhark. »Sei mir nicht böse, aber finde du lieber einen Weg, das Intervallfeld in der Außenwand der Pyramide zu knacken.«

Dan lachte trocken. »Das dürfte sich als schwierig erweisen«, verriet er und lieferte gleich die Begründung hinterher: »Schon vergessen, alter Freund? Du hast die meisten hochkarätigen Experten für diese Aufgabe bei dir!«

»Wo du recht hast, hast du recht«, bekannte der Commander mit einem schiefen Grinsen.

Und dennoch irrte er sich, irrte sich ebenso wie Dan Riker; beiden war – bewußt oder nicht – entfallen, daß sich der größte Experte von allen nach wie vor an Bord der POINT OF befand: der Checkmaster! Und der wiederum hatte einen Verbündeten unter der Forschergruppe im Innern der Pyramide: Artus!

Artus hatte sich unmittelbar nach der unbeabsichtigten Auslösung des Dunkelfeldes und den vergeblichen Versuchen, das

Geschehen rückgängig zu machen, unbemerkt von den anderen mit dem Checkmaster in Verbindung gesetzt.

Während Ren Dhark und Dan Riker ihr Gespräch beendeten, hatte der Bordrechner bereits mit der Arbeit begonnen, sowohl das Intervallfeld in der Pyramidenwand als auch den schwarzen Schirm über Babylon zu analysieren.

*

Der kleine Verband schwebte im Weltraum.

Vier Schiffe der Terranischen Flotte.

Ovoid-Ringraumer der Rom-Klasse; die modernsten Kampfschiffe, über die die Menschheit verfügte.

Sie bildeten eine Linie, jedes Schiff zehn Kilometer vom nächsten entfernt, auf Steinschloßgewehr-Reichweite sozusagen, wie einer der jungen Offiziere an Bord des Kommandoschiffes äußerte.

Die Kampfeinheiten bereiteten sich darauf vor, auf das Energiefeld zu feuern, das in 500 Kilometern Höhe ganz Babylon umschloß und den Planeten zur ewigen Finsternis verdammte, falls es nicht gelang, den Dunkelschirm aufzubrechen.

Ruskays BARHAM befand sich am linken Ende der Reihenformation. Neben ihr in relativer Nähe dic SAVANNAH, daran schloß sich die NEVADA an, ganz außen operierte die VANCOUVER.

Für die Schiffe war das Dunkelfeld insofern ohne Belang, als sie überwiegend im sowieso dunklen Weltraum operierten. Allerdings fehlte das Licht der Sterne, und die holographischen Taktikbildgeber in den Leitständen zeigten nur die Positionen der Rotte an.

Eben hatte sich Generalmajor Darren Grant aus der Flottenzentrale Neu-Alamo verabschiedet.

Leutnant Skyler hob die Hand. »Sir, die Rundspruchphase ist offen!«

»An alle Einheiten!« kam Ruskays Organ aus den Audiofeldern der Rotte, während er gleichzeitig in allen Bildkugeln zu sehen war. »Status?«

In rascher Folge liefen die Bestätigungen der einzelnen Kommandanten in der BARHAM ein.

»Sind bereit, Kommandant...« Das war Odgen von der SAVANNAH.

»Bereit!« Pineiro von der NEVADA.

Und auch von der VANCOUVER traf die Klarmeldung ein.

Ruskay sagte knapp und scharf: »Beginnen Sie. Feuer frei nach eigenem Ermessen. BARHAM Ende.«

Robert Ruskay warf einen Blick auf die Anzeigen seiner Hauptkonsole, dann auf seine beiden Waffenleitoffiziere, die ihre Leitstände in der Waffensteuerung Ost und West verlassen hatten und von der Hauptzentrale aus die Aktionen koordinieren und selbst ausführen würden.

»Wie weit sind Sie, meine Herren?«

»Alle Waffensysteme feuerbereit«, meldeten die beiden Offiziere.

Major Ruskay hob die Hand, dann ließ er sie fallen. »Beginnen Sie!«

Sekunden später war das einseitige Gefecht in vollem Gang.

Alle vier Ringraumer nahmen den Dunkelschirm unter konzentrierten Nadelstrahlbeschuß.

Kurzzeitig wurde die Schwärze der Nacht von pinkfarbenen Strahlen erhellt. An und für sich hätte man den überlichtschnellen Strahl mit bloßem Augen nicht sehen können. Aber irgendwie schienen unter dem Dunkelfeld die Gesetze der Physik aufgehoben zu sein. Das Strahlengewitter, das in den Bildkugeln zu sehen war, war ein grandios-düsteres Schauspiel auf einer ansonsten dunklen Bühne, die von keinem einzigen Stern Licht erhielt.

Nadelstrahl war die stärkste Standardbewaffnung aller Ringraumer und S-Kreuzer, nicht einmal Unitall konnte ihr auf

Dauer widerstehen. Aber an dem Dunkelfeld versagte sie kläglich.

Auf der SAVANNAH wollte Odgen nicht glauben, was ihm sein Hyperkalkulator zweifelsfrei bestätigte. »Was ist das für ein Ding?« knurrte er, und seine Mundwinkel zuckten.

»Verhält sich wie ein Reflektor, der alles, was ihn trifft, zurückwirft«, sagte sein Erster Offizier mit verkniffener Miene.

»Alles? Das wollen wir doch erst mal sehen.«

»Was haben Sie vor, Kommandant?«

Odgen war ein bulliger, untersetzter Offizier. Er war sarkastisch und skrupellos, wenn es sein mußte – und wenn es seiner Karriere dienlich war. Außerdem war er ein Mann, der keine Niederlagen akzeptierte. Weshalb er auch jetzt zu einer drastischen Maßnahme griff, um den Schwarzschirm doch noch zu knacken.

»Nummer Eins!«

Der Kopf des Offiziers ruckte herum. »Sir?«

»Wuchtkanoneneinsatz!« befahl Odgen hart und kurz.

»Aus der kurzen Entfernung, Sir?« Zweifelnd blickte ihn sein Erster Offizier an. »Wir sind nicht mehr als 80 Kilometer von der Schale entfernt. Hat das schon mal jemand versucht?«

»Zerbrechen Sie sich nicht meinen Kopf«, antwortete Odgen grimmig. »Nummer Eins, wie lange wollen Sie noch warten?«

»Sofort, Sir!« Wenn Odgen diesen Ton anschlug, war es besser, man befolgte seinem Befehl.

Der Erste Offizier zögerte dennoch einen winzigen Augenblick; so etwas wie eine düstere Vorahnung blitzte in ihm auf, dann wurde diese Regung von einem gewissen Nervenkitzel hinweggeschwemmt.

Er rief die östliche Waffensteuerung und gab einen Befehl: »Mister Ostergard! Einsatz der Wuchtkanonen eins bis vier. Richten Sie die Röhrenfelder auf den Schwarzschirm und feuern Sie einen verzögerten Salventakt von vier Geschossen. Zeitabstand vier Sekunden.«

»Verstanden, Sir«, kam die prompte Bestätigung. Der Feuerleitoffizier klinkte sich aus.

Aus dem Rumpf der SAVANNAH schoben sich die Waffentürme der Wuchtkanonen. Überlichtschnell, und deshalb vom menschlichen Auge nicht zu erkennen, bauten sich unter der Schaltung des Feuerleitoffiziers die vier Röhrenfelder auf.

Als die erste von insgesamt vier der über zwanzig Tonnen schweren Tofiritladungen nach nur 80 Kilometern lichtschnell aus dem Röhrenfeld austrat, verwandelte sie sich innerhalb einer Nanosekunde in pure Energie, die alles in ihrem Umkreis zerstören und zerstrahlen mußte.

»Nummer zwei ist angekommen«, meldete der Zweite Offizier an seiner Konsole, der das Aufblühen des zweiten Tofiritgeschosses registrierte, dann das dritte und unmittelbar darauf das vierte.

Gebannt sah man in der Kommandozentrale der SAVANNAH in die Bildkugel, die binnen Sekundenbruchteilen ein Inferno preisgab, wie es die Hölle nicht besser hätte vollbringen können.

Die Schwärze des Schirms wurde von Explosionen zerrissen, kleinen Sonnen gleich, die nur zögernd erloschen.

»Was ist mit dem Dunkelfeld?« wandte sich Odgen an seinen Ortungsmann.

»Noch immer vorhanden«, bedauerte der Offizier.

Major Odgen begann unfein zu fluchen.

»Eine weitere Salve, Sir?« erkundigte sich die Waffensteuerung Ost.

»Nicht im Augenblick«, antwortete der Kommandant. »Ich muß überlegen. Bleiben Sie auf Bereitschaft.«

»In Ordnung, Kommandant.«

Die Ortung meldete sich von ihrer Hauptkonsole.

»Kommandant! Irgend etwas stimmt hier nicht.«

Odgens Kopf ruckte hoch. »Was stimmt nicht?«

»Meine Taster haben an der Einschlagstelle der Wuchtgeschosse eine Strukturerschütterung geortet.«

»Sie meinen, die Taster haben einen Transitionsvorgang gemessen? Ein Schiff, das von außen durch den Schwarzschirm kommt!« mutmaßte der Major. »Haben wir ihn doch geknackt?«

»Nein!« Der Offizier klang nervös, besorgt. »Mir gefällt das nicht. – Sir, wir sollten verschwinden.« Seine Stimme bekam einen drängenden Unterton.

»Was stört Sie, Nummer Zwei?«

»Wir sollten uns absetzen!« beharrte der Leutnant. In seinem Gesicht spiegelten sich widerstreitende Gefühle. Etwas schien ihn in höchste Alarmstimmung zu versetzen. »Meine Anzeigen spielen verrückt.«

»Damit kann ich nichts anfangen, Mann!« schnappte der Major, und der Zorn ließ eine senkrechte Falte über seiner Nasenwurzel entstehen. »Liefern Sie mir einen plausiblen Grund, weshalb wir abdrehen sollten!«

Den Grund bekam er geliefert.

Von einer ganz anderen Seite.

Kapitän Ruskay meldete sich per Rundspruch; die BARHAM befand sich seitlich versetzt zur Position der SAVANNAH in zehn Kilometern Entfernung.

»Etwas geschieht. Meine Ortungsabteilung zeigt mir eine Verschiebung des Raum-Zeit-Kontinuums an den Einschlagkoordinaten an. Haben Sie es auch auf Ihren Anzeigen?«

»Habe ich«, antwortete Odgen, »weiß aber noch keine Antwort auf die Frage, was da vor sich geht.«

»Wir haben die gleichen Anzeigen«, bestätigte der Kapitän der VANCOUVER. »Ich glaube, da...«

Das Wimmern der Notfallwarnung brachte ihn zum Verstummen, noch ehe er seinen Satz zu Ende führen konnte.

Mit einer auf allen relevanten Konsolen sämtlicher Ovoid-Ringraumer angezeigten Strukturerschütterung materialisierte sich den später ausgewerteten Anzeigen zufolge ein Energiestrudel aus dem 5-D-Gefüge im Normalraum. Ein Lichtstrahl drang daraus hervor, griff nach der SAVANNAH und zerstört sie in einem einzigen Aufblitzen. Ohne sich dadurch aufhalten zu lassen, setzte der Strahl seinen Weg auf die dunkle Oberfläche Babylons fort.

Kapitän Robert Ruskay starrte mit aschfahlem Gesicht und ohnmächtigem Entsetzen in die Bildkugel, in der eben noch das Raumschiff Odgens zu sehen gewesen war. Nun war da nichts mehr, nur der planetennahe leere Weltraum und eine Wolke winziger Trümmer, die einmal ein Ovoid-Ringschiff mit einer Besatzung von fünfzig Mann gewesen war.

Endlich wich die Lähmung von ihm.

»Nummer Eins!«

»Sir?« Auf dem Gesicht des Ersten Offiziers zeigte sich die gleiche Erschütterung über den katastrophalen Ausgang des Einsatzes, die auch alle anderen erfaßt hatte. Viele hatten Freunde auf der SAVANNAH gehabt. Der sinnlose Verlust so vieler Leben rief schweigende Trauer hervor.

»Weg von hier!« ordnete Ruskay an. »Geben Sie das an die anderen durch. Wir kehren zurück.«

Später sollte sich herausstellen, daß der durch den Energierückschlag verursachte Energiestrahl zu schweren Verwüstungen auf der Oberfläche Babylons geführt hatte. Zum Glück in einem noch unbewohnten und deshalb menschenleeren Gebiet auf der südlichen Hemisphäre.

*

»Hier oben können wir nichts mehr ausrichten, denke ich«, sagte Dhark. »Oder ist jemand anderer Meinung?«

Niemand erhob Einwände.

Dhark wandte sich Henk de Groot zu.

»Da Sie unser Experte sind, was Ringpyramiden angeht, schlage ich vor, Sie übernehmen die Spitze, Henk.«

Der Systemingenieur nickte zustimmend. »Damit ich Sie

richtig verstehe: Es geht vordringlich darum, die Energiequelle zu finden, die vor kurzem von Ihren Wissenschaftlern im Untergrund angemessen wurde, und nicht um den Lagerort des Tofirits?«

»Genau so ist es«, bestätigte der Commander.

»Also dann«, sagte Henk. »Man folge mir. Leider habe ich keinen Regenschirm dabei.«

»Regenschirm?« fragte Amy mit leichter Verwunderung. »Regnet es hier drin eventuell?«

Henk und die, die um die Bedeutung eines Regenschirms bei der Führung von Gruppen durch die Sehenswürdigkeiten einer Stadt wußten, zeigten amüsierte Mienen, während Dhark verständnisvoll Amy Stewart aufklärte, welche Bewandtnis es mit dem ominösen Regenschutz auf sich hatte.

»Männer!« kommentierte Anja Riker die kurzzeitig aufkeimende Heiterkeit. »Was kann man da erwarten.«

»Irgendwann«, versprach Amy Stewart, »werde ich mich auf die eine oder andere Art revanchieren, Ren Dhark. Nur damit du's weißt.«

Henk de Groot setzte sich an die Spitze der Gruppe und trat als erster in die abwärtsführende Phase des zentralen Antigravschachts.

Die anderen folgten ihm.

Arc Doorn warf einen letzten Blick über die Konsolen, deren Bedeutung sich ihnen nun doch nicht offenbart hatten, obwohl sie alle Anstrengungen dazu unternommen hatten.

Seine Mundwinkel zuckten, dann folgte er den anderen.

Gleich darauf war die domartige Kuppel in der Spitze der Pyramide wieder so verlassen wie während der vergangenen tausend Jahre.

Der Rückzug aus der Spitze ging schweigend vonstatten.

Während des Abstiegs glitten die einzelnen Stockwerke kaleidoskopisch an ihnen vorbei nach oben weg.

Wieder bekam man Ein- und Ausblicke in labyrinthische Korridore, in Hallen und Räume, voll mit technischen Artefakten der Worgun, deren Verwendungszweck zu entschlüsseln vermutlich noch Arbeit für Generationen von Technikern und Wissenschaftlern bedeutete.

Dann glitt die unterste Ebene mit dem Eingangsbereich vorbei. Jetzt bewegte man sich in den Untergrund hinein.

Untergeschoß folgte auf Untergeschoß.

Obwohl die Pyramide verlassen war, glaubte man manchmal, Schemen zu sehen, die sich in der Einsamkeit der gigantischen unterirdischen Ebenen herumtrieben, dann wieder kam es ihnen vor, als könnten sie die Anwesenheit der Worgun regelrecht fühlen.

Alles nur Einbildung ihrer angespannten Nerven?

Oder doch nicht?

»Wir kommen der Energiequelle näher«, sagte Pal Hertog, der fortwährend sein Handmeßgerät beobachtete.

Der Hauptschacht endete fast auf den Zentimeter genau in tausend Metern Tiefe in einer Halle, die sich nach hinten verengte und durch ein Schott von den dahinterliegenden Räumlichkeiten abgesperrt wurde.

»Alles aussteigen, der Zug endet hier«, machte Henk den Versuch eins Scherzes, merkte aber schnell, daß niemand darauf ansprang.

»Wir befinden uns sehr nahe an der Energiequelle«, ließ sich Pal Hertog vernehmen, mit einem Auge auf sein Meßgerät schielend.

»Das ist aber deutlich über der Schwerkraftanomalie«, meinte Anja Riker.

»Genau, rund 14 Kilometer«, bestätigte Hu Dao By.

»Wie kommt man von hier weiter hinab?« erkundigte sich H.C. Vandekamp.

»Es gibt hier unten an anderer Stelle vermutlich Nebenschächte, die bis hinunter auf die unterste Sohle führen«, antwortete Henk de Groot. Seine Stimme hallte von den Wänden zurück. »Aber dazu müssen wir voraussichtlich dort durch!« Er deutet auf das Schott.

»Gehen wir«, ordnete Dhark an. »Mich interessiert in erster Linie die Energiequelle. Die Schwerkraftanomalie nehmen wir uns später vor.

Die Gruppe setzte sich in Bewegung, durchschritt die Halle und näherte sich dem großen Schott, das sich selbsttätig öffnete, als sie einen nicht erkennbaren Kontakt auslösten.

»Sehr einladend«, meinte Paul Risop. »Ob man uns erwartet hat?«

»Reine Annäherungsmechanik«, beschied ihm Arc Doorn. »Hat nichts mit uns zu tun.«

Hinter dem Schott öffnete sich eine weitaus größere Halle als die, in der der Schacht geendet hatte. Sie war voller Aggregate und starker Meiler. Ein irisierendes blaues Glimmen versperrte den Blick in die Tiefe der Halle: die energetische Wand eines Intervallfeldes.

»Die Worgun haben besonders sensible Bereiche unter den Schutz von Intervallfeldern gestellt«, antwortete Henk de Groot auf eine entsprechende Frage Dharks.

»Dann müßten die sechs Pyramiden, die dem Hyperraumblitz widerstanden, eine besondere Bedeutung für die Worgun haben, oder wie sehen Sie das?« Anja Riker blickte Henk mit gewölbten Brauen an.

»Ihre Hypothese hat was für sich«, bestätigte Henk. »Kann aber auch sein, daß es ihnen lediglich darum ging, ihre Meiler mit einem besonderen Schutz vor unbefugten Manipulationen zu schützen. Wer kann das sagen? Wir können die wahren Bewohner ja nicht mehr fragen. Ich arbeite schon ziemlich lange an diesem Problem, aber glauben Sie mir, ich komme mir oft genug vor, als wäre ich noch keinen Zentimeter weit gekommen.«

Sie gingen auf die blauleuchtende Wand zu; ein hallendes Geräusch in ihrem Rücken ließ sie herumfahren.

Das Schott hatte sich selbsttätig geschlossen.

»Es wird sich wieder öffnen, wenn wir in seine Nähe kommen«, beruhigte Arc Doorn einige aufgeregte Gemüter.

»Irgend etwas sagt mir, daß das hier eine Falle ist«, meldete Leutnant Hornig seine Bedenken an. »Ich kann...«

Er verstummte, als sich die Gruppe aus heiterem Himmel unerwartet von einem Intervallfeld gefangen sah, das sich wie eine Blase um sie herum gebildet hatte und sie am Weitergehen hinderte.

»Hab ich's nicht gesagt: eine Falle!« brachte es Hornig auf den Punkt.

Dhark blickte auf Vandekamp, der sein Handmeßgerät konsultierte, um es dann mit einem fatalistischen Schulterzucken einzustecken.

»H.C.?«

»Es gleicht dem in der Hülle der Pyramide«, beantwortete der Intervallexperte die unausgesprochene Frage des Commanders. »Nur daß es transparent ist.«

»Das Feld ist weit schwächer als das in der Hülle. Soll der Roboter versuchen, es mit Waffeneinsatz aufzubrechen?« schlug Hornig vor.

»Vergessen Sie das schnell wieder«, machte ihn Amy Stewart aufmerksam. »Die Waffenenergie könnte nicht entweichen. Sie würde uns in dieser Blase zu Tode kochen.«

»Schaut euch das an!« Amys Stimme klang laut und auf ein Weise amüsiert, die nicht recht zu den Vorgängen passen wollte. »Wie niedlich!«

Dhark mußte ihr beipflichten. Das »niedlich« bezog sich darauf, daß vor dem Feld kleine Gestalten auftauchten, die außer Gürtel mit Werkzeugtaschen nichts sonst am Leib trugen. Sie waren nur etwa 50 Zentimeter groß.

Und sie sahen wie kleine Worgun aus!

17.

»Die Winzlinge sehen nicht nur aus wie Worgun…« Arc Doorn schluckte, die zweite Hälfte des Satzes wollte ihm kaum über die Lippen. »Das *sind* Worgun!«

Ren Dhark, der zunächst seinen Augen nicht traute, traute nun auch seinen Ohren nicht. »Worgun…?« Doorn nickte nur. *Er muß es wissen*, dachte Dhark. Aus zusammengekniffenen Augen betrachtete er die kleinen Lebewesen auf der anderen Seite des Intervallfelds genauer.

Seltsame Kreaturen waren das: unförmig, amöbenhaft, fast formlos. Ja, doch – ja länger der Commander sich die kurzen Gesellen anschaute, desto gründlicher glichen sie den Mysterious aus der Galaxis Orn.

Die ungläubigen Blicke der anderen flogen zwischen Doorn und der exotischen Versammlung jenseits des transparenten Energiekäfigs hin und her. »Worgun?« Shanton runzelte seine breite Stirn. »Bist du sicher Arc?«

»Was fragt ihr noch? Schaut sie euch doch an!«

Gut zwei Dutzend der hellgrauen bis cremefarbenen Lebewesen standen ihnen inzwischen gegenüber, getrennt nur durch das Intervallfeld. Alle trugen sie einen Gurt mit Werkzeugen und Geräten an der etwas eingeschnürten Körpermitte, alle hatten an unterschiedlichen Stellen Augen gebildet, aus denen sie die Menschen und Roboter beäugten, und alle hatten Tentakel aus ihrem Leib gestülpt. Die einen zwei oder drei, manche fünf oder mehr.

»Sämtliche äußeren Merkmale sprechen für Worgun«, stellte Artus in unübertroffener Robotersachlichkeit fest. »Nur eines nicht: die Körpergröße. Der größte von ihnen ist nur einundfünfzig Zentimeter groß.«

Drei der amöbenhaften Wesen begannen ihre Körperform zu verändern: Sie wurde schlanker, wuchsen dafür in die Höhe, bildeten Beine, Arme und etwas, das an einen humanoiden Schädel erinnerte. »Seht doch«, sagte Arc Doorn. »Sie versuchen unsere Gestalten nachzubilden!«

Die Instrumentengurte der drei Wesen rutschten von den plötzlich dünner gewordenen Leibern. Ren Dhark hörte den gedämpften Aufschlag, als die Gurte auf dem Boden landeten. Das Intervallfeld war also schalldurchlässig.

Die drei mit den humanoiden Körperformen bildeten zehenlose Füße aus und an den Enden der Arme Hände, Finger und Fingernägel.

»Kein Zweifel«, sagte Anja Riker. »Es sind Worgun.«

Ohrmuscheln, Nasenflügel und Lippen bildeten sich an den Schädeln der drei Verwandlungsvirtuosen. Innerhalb von fünf Minuten vollzogen sie ihre Metamorphose und standen danach als drei knapp achtzig Zentimeter hohe Menschen unter ihren formlosen Artgenossen außerhalb des Intervallfeldes. Sie waren vollkommen nackt. Brustwarzen, Geschlechtsteile und alles, was ein Schutzanzug üblicherweise bedeckte, fehlte ihren Körpern.

»Nicht zu fassen«, flüsterte Amy Stewart. »Winzworgun!«

»Wir sind ihnen ausgeliefert«, sagte Vandekamp. »Wenn sie wollen, können sie uns töten.«

»Sie machen mir nicht den Eindruck, als hätten sie feindselige Absichten«, sagte Dhark. »Ich werde versuchen, mit ihnen zu reden.« Er trat nahe an das Intervallfeld heran. »Können Sie mich verstehen?« Er sprach im geläufigsten Worgunidiom, das mittlerweile die meisten von ihnen beherrschten.

»Ja, ja.« Einer der drei Zwerge mit den menschlichen Körperformen antwortete. Sie beherrschten also auch die Sprache der Worgun. »Sicher, sicher. Keine Sorge, ja?« Der Miniaturworgun hob seinen Instrumentengurt auf und schnallte ihn um seine Hüfte. »Sie warten, bis wir soweit sind, dann werden wir Sie wieder aus unserer Pyramide entfernen.«

»Aus Ihrer Pyramide entfernen?« Die gleichgültige Art des Zwerges überraschte Ren Dhark. Mit Aggressivität hätte er besser umgehen können. »Wann denn?«

»Zur gegebenen Zeit.« Der Zwerg wandte sich ab, fuchtelte mit den Armen und lief auf eines der Kontrollpulte außerhalb des Intervallfeldes zu. Seine menschlichen Glieder verloren ihre Form und wurden wieder zu Tentakeln.

Auch die anderen behandelten die im Intervallfeld gefangenen Menschen von einem Augenblick zum anderen wieder wie Luft. Alle schienen es plötzlich sehr eilig zu haben.

Keine Minute später, und die Amöbenversammlung hatte sich aufgelöst.

Sämtliche Zwergworgun machten sich an irgendwelchen Geräten in der Nähe des Intervallfeldes zu schaffen.

»Ein bißchen mehr Neugier hätte ich mir schon gewünscht.« Chris Shanton kratzte sich am Hinterkopf. »Die behandeln uns ja wie Mäuse in der Lebendfalle.«

»So ähnlich fühle ich mich auch«, sagte Amy Stewart.

»Das sind die Steuerpulte für die Energiemeiler in der Halle.« Mit einer Kopfbewegung deutete Arc Doorn auf eines der Geräte und die beiden Zwergworgun, die daran arbeiteten. »Sie fahren die Meiler hoch!« Er trat dicht an das Intervallfeld. Aufmerksam beobachtete er die Tentakel der Kleinworgun und die Instrumente, an denen sie hantierten. »Ich bin sicher, sie fahren die Energiemeiler hoch!«

»Aus irgendeinem Grund scheint ihr Energiebedarf plötzlich gestiegen zu sein.« Henk de Groot sah in die Runde seiner fünf Wissenschaftler. »Wozu brauchen sie von einem Moment zum anderen mehr Energie?«

»Das hängt wohl mit unserem plötzlichen Auftauchen zusammen«, sagte einer der Kolonisten.

»Vielleicht braucht dieser Intervallfeldkäfig besonders viel Saft«, sagte Leutnant Hornig.

»Glaube ich nicht.« Ren Dhark hob die Linke und aktivierte sein Vipho. »Jedenfalls sind wir im Moment nicht in Gefahr. Ich werde vorsichtshalber die POINT OF anfunken. Nicht, daß Riker unruhig wird und die Pyramide beschießt.«

»Ich weiß nicht recht...« Anja Riker machte ein sorgenvolles Gesicht. »Ich traue diesen unheimlichen Zwergen nicht. Wer weiß, was sie mit uns vorhaben.«

»Commander an POINT OF!« Ren Dhark sprach in sein Vipho. »Hörst du mich, Dan?«

»POINT OF hört.« Außerhalb des unsichtbaren Kerkers drehten sich einige Zwergworgun um, als hätte einer der Eingeschlossenen nach ihnen gerufen.

»Wir sind im Moment operationsunfähig, Dan. Ein Intervallum hat die gesamte Gruppe eingeschlossen.« Keiner der Worgun arbeitete mehr, alle blickten sie auf die Terraner und die beiden Roboter. Einige begannen miteinander zu palavern. »Man könnte auch sagen, wir sitzen in der Falle«, fuhr Dhark fort. »Und jetzt halte dich fest: Die Fallensteller sind knapp fünfzig Zentimeter große Worgun.«

»Das ist nicht wahr...« Die Stimme Rikers klang wie die eines maßlos verblüfften Mannes. »Sag, daß du Witze machst, Ren!« Die Zwergworgun stiegen aus ihren kleinen Sesseln und verließen ihre Miniaturpulte. Einer nach dem anderen kam zu den Terranern unter der Intervallglocke zurück.

»Keineswegs, Dan.« Dhark konnte sich keinen Reim aus dem merkwürdigen Verhalten der Fremden machen. »Die Zwerge wirken aber relativ friedlich, im Moment jedenfalls. Sie fahren gerade ihre Energieversorgung hoch – keine Ahnung warum. Auch wenn wir bei diesem Kontakt im Moment am kürzeren Hebel sitzen – er ist einfach zu wertvoll, um ihn durch irgendwelche Provokationen zu gefährden. Haltet euch also zurück. Verstanden?«

»Verstanden.«

»Was ist mit dem Schwarzschirm? Habt ihr einen Weg gefunden, ihn zu knacken?«

»Leider nicht. Die Außentemperaturen sinken so rapide, als hätte der Herrgott die Sonne Babylons ausgepustet. Es wird allmählich lausig kalt. Und dann diese abscheuliche Dunkelheit – aus allen Regionen des Planeten erreichen uns im Minutentakt Schreckensmeldungen von Massenpaniken, Fluchtversuchen, Plünderungen und schlimmerem.«

»O nein...!« Ren Dhark seufzte tief. Um ihn herum wurde es still. Die Gefährten hatten mitgehört und schwiegen betreten. Nur Alain Tscherwenko, der mit seinem planlosen Herumschalten an den fremden Pulten den Schwarzschirm aktiviert und so die Katastrophe ausgelöst hatte, flüsterte: »Es tut mir leid... es tut mir so leid...!«

»Kann sein, daß Trawisheim oder das Flottenoberkommando auf die Idee kommen, die Pyramide zu stürmen«, sagte Dhark. »Versuche sie unter allen Umständen daran zu hindern. Und verrate ihnen auf keinen Fall den Trick, mit dem wir hier reingekommen sind.«

»Sie werden natürlich alles versuchen, den verdammten Finsterschirm zu knacken... aber wie du meinst, Ren.«

»Wir haben Worgun entdeckt, Dan! Verstehst du? Das ist *die* Chance für eine schnelle Rückkehr nach Terra! Ich versuche noch einmal mit ihnen zu sprechen. Vielleicht schalten sie den Schirm ja wieder ab. Vielleicht können sie uns helfen, die Sonne zu retten! Bleibt dran, Dan. Ich weiß nicht, wie die Sache sich bei uns hier entwickelt. Wenn's richtig heiß werden sollte, melden wir uns rechtzeitig.«

»Hoffentlich lassen euch die Minis dann genug Zeit dazu. Ende.«

Ren Dhark schaltete das Gerät wieder ab. Die Zwerge hatten sich inzwischen wieder vollzählig vor dem Intervallum versammelt. Aufmerksam betrachteten sie die Terraner und die beiden Roboter. »Irgend etwas hat sie doch noch neugierig gemacht«, sagte Artus.

»Hat einer von euch gefurzt oder was Unanständiges gesagt?« Shanton grinste in die Runde.

»Wie nannten Sie das Schiff, mit dem Sie gerade sprachen?« fragte der Wortführer der Zwerge außerhalb des Intervallfeldes.

»POINT OF«, sagte Dhark. »Das ist mein Ringraumer.«

»Dann müssen Sie Ren Dhark sein.«

*

Ein Raunen ging durch die Gruppe der Terraner. »Sie kennen dich?« flüsterte Amy. »Wie kann das sein, Ren?« Dhark zuckte nur mit den Schultern. Die Verblüffung machte ihn sprachlos.

Die Worgun auf der anderen Seite des Energiekerkers tuschelten miteinander. Sie kamen Dhark auf einmal ziemlich aufgekratzt vor. Nur einzelne Wortfetzen waren zu verstehen, immer wieder fiel sein Name, der Name seines Heimatplaneten und der Name seines Schiffes.

Schließlich wandte sich der Wortführer der Zwerge wieder an ihn. »Ein weißblonder Mann, der einen Ringraumer mit dem Namen POINT OF kommandiert – das kann nur Ren Dhark sein.« Der Worgun deutete mit den Armen auf ihn. »Verhält es sich so oder nicht? Bestätigen Sie oder korrigieren Sie! Sind Sie der Terraner Ren Dhark, oder sind Sie es nicht?«

»Ja, ich bin es! Woher kennen wir uns?«

Etwas veränderte sich, und zwar schlagartig. Dhark erfaßte nicht sofort, was, er spürte nur die Veränderung: Das Geraune der anderen klang plötzlich gedämpfter, auf einmal fühlte er sich wie isoliert. Die Gefährten in seiner unmittelbaren Nähe – Amy zum Beispiel, oder Shanton und Getrup – wichen plötzlich von ihm zurück; nicht viel, ein paar Zentimeter vielleicht, aber er nahm es dennoch wahr.

Dann verlor er den Boden unter den Füßen, doch er fiel nicht

– er schwebte. Eine unsichtbare Kraft hob ihn hoch, zog ihn weg von den Gefährten und trug ihn aus dem Intervallfeldkäfig hinaus in die Halle. Der Commander begriff: Die kleinen Worgun hatten ihn in ein separates Intervallfeld gehüllt. Offenbar waren sie in der Lage, geschlossene Intervallfelder mit Gravitationsneutralisatoren zu kombinieren und darin eingeschlossene Dinge und Wesen zielgenau zu transportieren.

Er schwebte über die Kleinen und einige Schaltpulte hinweg. Die Herren der Pyramide folgten der Energieblase mit ihrem Gefangenen.

Etwa dreißig Schritte von seiner Gruppe entfernt sank das Intervallfeld nach unten. Dhark hatte wieder festen Boden unter den Füßen.

Die Zwerge versammelten sich um ihn. »Warum tun Sie das?!« rief der Commander. »Warum isolieren Sie mich von meinen Leuten?« Das Gefühl, diesen Winzlingen hilflos ausgeliefert zu sein, machte ihn wütend. »Sie haben kein Recht und keinen Grund, uns gefangenzunehmen! Wir haben keinerlei Aggression gegen Sie ausgeübt!«

»Ruhig, ruhig.« Der Wortführer der Kleinen machte eine beschwichtigende Geste. »Es passiert Ihnen nichts, gar nichts. Außerdem täuschen Sie sich, Ren Dhark: Erstens sind Sie in unser Territorium eingedrungen. Das betrachten wir vorläufig durchaus als Aggression. Zweitens…«

»Ich warne Sie!« Die leichte Schalldämpfung war verschwunden, Ren Dhark merkte, daß sie sein Intervallum deaktiviert hatten. Die Energiepeilung in seinem Armbandgerät bestätigte es. Weil sich die Zwerge bedrohlich nahe an ihn herandrängten, zog er seinen Handnadelstrahler. »Weg von mir!« Er drehte sich um sich selbst und zielte mal auf den, mal auf jenen. »Zurück, sage ich!«

»Hören Sie doch auf!« Der Wortführer winkte ab. Die Drohung schien diese Zwerge nicht im geringsten zu beeindrucken. »Nach allem, was wir über Ren Dhark wissen, schießt er nicht auf Unbewaffnete. Schon gar nicht, wenn er einen Konflikt durch eigene Fehler verursacht hat!«

»Wieso glauben Sie, mich so gut zu kennen?« Dhark ließ die Waffe sinken, behielt sie aber schußbereit in der Rechten. »Und was soll das heißen: ›Durch eigene Fehler‹?«

»Sie lassen mich ja nicht ausreden, Commander Dhark.«

Die Gelassenheit des Zwerges grenzte fast an Gleichgültigkeit.

Der Kerl gefiel Dhark nicht, er gefiel ihm ganz und gar nicht.

»Zweitens also sind Sie dafür verantwortlich, daß unser Defensivsystem den Hauptschutzschirm aktiviert hat«, fuhr der Zwerg fort. »Es umspannt jetzt den gesamten Planeten Fande.«

»Fande«, entfuhr es dem Commander. Das war die letzte Bestätigung, daß diese unförmigen Gnome nicht nur wie Worgun aussahen, sondern tatsächlich zum Volk der Geheimnisvollen gehörten. Denn nur wer mit der Worguntradition und -kultur vertraut war, konnte wissen, daß Babylon von diesem Volk Fande genannt wurde.

»So heißt bei uns diese Welt, wenn Sie nichts dagegen haben, Commander Dhark. Und drittens haben Sie ein Verfahren entwickelt, das den speziellen Schutz unserer Pyramide wirkungslos macht. Auch das nenne ich eine aggressive Handlung; eine, die Sie besonders gefährlich für uns macht.«

»Was für ein Verfahren, Worgun?« Ren Dhark hielt nicht hinter dem Berg mit seinem Ärger. »Ich weiß nicht, wovon Sie reden!«

»Mein Name ist Kumar. Ihre Scheinheiligkeit paßt nicht zu unserem Bild von Ren Dhark.« Ungerührt und im selben gleichgültigen Tonfall fuhr der Worgun in menschlicher Zwergengestalt fort. »Sie wissen genau, wovon ich rede. Mehr als fünftausend Jahre lang konnten wir in unserer Pyramide leben und forschen. Keiner Macht in dieser Galaxis ist es je gelungen, unseren speziellen Schutz zu durchbrechen. Und jetzt kommen Sie, dringen hier ein und entwickeln ganz nebenbei auch noch ein wirksames Verfahren, das wesentliche Teile unseres Defensivsystems auf einen Schlag wertlos macht!«

»Ich bitte Sie, Kumar!« Den Commander beschlich das ungute Gefühl, daß der andere gerade einen Kriegsgrund an den Haaren herbeizog. »Wir haben To-Richtfunk, Transitionssteuerungen und einen starken Bordrechner kombiniert, das war alles...«

»Hören Sie auf, Dhark!« Kumar schnitt dem Commander das Wort ab. Allmählich wurde er ungehalten. »Sie zwingen uns zum Start! Nach so vielen Jahrtausenden zwingen Sie uns zum Start!«

»Zum Start?« Heißer Schrecken durchzuckte Dhark. Der Zwerg klang wie einer, der genau wußte, wovon er sprach, und eine Ahnung von unberechenbaren Konsequenzen dieser mißglückten Pyramidenexpedition befiehl den Commander. »Womit wollen Sie denn starten, Kumar?«

»Stellen Sie sich nicht dümmer, als Sie sind, Dhark.« Wieder winkte der kleine Worgun in Menschengestalt ab. »Glücklicherweise sind wir vorbereitet. Der Start hätte sowieso in durchaus absehbarer Zeit stattfinden sollen. Nach unseren Informationen operieren schon lange keine Worgun mehr in Nal. Wir können Fande also verlassen und uns eine Welt suchen, auf der wir unbehelligt leben können.«

Dharks Hirn arbeitete auf Hochtouren. Er sondierte die Fakten und wog sie gegeneinander ab. Worgun auf Babylon! Wenn auch zwergwüchsige, so doch Worgun, die offensichtlich über die Technik und das Wissen verfügten, das dieses uralte Volk so legendär machte. Andererseits hielten sie seit fünftausend Jahren ihre Existenz geheim. Dhark traf eine Entscheidung.

»Hören Sie mir zu, Kumar«, sagte er. »Ich bin viel in dieser Galaxis herumgekommen. Ich war ein paar Jahre lang Regierungschef des terranischen Planetenimperiums...«

»Sie erzählen mir nichts Neues, Commander.«

»... ich könnte Ihnen bei der Suche nach einem geeigneten

Planeten für Ihre Kolonie behilflich sein. Und davon abgesehen«, Ren Dhark steckte den Strahler zurück in sein Holster, »Sie haben nichts von uns zu befürchten. Zum einen haben wir selbst viel zu große Probleme...«

»Auch das ist uns bekannt, Commander Dhark.«

»... als daß wir auch nur im Entferntesten Lust auf militärische Auseinandersetzungen hätten. Und zum anderen verehren wir die Worgun. Ohne Ihr Volk wäre Terra nicht das, was es heute ist. Kurz: Ich biete Ihnen ein Bündnis an.«

»Abgelehnt«, sagte der Zwergworgun in Menschengestalt trocken. Nicht einmal Zeit zum Nachdenken nahm er sich. »Wir brauchen keinen Bündnispartner. Unsere Vorfahren haben uns eine Handlungsmaxime überliefert, an die wir uns auch in Zukunft strikt zu halten gedenken: *Der Starke ist am mächtigsten allein*.«

18.

Henner Trawisheim war kein Mensch heftiger Gefühlsausbrüche. Jedenfalls hatte Dan Riker den Commander der Planeten noch nie schreien gehört. Doch es war nicht zu übersehen, daß der Mann wütend war, dessen Konterfei im Zentralhologramm schwebte: Seine Augen waren schmal, seine Gesichtshaut bleich, seine Stimme bedrohlich leise, und wenn er ausnahmsweise mal zuhörte, pulsierte seine Kaumuskulatur.

»Reden Sie nicht um den heißen Brei herum, Riker!« unterbrach er Dan zum dritten Mal. »Es ist stockfinster auf Babylon. Wir haben keinen Funkkontakt mehr zum Rest der Milchstraße, nicht einmal zu unseren Wachpatrouillen im System. Überall auf Babylon nähern sich die Temperaturen inzwischen dem Gefrierpunkt, und auf dem Raumhafen von New Alamo mußte ich Militär einsetzen, weil eine panische Menschenmenge versucht, das Flugfeld zu stürmen. Verstehen Sie mich, Riker? Dhark ist in die Pyramide eingedrungen, und plötzlich spannt sich dieser unheimliche Dunkelschirm über Babylon! Seitdem bricht die Ordnung auf dem Planeten zusammen! Ich will wissen, was Dhark in der Pyramide angestellt hat!«

»Ich weiß es nicht, Commander, ich weiß es wirklich nicht.« Dan Riker bemühte sich um einen sachlichen Tonfall. Es fiel ihm schwer.

»Das können Sie Ihren Kampfrobotern erzählen, Riker! Stellen Sie sich vor, ein paar dieser verrückt gewordenen Umsiedler würde es gelingen, ein Schiff zu kapern! Falls Sie Phantasie genug haben, stellen Sie sich bitte weiter vor, diese Verrückten würden das Schiff starten. Sie würden versuchen, den Schirm zu durchbrechen, und es käme zur Katastrophe! Denn der Schirm ist undurchdringlich! Bulton hat das getestet! Können Sie sich die Katastrophe vorstellen, Riker? Ich will wissen, wie es Dhark geschafft hat, uns diesen verhängnisvollen Schirm zu bescheren!«

»Verdammt, Commander! Zum dritten Mal: Ich weiß es nicht!« Riker platzte der Kragen. Er war wütend auf Trawisheim und zugleich wütend auf seinen Freund Ren Dhark. »Fragen Sie ihn selbst! Ich lasse die Verbindung auf sein Vipho legen! Ende!«

Mit einer Kopfbewegung in Richtung Funkzentrale bedeutete er Morris, die Verbindung weiterzuleiten. Der nickte, und Trawisheims Gesicht in der Bildkugel erlosch. »Geht nicht«, sagte Morris nur ein paar Sekunden später. »Der Commander der Planeten hat die Verbindung abgebrochen.«

»Mist!« entfuhr es Riker.

»Was wird er jetzt tun?« Hen Falluta dachte laut.

»Vermutlich wird er Bulton anrufen«, sagte Riker. »Und vermutlich wird Bulton mit einem kleinen Verband hier landen und versuchen, die Pyramide zu knacken.«

»Schöne Bescherung«, sagte Falluta.

»Schöner Mist«, stöhnte Riker.

*

Die Flotte bot sieben Schiffe auf, sechs Ovoid-Ringraumer und einen Ikosaeder. Sie landeten fünfhundert Meter entfernt von der Pyramide und tausend von der POINT OF. Raummarschall Bulton kommandierte den kleinen Verband persönlich.

Die Männer in der Zentrale der POINT OF sahen, wie die Finsternis in der Bildkugel von Lichtkegeln durchbohrt wurde. Die Schiffe schleusten Flash und Bodentruppen aus. Bald richteten sich Hunderte kleinerer Scheinwerferkegel auf die Außenwand der Pyramide. Hunderte von Spezialisten und Soldaten versuchten, das Intervallfeld zu knacken. Dan Riker beobachtete das Treiben der Bodentruppen mit wachsender Sorge.

Irgendwann kam, was kommen mußte: Der Raummarschall meldete sich in der Zentrale der POINT OF. In der zentralen Bildkugel entstand sein Konterfei. »Guten Tag, Oberstleutnant Riker.« Bulton betonte jede Silbe. Sein Gesicht war hochrot, die Adern an seinen Schläfen geschwollen. Dan Riker erwartete, daß er jeden Moment in die Luft gehen würde.

»Guten Tag, Marschall Bulton. Eine unangenehme Situation... kommen Sie weiter?«

»Unangenehm, sagen Sie?« Bulton beherrschte sich nur mühsam. »Verheerend nenne ich das! Meine Leute müssen mit Paralysatoren auf ihre Mitbürger schießen, um das Schlimmste zu verhindern! Über tausend Opfer hat der verdammte Schwarzschirm bereits gekostet! Von den Verletzten und den Kosten ganz zu schweigen! Die Außentemperaturen haben in vielen Regionen bereits den Gefrierpunkt unterschritten! Verheerend nenne ich das!«

»Commander Dhark hat mich gebeten, keinen Versuch zu unternehmen, in die Pyramide einzudringen«, sagte Riker. »Er will versuchen, die Sache friedlich zu regeln. Wir sollten ihm vertrauen.«

»Und inzwischen gibt es einen Aufstand nach dem anderen, was?« Bulton wurde laut. »Soll ich vielleicht warten, bis mir die Energieversorgung auf Babylon zusammenbricht? Nein, Riker! Nein und nochmals nein! Ich will in diese verdammte Pyramide! Und Sie verraten mir jetzt, wie Dhark es geschafft hat, das Intervallfeld zu knacken!«

Riker preßte die Lippen zusammen. Schon saß er mitten im Kreuzfeuer. Den Trick des Commanders zu verraten hieße die Loyalität Ren Dhark gegenüber aufzugeben. Ihn nicht zu verraten hieße weitere Menschenleben aufs Spiel zu setzen. Vielleicht sogar die Leben der achtzehn Expeditionsmitglieder in der Pyramide, vielleicht sogar Dharks Leben.

»Hören Sie, Marschall Bulton«, sagte Riker schließlich. »Ich lasse Sie auf Dharks Vipho legen. Dann können Sie ihn selber fragen.«

*

»Ich bitte Sie, Kumar: Lehnen Sie nicht so schnell ab.« Ren Dhark dachte nicht daran, schon aufzugeben. Zum Greifen nahe war die Möglichkeit, Worgun als Verbündete zu gewinnen. Für die Zukunft der Erde erschien ihm eine Zusammenarbeit mit Kumar und seiner Kolonie unschätzbar. »Möglich, daß Ihre Vorfahren recht hatten und der Starke allein am mächtigsten ist. Zugleich aber hatten sie unrecht, denn zwei Starke, die sich zusammentun, potenzieren ihre Möglichkeiten.«

»Es würde Ihre Möglichkeiten potenzieren, Commander Dhark, das ist wohl wahr.« Kumar blieb hart. »Wir Worgun hätten keinerlei Vorteil von einem solchen Bündnis.«

»Das stimmt nicht! Wir würden Ihnen eine geeignete Welt suchen! Unsere Flotte würde Ihren Schutz übernehmen.«

»Wir kennen Terras Möglichkeiten, Commander Dhark. Mit unseren können sie nicht konkurrieren. Wir werden uns allein schützen.«

»Woher wollen Sie unsere Möglichkeiten so gut kennen? Woher wissen Sie überhaupt von Terra und von mir, wo Sie doch behaupten, sich seit fünftausend Jahren in dieser Pyramide zu verbarrikadieren?«

»Mein Volk lebt sogar schon seit zehntausend Jahren in dieser Pyramide. Es war übrigens eine der ersten auf Fande. Selbstverständlich haben wir die ganze Zeit über den galaktischen und intergalaktischen Funkverkehr mitgehört. Ich denke, wir verfügen über eine relativ lückenlose Chronik der Geschichte Ihrer Milchstraße, Commander Dhark.«

Dhark konnte kaum glauben, was er da hörte. Andererseits kannte er die Worgun gut genug, um Ihnen jedes technische

Wunder zuzutrauen. »Aber warum zehntausend Jahre freiwillige Isolation, Kumar? Das ist doch Wahnsinn!«

»Falsch. Die ersten fünftausend Jahre waren Gefangenschaft. Unsere Vorfahren arbeiteten an einem Forschungsprojekt, das der damaligen Führung der Worgun nicht gefallen hat. Man verhaftete also sämtliche Wissenschaftler, die an diesem Projekt beteiligt waren, sperrte sie in diese Pyramide ein und bewachte sie streng.«

»Woran arbeiteten Ihre Vorfahren denn, daß man derart hart gegen sie vorging?«

»Das geht Sie nichts an, Dhark. Aber soviel kann ich Ihnen sagen: Unsere Ahnen forschten heimlich weiter. Vor mehr als fünftausend Jahren entwickelten sie schließlich das in die Pyramidenfassade integrierte Spezialintervall. Sie überwältigten ihre Bewacher und schlossen sich mit dem Spezialfeld von der Außenwelt ab. Da unsere Vorfahren die Pyramiden nicht mehr verließen und weiter nichts im Sinn hatten, als in Ruhe weiterzuforschen, unternahmen die anderen Worgun auch nichts mehr gegen sie.«

»Sie vermehrten sich doch – bekamen sie denn keine Platzprobleme?« fragte Ren Dhark.

»Oh doch«, gab Kumar überraschend bereitwillig zu. »Und vor allem degenerierte unser Genom, denn zwangsläufig kam es zu einer gewissen Inzucht. Die Genetiker und Molekularbiologen unserer Ahnen fanden jedoch einen Weg, das Genom zu heilen und es auf eine Weise zu verändern, die es resistent gegen Degeneration durch Inzucht machte. Im Verlauf dieser Entwicklung veränderten sie unser Erbgut auch im Hinblick auf die Körpergröße und -masse, ohne unsere geistigen Fähigkeiten irgendwie zu beeinflussen. Wir wurden von Generation zu Generation kleiner, und auf diese Weise paßten natürlich viel mehr Individuen in unsere Pyramide.«

»Eine eindrucksvolle Leistung«, sagte Dhark mit ehrlicher Bewunderung. »Nur verstehe ich nicht, warum Ihre Ahnen nicht die Versöhnung mit den anderen Worgun suchten. Sie hätten doch ihre Forschungsergebnisse in die Friedensverhandlungen mit einbringen können?«

»Obwohl wir von den Worgun abstammen, verachten wir sie doch wegen ihrer Trägheit und Risikoscheu. Davon abgesehen hörten wir wie schon gesagt den Funkverkehr in der Galaxis ab und wußten daher, wie die Führung unseres Volkes mit Außenseitern umging. Wir waren ja nicht die einzigen, die aus der Reihe tanzten. Da gab es zum Beispiel einen gewissen Venad…«

»Den gibt es noch!« unterbrach Dhark. »Er lebt noch, und ich bin ihm persönlich begegnet!«

»Er lebt noch?« Zum erstenmal zeigte Kumar so etwas wie ein Gefühl. Was Dhark ihm erzählte, wühlte ihn auf. »Das ist ja unglaublich…! Aber sagen Sie, Dhark – dem galaktischen Funkverkehr entnahmen wir, daß nur noch etwa zwei Milliarden Worgun in der Galaxis Orn leben. Keiner von uns hier kann das wirklich glauben. Vermutlich haben wir die Meldung nur falsch interpretiert, oder?«

»Leider nicht, Kumar. Es gibt tatsächlich nur noch zwei Milliarden Worgun in Orn. Höchstens.«

»Wie entsetzlich!« Wieder zeigte der Kleine Gefühle, er war sogar regelrecht erschüttert. »Dann sterben die Worgun also aus! Nun, das soll uns hier nicht widerfahren. Glücklicherweise haben unsere Feinde, die Worgun, die Milchstraße aufgegeben, und für die zwei Milliarden in Orn ist sie unerreichbar geworden. Der Abschied von Fande war erst für die nächste Generation geplant, aber da Sie unser Schutzintervall durchbrechen können, sind wir gezwungen, früher zu starten. Die Stunde des Abschieds ist da, die Pyramide ist startbereit.«

»Nein, Kumar, bitte nicht!« Dhark hob abwehrend die Hände. »Bitte warten Sie noch! Ich…« Das akustische Signal seines Viphos ertönte. Der Commander hob den Arm vor das Gesicht. »Dhark?«

»Bulton hier. Wie haben Sie es angestellt, in die Pyramide zu kommen, Dhark?«

»Hören Sie, Marschall, ich bin hier gerade in Verhandlungen mit den Worgun.« Ren Dhark senkte die Stimme, der Wortführer der Worgun mußte nicht unbedingt hören, was er mit Bulton sprach. »Bitte unternehmen Sie nichts, was die Zwerge provozieren könnte.«

»Zu spät, Dhark! Unter diesem verdammten Dunkelschirm zerbricht zur Stunde die gesamte öffentliche Ordnung auf Babylon! Ich bin mit sieben Schiffen vor der Haustüre dieser Zwerge gelandet und werde ihre Pyramide stürmen lassen! Und Sie werden mir jetzt verraten, wie ich dieses verfluchte Intervallfeld knacke!«

»Die Zwerge sind ungefährlich, Marschall Bulton, glauben Sie mir. Die wollen nur in Ruhe gelassen werden, weiter nichts.«

»Dann sollen sie gefälligst den Dunkelschirm abschalten!«

»Ich werde sehen, was ich tun kann.« Dhark sah, wie Kumar und seine Worgun vor ihm zurückwichen. »Ziehen Sie Ihre Einheiten ab, Bulton, ich flehe Sie an!« Die Winzlinge waren plötzlich sehr erregt und riefen wild durcheinander. »Diese kleinen Worgun sind friedlich, ich schwöre es Ihnen! Ich bin zuversichtlich, sie bald davon zu überzeugen, daß sie den Schirm wieder deaktivieren können!«

»Also gut, Commander. Ich gebe Ihnen eine halbe Stunde. Wenn dann noch immer keine Sonne und Sterne am Himmel zu sehen sind, mache ich ernst. Ich melde mich vorher aber noch einmal bei Ihnen. Ende.«

Plötzlich hatten einige der Worgun Miniaturstrahler in den Tentakeln. Auffallend schnell liefen sie zum Intervallkäfig, unter dem Dharks Gefährten gefangen waren. Davor nahmen sie Aufstellung und zielten auf die Terraner und die beiden Roboter.

*

Bulton stapfte die Wendeltreppe von der oberen Galerie der Zentrale hinunter. Über den Ringtransmitter war er an Bord der POINT OF gekommen. »Ich habe Ihrem Kommandanten eine halbe Stunde Zeit gegeben. Wenn er die Abschaltung des Dunkelschirms bis dahin nicht auf dem Verhandlungsweg erreicht hat, greifen wir an.«

»Mit was wollen Sie denn angreifen, Marschall?« Dan Riker bot dem untersetzten, etwas übergewichtigem Mann einen freien Sessel im Kommandostand an.

»Mit allem, was uns zur Verfügung steht.« Bulton stieg die drei Stufen hoch und ließ sich in den leeren Sessel neben Riker fallen.

»Tut mir leid, Ted«, sagte Riker. »Wir werden uns an einem Angriff auf die Pyramide nicht beteiligen. Der Commander hat strikten Befehl gegeben, die Zwerge nicht zu provozieren. Und daran halten wir uns.«

*

»Warum tun Sie das?« Die Angst um seine Leute packte Ren Dhark, als er die bewaffneten Worgun ihre Strahler auf die Menschen hinter dem Intervallfeld richten sah. »Warum bedrohen Sie meine Einsatzgruppe?«

»Weil Schiffe Ihrer Flotte in der direkten Umgebung unserer Pyramide gelandet sind«, sagte Kumar. »Und weil Angehörige Ihrer Flotte versuchen, das Intervallfeld zu deaktivieren. Vermutlich werden Sie selbst das nicht als kriegerischen Akt werten, Commander Dhark.«

»Niemand wird Ihre Pyramide betreten, Kumar. Ich habe eben mit dem Oberbefehlshaber der Terranischen Flotte gesprochen. Er ist in Sorge wegen des Dunkelschirms. Der verursacht eine Menge Probleme auf Babylon. Es gab bereits Tote, viele Tote sogar. Schalten Sie ihn aus, und niemand wird die Pyramide angreifen!«

»Ich traue Ihnen nicht, Ren Dhark.« Kumar trat ein paar Schritte zurück. Von einem Augenblick zum anderen hüllte wieder ein kleines Intervallfeld den Commander ein. »Außerdem lassen wir uns nicht gern unser Handeln diktieren. Wir schalten den Schirm aus, wann wir es für richtig halten. Das eigentliche Problem habe ich bereits angedeutet: Sie kennen ein Verfahren, unser Spezialintervallfeld aufzubrechen.«

»Was reden Sie da, Kumar?« Verzweiflung packte Dhark. »Ich bitte Sie, schalten sie den Dunkelschirm…!«

»Genug der Worte! Höchste Zeit für den Start! Niemand darf ihn verhindern, und nur der kann ihn verhindern, der Ihr Verfahren kennt!«

»Wovon reden Sie überhaupt?!«

»Setzen Sie sich mit Ihrem Schiff in Verbindung, Dhark. Der Checkmaster der POINT OF muß auf das unterste Energieniveau gefahren werden. Außerdem lassen Sie Ihre Funkzentrale deaktivieren. Sofort! Sonst ordne ich die Exekution Ihrer Leute an! Und zwar unverzüglich!«

Er deutete auf Dharks Gefährten. Die wirkten reichlich verwirrt.

Vermutlich bekamen sie nicht einmal die Hälfte von dem heftigen Wortwechsel mit.

»Warum? Ich verstehe Sie nicht, Kumar. Warum verlangen Sie so etwas?«

»Genug geredet! Veranlassen Sie die beiden Schritte, die ich Ihnen genannt habe, andernfalls sterben Ihre Begleiter.«

Dhark schluckte ein paar Mal. Er hatte nicht die geringste Ahnung, was in den Zwerg gefahren war. »Also gut. Den Checkmaster auf niedrigstes Energieniveau fahren, die Funkzentrale abschalten. Wie lange?«

»Bis wir Sie und Ihre Gruppe aus der Pyramide geschafft haben.«

Ren Dhark hob den Arm und aktivierte sein Vipho. »Commander an POINT OF.«
»Wir hören dich, Ren. Wie stehen die Aktien bei euch?«
»Wir haben ein Problem, Dan.«

19.

Dhark gab nicht auf. »Hören Sie mich an, Kumar! Lassen Sie uns reden!« Die Worgun hatten ihre Strahler wieder weggepackt. Keiner bedrohte Dharks Gefährten mehr. Riker hatte seine Anordnungen also befolgt. Gut so. »Bedenken Sie, was wir erreichen könnten, wenn wir uns zusammentun.«

Der Wortführer der Kleinen reagierte nicht einmal mehr. Dhark verlor den Boden unter den Füßen. Er schwankte kurz, stürzte aber nicht. Seine Intervallblase hob sich und schwebte dem Hauptschott der Halle entgegen. »Was haben Sie vor, Kumar?!« Der kleine Worgun antwortete nicht.

Auf einmal löste sich Amy Stewart aus der Gruppe der anderen. Eine unsichtbare Kraft hob auch sie hoch und trug sie hinter Ren Dhark her dem Schott entgegen. Das gleiche geschah kurz darauf mit Anja Riker, danach mit Artus, dann mit Henk de Groot und schließlich in kurzen zeitlichen Abständen mit allen anderen. Sogar den Kampfroboter schlossen die Worgun in cin eigenes Intervallfeld ein und transportierten ihn durch das sich öffnende Schott.

Dhark blickte sich um. »Was machen die mit uns?« fragte Amy, die nur vier, fünf Meter hinter ihm durch das Schott schwebte. »Weißt du, was die vorhaben?«

»Sie schmeißen uns raus, so einfach ist das!« Wütend suchte Dhark den Blickkontakt mit Kumar. Doch der Wortführer der Worgun hockte schon wieder vor einem der Schaltpulte. »Und wenn sie uns rausgeschmissen haben, dann starten sie.«

»Starten? Womit denn?«

Dhark zuckte nur mit den Schultern. Als könnte er damit das

Ungeheuerliche noch abwenden, verschwieg der Commander die beklemmende Ahnung, die ihn längst beschlichen hatte.

Er sah zurück, bis auch die Intervallfeldblase mit dem Kampfroboter das Schott passiert hatte. Die Worgun schenkten der davonschwebenden Kolonne keinerlei Aufmerksamkeit mehr. Sie waren längst wieder auf die Miniatursessel vor ihren Miniaturpulten geklettert und machten sich an den Schalttafeln zu schaffen. Hinter dem Kampfroboter schloß sich das Schott.

Als hätte es die Worgunzwerge nie gegeben, dachte der Commander, *als hätte ich alles nur geträumt.*

Doch in einem Traum wäre er an dieser Stelle in einer vertrauten Umgebung aufgewacht. Er und seine Gefährten aber schwebten in langer Kolonne durch die ihm völlig fremde Umgebung. Maschinenblöcke, Wände und Rohrleitungen glitten rechts und links vorbei. Bald erreichten sie den Antigravschacht, und die mit Menschen und Robotern gefüllten Intervallblasen stiegen nach oben.

Für den weißblonden Terraner hatte es etwas Erniedrigendes, wie eine leblose Fracht von einem Ort weggeschafft zu werden, den man noch nicht verlassen wollte, und zu einem Ziel transportiert zu werden, das man sich nicht ausgesucht hat. Zorn stieg in Dhark auf, als er an Kumar dachte.

Irgendwann schwebten die Intervallfelder in die Eingangshalle der Pyramide. Die zehn Flash lagen noch dort, wo die Männer und Frauen der POINT OF sie verlassen hatten.

Dharks Intervallfeld durchdrang die Außenhülle seines Flash, und ohne daß der Commander den geringsten Einfluß darauf nehmen konnte, wurde er auf dem Pilotensitz abgesetzt. Hinter ihm lud die unsichtbare Kraft Amy Stewart ab.

So erging es auch den anderen: Immer paarweise transportierten die Intervallfelder sie in einen Flash, setzten den einen auf dem Pilotensitz ab, den anderen dahinter.

Schließlich erweiterten sich die individuellen Intervallkäfige auf die Außenhülle der Flash. Die Beiboote wurden hochgehoben und schwebten wie schwerelos der Pyramidenwand entgegen. Dort angekommen, verschmolzen die sie umgebenden Intervallfelder mit dem Intervallum in der Pyramidenhülle. Die Flash glitten hindurch, als wäre die Wand weiter nichts als eine Projektion.

Der Bildschirm über seinem Kopf blieb schwarz, und Dhark dachte zunächst, er wäre vielleicht defekt.

Die Kontrollampen auf der Armaturentafel leuchteten auf. »Er läßt sich manövrieren!« rief Dhark. »Der Flashantrieb funktioniert wieder!«

Nacheinander kamen über Funk die Meldungen der anderen Piloten: Alle zehn Flash ließen sich wieder steuern.

»Seht euch den Himmel an!« tönte Shantons Stimme aus dem Funk. »Ein pechschwarzer Sack!« Auf dem Bildschirm entdeckte Dhark Lichtbalken. Sie durchschnitten die wahrhaft furchterregende Finsternis und kreuzten sich in ihr. Ein Ringraumer verbreitete ein Lichtfeld in der Umgebung seines Landeplatzes. War das die POINT OF? Dhark vermochte es nicht auf Anhieb zu sagen.

»Ich orte außer der POINT OF noch sieben weitere Schiffe«, meldete Hornig. »Und zwar ziemlich nahe an unserer Pyramide!«

»Bodentruppen der Terranischen Flotte!« Vandekamps Stimme. »Sie versuchen in die Pyramide einzudringen!«

»Idioten!« entfuhr es Dhark. »Hat Riker den Marschall also nicht von einem Angriff abhalten können! Am liebsten würde ich umkehren und noch einmal versuchen, mit Kumar zu verhandeln!« Der Monitor zeigte immer mehr Lichtquellen in der Finsternis.

»Ausgeschlossen, Sir«, tönte Hornigs Stimme aus dem Funk. »Die Energievorräte der Flash sind auf Reserve gesunken. Die Boote müssen zum Auftanken ins Depot.«

»Außerdem nicht ratsam«, meldete sich Doorn. »Ich habe ein Energiemuster in der Peilung, das ich überhaupt nicht einordnen kann. Irgendwo tief in der Pyramide müssen mächtige Generatoren angesprungen sein.«

Ren Dhark funkte Riker über Vipho an. »Wir sind draußen, Dan. Fahrt den Checkmaster wieder hoch und werft die Funkzentrale an.«

*

Kaum lag der Flash in seiner Hangarbettung, stieß Dhark die Luke auf und stieg aus. Dan Riker und der Raummarschall erwarteten ihn bereits. Beide wirkten nicht gerade entspannt. Vor allem Bulton machte ein grimmiges Gesicht.

»Endlich«, blaffte Bulton, statt zu grüßen. »Und jetzt verraten Sie mir auf der Stelle, wie Sie es geschafft haben, in diese Pyramide einzudringen! Was geht überhaupt vor sich hinter diesem verdammten Superintervall?«

Die Besatzungen der anderen Flash sammelten sich nach und nach um die Gruppe. »Das ist eine längere Geschichte, Marschall«, sagte Dhark. »Für den Moment nur soviel: Die Zwerge wollen starten, und diese Aussicht macht mich ehrlich gesagt ziemlich nervös.«

»Starten? Trotz des Dunkelschirms? Womit denn?« Bulton trat noch näher an Dhark heran. »Wir werden das verhindern! Wie kommen meine Truppen in die Pyramide? Antworten Sie endlich, Mann!«

»Das Problem ist inzwischen gelöst«, sagte Artus, bevor Dhark den Marschall zur Mäßigung seines Tonfalls auffordern konnte. »Im Prinzip ist es ganz einfach: Mit einer exakt dosierten Mischung aus Mix-3 und Mix-4 kann man das Spezialintervall knacken.«

»Woher weiß er das?« Bulton, der einzige, dem es in diesem Moment nicht die Sprache verschlagen hatte, blickte in die Runde. Niemand reagierte.

»Ich hatte eine angeregte Kommunikationsminute mit unserem Checkmaster, während wir da drin waren«, erklärte Artus. »Er hat das Feld analysiert und mir das Gegenmittel verraten.«

Im Hangar war keiner, der in diesem Moment nicht verblüfft den Roboter angestarrt hätte. Ren Dhark war nicht der einzige, dem die Kinnlade herunterklappte. »Der Checkmaster hat seine Erkenntnis natürlich sofort an die Worgun in der Pyramide übermittelt«, fuhr Artus in der Ungerührtheit fort, die für ihn typisch war. »Um die Zwerge ein wenig unter Druck zu setzen. Sie haben leider auf unvorhersehbare Weise reagiert und den Start beschlossen!«

Ren Dhark war, als würde ihm eine schwarze Binde von den Augen fallen: Das also hatte Kumar gemeint, als er ständig von einem »Verfahren« orakelte!

»Das ist einfach ungeheuerlich!« Dem Commander platzte der Kragen. »Ihr habt rausgefunden, wie man den Schirm knackt, und habt nicht angegriffen?!« Er wandte sich an Riker. »Seid ihr denn von allen guten Geistern verlassen!?«

»Verdammt, Ren! Was brüllst du mich an? Ich hatte keine Ahnung davon!«

»Bitte?!«

»Der Checkmaster hat davon abgesehen, den Schirm mit dem neuen Verfahren anzugreifen«, erklärte Artus. »Er wollte Sie und unsere Gruppe keiner Gefahr aussetzen, Commander. Aus dem gleichen Grund hat er die Besatzung der POINT OF auch noch nicht über die Lösung informiert…«

Ein nervtötendes Summen schnarrte durch das Schiff. »Vibrationsalarm!« Riker drehte sich um. »In die Zentrale, schnell!«

*

»Alarmstart eingeleitet!« Von allen acht Schiffen gingen die Meldungen an den Raummarschall ein. Ted Bulton ließ die zentrale Bildkugel nicht aus den Augen, während er die Meldungen seiner Einheiten bestätigte. Einer seiner Ringraumer war darin zu erkennen. Von einem zweiten glitt der Schatten über die Außenwand der Pyramide, während das Schiff abhob und rasch an Höhe gewann. Babylons Sonne schien wieder am Himmel. Den Start der sieben anderen Einheiten konnte Bulton nicht in der Bildkugel mitverfolgen. Doch nacheinander gingen die acht Startmeldungen ein. »Alarmstart vollzogen!« Bulton bestätigte wieder.

Der Chef der Terranischen Flotte war an Bord der POINT OF geblieben. Dharks Ringraumer war schon gestartet und hatte bereits eine Flughöhe von fast einem Kilometer erreicht. Die dreidimensionale Darstellung der Außenkameras war um den Faktor 4 verkleinert, andernfalls hätte die Bildkugel die Spitze der startenden Pyramide nicht mehr gezeigt.

Höher und höher stieg das gigantische Bauwerk, das sich jetzt als Raumschiff entpuppte. Der Schwarzschirm darüber hatte sich bereits auf einer Breite von über hundert Kilometern geöffnet, sein kreisförmiger Rand wanderte rasch den Horizonten entgegen.

Keiner in der Kommandozentrale sprach noch ein Wort, das ungeheuerliche Schauspiel im Zentralhologramm zog alle Blicke an, fesselte die Aufmerksamkeit aller, raubte allen die Sprache.

Am Fuß der Pyramide bäumten sich gewaltige Massen von Steinen, Geröll und Erde auf. Stadiongroße Gesteinsplatten schleppte das startende Monstrum ein Stück mit sich in die Höhe, bevor sie hinunterrutschten und in riesigen Geröllfontänen und Staubwolken zerbrachen.

Obwohl Dhark die Außenmikrophone des Ringraumers hatte abschalten lassen, drang Donnern und Splittern niederkrachender Gesteins- und Geröllmassen durch die Außenwände bis in die Zentrale.

Unaufhaltsam stieg die Pyramide in den Himmel.

Doch nicht mehr das Giga-Raumschiff fesselte die Männer und Frauen in der Kommandozentrale der POINT OF, sondern der goldene Schädel, der sich aus dem gewaltigen Krater bohrte, den es hinterlassen hatte.

»Ein Goldener!« rief Grappa. »Ich taste ihn gerade mit der Ortung ab! Gewaltig groß! So groß wie die goldenen Statue auf der anderen Seite des Globus! Sieht fast aus, als tauchte da ihr Duplikat aus der Unterwelt auf!«

Ren Dhark hörte zwar, was Grappa meldete, registrierte auch die goldene Schädelwölbung im Krater und das Licht, das sie reflektierte, doch was seine Aufmerksamkeit in diesen Sekunden wirklich fesselte, war die Erkenntnis: Nicht nur die Pyramide, sondern auch der gigantische Goldene war in Wirklichkeit ein Raumschiff!

»Unglaublich!« rief Grappa von der Ortung. »Es ist eine vollständige goldene Statue, die sich da aus der Erde Babylons bohrt! Sogar einen Sockel hat sie!«

Der goldene, gesichtslose Kopf erhob sich längst über den Kraterrand.

Links und rechts von ihm wölbte sich der Erdboden. Gesteinsplatten bäumten sich auf, goldene Schultern stiegen aus dem Boden, Erdrisse wanderten von ihnen aus bis hin zu den viele hundert Meter weiter stehenden unbewohnten Pyramiden.

»Wie hoch genau ist die Statue?« wollte Ren Dhark wissen. Das ungeheure Spektakel in der zentralen Bildkugel fesselte jetzt die Aufmerksamkeit aller.

»7236 Meter der Goldene, und 2569 Meter der Sockel, auf dem er steht!« rief Grappa.

Die Brust der goldenen Statue schob sich nun aus dem Boden. Geröllfontänen spritzten auf, Staubwolken stiegen in den Himmel, Erdverwerfungen erschütterten die nächste Pyramide, und sie rutschte auf den Krater zu. Trümmer stürzten in den Erdspalt, schleuderten neue Geröllfontänen und weitere Staubwolken himmelwärts.

Bulton, Riker, Falluta, Dhark – alle saßen oder standen sie wie erstarrt, und alle waren sie aschfahl. Jeder versuchte auf seine Weise zu fassen, was dort vier oder fünf Kilometer unter dem Ringraumer geschah, und keiner vermochte es wirklich.

»Ich fange Notrufe auf!« rief Glenn Morris aus der Funkzentrale. »Aus allen Himmelsrichtungen Notrufe! Der ganze Planet wird von Erdstößen erschüttert!«

Immer schneller stieg der Goldene empor, und immer größere Massen an Erdreich und Geröll riß er mit sich in die Höhe. Bald glitten die goldenen Hüften und die goldenen Schenkel aus dem Krater. Es war, als würde ein Mutterschoß aus Erde und Gestein einen goldenen Menschen gebären.

Unzählige Staubwolken stiegen in den Himmel. Die höchste reichte schon bis in eine Höhe von vier Kilometer und verdeckte die Sicht auf die Brust der gigantischen Statue. Schnell vereinigten sich die Staubwolken zu einer einzigen, und die hüllte den Goldenen von der Brust abwärts ein. Doch schneller und schneller entstieg er ihr und folgte dem Pyramidenraumschiff in die Stratosphäre Babylons.

Bald löste sich auch der goldene Sockel aus der Staubwolke. Minuten später war die Mammutstatue nur noch ein goldener Lichtreflex am Himmel. Der verlor sich an derselben Stelle im All, an der zuvor schon die Pyramide die oberen Luftschichten Babylons verlassen hatte.

»Hinterher!« rief Ren Dhark. »Wir nehmen die Verfolgung auf!«

»Ich weiß nicht, ob das Sinn macht, Sir!« rief Tino Grappa. »Beide Objekte beschleunigen mit irrsinnigen Werten!«

Dhark blickte auf die Instrumente seines Steuerpultes. Pyramide und Goldener entfernten sich mit atemberaubender Geschwindigkeit von Babylon. »Sie haben recht, Tino.« Der Commander gab auf. »Die Worgun gehen auf Sternensog. Verfolgung zwecklos.«

*

Drei Tage später im Büro des Präsidenten von Babylon: »Achtundvierzig Stunden lang war die Hölle los, das ist wirklich nicht untertrieben, Herr Präsident. In fast jeder Stadt kam es zu Plünderungen und Gewalttaten.« Gesicht und Oberkörper eines unauffälligen Mannes flimmerten im Hologramm über dem Präsidentenschreibtisch: Henk de Groot. Er gab dem Regierungschef einen Lagebericht. »Zum Glück ist der Alptraum vorbei, die Sicherheitskräfte haben die Lage im Griff.«

Daniel Appeldoorn stand vor seinem Schreibtisch. Hinter ihm am ovalen Konferenztisch saßen vier weitere Männer und hörten zu. Unter ihnen die beiden Köpfe der POINT OF: Riker und Dhark. Einer der anderen beiden trug eine Uniform. Auf dem Tisch lag ein Plakat mit dem Porträt von Henner Trawisheim.

»Es dauerte ein paar Stunden, bis sich der Dunkelschirm vollständig aufgelöst hatte«, fuhr de Groot fort. »Danach beruhigten sich die Gemüter wenigstens auf der Tagseite des Planeten wieder ein wenig.«

»Es gab Verhaftungen, habe ich gehört«, sagte der Präsident.

»Die Sicherheitskräfte haben weit über zehntausend Menschen in vorläufigen Gewahrsam genommen«, bestätigte de Groot. »Die meisten von ihnen sind bei Plünderungen festgenommen worden.«

»Ich habe mit dem Justizsenator gesprochen«, sagte Appeldoorn. Seine Stimme klang so ernst, wie sein faltiges Gesicht aussah. »Er wird Anweisungen erlassen, daß in so vielen Fällen wie möglich mildernde Umstände angerechnet werden. Die Leute kommen dann mit einem Verwarnungsgeld davon. Das Ereignis hat weite Teile der Bevölkerung einfach überfordert.«

»Vor allem die Neusiedler«, bestätigte de Groot. »Nicht einmal ein Prozent der in Gewahrsam Genommenen sind Einheimische.«

»Vergessen Sie nicht, daß diese auch den geringeren Bevölkerungsanteil ausmachen, Henk.« Appeldoorn hob mahnend die Brauen.

»Da haben Sie natürlich recht, Herr Präsident.« De Groot räusperte sich. »Ich bin schon fast am Ende meines Berichts. Die Temperaturen sind bis gestern abend wieder überall auf die ortsüblichen Thermometermarken geklettert. Die Erdbebenschäden waren erstaunlich gering dafür, daß die Pyramide und die Statue ein fünfzehn Kilometer tiefes Loch in die Planetenkruste gerissen haben. Die Pyramiden in unmittelbarer Kraternähe sind teilweise eingestürzt. Glücklicherweise hatten wir die noch nicht besiedelt. Ansonsten hat sich die Worgunbauweise bewährt – alle Bauwerke haben dem planetenweiten Erdbeben standgehalten. Die Reparaturkosten werden sich dennoch zu einer stolzen Summe zusammenläppern.«

»Das ist mir schon klar, Henk. Schlimmer jedoch sind die hohen Opferzahlen.« Die ernsten Augen unter den weißen Brauen blickten ein paar Sekunden lang durch die Bildkugel hindurch in irgendeine Ferne. Appeldoorn seufzte. »Dennoch – die Katastrophe ist vorbei und glimpflicher abgelaufen, als ich zunächst befürchtet hatte. Hat Ihre Familie die schlimmen Stunden gut überstanden, Henk?«

»Charlize und die Kleine sind wohlauf, Herr Präsident. Danke der Nachfrage.«

»Grüßen Sie Ihre Frau von mir. Und danke für den Bericht.« De Groots Konterfei verblaßte. Appeldoorn deaktivierte das Hologramm. Mit gesenktem Kopf und schweren Schrittes ging er zu seinen Gästen an den Konferenztisch und setzte sich zu ihnen.

»Unsere Sicherheitsbehörden haben die Lage unter Kontrolle, wie Sie gehört haben, meine Herren.« Mit der flachen Hand schlug er auf das Plakat, das auf dem Tisch lag. »Weit intensiver werden uns die Folgeschäden beschäftigen, fürchte ich.« Jeder wußte, was er meinte: den Mann, dem das Gesicht auf dem Plakat gehörte.

Einer der Männer – Johan Lüttwitz, der Sekretär des Präsidenten – nahm das Plakat vom Tisch und heftete es an eine Magnetwand. Unter Trawisheims Zahnpastalächeln stand in roten Lettern: *Keine Experimente!*

»Die Umfragewerte sind verheerend, anders kann man das nicht nennen«, sagte Lüttwitz. »Fast neunzig Prozent Zustimmung für Trawisheim, Herr Präsident. Wenn uns nicht rasch eine zündende Idee kommt, wird demnächst Henner Trawisheim in diesem schönen Büro hier arbeiten!«

Wovon er sprach, war folgendes: Gleich am Tag nach dem katastrophalen Start der Pyramide und der goldenen Statue hatte Trawisheim seinen Wahlkampf umgestellt. *Keine Experimente!* Mit dieser Parole warb er jetzt um die Stimmen der Siedler von Babylon – und hatte voll ins Schwarze getroffen. Die Menschen von Babylon – in erster Linie die Neusiedler – wollten endlich Frieden und Sicherheit.

Ein spontan angesetztes Medienduell mit dem Amtsinhaber war am Vorabend babylonweit ausgestrahlt worden. Darin hatte Trawisheim deutlich gemacht, was er meinte, wenn er die Parole *Keine Experimente!* ausgab: kein Krieg mit den Eisläufern, die Terra besetzt hielten, und folglich keine Wiederbesiedelung der Erde. Der Planet Babylon würde das Zentrum des neuen Herrschaftsbereichs der Menschheit werden.

Seit den frühen Morgenstunden liefen die neusten Umfrageergebnisse über alle Sender. Unglaubliche 88,3 Prozent für Trawisheims Position. Daniel Appeldoorns Regierungstage waren gezählt.

»Ihre Ehrlichkeit tut mal wieder so gut wie Salz in einem aufgeplatzten Hühnerauge, Lüttwitz.« Der Präsident seufzte. »Aber natürlich haben Sie recht. Die Terraner haben all die Aufregungen und Gefahren satt. Trawisheim sagt Ihnen genau das, was sie hören wollen. Und da sie die Mehrheit der Bevölkerung stellen, wird er die Wahl auch gewinnen.« Appeldoorn lehnte sich in seinem Sessel zurück und schlug die langen Beine übereinander. »Am vernünftigsten wäre es, wenn ich endlich meinen Urlaub planen würde.«

»Vielleicht sollten wir Trawisheims Geschäftsgebaren und Privatleben noch einmal genau durchleuchten«, schlug Lüttwitz vor. »Vielleicht finden wir ja doch noch den entscheidenden dunklen Fleck.«

Der fünfte Mann am Tisch, Claude Pétain, Brigadegeneral und Oberbefehlshaber der Streitkräfte von Babylon, runzelte mißbilligend die Stirn, sagte aber nichts. Der Präsident selbst winkte ab. »Das Thema ist doch gegessen.«

»Es erfüllt mich mit großer Sorge, wenn ich sehe, wie Sie resignieren.« Ren Dhark schaltete sich in das Gespräch ein. »Das könnte schwerwiegende Folgen haben.«

»Für mich nicht, Mr. Dhark. Für General Pétain ebenfalls nicht, er befehligt Babylons Truppen auch unter einer Regierung Trawisheim. Und meinen verehrten Sekretär werde ich schon noch auf einem hübschen Pöstchen unterbringen.«

»Die Folgen für die Erde sind verheerend, Herr Präsident.« Ren Dhark schlug einen beschwörenden Tonfall an. »Trawisheim hat angekündigt, den Bau der Transmitterverbindung zwischen Terra und Babylon zu stoppen. Stellen Sie sich vor, was das heißt! Im Klartext bedeutet sein Regierungsprogramm doch: Die Erde wird ein- für allemal aufgegeben.«

»Sicher, sicher.« Appeldoorn nickte, ohne wirklich überzeugt zu sein. Er war längst Babylonier und kein Terraner mehr, und natürlich war ihm das Hemd näher als die Jacke, auch wenn er mit einer Wahlniederlage die Hoffnung begraben mußte, daß ein Großteil der Neusiedler von Terra auf ihren Heimatplaneten zurückkehren würde. »Andererseits, Mr. Dhark – was geschieht in diesem Universum schon ein- für allemal?«

»Die Eisläufer werden sich auf der Erde festsetzen, sie werden Siedlungen bauen und eine Infrastruktur errichten.« Ren Dhark fixierte jeden einzelnen, während er sprach. Die Sache brannte ihm unter den Nägeln, er hing an der Erde. Jeder im Raum wußte es, jeder im Raum spürte es.

»Die zwei Dutzend Millionen Menschen, die zurückgeblieben

sind, werden den Eisläufern irgendwann ein Dorn im Auge sein. Sie werden sie bekämpfen und möglicherweise versuchen, sie auszurotten. Spätestens dann ist ein Krieg gegen die Eisläufer unumgänglich.«

»Aber was sollen wir mit einer Erde anfangen, auf der ausschließlich polares Klima herrscht, Ren?« Jetzt ergriff auch Dan Riker das Wort. »Machen wir uns doch nichts vor: Die Erde ist kein lebensfreundlicher Planet mehr! Insofern hat Trawisheim doch völlig recht mit seinem Regierungsprogramm, oder?«

Einen Augenblick stutzte Dhark.

So etwas ausgerechnet von seinem besten Freund zu hören traf ihn hart, und er machte kein Geheimnis daraus.

Er sah Riker ins Gesicht. »Die Erde wird wieder ein lebensfreundlicher Planet werden, Dan«, sagte er leiser, aber um nichts weniger beschwörend. »Hast etwa auch du diese Hoffnung aufgegeben?«

»Wie, Ren? Und vor allem wann? Es kann Jahrhunderte dauern, bis wir einen Weg finden, der Sonne wieder zu ihrer alten Kraft zu verhelfen. Vielleicht finden wir den Weg aber auch nie! Vielleicht gibt es ihn gar nicht!«

»War es etwa kein Weg, die Synties Wasserstoff aus der Galaxis ins Sol-System schaffen zu lassen?« fragte Dhark.

»Schon, Ren. Aber wo sind sie denn jetzt, die Synties? Trawisheim will die Macht, ohne Frage. Aber ist er denn wirklich ein so schlechter Regierungschef? Der Mann ist kein Dummkopf, der Mann hat Erfahrung. Und hat er nicht im Grunde recht mit seinem Programm? Der Weg, den er anvisiert, ist nicht so schlecht, wie du glaubst! Und vor allem ist er friedlich.«

Appeldoorn seufzte tief. »Es schmerzt mich, daß auch Sie zu jenen fast neunzig Prozent gehören, die ich gestern abend nicht überzeugen konnte, Mr. Riker.« Dan reagierte nicht.

»Niemals werde ich die Erde aufgeben!« Ren Dhark schlug mit der Faust auf den Tisch. »Und wenn alle sie aufgeben – ich nicht! Niemals! Ich bin fest entschlossen, sie wieder bewohnbar zu machen! Fester als je zuvor. Und ich werde alles daransetzen, die Eisläufer zu vertreiben!«

»Ihren Eifer in Ehren, Commander!« Zum ersten und letzten Mal ergriff nun auch General Pétain das Wort. »Aber wie wollen Sie das anstellen?«

»Gute Frage.« Appeldoorn grinste verschmitzt. »Wenn ich recht informiert bin, hat Trawisheim es bereits abgelehnt, Ihnen einen kampfstarken Verband zur Verfügung zu stellen. Sie müßten sich also zur Wahl stellen, Mr. Dhark. Und vor allem gewählt werden. Wie wollten Sie sonst über die Terranische Flotte verfügen? Und mit weniger werden Sie nicht auskommen, wenn Sie ein derart hochgestecktes Ziel anstreben.«

Dan Riker seufzte nur und schüttelte den Kopf. »Ich verstehe dich nicht, Ren.«

*

Das Sonnenlicht lag wie ein glitzernder Schleier auf dem Ufer des Sees. Ein Himmel so tiefblau, wie Dhark ihn auf Terra selten gesehen hatte, spannte sich über das große Gewässer. Segelboote glitten in der Ferne über die fast spiegelglatte Wasserfläche. Hunderte von Menschen schwammen im See oder tobten im seichten Uferbereich herum. Im rötlichen Sand des Strandes spielten Kinder.

Hin und wieder erkannte Dhark Männer oder Frauen seiner Besatzung. Bei manchen fragte er sich, ob er sie je wiedersehen würde.

»Drei Tage«, hatte er über Bordsprech verkündet. »Nehmen Sie sich die Zeit und denken Sie nach.«

Den Commander erkannte niemand, der nicht wußte, daß er es war, der da unter dem blauen Sonnenschirm lag. Er trug ein offenes weißes Leinenhemd, kurze weiße Leinenhosen und eine Sonnenbrille.

»Sie wissen, wohin ich fliege«, hatte er gesagt. »Sie wissen, warum ich dort hinfliege. Ich werde keinem von Ihnen böse sein, der mich nach diesen drei Tagen um ein Gespräch unter vier Augen bittet, um mir zu sagen, daß er den Dienst auf der POINT OF quittiert und auf Babylon bleibt.«

Genau das hatte er gesagt.

Hin und wieder wanderten seine Gedanken zu seinem Freund Dan Riker. Das Gespräch im Büro des Präsidenten hatte einen Stachel in Ren Dharks Herzen hinterlassen. Beide, Dan wie er selbst, hatten die Angelegenheit auf sich beruhen lassen. *Eine kleine Meinungsverschiedenheit*, hatte Dhark sich gesagt, *nimm es nicht persönlich.*

Wirklich abhaken konnte er die ›kleine Meinungsverschiedenheit‹ jedoch nicht. Wieder und wieder kehrten seine Gedanken zu jenem Gespräch in Appeldoorns Büro zurück. Und zu Dan Riker. Er und seine Frau Anja waren mit einem Flash auf die andere Seite des Globus geflogen. Sie wollten die drei freien Tage im Hochgebirge verbringen.

Auf der anderen Seite des Globus, dachte Ren Dhark, *möglichst weit weg von mir. Zufall?* Er fragte sich, wie viele seiner Besatzungsmitglieder ihn in zwei Tagen um ein Gespräch unter vier Augen bitten würden.

Eine Frau zog seine Aufmerksamkeit an. Zweihundert Meter entfernt stieg sie aus dem Wasser. Sie trug ein knappes Bikiniunterteil. Ihr kurzes Haar war blond, ihr Schritt kraftvoll und federnd. Kräftig auch ihr Körperbau: die Beinmuskulatur einer Sprinterin, Arme und Schultern muskulös wie die einer Profiringerin. Sie kam auf ihn zu. Ihre runden Brüste wippten bei jedem Schritt auf und ab.

Dhark stand auf und griff nach dem Badehandtuch. »Darf ich?« Er breitete das Handtuch aus, hüllte Amy damit ein und begann hingebungsvoll, sie abzutrocknen.

»Wo warst du mit deinen Gedanken, mein Schatz?« fragte sie. »Du sahst so nachdenklich aus.«

»Bei dir, wo sonst?«

»Lügner!«

»Ich schwöre.«

»Habe ich also recht: Du lügst.« Sie nahm ihm das Handtuch ab, warf es ihm um den Hals und zog ihn zu sich heran. »Du hast an die Leute deiner Besatzung gedacht.«

»Schon möglich.«

»Du hast daran gedacht, wie viele wohl auf Babylon zurückbleiben werden, wenn wir übermorgen Richtung Terra starten.«

»Schon möglich.«

»Ich werde dir sagen, wie viele.«

»So?«

»Kein einziger.« Sie zog seinen Kopf an ihr Gesicht und küßte ihn.

*

So war es. Niemand mußte verabschiedet, niemand neu angeheuert werden. Die POINT OF startete mit vollzähliger Besatzung Richtung Terra.

Als Babylon in der Bildkugel nur noch als großer Stern unter vielen kleineren erschien, wies Ren Dhark den Checkmaster an, das Intervallum zu aktivieren und das Sternensogtriebwerk hochzufahren. In diesem Triebwerksmodus flog die POINT OF die vielen tausend Lichtjahre bis zum Sol-System. Wie viele Ortungsinstrumente auch immer das heimatliche Sonnensystem abtasteten – keines würde eine Transition anpeilen können.

Sechs Tage nach dem Start vom Raumhafen in New Alamo auf Babylon passierte der Ringraumer mit aktiviertem Tarnschutz die Umlaufbahn des fünften Planeten. »Ich habe Schiffe auf dem Ortungsschirm!« rief Grappa. »Siebzehn Einheiten! Fünfhundert Meter lange Zylinder mit ovalem Querschnitt!«

»Das können nur Großkampfschiffe der Eisläufer sein«, sagte Hen Falluta.

Der Commander, sein Erster Offizier und Dan Riker beobachteten ihre Kontrollschirme. Auf ihnen konnten sie sehen, was Tino Grappa auf seinen Ortungsschirmen sah, konnten ihm gleichsam über die Schulter blicken. »Sie patrouillieren in unterschiedlichen Umlaufbahnen um die Erde«, sagte Hen Falluta.

Dhark beugte sich über die Bordsprechanlage und schaltete auf Rundruf. »Kommandant an alle. Wir haben soeben die Saturnbahn passiert und queren im Moment den Asteroidenring. Möglicherweise werden wir in Kürze die erste Feindberührung erleben. Vor drei Wochen haben wir bereits Erfahrungen im Kampfeinsatz gegen die Eisläufer gesammelt. Sie sind nicht zu unterschätzen, allerdings können ihre Schiffe mit unseren nicht mithalten. Ihre Strahlwaffen sind nicht in der Lage, ein Intervallfeld zu knacken. Es ist also nicht mit Schwierigkeiten zu rechnen, wenn wir nachher zur Erde vorstoßen werden. Dann aber könnten die Probleme anfangen. Wir wissen ja, daß wir es mit sehr vielen Gegnern zu tun haben. Ich gebe zu, daß ich noch keinen konkreten Plan habe. Als erstes werden wir Verbindung mit Bruder Lambert und unseren zurückgebliebenen Wachmannschaften aufnehmen. Wir brauchen einen genauen Überblick über die Lage auf Terra. Danach schwebt mir vor, noch einmal zu versuchen, einen Kontakt zum Großadmiral der Eisläufer herzustellen, zu diesem Ischko. Falls ein Gespräch zustande kommt, wird es wohl kaum zu einem wünschenswerten Ergebnis führen. Vielleicht erfahren wir aber mehr über die Eisläufer und finden ihre Schwachpunkte heraus. Denkbar wäre zum Beispiel ein Kommandounternehmen, um eines ihrer riesigen Kugelschiffe zu kapern. Doch ich will nicht über ungelegte Eier sprechen. Zunächst geht es darum, die Lage zu peilen und nach Chancen für brauchbare Operationen zu suchen. Wir begeben uns also nicht unbedingt in eine gefährliche, dafür aber in eine ziemlich offene Situation mit vielen Fragezeichen. Ich wollte, daß jeder von Ihnen sich darüber im klaren ist. Ich verlasse mich auf Sie. Danke.«

Ren Dhark lehnte sich in seinen Sessel zurück. In Gedanken

versunken betrachtete er die vertrauten Sternkonstellationen in der Bildkugel. »Noch zwei Millionen Kilometer bis zur Marsbahn«, meldete Grappa.

»Kommandant an Checkmaster – Wechsel des Antriebsmodus vierhunderttausend Kilometer vor der Marsbahn. Von da an fliegen wir mit Sublichteffekt weiter.«

Das Bordhirn bestätigte.

Konzentrierte Stille herrschte in der Kommandozentrale. Das Summen der Energietransformatoren, das Klappern von Tastaturen, das leise Sirren der Hydraulik, wenn jemand sich in seinem Sessel drehte, und hin und wieder Grappas Meldungen, sonst war lange nichts zu hören.

»Wechsle auf SLE«, tönte die monotone Stimme des Checkmaster. Noch vierhunderttausend Kilometer bis zur Marsbahn.

»Ich habe jetzt neunundachtzig Fremdschiffe auf den Ortungsschirmen«, sagte Grappa. »Einige sind so nahe, daß der Checkmaster meine Daten schon in eine visuelle Darstellung umrechnen kann. Soll ich sie auf die Bildkugel legen?«

»Ja, bitte«, sagte Ren Dhark.

Sekunden später wechselte die Darstellung im Zentralhologramm. Drei Großkampfschiffe der Eisläufer waren gut zu erkennen.

Sie boten das schon bekannte Bild: Fünfhundert Meter lange Zylinder, mattgrau und von ovalem Grundriß. Jeder war an die zweihundert Meter breit, rund hundert Meter hoch und trug vier wie der Hauptrumpf geformte kleinere Zylinder an gebogenen Auslegern. Diese »Nebenrümpfe« waren Hangars für Raumjäger.

»Ich habe keine Lust, mich an den Anblick dieser häßlichen Schiffe zu gewöhnen«, sagte Hen Falluta.

»Das sollten wir auch nicht«, sagte Dhark.

»Marsbahn passiert«, meldete der Checkmaster. Er gab Geschwindigkeit, aktuelle Kurskoordinaten und Bremswerte durch. Der Commander bestätigte.

»Hundertachtundzwanzig Schiffe inzwischen«, meldete Grappa.

»Es müßten Tausende im System sein«, sagte Riker.

»Vermutlich manövriert ein Teil ihrer Flotte hinter der Sonne«, sagte Dhark. »Viele Schiffe werden auch auf der Erde oder auf dem Mars gelandet sein.«

»Ein Verband von hundertzwanzig Großkampfschiffen nimmt Kurs auf unsere Position«, meldete Grappa.

»Das kapiere ich nach wie vor nicht.« Riker runzelte die Stirn. »Wie schaffen die es nur, unseren Tarnschutz zu knacken?«

»Es spricht für ihre technischen Fähigkeiten, daß sie dazu in der Lage sind«, sagte Dhark. »Aber macht nichts. Unserem Intervallum können sie nichts anhaben.«

»Wir werden angefunkt!« rief Glenn Morris aus der Funkzentrale.

»Durchstellen«, verlangte Ren Dhark.

»RN 3 an Ringschiff!« übersetzte der Translator. Ein Bild zu der Stimme lieferte das Hologramm nicht. »Ich wiederhole: RN 3 an Ringschiff! Kommen!«

»Hier spricht Ren Dhark, Kommandant der POINT OF. Ich höre Sie!«

»Renntark, der Kommandant der Peuntof, wird hiermit aufgefordert, sofort abzudrehen! Ihr Schiff ist in unser Hoheitsgebiet eingedrungen! Ich wiederhole: Renntark, der Kommandant der Peuntof, wird hiermit aufgefordert, sofort abzudrehen! Ihr Schiff ist in unser Hoheitsgebiet eingedrungen!«

»Sie müssen da etwas verwechseln, RN 3«, gab Ren Dhark zurück. »Wir sind auf dem Weg zu unserem Heimatplaneten. Vom Hoheitsgebiet einer anderen Regierung in diesem System und seiner Umgebung haben wir nie etwas gehört. Einen guten Flug noch! Ende!«

»RN 3 an Renntark, Kommandant der Peuntof. Sollten Sie unsere Aufforderung zum Abdrehen ignorieren, werden wir das Feuer eröffnen. Ich wiederhole...«

»Ignorieren.« Der Commander nickte in Richtung Funkzentrale. »Keine weiteren Reaktionen mehr.«

»Diese eine könnte schon teuer genug werden«, knurrte Dan Riker neben ihm.

»Seit wann bist du so pessimistisch?« Ren Dhark musterte den Freund von der Seite. Er guckte reichlich finster aus seiner Bordkombi. »Was ist los mit dir, Dan? Du hast doch selbst erlebt, wie unser Intervallum ihre Energiesalven abgeschmettert hat. Die können uns nichts anhaben.«

»Kann schon sein, Ren. Ich bekomme nur immer ein komisches Gefühl, wenn die Dinge in der Theorie allzu glatt funktionieren.«

»Was soll das, Dan?« Ren Dhark wurde ärgerlich. »Die POINT OF hat den Praxistest längst bestanden!«

»Die Schiffe kommen näher!« rief Grappa. »Sie teilen sich in vier Gruppen!«

»Sind sie nahe genug für das Hologramm?« fragte Hen Falluta. Im nächsten Moment wechselte die Darstellung in der zentralen Bildkugel. Vier Pulks von je fünfundzwanzig Zylinderschiffen waren nun zu sehen. Ein Bündel weißlicher Strahlen zuckte der POINT OF entgegen, und sekundenlang sah man weiter nichts als gleißendes Licht.

»Sie haben das Feuer eröffnet!« rief Grappa.

»War nicht zu übersehen«, knurrte Riker. Er und Ren Dhark beobachteten den Kontrollmonitor für den Ortungsschirm. Jeder der vier Pulks flog eine weite Schleife und näherte sich der POINT OF aufs neue.

»Ein zweiter Verband fliegt uns von hinten an!« meldete Grappa. »Hundertfünfzig Schiffe! Weiß der Teufel, wo die auf einmal alle herkommen!«

»Die haben entweder einen guten Ortungsschutz, oder hatten sich im Asteroidengürtel versteckt«, vermutete Falluta.

Die nächste Salve wurde auf die POINT OF abgefeuert. Die wenigen Treffer steckte das Intervallum ohne weiteres weg.

»Wir kümmern uns nicht darum«, sagte Dhark. »Das Intervallum ist zu stark für ihre Waffensysteme. Wir fliegen einfach weiter zur Erde.«

»Hundert Schiffe auf Parallelkurs!« rief Grappa. »Fünfundzwanzig über uns, fünfundzwanzig unter uns, je fünfundzwanzig rechts und links von uns! Entfernung zwischen neunzig- und hundertfünfzigtausend Kilometer! Sie feuern!«

Schon wieder füllte die Bildkugel sich mit gleißendem Licht. Der Checkmaster verkündete die Treffer, ihre freigesetzte Energiemenge und die Belastung des Intervallums. Das Feld war zu nicht einmal vier Prozent belastet worden.

»Noch höchstens fünfzehn Minuten bis zur Erde.« Ren Dhark beobachtete die Kontrollinstrumente seines Steuerpultes. Die Angriffe beunruhigten ihn nicht, die wenigen Treffer schon gar nicht.

»Das kann nicht wahr sein!« entfuhr es Grappa plötzlich. »Bei allen Heiligen, das gibt es doch überhaupt nicht!«

»Was ist los?« Ren Dhark sprang auf. Etwas in der Stimme seines Ersten Ortungsoffiziers alarmierte ihn.

»Die beschleunigen mit unglaublichen Werten, Sir! Vielleicht spinnen ja meine Instrumente, aber wenn sie nicht spinnen, fliegen einige von denen plötzlich weit schneller als das Licht! Und zwar im Normalraum!«

»Das kann nicht sein!« rief Shanton.

»Sage ich doch!« Grappa war ganz aus dem Häuschen. »Meine Instrumente müssen spinnen!«

»Kommandant an Checkmaster, Überprüfung der Ortungsinstrumente!«

»Verstanden.«

»Bewegen sie sich denn wirklich im Normalraum?« hakte Shanton nach.

»Natürlich!« Grappa gestikulierte hilflos. »Aber ein Intervallfeld ist nicht anzumessen!«

Riker starrte seine Kontrollschirme an. »Die umschwirren uns wie Mücken das Vieh auf der Weide! Was ist da nur auf einmal los?«

Im Hologramm sah man plötzlich zehn oder fünfzehn Schiffe auf Konfrontationskurs zur POINT OF. Sie feuerten, und während sie feuerten, raste der Ringraumer knapp an ihnen vorbei. Die Angreifer wichen mit Werten aus, die eigentlich unmöglich waren. »Was war das denn?« entfuhr es Ren Dhark.

»Belastung des Intervallfeldes: einundzwanzig Prozent«, meldete der Checkmaster.

»Kein Gegner mehr, der nicht Überlichtgeschwindigkeit fliegt!« Grappa war nervös, das war nicht zu überhören. »Vorausgesetzt, meine Instrumente lassen mich nicht im Stich! Und vorausgesetzt, der Checkmaster hat noch alle Tassen im Schrank!«

»Wir gehen auf Sternensog«, ordnete Dhark an. »Ausweichmanöver!«

Die POINT OF flog durch ein wahres Höllenfeuer von Energiestrahlen. »Intervallbelastung fünfunddreißig Prozent!« meldete der Checkmaster.

»Wie ist das möglich?« Ren Dhark geriet außer sich.

»Ortungsinstrumente überprüft«, verkündete der Checkmaster. »Keine Fehler gefunden, präzise Messungen gewährleistet.«

»Nicht zu fassen«, seufzte Dhark.

»Jetzt schleusen sie ihre Raumjäger aus!« Grappas Stimme überschlug sich. »Das sind ja an die tausend! Und alle fliegen sie weit über Lichtgeschwindigkeit! Was für eine Wahnsinnstechnik haben die nur…?!«

20.

Tausende von Reflexen zuckten über die Ortungsschirme. Raumjäger, Großkampfschiffe, Raumtorpedos. Kaum jemand in der Zentrale war noch in der Lage, die Flut von Daten, die der Checkmaster meldete oder auf die Instrumente schickte, wirklich zu erfassen.

»Trefferquote 67,6 Prozent«, tönte die entspannte Stimme des Bordrechners. »Beschuß aus 789 Fremdschiffen, davon siebzig Prozent Raumjäger. Intervallfeldbelastung 59 Prozent...«

»Was habe ich gesagt?« Diesmal war es Dan Riker, der seinen Freund von der Seite musterte. »Mein Gefühl hat mich nicht getrogen. Von wegen, ›Sie können unserem Intervallum nichts anhaben‹!«

Dhark antwortete nicht. Wer ihn kannte und in seiner versteinerten Miene zu lesen vermochte, wußte, wie ihm zumute war. Der Schreck war ihm in alle Glieder gefahren. Konzentriert beobachtete er die Bildkugel und die Kontrollschirme für die Ortung. Auch die POINT OF hatte das Feuer eröffnet, und seit Minuten wartete er auf die erste Treffermeldung. Bislang vergebens.

»Waffensteuerung Ost an Kommandanten!«

»Ich höre, Rochard!«

»Dust und Mix-2 weichen sie einfach aus! Wuchtkanonen ebenfalls!«

»Waffensteuerung West an Zentrale! Ich weiß nicht, wie sie das hinbekommen! Nur mit Nadelstrahl treffen wir hin und wieder!«

»Kommandant an beide Waffensteuerungen! Feuern Sie aus

allen Rohren, die uns zur Verfügung stehen! Halten Sie vor allem auch mit Wuchtkanonen drauf!«

»Zwecklos! Lichtschnelle Waffen sind zu langsam!«

»Intervallbelastung 73 Prozent«, meldete der Checkmaster.

»Sie haben sich auf uns eingeschossen!« rief Grappa. »Ich fasse es einfach nicht: Sie fliegen im Normalraum und sind deutlich schneller als das Licht! Die Großkampfschiffe, die Raumjäger, ihre Torpedos, ihre Energiestrahlen! Wie machen die das nur?«

»So schnell, daß sie unseren Waffen ausweichen können?« Riker schüttelte den Kopf. »Hat jemand von euch so etwas je zuvor gehört?« Niemand antwortete.

»Viel schneller als das Licht sogar«, sagte Shanton.

»Deswegen können wir ihnen auch allenfalls mit Nadelstrahl schaden!« rief Shanton in das allgemeine Stimmengewirr in der Zentrale hinein. »Der ist schneller als das Licht!«

»Ich habe hier gerade die neusten Berechnungen des Checkmasters!« Shantons erregte Stimme erhob sich wieder. »Ein paar der Raumjäger und eines der Großkampfschiffe waren zeitweise mit fast neunzigfacher Lichtgeschwindigkeit unterwegs!«

»Das gibt es doch gar nicht!« Ren Dhark hielt es längst nicht mehr in seinem Sessel. Die Fäuste in die Hüften gestemmt tigerte er im Kommandostand hin und her. Er dachte fieberhaft nach.

Das Zentralhologramm lieferte kaum noch deutliche Bilder. Meistens zuckten leuchtende Blitze durch die Kugel, manchmal strahlte sie sekundenlang in gleißendem Weiß.

»Ein neuer Verband im Anflug!« meldete Grappa. »Hundertfünfzig Großkampfschiffe, behauptet meine Ortung!«

»Laß uns abhauen, Ren!« zischte Dan Riker. »Noch einmal hundertfünfzig Schiffe – das stehen wir nicht durch!« Ren Dhark sah den Freund an und wußte nicht, was er antworten sollte.

»Waffensteuerung West an Zentrale – sie weichen jetzt sogar den Nadelstrahlen fast nach Belieben aus!«

»Unglaublich!« entfuhr es Falluta.

»Waffensteuerung Ost an Zentrale: Treffer! Ich habe eines dieser Großkampfschiffe mit einer vollen Breitseite erwischt!«

»Ich hab' den Kahn in der Ortung!« rief Grappa. »Sein Schutzschirm ist zusammengebrochen! Das Schiff trudelt!«

»Hinterher!« brüllte Dhark. »Geben Sie ihm den Rest, Rochard!«

»Das Schiff beschleunigt mit kaum noch meßbaren Werten!« meldete Grappa. »Sein Schirm steht wieder!«

»Der Checkmaster hat den Wert ausgerechnet!« rief Shanton. »Das getroffene Schiff flieht wahrhaftig mit zehnkommadreifacher Lichtgeschwindigkeit!«

»Intervallfeldbelastung 87,3 Prozent!« tönte der Checkmaster. »Empfehle dringend Rückzug!«

»Ich will ja nicht den Teufel an die Wand malen, Sir!« rief Grappa. »Aber der neue Verband wird uns in zwei Minuten erreichen!«

»Er hat recht«, flüsterte Riker. »Laß uns abhauen, Ren!«

»Kommandant an Checkmaster!« Dhark warf sich in den Kommandantensessel. »Wir drehen ab! Triebwerke auf volle Leistung!« Die POINT OF flog eine enge Schleife nach »unten« und raste im Schutz des Intervallums knapp an einem Verband aus 28 Großraumschiffen und Hunderten von Raumjägern vorbei, der sich unter ihr gesammelt hatte und sie unter Feuer nahm. Der Ringraumer beschleunigte im Sternensogmodus.

»Sie folgen uns!« rief Grappa. »Etwa hundertdreißig Großkampfschiffe und über vierhundert Raumjäger haben unser Manöver rechtzeitig bemerkt! Sie hängen sich an uns dran!«

»Das ist doch völlig ausgeschlossen!« Dhark war außer sich. »Wir fliegen mit zehnfacher Lichtgeschwindigkeit!«

Das gleißende Licht war aus der Bildkugel verschwunden. Auch zuckten im Moment keine Energiestrahlen mehr durch das

All. Dafür konnte man deutlich den Pulk der Verfolger erkennen. Sie kamen näher und näher.

»Es hat keinen Sinn, Ren, verdammt«, seufzte Riker. »Aus irgendeinem Grund sind sie schneller als wir! Es hat keinen Sinn, wir müssen springen!«

»Fremdartige Energiemuster!« rief Grappa. Shanton saß inzwischen neben ihm im Ortungsstand. »Wir peilen hier ein völlig verrücktes Energiemuster an! Keine Ahnung, was das ist!«

Zwei Minuten später flog die POINT OF schon wieder mitten in einem Schwarm von Raumjägern und Großkampfschiffen. Die feindlichen Einheiten hatten sie eingeholt und folgten mühelos ihrem Kurs. Grelles Licht strahlte aus der Bildkugel in die Zentrale. Ein Treffer nach dem anderen landete im Doppelintervall.

»Intervallfeldbelastung wieder bei achtzig Prozent!« tönte der Checkmaster. »Empfehle Flucht durch Transition!«

»Kompaktfeldschirm aufbauen!« brüllte Ren Dhark. »Wir transitieren!«

Der Checkmaster aktivierte den KFS und schaltete das Intervallum ab. Im selben Augenblick sprang die POINT OF in den Hyperraum.

*

Nach erfolgter Transition ging keineswegs das Aufatmen durch die Zentrale, das man eigentlich hätte erwarten sollen. Nein – bedrückendes Schweigen herrschte. Manche beschäftigten sich hektisch mit den Instrumenten, für die sie verantwortlich waren – Grappa und Shanton zum Beispiel –, andere hingen reglos in ihren Sesseln und starrten durch die Bildkugel hindurch, wie Dhark und Falluta.

»Schätze, das war knapp«, sagte Riker so laut, daß jeder es hören konnte. Niemand reagierte.

Grappa gab die Koordinaten durch. Die POINT OF war etwas

weniger als sieben Lichtjahre von der Erde entfernt in den Normalraum zurückgekehrt.

Irgendwann bcugte sich Ren Dhark über den Bordfunk. »Kommandant an alle. Die Eisläufer waren im Begriff, unser Intervallfeld zu knacken, deswegen mußten wir transitieren. Wir werden das Ereignis analysieren und Sie dann über unser weiteres Vorgehen informieren. Ende.«

Er stand auf. »Fünfzehn Minuten Pause. Danach bitte ich Sie in den Kommandostand zur Manöverkritik.« Dhark verließ seinen Platz und stieg die Wendeltreppe zur Galerie hinauf.

Kurz darauf hörte man die Tür seine Privatkabine ins Schloß fallen.

Eine Viertelstunde später kam er zurück. Die wichtigsten Leute der POINT OF hatten sich in der Zentrale versammelt. Neben »den üblichen Verdächtigen« sah der Commander auch den Astrophysiker Spence Claus Bentheim und den Astronomen Jens Lionel unter den zwölf Männern und Frauen. Dhark verschränkte die Arme vor der Brust und lehnte sich gegen eine Instrumentenkonsole. »Fangen wir an«, sagte er. »Was ist schiefgelaufen?«

»Unsere Gegner sind schneller als das Licht geflogen«, sagte Hen Falluta. »*Das* ist schiefgelaufen.«

»Niemand kann im Normalraum schneller als das Licht fliegen«, erwiderte Shanton. »Kein Schiff, kein Geschoß, keine Funkwelle, kein Atom, kein Neutrino, nichts. Die Schiffe der Eisläufer waren nicht von einem künstlichen Zwischenkontinuum umhüllt, kein Intervallum oder etwas derartiges. Sie konnten nicht schneller als das Licht sein. Sie konnten es einfach nicht.«

»Und doch waren sie es«, sagte Riker.

»Es ist unmöglich, daß sie schneller als das Licht flogen«, sagte Dhark. »Und dennoch flogen sie schneller als das Licht. So schnell, daß sie unseren Waffen mühelos ausweichen konnten. Wie erklären wir diesen Widerspruch zwischen einem Naturgesetz und unserer Beobachtung? Das ist die Frage, Herrschaften.«

»Sie geben mir das Stichwort – ›unsere Beobachtung‹«, sagte Bentheim. »Die nächstliegende Erklärung ist doch, daß die Mittel unserer Beobachtung nicht funktionierten – unsere Instrumente.«

»Das haben wir inzwischen überprüft.« Riker winkte ab. »Unsere Aufklärungsinstrumente arbeiten einwandfrei. Auch am Checkmaster hat's nicht gelegen.«

»Ich habe mir erlaubt, die Aufzeichnungen sämtlicher Meßwerte an unsere wissenschaftlichen Abteilungen weiterzuleiten«, sagte Grappa. »Deswegen sind Dr. Bentheim und Dr. Lionel hier.«

»Gut so.« Der Commander nickte. »Und?«

»Nun ja«, setzte Lionel an. »Wir haben mal den ganzen Datenwust gesichtet, der während des Gefechts so hereinkam. Also die Werte der Sonne, die Werte der zum fraglichen Zeitpunkt sichtbaren Planeten, die Werte einiger elektromagnetischer Impulse, Lichtreflexe, Funkwellen und so weiter. Sämtliche Lebensäußerungen des Kosmos, wenn Sie so wollen. Das wird ja alles routinemäßig aufgezeichnet, ohne daß sich einer speziell darum kümmern würde.«

»Verstehe«, sagte Dhark. »Und was haben Sie herausgefunden?«

»Na ja, die Daten sind noch lange nicht alle ausgewertet.« Lionel zuckte mit den Schultern. »Es sind einfach zu viele, wissen Sie.«

»Ich weiß. Kommen Sie bitte zum Punkt.«

»Die wenigen also, die wir bisher auswerten konnten, geben schon ein ziemlich einheitliches Bild ab, würde ich sagen, und mein Kollege Bentheim ist da der gleichen Meinung wie ich.«

»Nämlich?« Wie viele Wissenschaftler sprach Lionel, als würde er sich mit jedem Satz auf dünnes Eis begeben. Ren Dhark schätzte dieses Mißtrauen gegenüber vorschnellen Interpretationen von Fakten. Andererseits machte ihn diese Art manchmal nervös.

»Nun, wie soll ich sagen, Sir? Vielleicht so: Jegliche Bewegung im All lief schneller ab als normal.« Er hob mahnend den Zeigefinger. »Jede, deren Beobachtung wir bisher auswerten konnten.«

»Bitte?« Dhark war nicht der einzige, der die Stirn runzelte oder sonst wie eine verständnislose Miene machte.

»Sehen Sie, Sir, wir haben zum Beispiel die Werte zweier Sonnenprotuberanzen analysiert. Der Vorgang lief schneller ab, als er es normalerweise tut. Oder der Mond – wir haben die Bewegung auf seiner Umlaufbahn um die Erde während des Gefechts gemessen: Er bewegte sich schneller als sonst. Oder die Erde: Sie rotierte schneller, als sie es normalerweise tut.«

»Ist das wirklich wahr?«

»Tja, was soll ich sagen?« Lionel lächelte wehmütig. »Wir haben zunächst auch an unserem Verstand gezweifelt.« Wie hilfesuchend wandte er sich an Bentheim.

»Es ist wahr, Commander Dhark«, sagte der. »Wir haben unsere Berechnungen dreimal durch den Checkmaster überprüfen lassen. Der konnte sogar den Faktor nennen, um den die Bewegungen des Alls sich zum Zeitpunkt der Raumschlacht beschleunigten: einhundertvier.«

»Alles lief einhundertviermal schneller ab, als es das normalerweise tut?« Dan Riker zeigte eine ungläubige Miene.

»So ist es, Sir«, bekräftigte Bentheim.

»Kontinuierlich?« fragte Shanton. »Ich meine, liefen die Vorgänge, die Sie eben schilderten, kontinuierlich um den Faktor Einhundertvier schneller ab, oder gab es Schwankungen? Die haben wir nämlich festgestellt, als wir die Geschwindigkeitswerte der feindlichen Schiffe gemessen haben.«

»In der Tat, es gab Schwankungen«, räumte Lionel ein. »Die haben wir aber nicht berücksichtigt. Hundertvier ist gewissermaßen ein mathematischer Mittelwert.«

»Noch einmal zum Mitschreiben.« Ren Dhark stieß sich von der Instrumentenkonsole ab, stieg aus dem Kommandostand und begann davor auf- und abzulaufen. »Das All, soweit unsere Instrumente es beobachtet haben, bewegte sich zur Zeit der Raumschlacht mehr als hundertmal so schnell, wie es das normalerweise tut. Einschließlich der Schiffe der Eisläufer.« Er blieb stehen, drehte sich um und sah Bentheim und Lionel an. »Habe ich das richtig verstanden, meine Herren?«

»Richtig, Sir.« Bentheim nickte.

»Aber das ist doch völlig absurd!« brauste Riker auf. »So etwas kann es doch überhaupt nicht geben.«

»Und wieder stehen wir vor einem Paradoxon«, sagte Dhark. »Etwas, das definitiv nicht geschehen kann, geschah! Können wir das Paradoxon erklären?«

»Es liegt in der Natur eines Paradoxons, daß man es nicht erklären kann.« Lionel lächelte wissend. »Wenn ich das einmal so formulieren darf.«

»Vielleicht doch«, meldete sich Amy Stewart zu Wort. »Vielleicht doch, wenn wir es noch einmal mit dem Lösungsansatz von Dr. Bentheim probieren.« Aller Augen richteten sich auf den weiblichen Cyborg. »Wie sagten Sie am Anfang, Dr. Bentheim? Die nächstliegende Erklärung sei, daß die Mittel unserer Beobachtung nicht funktionierten. Sie wandten das auf die Instrumente an, die wir zur Messung von Geschwindigkeit und so weiter benutzen.«

»Das Thema haben wir bereits abgehakt«, sagte Riker mißmutig.

»Langsam, Dan, laß mich ausreden.« Amy legte Zeigefinger und Daumen beider Hände zusammen und hob die Arme, als würde ihr diese Haltung beim Nachdenken helfen. »Wie, wenn der Fehler nun nicht speziell an unseren Beobachtungsinstrumenten läge, sondern an unserer Beobachtung im allgemeinen? Zum Beispiel an unserer Beobachtungsperspektive?«

»Das ist ja verrückt!« Dhark stieg zurück in den Kommandostand. »Das ist ein absolut verrückter und ebenso genialer Gedanke!«

»Sie meinen, nicht die Sonnenprotuberanzen, die Erdrotation und die Eisläuferschiffe waren schneller als wir, sondern wir waren langsamer?« Die Verblüffung machte Bentheims Stimme heiser.

»Genau das meine ich«, bestätigte Amy Stewart.

»Um diese These zu überprüfen, müßten wir die Geschwindigkeitswerte der Sonnenprotuberanzen, der Erdrotation und der Eisläuferschiffe zur Zeit des Kampfes schlicht und einfach durch den Wert Einhundertvier dividieren«, sagte Anja Riker. »Sollten sich daraus Normalwerte ergeben, wissen wir, was die Stunde geschlagen hat.«

»Dann tun wir das doch«, schlug Shanton vor. Er stand auf, schaukelte zurück zu seinem Arbeitsplatz und gab die Werte samt Fragestellung in seine Schnittstelle zum Checkmaster ein. Alle versammelten sich um seine Arbeitsbucht.

Keine zehn Sekunden später präsentierte Chris Shanton das Ergebnis. »Wenn man die Geschwindigkeit der Protuberanzen und der Erdrotation zur fraglichen Zeit durch hundertvier dividiert, kommt man auf Normalwerte. Wenn man die Geschwindigkeit der Eisläuferschiffe zur Zeit der Schlacht durch hundertvier dividiert, ebenfalls. Der Checkmaster hat sogar eine Wahrscheinlichkeitsrechnung über den Verlauf des Gefechts angestellt: Wir hätten danach mindestens achtzig Raumjäger und dreißig Großkampfschiffe abgeschossen, und unser Intervallfeld wäre doch nur zu höchstens siebzehn Prozent belastet worden.«

Bentheim und Grappa bliesen geräuschvoll die Backen auf, einige seufzten, irgend jemand pfiff durch die Zähne.

»Mit anderen Worten«, faßte Dhark zusammen, »wir sind vorhin nicht mit zehnfacher Lichtgeschwindigkeit getürmt, sondern nur mit 10,4 Prozent Lichtgeschwindigkeit?«

»So ist es«, bestätigte Shanton. »Selbst unsere Fortbewegung im Sternensogmodus verlief langsamer, als sie es normalerweise tun würde.«

»Wie zum Teufel soll man das erklären?« polterte Riker. »Haben die Eisläufer etwa eine Waffe, mit der sie so etwas zustande bringen?«

»Ich fürchte fast«, sagte Shanton. »Die gemessenen Geschwindigkeitsschwankungen sprechen dafür – und nicht nur diese. Denken Sie an die fremdartigen Energiemuster, die Grappa angemessen hat. Wenn die POINT OF außerhalb des Wirkungsbereichs dieser Waffe flog, nahm ihre Geschwindigkeit solange zu, bis eine Breitseite sie wieder voll erwischte. So ungefähr muß man sich das wohl vorstellen.«

»Eine Waffe, die die Geschwindigkeit des angegriffenen Ziels reduziert?« Falluta zweifelte. »Hätte man dann nicht die plötzlich auftretenden Flieh- und Bremskräfte spüren oder wenigstens messen müssen?«

Amy Stewart schüttelte energisch den Kopf. »Falsch, Hen. Keine Waffe, die das angegriffene Ziel verlangsamt, sondern eine Waffe, die den Zeitverlauf verändert.«

»Genau so muß es sein!« Shanton schlug sich mit der Faust in die Handfläche. »Eine Art Relativitätswerfer!«

»Wahnsinn.« Riker schüttelte fassungslos den Kopf. »Und was tun wir dagegen?« Niemand hatte eine Antwort.

*

Shanton hatte Blut geleckt – und lief zur Höchstform auf. Er entwickelte die Hypothese, daß der Relativitätswerfer nur im freien Weltraum funktionierte. »Wie kommen Sie darauf?« wollte Anja Riker wissen.

»Es ist nur so eine Idee«, winkte Chris Shanton ab. »Ich weiß selbst nicht, wie ich drauf komme. Vielleicht, weil die verdammten Eisläufer uns vor drei Wochen während der Kämpfe auf der Erde nicht mit diesem Mistding belästigt haben.«

Zusammen mit Artus und Arc Doorn zog sich Shanton in seine Arbeitsbucht zurück. Gemeinsam mit dem Checkmaster analysierten sie das Energiemuster, das Tino Grappa während der Raumschlacht aufgezeichnet hatte.

Ren Dhark beobachtete seine besten Köpfe vom Kommandostand aus. Er war stolz auf Shanton, Doorn und Artus. Und er war froh, sehen zu dürfen, wie Chris Shanton, seit er trocken war, allmählich wieder der alte wurde.

Nach zwanzig Minuten kam der übergewichtige Wissenschaftler mit dem Ergebnis der Gruppe in den Kommandostand. »Das Energiemuster wirft eine Menge Fragen auf. Es liefert aber auch Antworten – oder sagen wir lieber: deutliche Hinweise. Nämlich Hinweise darauf, daß die Waffe, mit der die Eisläufer imstande sind, die Zeit zu verzerren, nur im freien Weltraum ihre volle Wirkung entfalten kann. Die Nähe eines Planeten müßte nach unseren Berechnungen die Wirkung des Relativitätswerfers aufheben oder zumindest stark beeinträchtigen.«

»Sie meinen, die gigantische Masse eines Planeten bremst die Waffe aus«, hakte Dhark nach.

»Genau das meinen wir«, strahlte Shanton. »Das angepeilte Energiemuster scheint uns dafür zu sprechen, daß der Relativitätswerfer sehr große Massen wie die eines Planeten keiner Zeitverzerrung unterwerfen kann. Vermutlich nicht einmal die eines Mondes.«

»Aber sicher ist das nicht?« hakte Dhark nach.

»Was ist schon sicher in diesen Zeiten?«

»Probieren wir es doch einfach aus«, schlug Dan Riker vor.

»Ja.« Dhark grinste ihn an. So gefiel ihm sein Freund. »Einen Versuch wäre es wert.«

Er rief die Führungsgruppe seines Schiffes im Kommandostand zusammen. Shanton und Doorn erklärten noch einmal ihre Theorie. Nach kurzer Diskussion traf der Commander die Entscheidung. »Wagen wir einen zweiten Versuch! Fliegen wir die Erde ein zweites Mal an.«

*

»Kommandant an Checkmaster – Intervallfelder aktivieren!«

»Intervallfelder stehen.«

»Sternensogtriebwerk hochfahren!«

»Sternensogtriebwerke werden hochgefahren.«

»Beschleunigung mit Höchstwerten!«

»Verstanden. Ich beschleunige an der Grenze der Belastbarkeit.«

Dhark gab den errechneten Kurs ein. In einem weiten Bogen raste die POINT OF durch das Weltall. Der Kurs, für den der Commander sich entschieden hatte, sollte das Schiff auf einer völlig anderen Route in das heimatliche Sonnensystem bringen als auf der, über die es aus ihm geflohen war. Wenn es gelingen sollte, den Sperriegel der feindlichen Verbände zu durchbrechen, würde die POINT OF die Marsbahn an einem Punkt kreuzen, der dem gegenüberlag, den sie beim ersten Versuch passiert hatte. Mit Höchstgeschwindigkeit wollte Dhark danach zur Erde vorstoßen, um die Wirkung ihrer Gravitationskräfte auf die rätselhafte Waffe der Eisläufer zu testen – kein ungefährliches Experiment. Ren Dhark hatte die Besatzung informiert.

»Lichtgeschwindigkeit überschritten«, meldete der Checkmaster. Dhark bestätigte. Von seinen Kontrollschirmen las er die Kurskoordinaten ab. Die POINT OF war auf dem richtigen Weg – auf dem Weg zur Erde.

Dhark spürte ein leichtes Kribbeln auf dem Zwerchfell und hinter dem Brustbein – die Anspannung. Jeder empfand sie. Die Luft in der Kommandozentrale knisterte von ihr.

»Zehnfache Lichtgeschwindigkeit erreicht«, meldete der Checkmaster. Dhark lehnte sich zurück, atmete tief durch und versuchte es mit einer Entspannungsübung. Ein Härtetest stand ihm, der Besatzung und dem Schiff bevor, und er wußte es.

Im Fünfminutentakt gab der Checkmaster nun die neuen Geschwindigkeitswerte durch. Bald überschritt das Schiff die Marke der hundertfachen Lichtgeschwindigkeit. Rasch ging es auf die Fünfhundertermarke zu. Wie immer im Sternensogmodus beschleunigte die POINT OF um so schneller, je länger der Flug dauerte.

»Tausendfache Lichtgeschwindigkeit«, meldete der Checkmaster.

Die Minuten verstrichen. Keiner sprach mehr ein Wort in der Zentrale – keiner außer dem Checkmaster. Immer schwindelerregender wurden die Geschwindigkeitswerte, die er durchgab. Und immer schneller rückte das Sonnensystem näher.

»Kommandant an Checkmaster. Das reicht. Wir bremsen ab, sonst schießen wir über das Ziel hinaus!«

»Verstanden.«

Sekunden später kreuzte die POINT OF die Plutobahn, danach in rascher Folge die Bahnen des Neptuns, des Uranus' und des Jupiters. Anschließend ging es nicht mehr in einem ganz so atemberaubenden Tempo voran. Der Checkmaster hatte das Schiff auf knapp zweihundertfache Lichtgeschwindigkeit heruntergebremst.

»Ich habe die Reflexe von Eisläuferschiffen auf dem Ortungsschirm!« meldete Grappa. »Ein Verband von etwa dreihundert Schiffen!«

»Ich sehe ihn.« Ren Dhark beobachtete seine Kontrollschirme. »Er patrouilliert zwischen Saturn- und Marsbahn, nur ein paar Millionen Kilometer abseits unseres Kurses.«

»Wenn sie uns früh genug orten, könnten sie uns erwischen«, sagte Riker.

»Ich bitte Sie!« Hen Falluta seufzte. »Malen Sie den Teufel doch nicht an die Wand!«

»Wir passieren die Saturnbahn«, meldete der Checkmaster. »Hundertachtzigfache Lichtgeschwindigkeit.«

»Der Verband hat uns entdeckt!« rief Grappa. »Jedenfalls steuert er unseren Kurs an.«

Dhark spähte auf den Kontrollmonitor und nickte grimmig. »Sie werden uns nicht mehr einholen, bevor wir die Erde erreichen.«

»Es sei denn, andere Einheiten bremsen uns mit dem verdammten Relativitätswerfer aus«, knurrte Riker.

Die Zeit bis zur Marsbahn verging quälend langsam. Der feindliche Verband blieb zurück. Die Erde leuchtete als heller Punkt auf dem Ortungsschirm. Auch der Mond war deutlich zu erkennen. »Feindlicher Verband aus dem Asteroidenring!« Grappas Stimme hallte durch die Zentrale. »Sechzig Einheiten! Sie beschleunigen und verfolgen uns!«

»Sie werden uns nicht einholen«, sagte Dhark grimmig. »Wirklich heiß wird es erst, wenn wir es mit den Großkampfschiffen in der Erdumlaufbahn zu tun bekommen.«

»Darauf haben wir es ja abgesehen«, sagte Falluta.

»So ist es.« Dhark nickte, und Riker stieß einen unverständlichen Fluch aus.

Mit hundertvierzigfacher Lichtgeschwindigkeit passierte die POINT OF die Marsbahn. Die beiden feindlichen Verbände auf Verfolgungskurs kamen nicht näher. Der Ringraumer war viel zu schnell unterwegs. Dafür flogen ihm aus der unmittelbaren Umgebung der Erde zwei kleinere Verbände entgegen. »Einmal neunzehn Schiffe, einmal zweiunddreißig«, meldetet Grappa.

Zehn Millionen Kilometer von der Erde entfernt flogen sie wieder in feindliches Feuer. »Kommandant an Waffensteuerung Ost und West – antworten Sie mit Nadelstrahl!«

»Intervallbelastung zwei Prozent«, meldete der Checkmaster. »Hundertzwanzigfache Lichtgeschwindigkeit.«

»Ein Glück«, seufzte Riker. »Der verdammte Relativitätswerfer hat uns nicht erwischt.«

»Noch nicht«, sagte Falluta.

»Der zweite Verband erwartet uns mit zweiunddreißig Schiffen in einer Erdentfernung von etwas mehr als fünfhunderttausend Kilometern!« meldete Grappa.

In der Bildkugel waren die zweiunddreißig Großkampfschiffe der Eisläufer als kleine, aber sehr helle Reflexe zu sehen. Mit hundertfacher Lichtgeschwindigkeit raste ihnen die POINT OF entgegen.

Sekunden später füllten Blitze und dann grelles Licht die Bildkugel aus. »Acht Treffer!« verkündete der Checkmaster. »Intervallbelastung siebzehn Prozent! Relativ zu den feindlichen Schiffen bewegen wir uns nur noch mit einfacher Lichtgeschwindigkeit!«

»Sie haben uns erwischt!« rief Dhark. »Sie haben uns mit ihrem Relativitätswerfer erwischt!« Er blickte auf die Schirme seines Kontrollpultes. Noch immer zeigten die Instrumente hundertfache Lichtgeschwindigkeit an, doch der Checkmaster hatte die Geschwindigkeit in Relation zu den Bewegungen der Feindschiffe, der Erde und des Mondes gesetzt und so die tatsächliche Geschwindigkeit errechnet. »Wir passieren die Mondbahn! Jetzt müßten wir wieder schneller werden, wenn Ihre Theorie stimmt!« Das ging an Shantons, Doorns und Artus' Adresse.

»Bremsen Sie ab, Ren!« rief Arc Doorn. »Die Massenfelder von Erde und Mond werden jeden Moment wirken! Dann werden wir so schnell sein, daß wir an der Erde vorbeirasen! Bremsen Sie ab, ich beschwöre Sie! Vertrauen Sie uns! Unsere Theorie stimmt!«

Dhark kämpfte mit sich, er hatte erwartet, daß bereits die Masse des Mondes die Wirkung des Relativitätswerfers abbremsen würde. Das war nicht der Fall, jedenfalls nicht auf diese Entfernung. Schließlich setzte sich sein Vertrauen zu Doorn und Shanton durch. »Also gut. Kommandant an Checkmaster – abbremsen bis zur Belastungsgrenze der Gravitationsabsorber!«

»Verstanden.«

Dhark blickte auf die Kontrollanzeigen. Noch knapp zweihunderttausend Kilometer bis zur Erde. Die feindlichen Schiffe konnten trotz der verzerrten Zeit und entsprechend gedrosselten Geschwindigkeit nicht folgen, nahmen sie aber aus einer Entfernung von hundertzwanzigtausend Kilometer unter Dauerbeschuß.

»Nullkommasieben Lichtgeschwindigkeit«, meldete der Checkmaster. »Intervallfeldbelastung dreiundzwanzig Prozent, steigend.« Riker stieß einen Fluch aus, Falluta sog scharf die Luft durch die Nase ein.

»Noch hunderttausend Kilometer bis zur Erde!« rief Dhark. »Wir werden schneller!«

»Einfache Lichtgeschwindigkeit«, verkündete der Checkmaster. »Jeder zweite Feindbeschuß trifft! Intervallfeldbelastung steigt auf über dreißig Prozent!«

»Die Distanz zur Erde schrumpft immer schneller!« Dharks Züge entspannten sich. »Unsere Geschwindigkeit steigt! Ihre Theorie stimmt! Die Wirkung des Relativitätswerfers läßt rapide nach!«

»Dreifache Lichtgeschwindigkeit«, tönte die völlig ungerührte Stimme des Checkmasters.

»Wir schaffen es!« Riker klatschte vor Erleichterung in die Hände.

»Hoffentlich bricht unser Intervallum nicht zusammen, wenn wir mit derart hoher Geschwindigkeit in die Erde rasen!« unkte Doorn.

»Vierfache Lichtgeschwindigkeit!« sagte die Stimme des Checkmasters.

»Bremskapazität ausreizen!« schrie Dhark.

Mit fünffacher Lichtgeschwindigkeit raste die POINT OF in die Erdkruste hinein. »Intervallfeldbelastung einundneunzig Prozent!« warnte der Checkmaster. Das Feld verschlang ungeheure Energiemengen. Die atemberaubende Geschwindigkeit, mit der die POINT OF in den festen Körper hineinraste, forderte es bis an die Grenze des Zusammenbruchs. »Dreiundneunzig Prozent.«

»Wir schaffen es!« Dhark wischte sich den kalten Schweiß von der Stirn. »Wir schaffen es, wir schaffen es...«

In der Bildkugel war nicht mehr zu sehen, nur völlige Schwärze. Der Checkmaster gab die rapide sinkenden Geschwindigkeitswerte und die analog dazu sinkenden Belastungswerte des Intervallums durch. Je langsamer die POINT OF durch das Erdinnere raste, desto weniger Energie brauchte es, um stabil zu bleiben.

Endlich kam das Schiff zum Stillstand. Alle atmeten auf. Es war, als würde ein einziger Seufzer durch die Zentrale gehen. »Informieren Sie die Besatzung«, sagte Ren Dhark an die Adresse seines Ersten Offiziers. »Wo genau sind wir, Tino?«

Grappa und der Checkmaster bestimmten die Position und gaben die Koordinaten an den Kommandostand durch. Das Schiff steckte zweihundert Kilometer unterhalb des afrikanischen Kontinents. »Kommandant an Checkmaster – wir unterqueren den Atlantik und nehmen Kurs auf Alamo Gordo!«

»Verstanden.«

Das Schiff nahm wieder Fahrt auf. Zwanzig Minuten später drang es auf dem Flugfeld des Raumhafens von Alamo Gordo aus dem Boden.

*

Die zentrale Bildkugel zeigte eine weitgehend geschlossene Schneedecke. Sie reichte bis an den Horizont. Kein Schiff stand auf dem Raumhafen Cent Field.

»Ich peile Energieentladungen in der Stadt an«, sagte Grappa. »Irgendwo im Norden von Alamo Gordo wird gekämpft. Ziemlich heftige Kämpfe den Energiemengen nach, die dort freigesetzt werden.«

»Irgendwelche Fahrzeuge oder Gleiter?« fragte Ren Dhark. Er selbst betrachtete die weiße Landschaft im Hologramm. Die Erinnerung an Zeiten, als hier Hunderte von Raumschiffen standen und im Minutentakt landeten oder starteten, stieg in ihm auf. Das machte ihn wehmütig.

»Raumjäger der Eisläufer!« sagte Grappa. »Mindestens dreißig! Einige sind in die Kämpfe im Norden verwickelt! Und dann eines ihrer Großkampfschiffe! Es steht elf Kilometer über Cent Field in der Stratosphäre!«

Langsam stieg die POINT OF über dem Schneefeld in den winterlichen Himmel. In der Ferne sah man die Silhouette von Alamo Gordo. Rauchsäulen standen zwischen den Hochhäusern. Mit bloßem Auge konnte man jetzt einen Pulk von Raumjägern am Himmel entdecken.

»Kommandant an Flashgeschwader! Pjetr, schleusen Sie vierundzwanzig Flash aus! Fliegen Sie Angriffe auf alle Raumjäger der Eisläufer, die Sie orten können! Sechs Flash fliegen in den Norden von Alamo Gordo. Dort toben heftige Kämpfe. Ich fürchte, daß dort Angriffe auf die terranische Ringraumerwerft erfolgen! Wer auch immer in Gefahr ist – hauen Sie die Leute raus!«

»Verstanden!« Der Kommandant des Flashgeschwaders bestätigte.

Die Schneelandschaft in der Bildkugel verschwamm, grelles Licht füllte sie statt dessen aus. »Das Großkampfschiff greift uns aus der Stratosphäre an!« meldete Grappa.

»Kommandant an Waffensteuerung Ost – haben Sie das Ziel auf dem Schirm?«

»Schon anvisiert, Sir!«

»Dann feuern Sie!«

»Verstanden.« Das Lichtgewitter in der Bildkugel legte sich, das Schneefeld und die Umrisse von Alamo Gordo nahmen in Umrissen wieder Gestalt an. Haarfeine, pinkfarbene Strahlen huschten durch das Hologramm.

»Kommandant an Funkzentrale – irgendwelche Notrufe?«

»Nichts«, gab Morris zurück.

»Versuchen Sie Bruder Lambert in seinem Hauptquartier zu

erreichen! Wir brauchen so schnell wie möglich einen Lagebericht!«

»Verstanden.«

»Rochard hat das Großkampfschiff in der Stratosphäre erwischt!« Grappa jubelte. »Er hat es tatsächlich mit dem ersten Schuß erwischt!«

Im gleichen Moment meldete sich die Waffensteuerung Ost. »Rochard an Commander! Ich habe das feindliche Ziel mit einer Salve Nadelstrahl getroffen! Sein Schutzschirm ist zusammengebrochen!«

»Gratuliere, Rochard!« sagte Dhark.

»Es steigt«, meldete Grappa. »Der getroffene Eisläuferkahn flüchtet!«

Flash glitten durch die Bildkugel, ein Dutzend, zwei Dutzend. Wonzeff hatte die Feuerpause ausgenutzt, um die Beiboote auszuschleusen.

Die Flash nahmen Kurs auf Alamo Gordo.

»Meine Instrumente peilen intensive Energieentfaltung an Bord des fliehenden Großkampfschiffes an!« rief Grappa. »Explosionen an Bord! Rochard hat das Miststück anscheinend mitten ins Herz getroffen!«

»Was ist mit der Funkverbindung zu Bruder Lamberts Hauptquartier?« Ren Dhark wurde ungeduldig.

»Ich bin noch dabei!« rief Morris. »Bis jetzt antwortet niemand!«

Pjetr Wonzeff meldete die erste Feindberührung. Er und Mike Doraner hatten die Flash in zwei Geschwader zu je zwölf Beibooten geteilt. Doraner flog in den Norden der Stadt, wo die Rauchsäulen über den Dächern standen. Aus der Gegend hatte er einen Notruf über UKW aufgefangen. Wonzeffs Flash verfolgten einen Schwarm Raumjäger. Nacheinander kamen die Meldungen von drei Abschüssen herein.

»Das Großkampfschiff!« schrie Grappa plötzlich. »Es kommt zurück!«

»Dasselbe, das Rochard getroffen hat?« Ren Dhark runzelte die Stirn. Grappa bestätigte.

»Verdammt«, murmelte Riker. »Es wird uns doch nicht auf den Kopf fallen?«

»Ich peile noch immer Explosionen an Bord an!« rief Grappa. »Es scheint manövrierunfähig zu sein!«

»Entfernung?«

»Neun Kilometer!«

»Kurs?« Grappa gab den Kurs durch. Dhark wurde bleich. »Es stürzt ab«, sagte er heiser. »Es stürzt direkt über Alamo Gordo ab...« Sekunden später sahen sie das angeschossene Großkampfschiff der Eisläufer in der Bildkugel. Der gewaltige Zylinder wuchs rasch. Eine lange schwarze Rauchfahne hinter sich herziehend, raste er der Stadt entgegen.

REN DHARK im Überblick

*Mittlerweile umfaßt die REN DHARK-Saga 111 Buchtitel:
16 Bücher mit der überarbeiteten Heftreihe,
36 mit der offiziellen Fortsetzung im DRAKHON- und BITWAR-Zyklus, 28 Sonderbände, zwei Bände aus der neuen Reihe UNITALL, den ersten der aktuellen Reihe WEG INS WELTALL, jeweils sechs Ausgaben der abgeschlossenen Reihen FORSCHUNGSRAUMER CHARR, STERNENDSCHUNGEL GALAXIS (1. und 2. Staffel) und DER MYSTERIOUS, drei Spezialbände sowie ein umfangreiches Lexikon zur Serie.
Der nun folgende Überblick soll Neueinsteigern helfen, die Bücher in chronologisch korrekter Reihenfolge zu lesen.*

Erster Zyklus:

2051: Handlungsabschnitt HOPE/INVASION

Band 1:	Sternendschungel Galaxis (1966 /1994)
Band 2:	Das Rätsel des Ringraumers (1966 /1995)
Band 3:	Zielpunkt Terra (1966, 1967 /1995)
Band 4:	Todeszone T-XXX (1967 /1996)
Band 5:	Die Hüter des Alls (1967 /1996)
Sonderband 4:	Hexenkessel Erde (1999)
Sonderband 7:	Der Verräter (2000)
Sonderband 1:	Die Legende der Nogk (1997 und Platinum 2004)

2052: Handlungsabschnitt G'LOORN

Band 6:	Botschaft aus dem Gestern (1996)
Band 7:	Im Zentrum der Galaxis (1997)
Band 8:	Die Meister des Chaos (1997)
Sonderband 2:	Gestrandet auf Bittan (1998)
Sonderband 3:	Wächter der Mysterious (1998)

2056: Handlungsabschnitt DIE SUCHE NACH DEN MYSTERIOUS

Band 9: Das Nor-ex greift an (1967 /1997)
Band 10: Gehetzte Cyborgs (1967, 1968 /1997)
Sonderband 12: Die Schwarze Garde (2001)
Band 11: Wunder des blauen Planeten (1968 /1998)
Band 12: Die Sternenbrücke (1968 /1998)
Band 13: Durchbruch nach Erron-3 (1968 /1999)
Sonderband 8: Der schwarze Götze (2000)
Band 14: Sterbende Sterne (1968, 1969 /1999)
Sonderband 5: Der Todesbefehl (1999)
Sonderband 6: Countdown zur Apokalypse (2000)
Band 15: Das Echo des Alls (1969 /1999)
Band 16: Die Straße zu den Sternen (1969 /2000)

Zweiter Zyklus:

2057/58: DRAKHON-Zyklus

2057: Handlungsabschnitt DIE GALAKTISCHE KATASTROPHE

Band 1: Das Geheimnis der Mysterious (2000)
Band 2: Die galaktische Katastrophe (2000)
Sonderband 10: Ex (2000)
Sonderband 9: Erron 2 – Welt im Nichts (2000)
Band 3: Der letzte seines Volkes (2000)
Band 4: Die Herren von Drakhon (2000)
Band 5: Kampf um IKO 1 (2001)
Sonderband 11: Türme des Todes (2001)
Band 6: Sonne ohne Namen (2001)
Band 7: Schatten über Babylon (2001)
Band 8: Herkunft unbekannt (2001)
Sonderband 13: Dreizehn (2001)
Sonderband 14: Krisensektor Munros Stern (2001)
Band 9: Das Sternenversteck (2001)
Band 10: Fluchtpunkt M 53 (2002)
Band 11: Grako-Alarm (2002)
Sonderband 16: Schattenraumer 986 (2002)
Band 12: Helfer aus dem Dunkel (2002)

Sonderband 17: Jagd auf die Rebellen (2002)

2058: Handlungsabschnitt EXPEDITION NACH ORN

Band 13: Cyborg-Krise (2002)
Band 14: Weiter denn je (2002)
Sonderband 18: Rebell der Mysterious (2002)
Sonderband 19: Im Dschungel von Grah (2003)
Band 15: Welt der Goldenen (2002)
Band 16: Die Verdammten (2003)
Band 17: Terra Nostra (2003)
Sonderband 20: Das Nano-Imperium (2003)
Band 18: Verlorenes Volk (2003)
Band 19: Heerzug der Heimatlosen (2003)
Sonderband 21: Geheimnis der Vergangenheit (2003)
Band 20: Im Zentrum der Macht (2003)
Band 21: Unheimliche Welt (2003)
Band 22: Die Sage der Goldenen (2004)
Sonderband 22: Gisol-Trilogie 1: Der Jäger (2003)
Sonderband 23: Gisol-Trilogie 2: Der Rächer (2004)
Sonderband 24: Gisol-Trilogie 3: Der Schlächter (2004)
Band 23: Margun und Sola (2004)
Band 24: Die geheimen Herrscher (2004)
Sonderband 15: Die Kolonie (2002; Kurzgeschichten aus verschiedenen Zeiträumen des Serienkosmos)
Sonderband 25: Jagd nach dem »Time«-Effekt (2002)
Lexikon (2004)
FORSCHUNGSRAUMER CHARR (sechsteiliger, abgeschlossener Mini-Zyklus, 2004)
Sonderband 26: Wächter und Mensch (2004)
STERNENDSCHUNGEL GALAXIS 1-6 (abgeschlossener Mini-Zyklus, dessen Handlung zwischen Drakhon- und Bitwar-Zyklus spielt, 2005)
Sonderband 28: Sternenkreisel (2005)
STERNENDSCHUNGEL GALAXIS 7-12 (abgeschlossener Mini-Zyklus um das Kugelschalenuniversum, 2006)
UNITALL 2: Das Kugelschalenuniversum (2006)
UNITALL 1: Jenseits aller Zeit (2006)

Dritter Zyklus:

2062: BITWAR-Zyklus

Band 1:	Großangriff auf Grah (2004)
Band 2:	Nach dem Inferno (2004)
Band 3:	Die Spur des Tel (2004)
Band 4:	Die Sonne stirbt (2005)
Band 5:	Die goldene Hölle (2005)
Sonderband 27:	Nogk in Gefahr (2005)
DER MYSTERIOUS	(sechsteiliger, abgeschlossener Mini-Zyklus, 2005)
Band 6:	Das Judas-Komplott (2005)
Band 7:	Proxima Centauri (2005)
Band 8:	Erwachende Welt (2005)
Band 9:	Rettet die Salter! (2005)
Band 10:	Freunde in der Not (2006)
Band 11:	Vorstoß in den Hyperraum (2006)
Band 12:	Dimensionsfalle (2006)

Weg ins Weltall

2064/65: Handlungsabschnitt EISWELT TERRA

Band 1:	Eiswelt Terra (2006)

Einzelromane ohne Handlungsbindung an die Serie, welche ca. sieben bis acht Jahre nach dem Ende des ersten Zyklus in einem »alternativen« RD-Universum spielen:

Spezialband 1:	Sternen-Saga / Dursttod über Terra (2001)
Spezialband 2:	Zwischen gestern und morgen / Echo aus dem Weltraum (2002)
Spezialband 3:	Als die Sterne weinten / Sterbende Zukunft (2003)